COLLECTION FOLIO

J.-K. Huysmans

A Rebours

Texte présenté
établi et annoté
par Marc Fumaroli
Professeur à la Sorbonne

Seconde édition revue et augmentée

Gallimard

PRÉFACE

Rien n'est si insupportable à l'homme que d'être dans un plein repos, sans passions, sans affaires, sans divertissement, sans application. Il sent alors son néant, son abandon, son insuffisance, sa dépendance, son impuissance, son vide. Incontinent il sortira du fond de son âme l'ennui, la noirceur, la tristesse, le chagrin, le dépit le désespoir.

Pascal.

Personne n'a jamais pu réfuter l'impitoyable analyse que Pascal a faite, dans les Pensées, *de l'ennui comme l'étoffe même des jours de notre vie sous les broderies et la passementerie dont nous essayons, plus ou moins vaillamment, de l'agrémenter. Voltaire et Mme du Deffand tâtèrent en frémissant cette bure, qui démentait en secret l'éclat des Lumières. Mais c'est au* XIXe *siècle que l'ennui, devenu « mal du siècle » dans l'éloquence de René, ne cessa d'aggraver ses ravages et de multiplier les prestiges qui le détournaient vainement de sa rêche vérité. Avec* A Rebours *en 1884, l'ennui roman-*

tique, enfiévré par le « spleen » de Baudelaire, qualifié de « névrose » par le diagnostic de Zola, se flatta enfin d'entrer en agonie.

Celle-ci dure encore. Le néo-classicisme de l'entre-deux guerres, Maurras ou N.R.F., avait cru jeter un définitif linceul sur la « charogne » fin de siècle. Mais celle-ci, transfigurée en corps glorieux par Proust, fardée et embaumée par le surréalisme, attendait l'heure de nouvelles corruptions et contagions. Pour les générations d'après 1945, Sartre a relevé l'héritage de Schopenhauer et de Zola, Genet celui de Baudelaire et de Lorrain, Malraux celui de Barrès et de d'Annunzio. A Rebours, depuis 1884, n'avait cessé d'être lu et de travailler souterrainement. Aujourd'hui, après Le Musée imaginaire, après les « exercices » de transmutation du monde carcéral en « Beauté » dans Notre-Dame-des-Fleurs, après la découverte tardive du « Théâtre de la cruauté », ce livre a acquis une sorte d'évidence : il appartient à la culture populaire.

A Rebours est le second volet d'un triptyque, dont le premier volet, A vau-l'eau, avait paru en 1882, et dont le troisième, En Rade, paraîtra en 1887. Ce dernier roman est injustement oublié. Les deux autres, deux « romans de célibataire », ont eu une postérité prestigieuse. Mais la trilogie représente trois stades de la même expérience à la fois littéraire et secrètement religieuse, celle d'un « ennui » plus proche encore de l' « angoisse » de Kierkegaard que de la « névrose » diagnostiquée par Zola dans La Confession de Claude et La Joie de vivre.

Dans A vau-l'eau, le « héros » se nomme Jean Folantin. Son nom n'est pas seul à appeler à la rime l'Antoine Roquentin de La Nausée. De Folantin en Roquentin, le Salavin de Duhamel et le Bardamu de Céline ont fait circuler le mot de passe. Il n'est pas très différent de celui que le des Esseintes d'A Rebours a transmis à M. de Phocas et à l'empereur Hadrien. Dans les deux cas, pour deux races de frères d'armes, l'une de fantassins et l'autre d'officiers, la relève est assurée dans la même citadelle de la métaphysique littéraire, aux frontières indécises du désert, sous le soleil de Saturne.

Le Folantin d'A vau-l'eau est un petit employé souffreteux et misogyne à qui Huysmans a eu la cruauté d'instiller quelques gouttes de « spleen » baudelairien. Luxe funeste : dans sa bauge de célibataire parisien, exposé sans défense aux « douches » que lui infligent gargotiers et servantes, amantes vénales et camarades vulgaires, exténué de dégoûts, il en vient à prononcer un De profundis schopenhauerien : « Seul le pire arrive. » L'histoire de ce ludion douloureux de la « chienne de vie » s'arrête là où vont commencer le silence du Bartleby de Melville et l'aphasie des clowns de Beckett.

Dans A Rebours, Huysmans reprend le même « sujet » et le transporte sur le registre noble, comme si en lui l'artiste de race avait voulu forcer les limites de sa condition d'employé. Dans En Rade, il fera en quelque sorte la synthèse, en conférant à Jacques Marles à la fois pauvreté et talent d'écrivain, mais y ajoutant une compagne qui aggrave l'une et ruine l'autre. D'A vau-l'eau à A Rebours, on était passé de la roture à la grande noblesse et, le genre suivant le sujet, de la comédie picaresque « naturaliste », au drame héroï-comique « romantique ». Folantin n'avait ni naissance, ni nom, ni *éducation secondaire ou supérieure, ni fortune, ni talent : il n'avait que l'ennui de faire et refaire cette addition de négations. Le duc Jean de Floressas des Esseintes possède tout ce qui manque à Folantin : mais il partage avec lui l'ennui, qui corrompt tout. Folantin est réduit à une semi-impuissance à la fois par la famine sexuelle et par la crainte des femmes. Des Esseintes est à peu près dans le même état, mais pour avoir abusé de plaisirs coûteux et compliqués. Folantin allait, chemin de croix burlesque, de gargote en gargote, pour tenter vainement d'offrir à son appétit la fête d'un repas décent. Des Esseintes, blasé de soupers fins, est indifférent à la gastronomie, mais il a les moyens et la culture nécessaires pour appliquer à ses derniers sens éveillés les plus rares recettes que l'Art et l'Industrie modernes ont inventées. Sur la colline de Fontenay-aux-Roses, Sierra Morena « fin de siècle », le Don Quichotte de la « sensibilité perfectionnée » se livre consciencieusement à de chastes et coûteuses orgies de parfums, de fleurs, de liqueurs, de joyaux, de livres, de tableaux. Achevé par ces excès, il sera renvoyé par son médecin, comme Don Quichotte par son barbier, à la condition commune, et sans doute à une mort prochaine.*

Cet échec ne découragera pas cependant l'Homme libre de Barrès, le M. du Paur de Toulet, le Nathanaël de Gide, le M. de Phocas de Lorrain, le Monsieur Teste de Valéry, le M. Godeau de Jouhandeau et le Gilles de Drieu, de reprendre l'armet de Mambrin et d'enfourcher Rossinante, pour aller au désert, saint-cyriens littéraires, au-devant de l'insaisissable Ennemi de toujours, l'ennui. Palingénèse à rebours, on retrouvera même des Esseintes, qui rêvait d'Héliogabale, couronné empereur romain, rassemblant dans la Villa Adriana tous les chefs-d'œuvre de l'Empire et, prenant sa revanche sur sa réincarnation victorienne future en organisant l'apothéose et le culte d'Antinoüs. Et on le verra surtout, électrisé par une dose carabinée de Spengler, de Barrès et de d'Annunzio, arpenter les frontières du XXe siècle en jonque, en avion, en char, sous le nom d'emprunt d'André Malraux, avant de s'arrêter enfin, parmi les faisceaux de projecteurs et de micros, pour soliloquer au bord de l'abîme sur la Métamorphose des Dieux.

A la douleur bouddhique des névroses « fin de siècle », A Rebours offrait, non sans humour noir, le salut d'un Grand Véhicule, dont les Maisons de la Culture voulurent être, depuis, l'autoroute démocratique. Mais le « Petit Véhicule », dont A vau-l'eau dessinait en ricanant le chemin envasé, n'a pas trouvé moins d'adeptes. Cela a commencé timidement, avec le Salavin de Duhamel, époux fidèle et employé zélé, qui rompt brusquement avec le monde — son ménage et son bureau — pour vivre dans la solitude, en autodidacte d'une sainteté qui est un autre nom de l'absolu désespoir. Pour le Bardamu de Céline, moins naïf, la conclusion de Folantin, « seul le pire arrive », devient le principe générateur d'une descente aux enfers : une curiosité sardonique accompagne cette picaresque odyssée vers le fond de la méchanceté du monde, et de l'impuissance humaine à la contenir. Avec le Roquentin de Sartre, cette « voie sèche » et négative a conquis une sorte de dignité philosophique officielle, et cette fois trouvé l'oreille du grand public. Dans sa solitude de Bouville, cet intellectuel qu'une petite *rente préserve des basses besognes, des Esseintes par la culture, et Folantin par choix, médite sur l'existence. Pas à pas, cette méditation le conduit à l'illumination qui, faute de la dissiper, lui explique sa « nausée » : le fond de l'existence est la neutralité gluante, incolore, inodore, insonore de la matière, dont la conscience, en dépit de vains efforts pour se duper, n'est qu'un effet de surface. Mais celui-ci, même revenu de ses illusions idéalistes, n'en est pas pour autant guéri d'un autre malheur, la liberté. La gnose sartrienne, dont l'expression littéraire renouait avec le naturalisme, approfondit jusqu'à « l'absurde » la gnose schopenhauerienne dont Zola avait nourri ses Rougon-Macquart : une fatalité absolue est liée cette fois à une liberté non moins absolue. Celle-ci, « portant le monde entier sur ses épaules », doit renoncer à son champ d'action romantique, l'Art, entaché d'idéalisme, qualifié de « bourgeois » par un étrange renversement de sens depuis le* XIXe *siècle : elle « s'engage » à corps perdu dans l'actualité des journaux, revues et radio-T.V. : ce Café du Commerce politique, bruyant monastère du « Petit Véhicule », fait un heureux pendant aux Maisons de la Culture, où les foules viennent s'initier au « Grand ».*

On a vu récemment, par un curieux sursaut parmi les plus jeunes héritiers du sartrisme, paraître un ouvrage intitulé L'Ange, *de Jambet et Lardreau, que les derniers épigones du catholicisme littéraire, Maurice Clavel et Claude Mauriac, ont salué avec soulagement. Cet Ange gnostique ramène*

la conscience sartrienne vers les Idées platoniciennes dont elle se croyait délivrée, et figure parmi nous l'ultime avatar de René : celui-ci fut l'Ange en effet pour les générations successives du romantisme, qui multiplièrent à l'envi son défi à « l'infatuation humaine » et à l'illusion bourgeoise du « progrès ». Chateaubriand analyse l'ennui de René dans les termes mêmes de Sénèque, de saint Augustin et de Pascal : c'est la difficulté d'être de l'homme, en équilibre instable entre le divin et le terrestre, le spirituel et le charnel. Privé de la sagesse et de la foi, René a du moins cette supériorité sur les sots, ceux qu'on appellera « bourgeois » après 1830, qu'il vit au cœur de la difficulté, dans la zone de danger, le no man's land *où l'infini du désir et la finitude des choses se heurtent et s'annulent. René est un mythe, au sens de Platon, une fiction poétique qui maintient la conscience en éveil, par-delà les limites et les apaisements de la vraisemblance raisonnable. C'est à cette fonction d'éveil, à ce pouvoir mythique, que le romantisme a convié la littérature, bien loin d'en faire, comme le veut Sartre, la servante de la conscience mystifiée. Par une conquête dont le* Génie du christianisme *est l'initiateur, l'écrivain romantique, rejetant les limites où Boileau et Voltaire, l'un par pudeur, l'autre par scepticisme, avaient confiné les belles-lettres, par principe étrangères aux « mystères terribles » de la « foi des chrétiens », annexa à la fiction le domaine du spirituel dont Rousseau lui avait ouvert les portes. Le mythe de René — dont les* Mémoires d'Outre-tombe *sont la géniale amplification — assignait à la littérature le rôle d'antithèse idéale de la « mondanité » bour-*

geoise, qu'avaient rempli autrefois, en contrepoids de la « mondanité » de Cour, les traités spirituels de François de Sales, Nicole ou Fénelon. Par la tension même où le mythe littéraire se maintenait par rapport au train commun des choses et du bon sens « mondain », il créait l'espace et les chances d'une sagesse et d'un salut. En faisant de René le mythe du « Mal du siècle », en projetant sur l'écran idéal de la poésie l'ennui latent des « mondains » de son temps, Chateaubriand transportait à l'écrivain un des offices réservé jusqu'alors au sacerdoce, celui d'orateur sacré. De René naquit cette prodigieuse lignée de Messieurs solitaires, le Raphaël de Valentin et le Louis Lambert de Balzac, l'Amaury de Sainte-Beuve, l'Octave de Musset, le saint Antoine de Flaubert, qui font du roman un mythe philosophique et religieux, et du héros célibataire — ni modèle moral, ni type sociologique — le témoin sinon de l'Idée, du moins du vide que son absence creuse dans le monde qui la trahit. Le Port-Royal de Sainte-Beuve, dans la droite ligne du Génie, donnera à ces Messieurs romantiques une généalogie exemplaire qui, par-delà les Solitaires des Granges, remonte à l'Antiquité chrétienne et aux Vies des Pères du Désert.

Chateaubriand avait mis son génie au service de l'Église romaine. Mais après 1830, l'évolution de la littérature romantique et celle du catholicisme n'avancent plus du même pas. L'héritage de Chateaubriand, comme celui d'Alexandre, se divise. Sans doute, autour de Montalembert et de ses amis, un romantisme catholique libéral poursuit au sein d'une élite orthodoxe la lancée du Père fondateur. L'éloquence de Lacordaire fait retentir dans la *chaire française des accents accordés à ceux du* Génie. *Mais la rupture de Lamennais avec l'Église symbolisait le croissant divorce entre l'orthodoxie romaine et les « mystiques à l'état sauvage » de la littérature.* René, *au lieu d'être compris comme un mythe, devient un exemple. Séparé de l'optique du* Génie, *l'ennui du jeune errant cesse d'être le supplice de l'homme pécheur, « mourant de soif au bord de la fontaine », il devient le signe d'une élection et d'une connaissance supérieure aux fades certitudes de l'Église. Cette élection place son bénéficiaire dans un rapport déchirant, mais direct, avec l'Idée absente de ce monde, et lui confère une sorte de salut négatif. « Chrétien sans Église », René devient le grand prêtre d'une gnose platonicienne dont il pratique exemplairement les exercices : le voyage vers les terres sacrées, Grèce ou Orient; la contemplation des beautés de la Nature; l'amour interdit ou impossible. Ces exercices ne préparent pas à une conversion : ils sont en eux-mêmes expérience de la « distance intérieure » qui est la seule voie, négative, de contact intime et extatique avec le divin en exil. La lecture gnostique de* René *ouvrit au sacerdoce laïc de l'écrivain romantique une voie qui l'écartait toujours plus d'un Rédempteur et des médiations ecclésiales. Tandis que le catholicisme devenait le conservatoire, de plus en plus exsangue, du premier romantisme, la littérature postérieure à 1830 poursuivit en tous sens une recherche religieuse et formelle sur les traces d'un* René *gnostique. Même et surtout lorsque l'apologétique « négative » d'un Baudelaire et d'un Barbey d'Aurevilly tenta après 1848 de rapprocher de la foi romaine l'avant-garde littéraire, l'Église ne se recon-*

nut pas dans ces offrandes épicées et cruelles. Aussi le chapitre que Huysmans, dans A Rebours, consacre aux fleurs décolorées de la prose catholique, touche à l'un des problèmes majeurs que soulevait l'héritage de Chateaubriand, et que ne pouvait manquer de se poser des Esseintes, cousin équivoque de René, et admirateur éperdu de Baudelaire et de Barbey : le divorce peut-il être surmonté entre l'expression démodée, affadie, de la foi romaine ranimée par Chateaubriand, et les recherches littéraires qui avaient poussé les héritiers hérétiques de René au large du catholicisme? Poser le problème en ces termes, c'était déjà le résoudre : A Rebours, qui marque la rupture de Huysmans avec le sociologisme de Zola, et son ralliement au roman « mythique » dans la tradition de René et de La Peau de chagrin, prépare un rapprochement. Barbey ne manqua pas de l'observer et d'y encourager Huysmans. L'auteur de Marthe, histoire d'une fille, était appelé, par un aggiornamento stylistique, à mettre l'apologétique au goût « fin de siècle ». L'abbé Frémont, formé sans doute à l'école de Mme Craven et du Récit d'une sœur, eut beau écrire, dans son Journal : « Cet homme est à Chateaubriand ce qu'un crapaud est à un rossignol », le sort — ou la grâce — en était jeté. La boucle ouverte par René, et qui s'était en cours de route égarée du côté de Kant et de Swedenborg, de Hegel et de Schopenhauer, de Thomas de Quincey et du marquis de Sade, semblait devoir être bouclée par Huysmans, ramenant benoîtement au sein de l'Église les « dépouilles d'Égypte » de la bohème littéraire : ouverte l'année du Concordat par le Génie du christianisme, elle s'achevait par une

« Esthétique du catholicisme » d'autant plus opportune qu'en 1880 Jules Ferry avait interdit aux jésuites d'enseigner, et qu'en 1901, M. Combes séparait l'Église de l'État.

*Ce rappel n'est pas inutile à la lecture d'*A Rebours. *Le roman s'ouvre sur une épigraphe de Ruysbroek l'Admirable, il s'achève sur une prière baudelairienne de des Esseintes (« Seigneur, prenez pitié du chrétien qui doute, de l'incrédule qui voudrait croire, du forçat de la vie qui s'embarque seul, dans la nuit, sous un firmament que n'éclairent plus les consolants fanaux du vieil espoir! »). Cette invocation mystique et cette humble péroraison, l'une avant l'apparition de des Esseintes, et l'autre à l'instant où le rideau tombe, donnent et rendent la parole à Huysmans lui-même. On les oublie volontiers pour se laisser fasciner par Folantin élevé à la dignité de duc, et abandonnant ses trop réelles gargotes pour d'imaginaires boutiques de luxe. Il faudrait peut-être se demander si le personnage de des Esseintes n'a pas été pour Huysmans un « exercice spirituel » littéraire, une sorte de jeu dramatique qui lui aurait permis d'aller jusqu'au bout d'une de ses postulations les plus profondes, non pour s'y abandonner, mais pour prendre du recul par rapport à elle. Entre l'auteur et son personnage, dans l'espace littéraire, c'est un jeu de vérité qui se joue, mais enfin c'est un jeu, dont l'auteur garde en main les cartes maîtresses. Parmi celles-ci, il y a manifestement « le vieil espoir ». Il est probable qu'il s'est produit pour* A Rebours *ce qui s'est passé pour* René. *Le mythe a été interprété en exemple. Le double, dont Huysmans se délivrait dans le sarcasme et la cruelle ironie envers soi-*

même, est devenu pour autrui un idéal, un maître de vie. On s'est émerveillé des « exercices » de des Esseintes : on n'a pas vu que ceux-ci n'étaient qu'un moment « fictif » à l'intérieur de l'exercice de plus longue haleine conduit par Huysmans en personne, et dont l'enjeu, en dernière analyse, est son salut d'écrivain.

***

Admirateur des Goncourt, Huysmans avait trouvé auprès de Zola un « patron » pour son entrée en Littérature, sous la bannière d'un naturalisme qui, à bien des égards, était une trahison du romantisme. La poétique de Zola, Le Roman expérimental, *renverse en effet l'alliance scellée par le* Génie du christianisme *entre littérature et religion, alliance que l'auteur de* La Tentation de saint Antoine *lui-même n'avait pas dénoncée. Il associe le destin des Lettres à celui de la Science. Tout s'explique dans les romans de Zola : le « mal du siècle » tombe sous le magistère de la médecine et de la psychiatrie, complété par celui de la sociologie. En dépit des avantages « publicitaires » que valut à Huysmans son appartenance à la « bande à Zola », il n'y occupa qu'une place à part. C'est d'abord une question de tempérament et de style. Zola est un avocat méridional, abondant et fluvial, qui se soumet à la discipline de la production romanesque comme Cicéron à la rhétorique du forum. Huysmans est un Hispano-Flamand, un écorché vif qui tient de Sénèque et de Thomas à Kempis, et qui écrit par impulsions et saccades, comme on se confesse : autobiographe invétéré. Son style nerveux jusqu'à la torture, bref, dense, tressautant comme sous les élancements de la douleur est fraternel de celui d'Antonin Artaud, dont* Le Pèse-Nerfs *et* L'Ombilic des Limbes, *ainsi que les visions d'art et de cauchemar, eussent « emballé » Huysmans. Aussi les romans naturalistes de celui-ci n'ont-ils avec ceux de Zola qu'un rapport tout extérieur : le parti pris de décrire des milieux « vulgaires ». Mais l'outrance de Huysmans pousse ce parti pris jusqu'à la caricature et au défi ricanant : filles publiques, artistes ratés ou faméliques, célibataires hagards, ouvrières pataudes, ne sont plus chez lui des personnages parmi d'autres dans une vaste fresque, mais se dessinent avec un relief et une* bravura *à la Frans Hals dans des tableaux de chevalet, de petit format. La véhémence cynique de Huysmans, sa puissance d'évocation du déjeté, du croupissant, de l'hébété, du répulsif, font apparaître équilibrée et classique, en contraste, l'éloquence pessimiste de Zola. Cette véhémence est au fond lyrique, ce cynisme d'esthète est la forme pudique et rageuse de la compassion, qui se trahit parfois en accents de pitié mystique : dans* Les Sœurs Vatard, *après de longues et indécises fiançailles, Auguste et Désirée échouent dans une chambre de garni, louée pour deux heures :*

Comme un psaume de lamentation, la sépulcrale horreur des hôtels meublés s'éleva de cette bauge sordide, Auguste et Désirée eurent dans l'âme comme un carnage de toutes leurs pensées de ferveur et de paix.

Cette compassion s'adresse, à travers les person-

nages, à l'auteur lui-même : elle suppose un degré inaccoutumé d'identification autobiographique, dans un roman naturaliste censé décrire objectivement des types sociologiques et médicaux. La troisième personne, même dans cette phase de son œuvre, n'est jamais chez Huysmans qu'un masque de la première, et sous lequel celle-ci se sent plus libre de tout dire de son expérience de la vie. L'intrigue de ces romans — réduite au dilemme de Panurge, mariage ou célibat — les quartiers de Paris et les milieux décrits, sont circonscrits par l'expérience directe de l'auteur, et composent ses « Souvenirs d'enfance et de jeunesse ». Et les personnages féminins, chez ce misogyne furibond, sont analysés, à l'emporte-pièce, avec une telle pénétration des caprices, convulsions, langueurs, pannes et vertiges de leur corps et de leurs sens, que l'on ne peut s'empêcher d'y voir une véritable projection par l'écrivain de son anima secrète, analogue à celle de Flaubert dans Madame Bovary, et des Goncourt dans Madame Gervaisais, La Fille Élisa ou La Faustin. La « documentation » de Zola est d'une tout autre nature que ce transfert de lucide hystérie masculine sur les manèges de la féminité, en une sorte de travestissement symbolique. Ce transfert ne va pas sans invraisemblance : dans Marthe, en principe « étude de mœurs » d'une Mimi Pinson décapée, ô combien! des oripeaux idylliques de Mürger, l'héroïne est dotée d'une fureur d'autohumiliation et de déchéance qui étonne, et qui laisse transparaître, sous le masque, une des tentations intimes de Huysmans. Ce trait le situe dans la famille la plus lyrique du romantisme, celle de Flaubert, de Baudelaire et des Goncourt, et l'attire hors de la sphère de Zola. A vau-l'eau pourrait être un post-scriptum du Spleen de Paris. Le goût du poème en prose avait d'ailleurs, avec Le Drageoir aux épices, précédé chez Huysmans celui du roman. La pratique du journalisme, et en particulier de la critique d'art, contribuèrent à faire de lui, après Baudelaire, un maître de ces « morceaux » de prose virtuose et acérée qui étaient, depuis 1850, la joaillerie des « petits journaux ». A Rebours, par sa technique et par son esprit, permit à Huysmans de rompre une équivoque, et de mettre ostensiblement en évidence sa pente « Du côté de Baudelaire ».

La rupture avec Zola est à la fois rusée et provocante, dans une manière féline qui à elle seule trahit le mélange d'audace et de prudence propre à Huysmans. La provocation est évidente, mais si évidente qu'elle peut se donner pour un caprice sans lendemain. A Rebours est au roman naturaliste ce que Le Roman comique était aux chefs-d'œuvre « pompiers » de Mlle de Scudéry : une charge burlesque. La noblesse de des Esseintes est l'inversion hargneuse de la roture de règle chez Zola. L'absence totale d'intrigue, d'amour et d'autre personnage que l'unique des Esseintes n'amaigrit à ce point le roman que pour mieux tourner en dérision la flatulence de Zola : on songe à une rencontre entre une statue de Giacometti et une nymphe de Maillol. Le principe créatif n'est pas moins hérétique et polémique : dans sa préface de 1903, Huysmans affirme qu'il n'avait « aucun plan déterminé » et parle d' « ouvrage parfaitement inconscient » jailli dans l'effort pour sortir du « cul-de-sac » naturaliste. Cette germination se reflète dans l'œuvre achevée, dont Zola releva avec irritation les « défauts » de composition. Mais il y avait pire, et plus pervers, que l'humour défaillant du Maître n'aperçut peut-être pas. Les éléments naturalistes imbriqués dans cet étrange monstre ont quelque chose de volontairement faux et pastiché. C'est le cas de la « fiche médicale » dont Huysmans pourvoit des Esseintes : son « hérédité », emphatiquement invoquée pour « expliquer » sa « dégénérescence », sa « névrose », décrite à grand renfort de termes techniques et fondée sur les ouvrages scientifiques qui font autorité. C'est du moins ce que Huysmans affirmait à Zola pour le rassurer. Le côté « cas clinique » de des Esseintes tourne d'ailleurs ouvertement à la blague énorme, digne du Malade imaginaire, dans l'épisode, narré avec le plus grand sérieux, des repas liquides administrés par clystère. L'autorité sociologique du roman n'est pas moins brocardée que son autorité médicale : le nom de Floressas des Esseintes, qui aurait pu être inventé par Scarron, a quelque chose d'outrageusement fictif; c'est un masque dont Huysmans ne se donne pas la peine de soigner la vraisemblance. On attend, selon la méthode de Balzac et de Zola, une étude de milieu. Des Esseintes appartient par sa naissance à cette noblesse légitimiste où le catholicisme libéral avait trouvé quelques-uns de ses plus brillants talents. Faisant d'une pierre deux coups, Huysmans fronde à la fois Zola et les distingués héritiers de Chateaubriand en bâclant l'enfance du héros à coups d'allusions aux Mémoires d'Outre-tombe et au Cabinet des Antiques et en précipitant rapidement le jeune des Esseintes dans son propre milieu, la bohème des brasseries littéraires et le demi-

monde. Cette fiche d'identité qui ne se cache pas d'être truquée, avec un art consommé du trompe-l'œil qui ne trompe pas, n'est qu'un accessoire de théâtre. La vérité du livre est ailleurs. Aragon, depuis La Mise à mort *et* La Semaine sainte, *nous a réaccoutumés à ces jeux virtuoses, comme pour vérifier ce mot de Huysmans dans* Là-Bas : *« Toutes les fins de siècle se ressemblent. »*

Sous les oripeaux du duc de Floressas, comme rassuré et libéré par ce déguisement héroï-comique, Huysmans hausse le ton, et passe à des aveux que le roman naturaliste ne lui permettait pas. Le monologue de des Esseintes « met en situation » scénique un recueil d'essais qui aurait pu alimenter à lui seul toute une revue ou un « petit journal », traitant tour à tour de critique littéraire et de critique d'art, de joaillerie et de parfums, d'art floral et de décoration intérieure, tout un luxe interdit par la rhétorique naturaliste, et auquel s'ajoute, par le biais des souvenirs du héros, le luxe des amours condamnées. Sodomie à part, tout se passe comme si Mallarmé, rassemblant les articles de La Dernière Mode, *dont il était, sous des pseudonymes divers, l'unique rédacteur, les avait raccommodés en roman, en les prêtant au gazouillis capricieux d'une Hérodiade snob. Cette « fumisterie » de journaliste revêtant à la diable l'habit solennel du roman déploie toutes les facettes de la « fantaisie » tard-romantique : aux articles du type « Dernière Mode », Huysmans a cousu en un désordre étudié des poèmes en prose de style Baudelaire, des contes cruels ou diaboliques de style Barbey ou Villiers, et toute une gamme d'étourdissants pastiches, à commencer par celui de sa propre manière. Les contes cruels? la ruine d'Aigurande, la corruption méthodique du jeune Auguste, les amours avec Miss Urania. Les poèmes en prose, dans la tradition du* Spleen de Paris *ou de* L'Art romantique? *la bataille des enfants à la tartine, la rencontre du jeune homme « à la démarche balancée », les descriptions de tableaux et d'estampes. Les pastiches? du* Saint Antoine *de Flaubert, dans le défilé onirique des prélats et des archimandrites, dans l'apparition de la Chimère et l'allégorie de la Syphilis; de Renan, dans la vision de la chute de l'Empire romain; de Zola, et de son réalisme médical, dans le passage de des Esseintes chez le dentiste; de Huysmans lui-même, dans le chapitre sur la pluie battante à Paris, qui amplifie l'ouverture pluvieuse des* Sœurs Vatard. *Ce sont évidemment des pastiches au sens où Delacroix « copiait » Rubens ou Titien : la patte de l'incomparable styliste met son empreinte sur les traces d'autrui, et bouscule la sienne propre. Vu de plus près encore cet ébouriffant habit d'Arlequin lunaire est travaillé de citations, ouvertes ou dissimulées, extraits d'auteurs lus par des Esseintes, ou inserts subreptices de passages empruntés à des ouvrages sans valeur littéraire, travaux universitaires, catalogues de fleuristes, de joailliers, de parfumeurs, de grands magasins, traités de médecine, tous feuilletés à la hâte et glanés au jugé, dans une caricature fébrile et impatiente du dossier compilé par Zola romancier avec une méticulosité de grand commis des Lettres scientifiques*

Mais cette énorme « fumisterie », pour reprendre les mots que des Esseintes applique à l' « esprit de goguenardise singulièrement inventif et âcre » de

Villiers dans ses Contes, *n'en est pas moins « grave » et « acerbe ». Zola n'en est que la cible mineure et dans la mesure où il a introduit en littérature l'esprit de lourdeur de M. Homais. L'autodérision l'emporte sur le pamphlet. Déguisé en des Esseintes, Huysmans se joue une comédie âcre et brillante dont il est le premier à rire jaune, tant elle expose ses angoisses autant que ses talents. La moindre de ces angoisses est peut-être celle de n'être qu'un épigone de Zola, privé de sa majestueuse et régulière fécondité, rongé secrètement par l'éparpillement du journaliste. Et c'est justement dans cette confession risquée qui accuse jusqu'à la cruauté sa* différence *avec le Maître, qu'il trouve sa vérité, et naît à lui-même. Son « faisandage », à force de sincérité, se révèle capable d'un « frisson nouveau ». Plus encore qu'il ne pouvait le prévoir et le savoir. Car cette mise bout à bout de morceaux disparates, avec pour seul fil conducteur un personnage esquissé à peine, ne devrait pas tenir; et si « ça tient » malgré tout, c'est que le* Je *ventriloque de Huysmans, sa voix, son ton, son style communiquent à l'ensemble une puissante et irrécusable vérité, d'autant plus convaincante que, sur la corde raide, elle triomphe du vide. Cette unité de voix, qui fait vivre ensemble, comme relevant d'un organisme unique, des « morceaux » aussi divers et discontinus, c'est déjà, sans même que Huysmans l'eût prévu ou voulu, la première expérience de* stream of consciousness *littéraire, dont Édouard Dujardin portera quelques années plus tard la technique à la pleine conscience de soi dans* Les Lauriers sont coupés. *Et la couleur intérieure de ce soliloque traversé de souvenirs, de rêves, de méditations, de lectures, de descriptions d'œuvres d'art, et qui par associations apparemment capricieuses, résument une vie, un monde, un univers de culture dans l'espace romanesque, c'est déjà, émouvant « primitif », celui, protégé des lumières du jour dans une chambre noire, du Narrateur de la* Recherche, *flottant nonchalamment entre l'autobiographie et la fiction romanesque, entre le* Journal *des Goncourt et* La Comédie humaine. *Dans son effort « inconscient » pour échapper au cul-de-sac naturaliste, Huysmans a ouvert à la forme romanesque les vannes de sa dérive moderne, celle qui conduisait, hors de sa propre œuvre, vers Dujardin, Proust, Joyce et Leiris.*

*La « gravité acerbe » d'*A Rebours, *sous l'apparente « fumisterie », tient tout entière à la relation que Huysmans entretient avec le rôle qu'il s'est construit dans le personnage de des Esseintes : il s'est projeté dans ce fantoche et, sarcastiquement, il l'habite, moins pour s'identifier à lui que pour s'en arracher, et se libérer, en l'objectivant, d'une de ses tentations les plus profondes. Dans ce jeu kierkegaardien, qui rend ses droits au lyrisme, à l'ironie, à l'inquiétude religieuse du romantisme renié par Zola, il trouve la vigueur de créer un mythe où s'accomplit le « mal du siècle » de René : celui de la Décadence.*

Dans « la chambre double » décrite par Baudelaire, cette chambre « spirituelle » où « le temps a disparu », des failles et des fentes invisibles laissent pénétrer le vent fatal du dehors, abolissent l'enchantement et rendent irréversible le « séjour de l'éternel ennui », où « le Temps règne en souverain ».

***

Sur le seuil, la triste figure dégingandée et émaciée d'un gentilhomme dévoyé, des Esseintes. Un héros, comme René ou Raphaël de Valentin? Il a, en dépit de son mauvais genre « artiste », assez d'orgueil et de conscience de sa supériorité sociale et intellectuelle pour poser au héros, comme Villiers de l'Isle-Adam, ou Barbey d'Aurevilly. Avec la coquetterie du dandy et la rouerie du comédien, il a l'art d'utiliser la noble allure que ses ancêtres lui ont léguée pour capter la noblesse littéraire et tout imaginaire des héros de roman. Il est Don Quichotte, enivré de littérature, et tout l'épisode du « voyage en Angleterre » retrouve la saveur des exploits du Chevalier de la Manche prenant les moulins pour des géants et les auberges pour des palais enchantés. Ou encore, assis pensivement parmi tous les jouets savants que la civilisation offre à ses malades pour leur procurer de décevants répits, l'insomniaque de Fontenay-aux-Roses se pare du prestige de la Melancholia *de Dürer. Une* Melancholia *masculine, qui bientôt, au-dessus de ses cornues de chimiste amateur, se métamorphose en Faust, tourmenté par le doute, au fond d'un laboratoire où les in-folios s'empoussièrent. Avec le métamorphisme d'un Neveu de Rameau, il évoque tour à tour fugitivement, pour la galerie, les plus célèbres personnages que le romantisme a tirés sur les originaux de la Renaissance, Manfred et Don Juan de Byron, Balthazar Claës de Balzac, et le Roderick de* La Maison Usher. *Ce sont là les idéaux dont il se pare pour fasciner le public, c'est-à-dire d'abord lui-même. Mais plus secrètement, c'est une héroïne qui le hante : Emma Bovary. Emma se droguait de romans de keepsake; des Esseintes de littérature latine tardive, de Baudelaire, et de Gustave Moreau. Emma se prendrait volontiers pour Salammbô entre les bras de Mathô alors qu'elle roule dans une voiture de louage à travers Rouen, dans les bras de Léon; des Esseintes se rêve dans l'Angleterre de Dickens alors qu'il prend un verre de porto dans la* Bodéga *de la rue Royale : mais ces jeux d'optique de l'imaginaire irritent en lui une féminité de sultane dont il partage l'hystérie, la frigidité, et le caprice avec Emma. A la fois Don Quichotte et Bovary, à la fois Raphaël et Foedora, des Esseintes, dans son histrionisme de Narcisse solitaire, tend à se parer d'une plénitude d'Hermaphrodite, dont l'Idéal résoudrait le vieux dilemme de Panurge et le doute accablant qu'exploraient les romans « naturalistes » de Huysmans.*

*L'auteur d'*A Rebours *a reçu — fatal présent du Ciel — le « mal du siècle » au moment où celui-ci, faisant tache d'huile, est devenu « névrose » ou « nervosisme », ses symptômes moraux s'amplifiant en symptômes physiques et sexuels. Il y a une part de fabrication littéraire et de « blague » dans la description clinique de des Esseintes : mais cette distance ironique révèle la gravité du danger, la puissance destructrice des explosifs que manie Huysmans avec précaution. Ses lettres contemporaines d'*A Rebours *prouvent que les maux de son héros sont aussi les siens, que les remèdes dont des Esseintes fait usage correspondent à ses propres tentations. Les héros du premier romantisme, héri-*

tiers aussi *du Pococuranté de Voltaire, souffraient beaucoup, mais enfin ils se portaient fort bien et aimaient vaillamment. Ils résistaient à de longs voyages dans des contrées privées de toute facilité touristique, et leur virilité menait de front, tout en gémissant, passions éthérées et étreintes vénales. Seul Byron peut-être a laissé son ennui aller jusqu'à dissocier consciemment son* anima *et son* animus, *et à intérioriser cette « Sylphide » qui hantait l'auteur des* Mémoires d'Outre-tombe.

Le héros « fin de siècle » est atteint d'une schizophrénie qui n'épargne rien et qui dissocie tout : son âme, sa sexualité, mais aussi la santé de son corps. Il sent la mort corroder et écarteler déjà sa guenille. Dès son adolescence, les médecins ont été appelés au chevet de des Esseintes. Ils ne le quitteront plus, sauf pendant les intervalles où leur patient croira pouvoir soulager ses maux par lui-même, dans le dilettantisme érotique puis dans le dilettantisme d'art. Chaque fois la cure s'achèvera par une rechute et une aggravation du mal. La « période » de dilettantisme érotique s'achève lorsque commence le roman : les souvenirs en reviendront par bribes dans la solitude chaste de Fontenay, et donneront une idée des curiosités de des Esseintes dans ce domaine : l'athlétique et monstrueuse Miss Urania, l'éphèbe « à la marche balancée » ont soulagé un temps l'ambiguïté de sa nature, mais pour mieux lui révéler l'impossibilité de la satisfaire, qui dépasse de loin les possibilités somme toute limitées qu'offre la perversion. Sa santé n'est pas à la mesure de ses faims.

Alors, ce fut la fin; comme satisfaits d'avoir

tout épuisé, comme fourbus de fatigues, ses sens tombèrent en léthargie, l'impuissance fut proche.

Il organise alors un « repas de deuil », « dîner de faire-part d'une virilité momentanément morte ». Et après ce « rite de passage » qui précède son départ de Paris et sa retraite à Fontenay, des Esseintes entre dans sa période de dilettantisme artistique, qui elle-même fait se succéder à une allure rapide, comme les « périodes » de Picasso, les orgies inventives d'ameublement, de liqueurs, de parfums, de fleurs, de littérature, de peinture, rythmées dans l'intervalle par des accès douloureux de « nervosisme », « des frémissements qui lui glaçaient l'échine, lui contractaient les dents », « des tremblements des doigts..., des névralgies qui lui coupaient en deux la face, frappaient à coups continus la tempe, aiguillaient les paupières, provoquaient des nausées... », « les douleurs (qui) quittaient le crâne, allaient au ventre ballonné, dur, aux entrailles traversées d'un fer rouge, aux efforts inutiles et pressants; puis la toux nerveuse, déchirante, aride..., il gonflait, étouffait... ». Nouvel exercice de thérapeutique esthétique, suivi d'une rechute : « Tout à coup, une douleur aiguë le perça; il lui sembla qu'un vilebrequin lui forait les tempes... » Et l'exercice des parfums, entrepris pour soulager une légère hallucination olfactive, s'achève par une apocalypse de frangipane, « assaillant ses narines excédées, ébranlant encore ses nerfs rompus, le jetant dans une telle prostration, qu'il s'affaissa évanoui, presque mourant... » L'ennui de l'âme est devenu un véritable chevalet de torture pour un corps, d'abord paralysé dans son ardeur sexuelle, puis disséqué littéralement suivant le tracé de ses nerfs.

Cette dissociation physique, sous l'action dissolvante de l'ennui, retentit en retour sur l'âme ennuyée, qui se disperse en tous sens pour boucher toutes les fentes par où s'engouffre la douleur de vivre, et se donner l'illusion d'empêcher ou retarder la ruine grandissante de l'édifice. Le clinquant des « exercices » coûteux auxquels se livre des Esseintes nous éblouit et nous empêche de voir la dissémination intérieure dont ils procèdent et qu'ils irritent. Dans En Rade, *Huysmans mettra en évidence, en la personne de Jacques Marles, campant dans les ruines du château de Lourps, ce vertige qui était aussi le sien :*

Il eut alors un inexplicable tohu-bohu de réflexions, un chapelet d'idées aux grains diligents et divers qui se dévida, grêlant dans sa cervelle, sans aucun fil d'attache, sans aucune suite...

En une phrase, comme en projection accélérée, c'est tout le stream of consciousness *de des Esseintes dans* A Rebours, *révélant à cette vitesse la menace d'éclatement psychotique qui pèse sur lui. Et, ralenti quelque peu à la dimension d'un paragraphe, l'image de cet état de dispersion est à peine moins inquiétante :*

Il était l'homme qui lit dans un journal, dans un livre, une phrase bizarre, sur la religion, sur la science, sur l'histoire, sur l'art, sur n'importe quoi, qui s'emballe aussitôt et se précipite, tête en avant, dans l'étude, se ruant, un jour, dans l'antiquité, tentant d'y jeter la sonde, se reprenant au latin, piochant comme un enragé, puis laissant tout, dégoûté soudain, sans cause, de ses travaux et de ses recherches, se lançant, un matin, en pleine littérature contemporaine, s'ingérant la substance de copieux livres, ne pensant plus qu'à cet art, n'en dormant plus, jusqu'à ce qu'il le délaissât, un autre matin, d'une volte brusque et rêvât ennuyé, dans l'attente d'un sujet sur lequel il pourrait fondre. Le préhistorique, la théologie, la Kabbale l'avaient tour à tour requis et tenu. Il avait fouillé des bibliothèques, épuisé des cartons, s'était congestionné l'intellect à écumer la surface de ces fatras, et tout cela par désœuvrement, par attirance momentanée, sans conclusion cherchée, sans but utile.

On ne saurait mieux analyser, pour la dissoudre et la conjurer, l'angoisse de n'être qu'un raté. Mais ce va-et-vient d'assiégé, qu'une irrésistible « Cinquième colonne » prend par revers, de l'intérieur, est commun au raté et au dilettante : la différence est de degré, non de nature. Dilettantisme de Don Juan pervers polymorphe, dilettantisme de Faust amateur d'art, collectionneur, bibliophile, décorateur, consommateur de luxe, ces curiosités multipliées pour échapper à l'impuissance et à la paralysie qui le talonnent, signalent, chez des Esseintes, que les « inconnus » sont dans la maison, déjà. Ces « exercices » d'amateur sont des ersatz de discipline spirituelle, et de création artistique. Cette créativité n'est que la trace irritée et pulvérulente de la foi et de l'œuvre impossibles.

*En ce point gît l'ultime « gravité » d'*A Rebours.

Des Esseintes n'est pas un artiste, c'est même le contraire d'un artiste. C'est un comédien et non pas un acteur. Telle est la menace dont Huysmans, qui en connaît la séduction méphistophélique, conjure la pression intérieure en l'incarnant dans le personnage de des Esseintes, comme Goethe se libérant du werthérisme par Werther, comme Kierkegaard se purifiant de l'esthétique par le Journal du Séducteur. Des Esseintes est Huysmans comme Dr Jekyll est Mr. Hyde. Mais Huysmans ne pouvait sauver sa raison d'être, se sauver comme écrivain, peut-être même comme homme, qu'en expulsant hors de lui, en avouant sa hantise de ce double : le dilettante, lui-même hanté par le spectre du ratage, et plus sourdement par celui de la psychose. L'auteur d'A Rebours et d'En Rade sait fort bien que ces vampires suivent l'art moderne comme ses ombres, et qu'ils lui sont en quelque manière consubstantiels. Dans une civilisation tardive, surchargée de mémoire, envahie de chefs-d'œuvre, historiciste, éclectique et sceptique, l'artiste lui-même, le créateur, ne peut faire autrement que d'être aussi et d'abord amateur d'art, critique littéraire, consommateur érudit et douteur, avant s'il se peut de trouver sa propre voie dans le labyrinthe. Mais au cours de cette quête, le péril de la dispersion menace de volatiliser la volonté créatrice, et de l'éparpiller en don juanisme esthétique, voire en cette boulimie des « choses » si bien décrite par Georges Pérec. L'angoisse de mourir avant d'avoir pu condenser ses énergies disséminées en une œuvre qui soit un acte, l'horreur d'avoir à s'écrier alors comiquement avec Néron : Qualis artifex pereo! Proust les a connues plus vivement encore; et s'en est délivré en créant ses personnages de dilettantes, Swann, Charlus, frères cadets de des Esseintes.

***

Les « exercices » velléitaires de ce dernier n'ont pas l'ambition de le préparer à « engendrer dans la Beauté ». Ils ne visent qu'à rassembler pour un instant de répit son corps et son âme écartelés l'un et l'autre, autour d'une jouissance d'art. Doit-il leur méthode aux Exercices spirituels de ses maîtres jésuites? Huysmans revient avec tant d'insistance sur « l'empreinte » que ceux-ci ont laissée sur leur élève, qu'on est tenté de le penser. Quelques années plus tard, pour arracher son « Homme libre » aux tentations de la décadence, Barrès lui fera pratiquer, dans une solitude lorraine, la « composition de lieu avec application des sens ». Cet « Homme libre » a tenu compte de la leçon de des Esseintes. Dans A Rebours, où la référence à Loyola n'est pas faite expressément, le cadre choisi pour la retraite (à l'écart du monde et de la lumière), le volontarisme et l'ingéniosité qui animent le « retraitant », le recours à l'imagination méthodique et à la mise en scène de sa culture qui caractérisent sa « spiritualité », autorisent le rapprochement avec la technique ignatienne. Évidemment, cette utilisation des Exercices est pervertie à des fins purement hédonistes, et elle dévie de l'esprit de la Compagnie de Jésus par une confusion narcissique entre le « Directeur » et le « retraitant ». Sur ce dernier point, Barrès, qui dote son Homme libre d'un compagnon de retraite, est revenu à une pratique plus orthodoxe. Mais enfin l'orgue à liqueurs de des Esseintes, sa chimie des *bouquets, ses compositions de pierres précieuses, auraient pu être imaginés — et le furent, à peine autrement — par un emblématiste et ornemaniste jésuite du* XVIe *siècle finissant, pour donner aux fidèles, dans l'esprit des* Exercices, *l'équivalent sensible des réalités spirituelles.*

Il y a d'ailleurs une étrange similitude entre l'Age d'or des Exercices *(la « fin de siècle »* XVIe *et ses prolongements au* XVIIe*) et le Décadentisme fin* XIXe. *La mélancolie de Rodolphe II, dans son château de Prague, entouré d'alchimistes, d'astrologues, de musiciens, de peintres est très analogue à celle de Louis II à Neuschwanstein. Et Huysmans lui-même a perçu cette « correspondance » entre le climat « fin de siècle » dont des Esseintes est le témoin, et le* taedium vitae *qui tourmentait les contemporains de Cervantès : il attribue à son héros « une hérédité datant du règne de Henri III ». Les jésuites s'efforcèrent alors de guérir cette « névrose » des élites, selon la méthode que leur fondateur avait éprouvée sur lui-même, en la tournant* ad majorem Dei gloriam. *Pour réduire l'écart douloureux et désespérant entre un Dieu dont on doute et une réalité qui déçoit, ils pratiquèrent une pédagogie de l'imagination et des sens, revêtant les Idées théologiques d'apparences sensorielles, prêtant à Dieu le réel sensible, et Dieu au réel sensible. Ce « chemin de velours », sur lequel Remy de Gourmont, un ami de Huysmans, écrira un livre pénétrant, prépara bien des élèves de la Compagnie à accueillir avec faveur, au* XVIIIe *siècle, les doctrines de l'empirisme. Rien de surprenant si les héritiers tardifs et recrus de l'empirisme, à la fin du* XIXe *siècle, sont remontés aux* Exercices, *qui obligent à trouver au* *fond des sens une certitude qui tout à la fois les dépasse et les canonise. La technique des* Exercices, *implique par ailleurs, pour la construction de ses mises en scène, le recours aux ressources de la mémoire cultivée, et Dieu sait si la mémoire humaniste, encyclopédique, était surchargée de textes et d'images classiques, égyptiennes, bibliques, médiévales et « renaissantes », prêts au remploi. L'éclectisme compliqué, maniéré, et érudit des arts de la fin du* XVIe *siècle obéit au même principe de fabrication que les « compositions de lieu avec application des sens » des* Exercices spirituels : *invention érudite et imitation éclectique, ingénieuse, des œuvres accumulées par la culture. La citation, l'incrustation, l'allusion ne trouvent de style que dans une « manière » insolemment personnelle, dans la forme torturée par le* taedium vitae *d'un « Je » menacé de désintégration. Ce papillonnement esthétique difficilement stylisé en « pose », en « attitude », en « affectation », il faut avouer que les* Exercices *jésuites l'ont introduit dans la spiritualité chrétienne, avec un ferment d'amateurisme intellectuel : le « grand goût » de Port-Royal, naturel et simplicité, tentera de remédier à cette déviation.*

La leçon jésuite s'accorde chez des Esseintes avec celle des « curiosités esthétiques » de Baudelaire : lutter contre le doute, et la dispersion qu'il engendre avec l'ennui, par la fabrication d'images qui imposent aux sens leur évidence, qui se font croire, et qui par là rendent goût à la vie, et peut-être à Dieu. Cette fabrication d'images, chez Baudelaire qui vitupère l' « éclectisme », aboutit chez l'artiste digne de ce nom à un fait, à une œuvre, à une création. Chez des Esseintes, victime de ce que Baudelaire appelle les « misères modernes », cette fabrication reste velléitaire, et tout imaginaire. Essayant, contrairement aux objurgations du poète, des « moyens contradictoires », « l'empiétement d'un art sur un autre », elle réintroduit la dispersion et le doute au cœur même de l'ascèse qui devrait les combattre. Les paysages de parfums, de fleurs, le « musée imaginaire » et la « bibliothèque imaginaire » que compose des Esseintes s'évanouissent aussitôt que le premier effet de soulagement et de jouissance s'est produit. Une méditation purement associative, privée de véritable discipline, fait de ces instants de plaisir le point de départ de souvenirs et de rêves tout passifs. Le passage d'un « ordre » à un autre n'a pas lieu : on piétine à l'intérieur du sensible, ballotté entre un plaisir et le prix de ce plaisir, dans un palais de miroirs glacés où un prestidigitateur tâtonne, faute de maître et de maîtrise spirituels. Des Esseintes a beau se plier au précepte de Pascal, cité par Baudelaire dans Le Spleen de Paris, *et « demeurer en paix dans une chambre », c'est pour y vivre non pas selon la discipline de la « paix du cœur », mais dans une excitation intellectuelle et sensorielle analogue à celle, aujourd'hui, du cinéphile et du touriste culturel de la T.V. et de Beaubourg, qui trompe par accès la douleur, mais qui lui interdit de mûrir en souffrance.*

Sous Loyola et Baudelaire perce Schopenhauer, le philosophe que des Esseintes juge avoir dit le dernier mot sur l'existence. Le problème de des Esseintes, lecteur de Schopenhauer, c'est de passer du revers de la douleur à l'envers de la jouissance, tout en sachant bien qu'en dernière analyse c'est impossible. Le monde est une gigantesque entreprise sadique dont l'homme est la cible favorite, parce que consciente du mal qui lui est fait, à moins qu'il ne s'éveille à la vérité de sa condition et ne ruse avec son bourreau. La théologie gnostique du philosophe allemand est confortée dans l'esprit de des Esseintes par celle de Sade. Pour Schopenhauer, l'art — dont on ne sait si c'est celui de l'artiste ou de l'amateur — est l'instrument par excellence du réveil : en détachant les choses de la chaîne par laquelle la Volonté cosmique les attache à ses fins cruelles, en leur permettant de flotter hors de sa prise, il en fait les miroirs d'un état innocent du monde, où le regard, un instant libéré du souci, peut se reposer. Les Goncourt, dans les admirables descriptions dont ils parsèment, hors de l'intrigue pessimiste, leurs romans, ont épousé cette théorie du soulagement esthétique. Chez Schopenhauer, l'art — ou plutôt l'esthétique — est un « à rebours » de la Volonté, comme chez Sade le crime est un « à rebours » de la morale qui voile les crimes de Dieu. Toute jouissance, esthétique chez l'un, criminelle chez l'autre, est une victoire sur une volonté divine et aveugle de vouer l'homme à la douleur.

Aussi, pour l'esthète des Esseintes, l'art (des autres!) n'est qu'un cas particulier de l'artifice, qui lui paraît « la marque distinctive du génie de l'homme ». Cet artifice peut prendre la forme du crime, dont il se fait le pédagogue dans le cas d'Auguste. Il peut prendre aussi la forme de la « création » industrielle. Une locomotive et un orgue à liqueurs, aussi bien que la Salomé *de Gustave Moreau, manifestent à ses yeux la même revanche du génie artificieux de l'homme sur la Nature, et donc sur la femme, son symbole et sa complice. Prudent, des Esseintes préfère lancer autrui sur la route dangereuse du crime. Restent, pour affranchir l'homme de son destin de douleur, l'Industrie et l'Esthétique, ruses supérieures de la raison humaine pour déjouer celles, grossières, que lui tend l'aveugle cruauté du Créateur — ou de la « Volonté » cosmique. La société de consommation, qui pointe déjà en 1884, ne trouve pas en des Esseintes un détracteur : il n'y voit pas, comme la technocratie socialiste, le moyen de faire participer « les masses » à l'habile victoire du jouir sur le douloir; il se contente, en technocrate esthète et élitiste, d'y apprécier les soulagements qu'elle apporte à l'existence d'un célibataire spleenétique : la Nature antérieure à l'Industrie et à l'Esthétique balaierait sans même y prendre garde ce « roseau pensant », si même elle lui avait permis d'apparaître.*

Comme les palais de Louis II, la maison de Fontenay-aux-Roses est dotée du dernier confort moderne, encore que la disposition naturelle des lieux rende impossible l'installation de douches. Et des Esseintes, qui déteste la foule bruyante de Paris, s'y fournit en parfums, fleurs rares, liqueurs, joyaux, meubles, dans les meilleures maisons. Un supermarché ne lui aurait pas déplu, pour peu qu'il fût l'œuvre de MM. Jansen, Guerlain, Cartier et Lachaume. Quant aux arts, procurant des sensations violentes et subtiles s'ils sont d'avant-garde, inédites et dépaysantes s'ils sont primitifs, ils s'accommodent parfaitement du confort industriel moderne : ils l'épicent, ils le préservent de l'insipidité. En guise d'art primitif, des Esseintes se contente encore de latinité tardive et de chant grégorien : nul doute que dix ans plus tard, il n'eût ajouté à ses curiosités celle de l'art nègre, plus tard de l'art des Cyclades, et plus tard encore des « arts populaires ». Tant de facilités offertes par la civilisation industrielle à l'intériorité esthétique font de l'appartement du célibataire moderne une Villa Adriana en réduction, l'étage noble de la Babel industrielle, sa justification ultime.

Et il arrive parfois à des Esseintes de goûter dans sa plénitude le bonheur d'être « comme un Dieu » qui aurait supplanté les dieux inférieurs :

Enfoncé dans un vaste fauteuil à oreillettes, les pieds sur les poires en vermeil des chenets, les pantoufles rôties par les bûches... des Esseintes posa le vieil in-quarto qu'il lisait, sur une table, s'étira, alluma une cigarette, puis il se reprit à rêver délicieusement, lancé à toutes brides sur une piste de souvenirs.

C'est alors qu'affluent les souvenirs sadiques. Dans cet instant de vacance heureuse, la « victime » de la Volonté trouve l'occasion de se muer imaginairement en bourreau. Il y a du chat dans des Esseintes. Frileux, voluptueux, aux aguets contre la douleur, il ne peut s'empêcher, sitôt qu'il en réchappe, d'accroître son plaisir en faisant le compte des misères qu'il a infligées aux souris. Cette charité alla rovescia *s'était exercée sur Aigurande, sur Auguste, elle se savoure dans la mémoire, et elle s'offre, dans le spectacle des « méchants mômes » se déchirant pour un morceau de pain, une satisfaction philosophique digne de* Lord of the Flies.

Mais la maîtrise sadique, à l'abri des murailles, n'est pas un état durable. Aveugle, mais d'autant plus tenace et insinuante, la cruauté du Vouloir cosmique filtre sous les portes et par les cheminées, et sait elle aussi emprunter le chemin de la mémoire. Le goût d'un rare whisky d'Irlande « remémore » à des Esseintes « l'identique senteur » phéniquée de séances chez un arracheur de dents, et déclenche un souvenir d'indicibles tortures. Les émanations entêtantes de son jardin d'hiver déclenchent un cauchemar où la Femme lui apparaît sous les traits immondes de la Syphilis, « qui pesait sur lui, ... qu'il sentait glisser sur son échine moite, sur son corps dont les poils se hérissaient dans des mares de sueur froide », et la vision ne se dissipe que pour laisser place à « un paysage minéral atroce, ... un paysage blafard, désert, raviné, mort », un « site désolé » qu'éclaire « une lumière tranquille, blanche ». Pénélope ou Schéhérazade, notre esthète a beau multiplier les artifices, la cruelle Nature en définitive, alliée à la douleur et à la mort, gagne toujours la partie.

Pour échapper à la chambre de tortures qui se reconstitue sans cesse à l'intérieur de la « thébaïde raffinée », la Bibliothèque et le Musée offrent encore leur recours. Les exercices de des Esseintes y ont le même style que dans le laboratoire aux parfums, le boudoir aux joyaux, le jardin d'hiver, et la cave à liqueurs. C'est l'art d'extraire un « sublimé », une « essence », un « bouquet », voire un « coulis », une saveur rare et inédite à partir de matériaux eux-mêmes rares, mais divers et apparemment incompatibles. Opposer par un prodige d'ingéniosité et d'artifice, à la volonté centrifuge de dissociation et de souffrance, un tour de force de synthèse et de jouissance. Évidemment plus à l'aise dans la Bibliothèque et au Musée que dans la parfumerie ou les floralies, Huysmans tend alors à oublier son héros-prétexte, et à parler directement en son propre nom. Encore que, dans le chapitre sur la littérature latine de la décadence, il ait recours, comme dans les chapitres floraux ou parfumés, à une documentation hâtive qu'il réussit, par un remarquable effet de trompe-l'œil littéraire, à faire passer pour érudition encyclopédique chez son héros. Cet art de composer un « bouquet » aussi artificiel que vraisemblable à partir de « fleurs » extraites d'ouvrages divers et médiocres, présente de telles analogies avec la « méthode » de des Esseintes qu'on peut se demander si celle-ci n'est pas la métaphore de la « rhétorique » mise au point par Huysmans pour écrire A Rebours. *Remarquable « mise en abysme », qui inscrirait la « décadence » décrite par le livre au principe même de son engendrement. Pour comble, les analyses critiques du style de Pétrone, Fronton, Tertullien, Commodien, Prudence (tournant en éloge ce que les sources de Huysmans, Nisard et Ebert, condamnaient) s'appliquent trait pour trait au style même qui les énonce, celui de Huysmans lui-même : « concision apprêtée, âpre » de Tacite, « armature plaquée de joaillerie » de Lucain, « roman réaliste, ... histoire sans intrigue, sans action..., en une langue splendidement orfévrée » de Pétrone, « style concis..., heurté par des oppositions, hérissé de jeux de mots et de pointes, bariolé de vocables » de Tertullien, « constructions inemployées, verbes inconnus, adjectifs aux sens alambiqués, mots abstraits, rares » : on dirait une antholo-*

gie, tournée à l'éloge, des formules d'éreintement employées par la critique contemporaine contre la « manière » de Huysmans. Et il ne serait pas difficile de montrer comment fleurs et pierres précieuses, alcools et parfums sont également — comme d'ailleurs le suggèrent les titres de recueil qu'affectionnent les poètes du temps, Coffret de Santal et autres Hortensias bleus — des descriptions analogiques d'un style en prose qui se pare des raccourcis et des incrustations de la poésie.

Mais c'est surtout dans les descriptions d'œuvres d'art que le monologue de des Esseintes devient pour Huysmans pur prétexte à énoncer une rhétorique de la « Décadence » destinée à remplacer la rhétorique naturaliste. Si sur le plan éthique, et en particulier celui de l'éthique du créateur, Huysmans est en garde contre le dilettantisme et les effets volatilisants de la « névrose », sur le plan esthétique il attend du mal même l'éclosion de nouvelles « fleurs ». La décadence, qui, alliée à la mort, décompose, fait de ses lentes agonies le moment chimique par excellence, où l'artiste, hâté par le temps qui presse, peut se livrer à des coagulations, catalyses, alliances et compositions surprenantes et inédites. L'éparpillement et le désordre rendent possibles des combinaisons nouvelles, selon un ordre différent et même opposé à l'ordre accoutumé. Le travail de la mort, pour l'artiste, devient la préface indispensable au travail de l'art « décadent ». Les savants parfums que compose des Esseintes — et que Huysmans tire tout bonnement de prospectus publicitaires — n'ont pas d'autre materia prima que l'odeur de médicament qui accompagne un arrachage de dent. Ils naissent comme elle de la décomposition, du travail féroce et fécond d'une agonie. Mais de ces émanations éparses de la « charogne » terrestre, au prix de sélections et d'alliances savantes, les parfumeurs, et après eux des Esseintes, composent des « bouquets » qui à leur tour soulageront l'âme humaine aux prises avec son agonie.

L'érudition, cette tentative toujours inachevée de vaincre le temps qui disperse et détruit les archives, était essentielle à la Renaissance catholique dont Chateaubriand et ses amis, tous historiens, s'étaient faits les artisans. Elle est tout aussi essentielle à la rhétorique décadente. Mais il ne s'agit plus de la même érudition. Sélective, son but n'est plus d'engranger en vue de nouvelles moissons, mais d'accumuler en vue de dissiper, par un acte vif, ce que le temps disperse trop lentement. Elle rassemble pour son bûcher moins des documents, à la Zola, que des textes littéraires préexistants, qu'elle entasse en un savant désordre qui les dénature. Mais ce travail d'invention n'a de sens qu'en vue du moment magique et inspiré où le feu est mis aux fiches rassemblées, et où, des monceaux de littérature morte, jaillissent dans les flammes d'étranges couleurs imprévues et fatales, qui transfigurent pour un dernier instant en fête la nuit du monde. Chez Gustave Moreau, le peintre qui procure à des Esseintes les plus longs « transports », Huysmans reconnaît dans leur plénitude ces deux moments de l'invention et de l'exécution décadentes. Ses œuvres ne sont plus, comme les chefs-d'œuvre de l'art ancien, des échos sublimes, du Fiat Lux de la Création, ce sont des prémonitions de l'Apocalypse, à la fois résumé, corruption et incendie du monde. Il faudrait pour un tel artiste inventer un autre mot *que celui de créateur : annulant une Création maudite en un geste érostratéen, il lui confère le seul sens et la seule beauté qu'elle puisse avoir contre le vœu du Créateur, sa destruction en feu d'artifice symbolique. L'érudition de Moreau, Huysmans ne se lasse pas d'en énumérer les richesses : dans le seul tableau de* Salomé *s'accumulent le Moyen Age, avec le « maître-autel d'une cathédrale » et « des piliers romans », le Moyen-Orient médiéval, avec l'architecture « musulmane et byzantine », l'Orient avec un « dieu Hindou », la connaissance des Évangiles y fusionne avec celle des « théogonies de l'Extrême-Orient », et le cycle classique d'Hélène s'y combine avec le cycle égyptien d'Isis. Encyclopédisme et syncrétisme ne sont pas moindres dans* L'Apparition : *architecture et arts décoratifs mozarabes, mosaïque byzantine, orfèvrerie et joaillerie de haute époque s'y composent en trophée. L'érudition picturale de Moreau défie elle aussi l'analyse : pris de vertige, des Esseintes se contente de citer Mantegna et Jacopo de Barbari, Vinci et Delacroix. Mais de ces « sources » d'historien d'art, d'ethnographe, de mythologue, Moreau, « réunissant, fondant », tire « fusions » et « amalgames » qui les dénaturent. Son « érudite hystérie », son « nervosisme tout moderne », retrouvant les « origines » par une sorte de consommation des temps, fait alors se lever, « hors des siècles », « ne dérivant de personne », et défiant toute interprétation rassurante « un enchantement singulier, une incantation vous remuant jusqu'au fond des entrailles, comme celle de certains poèmes de Baudelaire ». Cette « incantation », d'essence érotique et perverse, « à rebours » de l'ordre des choses créées, c'est celle d'un grand prêtre gnostique, célébrant symboliquement la victoire de l'artifice sur la Nature, du désordre sur l'ordre, du crime sur la sainteté, dans une Messe noire plus redoutable que celle que décrira Durtal dans* Là-Bas.

Le poème en prose consacré aux œuvres de Moreau ne se borne pas à nous révéler le principe formel de la rhétorique « décadentiste » dont A Rebours *fut le manifeste : il laisse entrevoir la philosophie de cette rhétorique. L'œuvre, cette victoire sur le péril de la dissémination, ne peut surgir qu'au prix de célébrer la dissémination elle-même; retenant son auteur au bord de la destruction, elle n'a pour sujet et pour objet que la destruction dont elle magnifie les fastes, et communique le vertige. Conjuration pour l'artiste, elle est évocation fascinante pour autrui. Ce pacte avec le Diable amenait Huysmans au seuil de l'occultisme de Péladan et de Guaita, dont héritent aujourd'hui l'a-théologie de Georges Bataille et le* Baphomet *de Pierre Klossowski. Prudemment, il a fait signer le pacte à un double, des Esseintes. Quant à lui, il se réserve. Dans* En Rade, *la description des tableaux de Moreau deviendra, amplifiée, un cauchemar où Jacques Marles doit assister au viol d'Esther par Assuérus. Et dans un autre cauchemar, qui développe celui de des Esseintes (« un paysage blafard, désert, raviné, mort »), Marles croira explorer la surface de la Lune,*

se demandant à la suite de quels cataclysmes ces ouragans s'étaient congelés, ces cratères s'étaient éteints? à la suite de quelle formidable compression d'ovaires avait été enrayé le mal sacré, l'épilepsie de ce monde, l'hystérie de cette planète, crachant du feu, soufflant des trombes, se cabrant, bouleversée sur son lit de laves? à la suite de quelle irrécusable adjuration, la froide Séléné était tombée en catalepsie dans cet indissoluble silence qui plane depuis l'éternité sous l'immuable ténèbre d'un incompréhensible ciel?

Nous sommes déjà « en route » vers la conversion de Huysmans. Celui-ci refuse de payer le prix du Grand Œuvre « décadent » dont sa génération avait rêvé, et dont A Rebours *avait laissé entrevoir allusivement l'explosive beauté. Dans* En Rade, *Huysmans est déjà entré en lutte contre des Esseintes. Par-delà le pacte qui avait conféré à Rimbaud le pouvoir des* Illuminations, *il entrevoit la rançon de l'éternel exil dans le « paysage blafard, désert, raviné, mort ». Ce n'est pas dans l'Art que Huysmans trouvera son unité intérieure, mais dans la foi.*

*Cette distance prudente, cette réserve ironique conservée par l'auteur d'*A Rebours *même vis-à-vis de son velléitaire héros, n'ont guère été perçues. Échappant à son cadre romanesque, l'expérimentale marionnette a fait des disciples et trouvé des admirateurs. La fascination qu'éprouve Huysmans pour son automate, la part de lui-même qu'il a investie en celui-ci, la séduction de sa voix et de son style qu'il lui a prêtée, l'ont emporté sur la prudence d'un inventeur aussi sceptique, en dernière analyse, envers la mystique de Mallarmé et de Villiers, qu'il l'avait été envers le naturalisme de Zola. Des Esseintes est devenu le modèle d'un art de vivre, et le porte-drapeau d'une rhétorique littéraire.* A

Rebours, *vite dépassé par son auteur, s'est imposé comme le premier — et l'un des plus influents — de ces « Manifestes » dont le* XXe *siècle fut si prodigue. La moindre nouveauté de ce Manifeste n'était pas dans sa forme même, qui sacrifie l'œuvre au programme d'œuvres possibles, et la « création » au sens biblique et romantique, à une rhétorique de la Décadence, nommée aujourd'hui Modernité. Par là, par une désinvolte audace, Huysmans ouvrait la voie à l'extraordinaire déséquilibre entre la critique-création, et la création-critique, dont le plus impressionnant témoignage nous est donné par un admirateur de Huysmans, Paul Valéry, dont l'immense « Poïétique » contraste si insolemment avec le mince volume de sa poésie.*

Le programme « décadentiste » proposé sous le masque de des Esseintes est résumé dans la description des tableaux de Gustave Moreau; il est complété, à l'usage pratique des écrivains, par la description, au chapitre XIV, *de l'essence esthétique de l'œuvre de Baudelaire, de Flaubert, des Goncourt, de Verlaine, de Corbière, de Mallarmé, de Villiers, autant de « fleurs du mal » offertes à de nouveaux bouquets et incitant à les composer. La méthode est assez analogue à celle des* Essais de Psychologie contemporaine *de Bourget, qui incitait à la même composition éclectique de modèles divers, mais dont la liste est différente. Huysmans par ailleurs associe plus étroitement que Bourget poètes et prosateurs, incitant ainsi indirectement à poursuivre la recherche du Grand Œuvre du côté du poème en prose et de l'écriture artiste. L'essentiel toutefois, chez les deux auteurs, est un idéal littéraire où la part du critique érudit l'emporte sur* celle du créateur, ou plus exactement tend à l'investir et à la résorber.

***

C'est sans doute cette victoire de Méphistophélès sur Faust qui enchante le plus des Esseintes, et qui inquiète le plus Huysmans. Dans En Rade, l'âme damnée du héros d'A Rebours semble hanter les ruines du château de son enfance, où s'est imprudemment réfugié l'écrivain Jacques Marles : entraîné vers sa perte, celui-ci est le bouc émissaire que Huysmans abandonne au vampirisme de des Esseintes. Et dans Là-Bas, tandis que des Esseintes se réincarnera dans le démoniaque chanoine Docre, Huysmans, cantonné dans une curiosité prudente, revêtira pour la première fois son masque définitif, celui de Durtal. C'est ce Je, enfin isolé des tentations qui le tiraient en tous sens, que la conversion viendra consolider et réconcilier avec lui-même.

Des Esseintes, travaillé par le problème de la douleur, trouvait dans L'Apparition de Gustave Moreau la seule justification de celle-ci, sa métamorphose en beauté convulsive. Durtal, dans Là-Bas, est hanté par la Crucifixion de Grünewald contemplée au musée de Cassel. Et dans Trois Primitifs, son œuvre-testament, la description du retable d'Issenheim découvert à Colmar devient pour Huysmans converti le bilan de son itinéraire spirituel, de son passage, pour parler Kierkegaard, du « stade esthétique » au « stade religieux ». Aucune œuvre peinte ne rayonne autant de solitude que le retable de Colmar : à côté de ces grandes *figures silencieuses et repliées en elles-mêmes, toute autre peinture semble, au* XVIe *siècle et depuis, théâtrale, aguicheuse, poseuse. Aucune œuvre peinte depuis, même par Rembrandt, ne donne à ce point la sensation d'une hiéroglyphique autobiographique, écrite en présence de Dieu seul. Chaque hiéroglyphe du retable d'Issenheim était pour Huysmans une réponse fraternelle aux interrogations qui n'avaient cessé de le poursuivre. Ici, aucune médiation méditerranéenne, pas un atome de Beau idéal : la douleur du Christ est saisie dans sa plus atroce et sordide tétanie; et sans transition elle se renverse, dans le tableau de la Résurrection, en ondoiements de lumière, en arc-en-ciel spirituel, comme un œil se rouvre après s'être fermé. La vulgarité de la Vierge avant l'Annonciation, où toute la misogynie chrétienne projette son mépris d'Ève, se transfigure, dans la* Sacra conversazione *entre la Mère et l'Enfant, en majesté montagneuse, révérée par des légions d'archanges et d'anges musiciens. Et entre ces deux lignes d'horizon métaphysique d'un destin solitaire, la mort et la naissance, « lange et linceul », Grünewald a inséré les deux moments essentiels d'un itinéraire terrestre : la tentation qui écartèle saint Antoine, le déséquilibre, et le projette dans les ténèbres extérieures; la pause et le dialogue d'amitié entre saint Antoine et saint Paul l'Ermite, deux solitaires faisant halte et se rendant l'un à l'autre témoignage, dans un paysage qui hésite entre pourriture et reverdissement.*

Dans cette lumière impitoyable et rédemptrice, la douleur peut s'accomplir en souffrance et endurance, l'ennui en mystique certitude d'abandon. Entre Grünewald et Gustave Moreau, A Rebours *prononce l'*Ecce Homo *de Huysmans, son* Ou bien... ou bien.

Marc Fumaroli.

*Note sur le texte d'*A Rebours.

Nous avons reproduit dans cette édition le texte publié par Lucien Descaves dans le tome VII des *Œuvres complètes* de Huysmans, chez Crès, en 1929, qui lui-même reproduisait en l'améliorant sur quelques points de détail, d'après un exemplaire corrigé de la main de l'auteur, le dernier texte publié du vivant de celui-ci, en 1903, aux Cent Bibliophiles. Nous donnons également la préface écrite par Huysmans pour cette édition de 1903 et la note de Lucien Descaves pour l'édition de 1929. Nous nous sommes borné à rétablir l'orthographe de quelques noms propres (Olivaint, Perreyve). Notre édition, ni par le texte ni par les notes, en dépit de l'étendue de celles-ci, n'a la prétention d'être critique. Elle ne se propose que de faciliter la lecture du texte traditionnel d'*A Rebours*, en attendant l'édition critique souhaitable. [Entre-temps, celle-ci a été établie par les soins de Mme Rose Fortassier dans la collection « Lettres françaises » dirigée par M. Pierre-Georges Castex et publiée par l'Imprimerie Nationale, Paris, 1981.]

À Rebours

Il faut que je me réjouisse au-dessus du temps..., quoique le monde ait horreur de ma joie, et que sa grossièreté ne sache pas ce que je veux dire.

Rusbrock l'admirable.

PRÉFACE
ÉCRITE VINGT ANS APRÈS LE ROMAN

Je pense que tous les gens de lettres sont comme moi, que jamais ils ne relisent leurs œuvres lorsqu'elles ont paru. Rien n'est, en effet, plus désenchantant, plus pénible, que de regarder, après des années, ses phrases. Elles se sont en quelque sorte décantées et déposent au fond du livre; et, la plupart du temps, les volumes ne sont pas ainsi que les vins qui s'améliorent en vieillissant; une fois dépouillés par l'âge, les chapitres s'éventent et leur bouquet s'étiole.

J'ai eu cette impression pour certains flacons rangés dans le casier d'*A Rebours*, alors que j'ai dû les déboucher.

Et, assez mélancoliquement, je tâche de me rappeler, en feuilletant ces pages, la condition d'âme que je pouvais bien avoir au moment où je les écrivis.

On était alors en plein naturalisme; mais cette école, qui devait rendre l'inoubliable service de situer des personnages réels dans des milieux exacts, était condamnée à se rabâcher, en piétinant sur place.

[illegible]lle n'admettait guère, en théorie du moins, l[illegible]xception; elle se confinait donc dans la peinture de l'existence commune, s'efforçait, sous prétexte de faire vivant, de créer des êtres qui fussent aussi semblables que possible à la bonne moyenne des gens. Cet idéal s'était, en son genre, réalisé dans un chef-d'œuvre qui a été beaucoup plus que *L'Assommoir* le parangon du naturalisme, *l'Éducation sentimentale* de Gustave Flaubert; ce roman était, pour nous tous, « des Soirées de Médan », une véritable bible; mais il ne comportait que peu de moutures. Il était parachevé, irrecommençable pour Flaubert même; nous en étions donc, tous, réduits, en ce temps-là, à louvoyer, à rôder par des voies plus ou moins explorées, tout autour.

La vertu étant, il faut bien l'avouer, ici-bas une exception, était par cela même écartée du plan naturaliste. Ne possédant pas le concept catholique de la déchéance et de la tentation, nous ignorions de quels efforts, de quelles souffrances elle est issue; l'héroïsme de l'âme, victorieuse des embûches, nous échappait. Il ne nous serait pas venu à l'idée de décrire cette lutte, avec ses hauts et ses bas, ses attaques retorses et ses feintes et aussi ses habiles aides qui s'apprêtent très loin souvent de la personne que le Maudit attaque, dans le fond d'un cloître; la vertu nous semblait l'apanage d'êtres sans curiosités ou dénués de sens, peu émouvante, en tout cas, à traiter, au point de vue de l'art.

Restaient les vices; mais le champ en était, à cultiver, restreint. Il se limitait aux territoires des Sept péchés capitaux et encore, sur ces sept, un seul, celui contre le sixième Commandement de Dieu, était à peu près accessible.

Les autres avaient été terriblement vendangés et il n'y demeurait guère de grappes à égrener. L'Avarice, par exemple, avait été pressurée jusqu'à sa dernière goutte par Balzac et par Hello. L'Orgueil, la Colère, l'Envie avaient traîné dans toutes les publications romantiques, et ces sujets de drames avaient été si violemment gauchis par l'abus des scènes qu'il eût vraiment fallu du génie pour les rajeunir dans un livre. Quant à la Gourmandise et à la Paresse, elles semblaient pouvoir s'incarner plutôt en des personnages épisodiques et convenir mieux à des comparses qu'à des chefs d'emploi ou à des premières chanteuses de romans de mœurs.

La vérité est que l'Orgueil eût été le plus magnifique des forfaits à étudier, dans ses ramifications infernales de cruauté envers le prochain et de fausse humilité, que la Gourmandise remorquant à sa suite la Luxure et la Paresse, le Vol, eussent été matière à de surprenantes fouilles, si l'on avait scruté ces péchés avec la lampe et le chalumeau de l'Église et en ayant la Foi; mais aucun de nous n'était préparé pour cette besogne; nous étions donc acculés à remâcher le méfait le plus facile à décortiquer de tous, le péché de Luxure, sous toutes ses formes; et Dieu sait si nous le remâchâmes; mais cette sorte de carrousel était court. Quoi qu'on inventât, le roman se pouvait résumer en ces quelques lignes : savoir pourquoi monsieur Un tel commettait ou ne commettait pas l'adultère avec madame Une telle; si l'on voulait être distingué et se déceler, ainsi qu'un auteur du meilleur ton, l'on plaçait l'œuvre de chair entre une marquise et un comte; si l'on voulait, au contraire, être un écrivain populaire, un prosateur à la coule, on la campait entre un soupirant de barrière et une fille quelconque; le cadre seul différait. La distinction me paraît avoir prévalu maintenant dans les bonnes grâces du lecteur, car je vois qu'à l'heure actuelle il ne se repaît guère des amours plébéiennes ou bourgeoises, mais continue à savourer les hésitations de la marquise[1], allant rejoindre son tentateur dans un petit entresol dont l'aspect change suivant la mode tapissière du temps. Tombera? Tombera pas? cela s'intitule étude psychologique. Moi je veux bien.

J'avoue pourtant que, lorsqu'il m'arrive d'ouvrir un livre et que j'y aperçois l'éternelle séduction et le non moins éternel adultère, je m'empresse de le fermer, n'étant nullement désireux de connaître comment l'idylle annoncée finira. Le volume où il n'y a pas de documents avérés, le livre qui ne m'apprend rien ne m'intéresse plus.

Au moment où parut *A Rebours*, c'est-à-dire en 1884, la situation était donc celle-ci : le naturalisme s'essoufflait à tourner la meule dans le même cercle. La somme d'observations que chacun avait emmagasinée, en les prenant sur soi-même et sur les autres, commençait à s'épuiser. Zola, qui était un beau décorateur de théâtre, s'en tirait en brossant des toiles plus ou moins précises; il suggérait très bien l'illusion du mouvement et de la vie; ses héros étaient dénués d'âme, régis tout bonnement par des impulsions et des instincts, ce qui simplifiait le travail de l'analyse. Ils remuaient, accomplissaient quelques actes sommaires, peuplaient d'assez franches silhouettes des décors qui devenaient les personnages principaux de ses drames. Il célébrait de la sorte les halles, les magasins de nouveautés, les chemins de fer, les mines, et les êtres humains égarés dans ces milieux n'y jouaient plus que le rôle d'utilités et de figurants; mais Zola était Zola, c'est-à-dire un artiste un peu massif, mais doué de puissants poumons et de gros poings.

Nous autres, moins râblés et préoccupés d'un art plus subtil et plus vrai, nous devions nous demander si le naturalisme n'aboutissait pas à une impasse et si nous n'allions pas bientôt nous heurter contre le mur du fond.

A vrai dire, ces réflexions ne surgirent en moi que bien plus tard. Je cherchais vaguement à m'évader d'un cul-de-sac où je suffoquais, mais je n'avais aucun plan déterminé et *A Rebours*, qui me libéra d'une littérature sans issue, en m'aérant, est un ouvrage parfaitement inconscient, imaginé sans idées préconçues, sans intentions réservées d'avenir, sans rien du tout.

Il m'était d'abord apparu, tel qu'une fantaisie brève, sous la forme d'une nouvelle bizarre; j'y voyais un peu un pendant d'*A Vau-l'eau* transféré dans un autre monde; je me figurais un monsieur Folantin, plus lettré, plus raffiné, plus riche et qui a découvert, dans l'artifice, un dérivatif au dégoût que lui inspirent les tracas de la vie et les mœurs américaines de son temps; je le profilais fuyant à tire-d'aile dans le rêve, se refugiant dans l'illusion d'extravagantes féeries, vivant, seul, loin de son siècle, dans le souvenir évoqué d'époques plus cordiales, de milieux moins vils.

Et, à mesure que j'y réfléchissais, le sujet s'agrandissait et nécessitait de patientes recherches : chaque chapitre devenait le coulis d'une spécialité, le sublimé d'un art différent; il se condensait en un « of meat » de pierreries, de parfums, de fleurs, de littérature religieuse et laïque, de musique profane et de plain-chant.

L'étrange fut que, sans m'en être d'abord douté, je fus amené par la nature même de mes travaux à étudier l'Église sous bien des faces. Il était, en effet, impossible de remonter jusqu'aux seules ères propres qu'ait connues l'humanité, jusqu'au Moyen Age, sans constater qu'Elle tenait tout, que l'art n'existait qu'en Elle et que par Elle. N'ayant pas la foi, je la regardais, un peu défiant, surpris de son ampleur et de sa gloire, me demandant comment une religion qui me semblait faite pour des enfants avait pu suggérer de si merveilleuses œuvres.

Je rôdais un peu à tâtons autour d'Elle, devinant plus que je ne voyais, me reconstituant, avec les bribes que je retrouvais dans les musées et les bouquins, un ensemble. Et aujourd'hui que je parcours, après des investigations plus longues et plus sûres, les pages d'*A Rebours* qui ont trait au catholicisme et à l'art religieux, je remarque que ce minuscule panorama, peint sur des feuilles de bloc-notes, est exact. Ce que je peignais alors était succinct, manquait de développements, mais était véridique. Je me suis borné depuis à agrandir mes esquisses et à les mettre au point.

Je pourrais très bien signer maintenant les pages d'*A Rebours* sur l'Église, car elles paraissent avoir été, en effet, écrites par un catholique.

Je me croyais loin de la religion pourtant! Je ne songeais pas que, de Schopenhauer que j'admirais plus que de raison, à l'*Ecclésiaste* et au *Livre de Job*, il n'y avait qu'un pas. Les prémisses sur le Pessimisme sont les mêmes, seulement, lorsqu'il s'agit de conclure, le philosophe se dérobe. J'aimais ses idées sur l'horreur de la vie, sur la bêtise du monde, sur l'inclémence de la destinée; je les aime également dans les Livres Saints; mais les observations de Schopenhauer n'aboutissent à rien; il vous laisse, pour ainsi parler, en plan; ses aphorismes ne sont, en somme, qu'un herbier de plaintes sèches; l'Église, elle, explique les origines et les causes, signale les fins, présente les remèdes; elle ne se contente pas de vous donner une consultation d'âme, elle vous traite et elle vous guérit, alors que le médicastre allemand, après vous avoir bien démontré que l'affection dont vous souffrez est incurable, vous tourne, en ricanant, le dos.

Son Pessimisme n'est autre que celui des Écritures auxquelles il l'a emprunté. Il n'a pas dit plus que Salomon, plus que Job, plus même que l'*Imitation* qui a résumé, bien avant lui, toute sa philosophie en une phrase : « C'est vraiment une misère que de vivre sur la terre! »

A distance, ces similitudes et ces dissemblances s'avèrent nettement, mais à cette époque, si je les percevais, je ne m'y attardais point; le besoin de conclure ne me tentait pas; la route tracée par Schopenhauer était carrossable et d'aspect varié, je m'y promenais tranquillement, sans désir d'en connaître le bout; en ce temps-là, je n'avais aucune clarté réelle sur les échéances, aucune appréhension des dénouements; les mystères du catéchisme me paraissaient enfantins; comme tous les catholiques, du reste, j'ignorais parfaitement ma religion; je ne me rendais pas compte que tout est mystère, que nous ne vivons que dans le mystère, que si le hasard existait, il serait encore plus mystérieux que la Providence. Je n'admettais pas la douleur infligée par un Dieu, je m'imaginais que le Pessimisme pouvait être le consolateur des âmes élevées. Quelle bêtise! c'est cela qui était peu expérimental, peu document humain, pour me servir d'un terme cher au naturalisme. Jamais le Pessimisme n'a consolé et les malades de corps et les alités d'âme!

Je souris, alors qu'après tant d'années, je relis les pages où ces théories, si résolument fausses, sont affirmées.

Mais ce qui me frappe le plus, en cette lecture, c'est ceci : tous les romans que j'ai écrits depuis *A Rebours* sont contenus en germe dans ce livre. Les chapitres ne sont, en effet, que les amorces des volumes qui les suivirent.

Le chapitre sur la littérature latine de la Décadence, je l'ai sinon développé, au moins plus approfondi, en traitant de la liturgie dans *En Route* et dans *L'Oblat*. Je l'imprimerai, sans y rien changer aujourd'hui, sauf pour Saint Ambroise dont je n'aime toujours pas la prose aqueuse et la rhétorique ampoulée. Il m'apparaît encore tel que je le qualifiais « d'ennuyeux Cicéron chrétien », mais, en revanche, le poète est charmant; et ses hymnes et celles de son école qui figurent dans le Bréviaire sont parmi les plus belles qu'ait conservées l'Église; j'ajoute que la littérature un peu spéciale, il est vrai, de l'hymnaire aurait pu trouver place dans le compartiment réservé de ce chapitre.

Pas plus qu'en 1884, je ne raffole présentement du latin classique du Maro et du Pois chiche; comme au temps d'*A Rebours*, je préfère la langue de la Vulgate à la langue du siècle d'Auguste, voire même à celle de la Décadence, plus curieuse pourtant, avec son fumet de sauvagine et ses teintes persillées de venaison. L'Église qui, après l'avoir désinfectée et rajeunie, a créé, pour aborder un ordre d'idées inexprimées jusqu'alors, des vocables grandiloques et des diminutifs de tendresse exquis, me semble donc s'être façonné un langage fort supérieur au dialecte du Paganisme, et Durtal pense encore, à ce sujet, tel que des Esseintes.

Le chapitre des pierreries, je l'ai repris dans *La Cathédrale* en m'en occupant alors au point de vue de la symbolique des gemmes. J'ai animé les pierreries mortes d'*A Rebours*. Sans doute, je ne nie pas qu'une belle émeraude puisse être admirée pour les étincelles qui grésillent dans le feu de son eau verte, mais n'est-elle point, si l'on ignore l'idiome des symboles, une inconnue, une étrangère avec laquelle on ne peut s'entretenir et qui se tait, elle-même, parce que l'on ne comprend pas ses locutions? Or, elle est plus et mieux que cela.

Sans admettre avec un vieil auteur du XVIe siècle, Estienne de Clave, que les pierreries s'engendrent, ainsi que des personnes naturelles, d'une semence éparse dans la matrice du sol, l'on peut très bien dire qu'elles sont des minéraux significatifs, des substances loquaces, qu'elles sont, en un mot, des symboles. Elles ont été envisagées sous cet aspect depuis la plus haute antiquité et la tropologie des gemmes est une des branches de cette symbolique chrétienne si parfaitement oubliée par les prêtres et les laïques de notre temps et que j'ai essayé de reconstituer en ses grandes lignes dans mon volume sur la basilique de Chartres.

Le chapitre d'*A Rebours* n'est donc que superficiel et à fleur de chaton. Il n'est pas ce qu'il devrait être, une joaillerie de l'au-delà. Il se compose d'écrins plus ou moins bien décrits, plus ou moins bien rangés en une montre, mais c'est tout et ce n'est pas assez.

La peinture de Gustave Moreau, les gravures de Luyken, les lithographies de Bresdin et de Redon sont telles que je les vois encore. Je n'ai rien à modifier dans l'ordonnance de ce petit musée.

Pour le terrible chapitre VI dont le chiffre correspond, sans intentions préconçues, à celui du Commandement de Dieu qu'il offense, et pour certaines parties du IXe qui peuvent s'y joindre, je ne les écrirais plus évidemment de la sorte. Il eût au moins fallu les expliquer, d'une façon plus studieuse, par cette perversité diabolique qui s'ingère, au point de vue luxurieux surtout, dans les cervelles épuisées des gens. Il semble, en effet, que les maladies de nerfs, que les névroses ouvrent dans l'âme des fissures par lesquelles l'Esprit du Mal pénètre. Il y a là une énigme qui reste illucidée; le mot hystérie ne résout rien; il peut suffire à préciser un état matériel, à noter des rumeurs irrésistibles des sens, il ne déduit pas les conséquences spirituelles qui s'y rattachent et, plus particulièrement, les péchés de dissimulation et de mensonge, qui presque toujours s'y greffent. Quels sont les tenants et les aboutissants de cette maladie peccamineuse, dans quelle proportion s'atténue la responsabilité de l'être atteint dans son âme d'une sorte de possession qui vient s'enter sur le désordre de son malheureux corps? Nul ne le sait; en cette matière, la médecine déraisonne et la théologie se tait.

A défaut d'une solution qu'il ne pouvait évidemment apporter, des Esseintes eût dû envisager la question au point de vue de la faute et en exprimer au moins quelque regret; il s'abstint de se vitupérer, et il eut tort; mais bien qu'élevé par les Jésuites dont il fait — plus que Durtal — l'éloge, il était devenu, par la suite, si rebelle aux contraintes divines, si entêté à patauger dans son limon charnel!

En tout cas, ces chapitres paraissent des jalons inconsciemment plantés pour indiquer la route de *Là-Bas*. Il est à observer d'ailleurs que la bibliothèque de des Esseintes renfermait un certain nombre de bouquins de magie et que les idées énoncées dans le chapitre VII d'*A Rebours*, sur le sacrilège, sont l'hameçon d'un futur volume traitant le sujet plus à fond.

Ce livre de *Là-Bas* qui effara tant de gens, je

ne l'écrirais plus, lui aussi, maintenant que je suis redevenu catholique, de la même manière. Il est, en effet, certain que le côté scélérat et sensuel qui s'y développe est réprouvable; et cependant, je l'affirme, j'ai gazé, je n'ai rien dit; les documents qu'il recèle sont, en comparaison de ceux que j'ai omis et que je possède dans mes archives, de bien fades dragées, de bien plates béatilles!

Je crois, cependant, qu'en dépit de ses démences cérébrales et de ses folies alvines, cet ouvrage a, par le sujet même qu'il exposait, rendu service. Il a rappelé l'attention sur les manigances du Malin qui était parvenu à se faire nier; il a été le point de départ de toutes les études qui se sont renouvelées sur l'éternel procès du satanisme; il a aidé, en les dévoilant, à annihiler les odieuses pratiques des goéties; il a pris parti et combattu très résolument, en somme, pour l'Église contre le Démon.

Pour en revenir à *A Rebours* dont il n'est qu'un succédané, je peux répéter à propos des fleurs ce que j'ai déjà raconté sur le compte des pierres.

A Rebours ne les considère qu'au point de vue des contours et des teintes, nullement au point de vue des significations qu'elles décèlent; des Esseintes n'a choisi que des orchidées bizarres, mais taciturnes. Il sied d'ajouter qu'il eût été difficile de faire parler en ce livre une flore atteinte d'alabie, une flore muette, car l'idiome symbolique des plantes est mort avec le Moyen Age; et les créoles végétales choyées par des Esseintes étaient inconnues des allégoristes de ce temps.

La contrepartie de cette botanique, je l'ai

écrite depuis, dans *La Cathédrale*, à propos de cette horticulture liturgique qui a suscité de si curieuses pages de Sainte Hildegarde, de Saint Méliton, de Saint Eucher.

Autre est la question des odeurs dont j'ai dévoilé dans le même livre les emblèmes mystiques.

Des Esseintes ne s'est préoccupé que des parfums laïques, simples ou extraits, et des parfums profanes, composés ou bouquets.

Il eût pu expérimenter aussi les arômes de l'Église, l'encens, la myrrhe, et cet étrange Thymiama que cite la Bible et qui est encore marqué dans le rituel comme devant être brûlé, avec l'encens, sous le vase des cloches, lors de leur baptême, après que l'Évêque les a lavées avec de l'eau bénite et signées avec le Saint Chrême et l'huile des infirmes; mais cette fragrance semble oubliée par l'Église même et je crois que l'on étonnerait beaucoup un curé en lui demandant du Thymiama.

La recette est pourtant consignée dans *L'Exode*. Le Thymiama se composait de styrax, de galbanum, d'encens et d'onycha, et cette dernière substance ne serait autre que l'opercule d'un certain coquillage du genre des « pourpres » qui se drague dans les marais des Indes.

Or, il est difficile, pour ne pas dire impossible, étant donné le signalement incomplet de ce coquillage et de son lieu de provenance, de préparer un authentique Thymiama; et c'est dommage, car s'il en eût été autrement, ce parfum perdu eût certainement excité chez des

Esseintes les fastueuses évocations des galas cérémoniels, des rites liturgiques de l'Orient.

Quant aux chapitres sur la littérature laïque et religieuse contemporaine, ils sont, à mon sens, de même que celui de la littérature latine, demeurés justes. Celui consacré à l'art profane a aidé à mettre en relief des poètes bien inconnus du public alors : Corbière, Mallarmé, Verlaine. Je n'ai rien à retrancher à ce que j'écrivis il y a dix-neuf ans; j'ai gardé mon admiration pour ces écrivains; celle que je professais pour Verlaine s'est même accrue. Arthur Rimbaud et Jules Laforgue eussent mérité de figurer dans le florilège de des Esseintes, mais ils n'avaient encore rien imprimé à cette époque-là et ce n'est que beaucoup plus tard que leurs œuvres ont paru.

Je ne m'imagine pas, d'autre part, que j'arriverai jamais à savourer les auteurs religieux modernes que saccage *A Rebours*. L'on ne m'ôtera pas de l'idée que la critique de feu Nettement est imbécile et que Mme Augustus Craven et que Mlle Eugénie de Guérin sont de bien lymphatiques bas-bleus et de bien dévotieuses bréhaignes. Leurs juleps me semblent fades; des Esseintes a repassé à Durtal son goût pour les épices et je crois qu'ils s'entendraient encore assez bien, tous les deux, pour préparer, à la place de ces loochs, une essence gingembrée d'art.

Je n'ai pas changé d'avis non plus sur la littérature de confrérie des Poujoulat et des Genoude, mais je serais moins dur maintenant pour le Père Chocarne, cité dans un lot de pieux cacographes, car il a au moins rédigé quelques pages médullaires sur la mystique, dans son introduction aux œuvres de Saint Jean de la Croix, et je serais également plus doux pour de Montalembert qui, à défaut de talent, nous a nantis d'un ouvrage incohérent et dépareillé, mais enfin émouvant, sur les moines; je n'écrirais plus surtout que les visions d'Angèle de Foligno sont sottes et fluides, c'est le contraire qui est vrai; mais je dois attester, à ma décharge, que je ne les avais lues que dans la traduction d'Hello. Or, celui-là était possédé par la manie d'élaguer, d'édulcorer, de cendrer les mystiques, de peur d'attenter à la fallacieuse pudeur des catholiques. Il a mis sous pressoir une œuvre ardente, pleine de sève, et il n'en a extrait qu'un suc incolore et froid, mal réchauffé, au bain-marie, sur la pauvre veilleuse de son style.

Cela dit, si en tant que traducteur, Hello se révélait tel qu'un tâte-poule et qu'un pieusard, il est juste d'affirmer qu'il était, alors qu'il opérait pour son propre compte, un manieur d'idées originales, un exégète perspicace, un analyste vraiment fort. Il était même, parmi les écrivains de son bord, le seul qui pensât; je suis venu à la rescousse de d'Aurevilly pour prôner l'œuvre de cet homme si incomplet, mais si intéressant, et *A Rebours* a, je pense, aidé au petit succès que son meilleur livre, *L'Homme*, a obtenu depuis sa mort.

La conclusion de ce chapitre sur la littérature ecclésiale moderne était que parmi les hongres de l'art religieux, il n'y avait qu'un étalon, Barbey d'Aurevilly; et cette opinion demeure résolument exacte. Celui-là fut le seul artiste, au pur sens du mot, que produisit le catholicisme de ce temps; il fut un grand prosateur, un romancier admirable dont l'audace faisait braire la bedeaudaille qu'exaspérait la véhémence explosive de ses phrases.

Enfin, si jamais chapitre peut être considéré comme le point de départ d'autres livres, c'est bien celui sur le plain-chant que j'ai amplifié depuis dans tous mes volumes, dans *En Route* et surtout dans *L'Oblat*.

Après ce bref examen de chacune des spécialités rangées dans les vitrines d'*A Rebours*, la conclusion qui s'impose est celle-ci : ce livre fut une amorce de mon œuvre catholique qui s'y trouve, tout entière, en germe.

Et l'incompréhension et la bêtise de quelques mômiers et de quelques agités du sarcerdoce m'apparaissent, une fois de plus, insondables. Ils réclamèrent, pendant des années, la destruction de cet ouvrage dont je ne possède pas, du reste, la propriété, sans même se rendre compte que les volumes mystiques qui lui succédèrent sont incompréhensibles sans celui-là, car il est, je le répète, la souche d'où tous sortirent. Comment apprécier, d'ailleurs, l'œuvre d'un écrivain, dans son ensemble, si on ne la prend dès ses débuts, si on ne la suit pas à pas; comment surtout se rendre compte de la marche de la Grâce dans une âme si l'on supprime les traces de son passage, si l'on efface les premières empreintes qu'elle a laissées?

Ce qui est, en tout cas, certain, c'est qu'*A Rebours* rompait avec les précédents, avec *Les Sœurs Vatard, En Ménage, A Vau-l'eau*, c'est qu'il m'engageait dans une voie dont je ne soupçonnais même pas l'issue.

Autrement sagace que les catholiques, Zola le sentit bien. Je me rappelle que j'allai passer, après l'apparition d'*A Rebours*, quelques jours à Médan. Une après-midi que nous nous promenions, tous les deux, dans la campagne, il s'arrêta brusquement et, l'œil devenu noir, il me reprocha le livre, disant que je portais un coup terrible au naturalisme, que je faisais dévier l'école, que je brûlais d'ailleurs mes vaisseaux avec un pareil roman, car aucun genre de littérature n'était possible dans ce genre épuisé en un seul tome, et, amicalement — car il était un très brave homme, — il m'incita à rentrer dans la route frayée, à m'atteler à une étude de mœurs.

Je l'écoutais, pensant qu'il avait tout à la fois et raison et tort, — raison, en m'accusant de saper le naturalisme et de me barrer tout chemin, — tort, en ce sens que le roman, tel qu'il le concevait, me semblait moribond, usé par les redites, sans intérêt, qu'il le voulût ou non, pour moi.

Il y avait beaucoup de choses que Zola ne pouvait comprendre; d'abord, ce besoin que j'éprouvais d'ouvrir les fenêtres, de fuir un milieu où j'étouffais; puis, le désir qui m'appréhendait de secouer les préjugés, de briser les limites du roman, d'y faire entrer l'art, la science, l'histoire, de ne plus se servir, en un mot, de cette forme que comme d'un cadre pour y insérer de plus sérieux travaux. Moi, c'était cela qui me frappait surtout à cette époque, supprimer l'intrigue traditionnelle, voire même la passion, la femme, concentrer le pinceau de lumière sur un seul personnage, faire à tout prix du neuf.

Zola ne répondait pas à ces arguments avec lesquels j'essayais de le convaincre, et il réitérait sans cesse son affirmation : « Je n'admets pas que l'on change de manière et d'avis; je n'admets pas que l'on brûle ce que l'on a adoré. »

Eh là! n'a-t-il pas joué, lui aussi, le rôle du bon Sicambre? Il a en effet, sinon modifié son procédé de composition et d'écriture, au moins varié sa façon de concevoir l'humanité et d'expliquer la vie. Après le pessimisme noir de ses premiers livres, n'avons-nous pas eu, sous couleur de socialisme, l'optimisme béat de ses derniers?

Il faut bien le confesser, personne ne comprenait moins l'âme que les naturalistes qui se proposaient de l'observer. Ils voyaient l'existence d'une seule pièce; ils ne l'acceptaient que conditionnée d'éléments vraisemblables, et j'ai depuis appris, par expérience, que l'invraisemblable n'est pas toujours, dans le monde, à l'état d'exception, que les aventures de Rocambole sont parfois aussi exactes que celles de Gervaise et de Coupeau.

Mais l'idée que des Esseintes pouvait être aussi vrai que ses personnages à lui, déconcertait, irritait presque Zola.

J'ai jusqu'ici, dans ces quelques pages, parlé d'*A Rebours* surtout au point de vue de la littérature et de l'art. Il me faut maintenant en parler au point de vue de la Grâce, montrer quelle part d'inconnu, quelle projection d'âme qui s'ignore, il peut y avoir souvent dans un livre.

Cette orientation si claire, si nette d'*A Rebours* sur le catholicisme, elle me demeure, je l'avoue, incompréhensible.

Je n'ai pas été élevé dans les écoles congréganistes, mais bien dans un lycée, je n'ai jamais été pieux dans ma jeunesse, et le côté de souvenir d'enfance, de première communion, d'éducation qui tient si souvent une grande place dans la conversion, n'en a tenu aucune dans la mienne. Et ce qui complique encore la difficulté et déroute toute analyse, c'est que, lorsque j'écrivis *A Rebours*, je ne mettais pas les pieds dans une église, je ne connaissais aucun catholique pratiquant, aucun prêtre; je n'éprouvais aucune touche divine m'incitant à me diriger vers l'Église, je vivais dans mon auge, tranquille; il me semblait tout naturel de satisfaire les foucades de mes sens, et la pensée ne me venait même pas que ce genre de tournoi fût défendu.

A Rebours a paru en 1884 et je suis parti pour me convertir dans une Trappe en 1892; près de huit années se sont écoulées avant que les semailles de ce livre n'aient levé; mettons deux années, trois même, d'un travail de la Grâce, sourd, têtu, parfois sensible; il n'en resterait pas moins cinq ans pendant lesquels je ne me souviens d'avoir éprouvé aucune velléité catholique, aucun regret de la vie que je menais, aucun désir de la renverser. Pourquoi, comment ai-je été aiguillé sur une voie perdue alors pour moi dans la nuit? Je suis absolument incapable de le dire; rien, sinon des ascendances de béguinages et de cloîtres, des prières de famille hollandaise très fervente et que j'ai d'ailleurs à peine connue, n'expliquera la parfaite inconscience du dernier cri, l'appel religieux de la dernière page d'*A Rebours*.

Oui, je sais bien, il y a des gens très forts qui tracent des plans, organisent d'avance des itinéraires d'existence et les suivent; il est même entendu, si je ne me trompe, qu'avec de la volonté on arrive à tout; je veux bien le croire, mais, moi, je le confesse, je n'ai jamais été ni un homme tenace, ni un auteur madré. Ma vie et ma littérature ont une part de passivité, d'insu, de direction hors de moi très certaine.

La Providence me fut miséricordieuse et la Vierge me fut bonne. Je me suis borné à ne pas les contre-carrer lorsqu'elles attestaient leurs intentions; j'ai simplement obéi; j'ai été mené par ce qu'on appelle « les voies extraordinaires »; si quelqu'un peut avoir la certitude du néant qu'il serait, sans l'aide de Dieu, c'est moi.

Les personnes qui n'ont pas la Foi m'objecteront qu'avec des idées pareilles, l'on n'est pas loin d'aboutir au fatalisme et à la négation de toute psychologie.

Non, car la Foi en Notre-Seigneur n'est pas le fatalisme. Le libre arbitre demeure sauf. Je pouvais, s'il me plaisait, continuer à céder aux luxurieux émois et rester à Paris, et ne pas aller souffrir dans une Trappe. Dieu n'eût sans doute pas insisté; mais tout en certifiant que la volonté est intacte, il faut bien avouer cependant que le Sauveur y met beaucoup du sien, qu'il vous harcèle, qu'il vous traque, qu'il vous « cuisine », pour se servir d'un terme énergique de basse police; mais je le répète encore, l'on peut, à ses risques et périls, l'envoyer promener.

Pour la psychologie, c'est autre chose. Si nous l'envisageons, comme je l'envisage, au point de vue d'une conversion, elle est, dans ses préludes, impossible à démêler; certains coins peut-être tangibles, mais les autres non; le travail souterrain de l'âme nous échappe. Il y eut sans doute, au moment où j'écrivais *A Rebours*, un remuement des terres, un forage du sol pour y planter des fondations, dont je ne me rendis pas compte. Dieu creusait pour placer ses fils et il n'opérait que dans l'ombre de l'âme, dans la nuit. Rien n'était perceptible; ce n'est que bien des années après que l'étincelle a commencé de courir le long des fils. Je sentais alors l'âme s'émouvoir dans ces secousses; ce n'était encore ni bien douloureux, ni bien clair : la liturgie, la mystique, l'art en étaient les véhicules ou les moyens; cela se passait généralement dans les églises, à Saint-Séverin surtout, où j'entrais par curiosité, par désœuvrement. Je n'éprouvais, en assistant aux cérémonies, qu'une trépidation intérieure, ce petit trémulement que l'on subit, en voyant, en écoutant ou en lisant une belle œuvre, mais il n'y avait pas d'attaque précise, de mise en demeure de se prononcer.

Je me détachais seulement, peu à peu, de ma coque d'impureté; je commençais à me dégoûter de moi-même, mais je rebiffais quand même sur les articles de Foi. Les objections que je me posais me semblaient être irrésistibles; et un beau matin, en me réveillant, elles furent, sans que j'aie jamais su comment, résolues. Je priai pour la première fois et l'explosion se fit.

Tout cela paraît, pour les gens qui ne croient pas à la Grâce, fou. Pour ceux qui ont ressenti ses effets, aucun étonnement n'est possible; et, si surprise il y avait, elle ne pourrait exister que pour la période d'incubation, celle où l'on ne voit et où l'on ne perçoit rien, la période du déblaiement et de la fondation dont on ne s'est même pas douté.

Je comprends, en somme, jusqu'à certain point, ce qui s'est passé entre l'année 1891 et l'année 1895, entre *Là-Bas* et *En Route*, rien du tout entre l'année 1884 et l'année 1891, entre *A Rebours* et *Là-Bas*.

Si je n'ai pas compris moi-même, à plus forte raison les autres ne comprirent-ils point les impulsions de des Esseintes. *A Rebours* tombait ainsi qu'un aérolithe dans le champ de foire littéraire et ce fut et une stupeur et une colère; la presse se désordonna; jamais elle ne divagua, en tant d'articles; après m'avoir traité de misanthrope impressionniste et avoir qualifié des Esseintes de maniaque et d'imbécile compliqué, les Normaliens comme M. Lemaître s'indignèrent que je ne fisse point l'éloge de Virgile et déclarèrent d'un ton péremptoire, que les décadents de la langue latine, au Moyen Age, n'étaient que « des radoteurs et des crétins ». D'autres entrepreneurs de critique voulurent bien aussi m'aviser qu'il me serait profitable de subir, dans une prison thermale, le fouet des douches; et, à leur tour, les conférenciers s'en mêlèrent. A la Salle des Capucines, l'archonte Sarcey criait, ahuri : « Je veux bien être pendu, si je comprends un traître mot à ce roman! » Enfin, pour que ce fût complet, les revues graves, telles que la *Revue des Deux Mondes*, dépêchèrent leur leader, M. Brunetière, pour comparer ce roman aux vaudevilles de Waflard et Fulgence.

Dans ce tohu-bohu, un seul écrivain vit clair, Barbey d'Aurevilly, qui ne me connaissait nullement, d'ailleurs. Dans un article du *Constitutionnel* portant la date du 28 juillet 1884, et qui a été recueilli dans son volume *Le Roman Contemporain* paru en 1902, il écrivit :

Après un tel livre, il ne reste plus à l'auteur qu'à choisir entre la bouche d'un pistolet ou les pieds de la croix.

C'est fait.

J.-K. Huysmans.
(1903)

NOTICE

A en juger par les quelques portraits conservés au château de Lourps[2], la famille des Floressas des Esseintes avait été, au temps jadis, composée d'athlétiques soudards, de rébarbatifs reîtres. Serrés, à l'étroit dans leurs vieux cadres qu'ils barraient de leurs fortes épaules, ils alarmaient avec leurs yeux fixes, leurs moustaches en yatagans, leur poitrine dont l'arc bombé remplissait l'énorme coquille des cuirasses.

Ceux-là étaient les ancêtres; les portraits de leurs descendants manquaient; un trou existait dans la filière des visages de cette race; une seule toile servait d'intermédiaire, mettait un point de suture entre le passé et le présent, une tête mystérieuse et rusée, aux traits morts et tirés, aux pommettes ponctuées d'une virgule de fard, aux cheveux gommés et enroulés de perles, au col tendu et peint, sortant des cannelures d'une rigide fraise.

Déjà, dans cette image de l'un des plus intimes familiers du duc d'Épernon et du marquis d'O[3], les vices d'un tempérament appauvri, la prédominance de la lymphe dans le sang, apparaissaient.

La décadence de cette ancienne maison avait, sans nul doute, suivi régulièrement son cours; l'effémination des mâles était allée en s'accentuant; comme pour achever l'œuvre des âges, les des Esseintes marièrent, pendant deux siècles, leurs enfants entre eux, usant leur reste de vigueur dans les unions consanguines [4].

De cette famille naguère si nombreuse qu'elle occupait presque tous les territoires de l'Ile-de-France et de la Brie, un seul rejeton vivait, le duc Jean, un grêle jeune homme de trente ans, anémique et nerveux, aux joues caves, aux yeux d'un bleu froid d'acier, au nez éventé et pourtant droit, aux mains sèches et fluettes.

Par un singulier phénomène d'atavisme, le dernier descendant ressemblait à l'antique aïeul, au mignon, dont il avait la barbe en pointe d'un blond extraordinairement pâle et l'expression ambiguë, tout à la fois lasse et habile.

Son enfance avait été funèbre. Menacée de scrofules, accablée par d'opiniâtres fièvres, elle parvint cependant, à l'aide de grand air et de soins, à franchir les brisants de la nubilité, et alors les nerfs prirent le dessus, matèrent les langueurs et les abandons de la chlorose [5], menèrent jusqu'à leur entier développement les progressions de la croissance.

La mère, une longue femme, silencieuse et blanche, mourut d'épuisement; à son tour le père décéda d'une maladie vague; des Esseintes atteignait alors sa dix-septième année.

Il n'avait gardé de ses parents qu'un souvenir apeuré, sans reconnaissance, sans affection. Son père, qui demeurait d'ordinaire à Paris, il le connaissait à peine; sa mère, il se la rappelait, immobile et couchée, dans une chambre obscure du château de Lourps. Rarement, le mari et la femme étaient réunis, et de ces jours-là, il se remémorait des entrevues décolorées, le père et la mère assis, en face l'un de l'autre, devant un guéridon qui était seul éclairé par une lampe au grand abat-jour très baissé, car la duchesse ne pouvait supporter sans crises de nerfs la clarté et le bruit; dans l'ombre, ils échangeaient deux mots à peine, puis le duc s'éloignait indifférent et ressautait au plus vite dans le premier train [6].

Chez les jésuites [7] où Jean fut dépêché pour faire ses classes, son existence fut plus bienveillante et plus douce. Les Pères se mirent à choyer l'enfant dont l'intelligence les étonnait; cependant, en dépit de leurs efforts, ils ne purent obtenir qu'il se livrât à des études disciplinées; il mordait à certains travaux, devenait prématurément ferré sur la langue latine, mais, en revanche, il était absolument incapable d'expliquer deux mots de grec, ne témoignait d'aucune aptitude pour les langues vivantes, et il se révéla tel qu'un être parfaitement obtus, dès qu'on s'efforça de lui apprendre les premiers éléments des sciences [8].

Sa famille se préoccupait peu de lui; parfois son père venait le visiter au pensionnat : « Bonjour, bonsoir, sois sage et travaille bien. » Aux vacances, l'été, il partait pour le château de Lourps; sa présence ne tirait pas sa mère de ses rêveries; elle l'apercevait à peine, ou le contemplait, pendant quelques secondes, avec un sourire presque douloureux, puis elle s'absorbait de nouveau dans la nuit factice dont les épais rideaux des croisées enveloppaient la chambre.

Les domestiques étaient ennuyés et vieux. L'enfant, abandonné à lui-même, fouillait dans les livres, les jours de pluie; errait, par les après-midi de beau temps, dans la campagne.

Sa grande joie était de descendre dans le vallon, de gagner Jutigny, un village planté au pied des collines, un petit tas de maisonnettes coiffées de bonnets de chaume parsemés de touffes de joubarbe et de bouquets de mousse. Il se couchait dans la prairie, à l'ombre des hautes meules, écoutant le bruit sourd des moulins à eau, humant le souffle frais de la Voulzie. Parfois, il poussait jusqu'aux tourbières, jusqu'au hameau vert et noir de Longueville, ou bien il grimpait sur les côtes balayées par le vent et d'où l'étendue était immense. Là, il avait d'un côté, sous lui, la vallée de la Seine, fuyant à perte de vue et se confondant avec le bleu du ciel fermé au loin; de l'autre, tout en haut, à l'horizon, les églises et la tour de Provins qui semblaient trembler, au soleil, dans la pulvérulence dorée de l'air.

Il lisait ou rèvait, s'abreuvait jusqu'à la nuit de solitude; à force de méditer sur les mêmes pensées, son esprit se concentra et ses idées encore indécises mùrirent. Après chaque vacance, il revenait chez ses maîtres plus réfléchi et plus tètu; ces changements ne leur échappaient pas; perspicaces et retors, habitués par leur métier à sonder jusqu'au plus profond des âmes, ils ne furent point les dupes de cette intelligence éveillée mais indocile; ils comprirent que jamais cet élève ne contribuerait à la gloire de leur maison, et comme sa famille était riche et paraissait se désintéresser de son avenir, ils renoncèrent aussitôt à le diriger sur les profitables carrières des écoles; bien qu'il discutât volontiers avec eux sur toutes les doctrines théologiques qui le sollicitaient par leurs subtilités et leurs arguties, ils ne songèrent même pas à le destiner aux Ordres, car malgré leurs efforts sa foi demeurait débile; en dernier ressort, par prudence, par peur de l'inconnu, ils le laissèrent travailler aux études qui lui plaisaient et négliger les autres, ne voulant pas s'aliéner cet esprit indépendant, par des tracasseries de pions laïques[9].

Il vécut ainsi, parfaitement heureux, sentant à peine le joug paternel des prêtres; il continua ses études latines et françaises, à sa guise, et, encore que la théologie ne figurât point dans les programmes de ses classes, il compléta l'apprentissage de cette science qu'il avait commencée au château de Lourps, dans la bibliothèque léguée par son arrière-grand-oncle Dom Prosper, ancien prieur des chanoines réguliers de Saint-Ruf.

Le moment échut pourtant où il fallut quitter l'institution des jésuites; il atteignait sa majorité et devenait maître de sa fortune; son cousin et tuteur le comte de Montchevrel lui rendit ses comptes. Les relations qu'ils entretinrent furent de durée courte, car il ne pouvait y avoir aucun point de contact entre ces deux hommes dont l'un était vieux et l'autre jeune. Par curiosité, par désœuvrement, par politesse, des Esseintes fréquenta cette famille et il subit, plusieurs fois, dans son hôtel de la rue de la Chaise, d'écrasantes soirées où des parentes, antiques comme le monde, s'entretenaient de quartiers de noblesse, de lunes héraldiques, de cérémoniaux surannés[10].

Plus que ces douairières, les hommes rassemblés autour d'un whist, se révélaient ainsi que des êtres immuables et nuls; là, les descendants des anciens preux, les dernières branches des races féodales, apparurent à des Esseintes sous les traits de vieillards catarrheux et maniaques, rabâchant d'insipides discours, de centenaires phrases. De même que dans la tige coupée d'une fougère, une fleur de lis semblait seule empreinte dans la pulpe ramollie de ces vieux crânes.

Une indicible pitié vint au jeune homme pour ces momies ensevelies dans leurs hypogées pompadour à boiseries et à rocailles, pour ces maussades lendores qui vivaient, l'œil constamment fixé sur un vague Chanaan, sur une imaginaire Palestine.

Après quelques séances dans ce milieu, il se résolut, malgré les invitations et les reproches, à n'y plus jamais mettre les pieds.

Il se prit alors à frayer avec les jeunes gens de son âge et de son monde.

Les uns, élevés avec lui dans les pensions religieuses, avaient gardé de cette éducation une marque spéciale. Ils suivaient les offices, communiaient à Pâques, hantaient les cercles catholiques et ils se cachaient ainsi que d'un crime des assauts qu'ils livraient aux filles, en baissant les yeux. C'étaient, pour la plupart, des bellâtres inintelligents et asservis, de victorieux cancres qui avaient lassé la patience de leurs professeurs, mais avaient néanmoins satisfait à leur volonté de déposer, dans la société, des êtres obéissants et pieux.

Les autres, élevés dans les collèges de l'État ou dans les lycées, étaient moins hypocrites et plus libres, mais ils n'étaient ni plus intéressants ni moins étroits. Ceux-là étaient des noceurs, épris d'opérettes et de courses, jouant le lansquenet et le baccarat, pariant des fortunes sur des chevaux, sur des cartes, sur tous les plaisirs chers aux gens creux. Après une année d'épreuve, une immense lassitude résulta de cette compagnie dont les débauches lui semblèrent basses et faciles, faites sans discernement, sans apparat fébrile, sans réelle surexcitation de sang et de nerfs.

Peu à peu, il les quitta, et il approcha les hommes de lettres avec lesquels sa pensée devait rencontrer plus d'affinités et se sentir mieux à l'aise. Ce fut un nouveau leurre; il demeura révolté par leurs jugements rancuniers et mesquins, par leur conversation aussi banale qu'une porte d'église, par leurs dégoûtantes discussions, jaugeant la valeur d'une œuvre selon le nombre des éditions et le bénéfice de la vente. En même temps il aperçut les libres penseurs, les doctrinaires de la bourgeoisie[11], des gens qui réclamaient toutes les libertés pour étrangler les opinions des autres, d'avides et d'éhontés puritains, qu'il estima, comme éducation, inférieurs au cordonnier du coin.

Son mépris de l'humanité s'accrut; il comprit enfin que le monde est, en majeure partie, composé de sacripants et d'imbéciles. Décidément, il n'avait aucun espoir de découvrir chez autrui les mêmes aspirations et les mêmes haines, aucun espoir de s'accoupler avec une intelligence qui se complût, ainsi que la sienne, dans une studieuse décrépitude, aucun espoir d'adjoindre un esprit pointu et chantourné tel que le sien, à celui d'un écrivain ou d'un lettré.

Énervé, mal à l'aise, indigné par l'insignifiance des idées échangées et reçues, il devenait comme ces gens dont a parlé Nicole, qui sont douloureux partout[12]; il en arrivait à s'écorcher constamment l'épiderme, à souffrir des balivernes patriotiques et sociales débitées, chaque matin, dans les journaux, à s'exagérer la portée des succès qu'un tout-puissant public réserve toujours et quand même aux œuvres écrites sans idées et sans style.

Déjà il rêvait à une thébaïde raffinée, à un désert confortable, à une arche immobile et tiède où il se réfugierait loin de l'incessant déluge de la sottise humaine.

Une seule passion, la femme, eût pu le retenir dans cet universel dédain qui le poignait, mais celle-là était, elle aussi, usée. Il avait touché aux repas charnels, avec un appétit d'homme quinteux, affecté de maladie, obsédé de fringales et dont le palais s'émousse et se blase vite; au temps où il compagnonnait avec les hobereaux, il avait participé à ces spacieux soupers où des femmes soûles se dégrafent au dessert et battent la table avec leur tête; il avait aussi parcouru les coulisses, tâté des actrices et des chanteuses, subi, en sus de la bêtise innée des femmes, la délirante vanité des cabotines; puis il avait entretenu des filles déjà célèbres et contribué à la fortune de ces agences qui fournissent, moyennant salaire, des plaisirs contestables; enfin, repu, las de ce luxe similaire, de ces caresses identiques, il avait plongé dans les bas-fonds, espérant ravitailler ses désirs par le contraste, pensant stimuler ses sens assoupis par l'excitante malpropreté de la misère.

Quoi qu'il tentât, un immense ennui l'opprimait. Il s'acharna, recourut aux périlleuses caresses des virtuoses, mais alors sa santé faiblit et son système nerveux s'exacerba; la nuque devenait déjà sensible et la main remuait, droite encore lorsqu'elle saisissait un objet lourd, capricante et penchée quand elle tenait quelque chose de léger tel qu'un petit verre.

Les médecins consultés l'effrayèrent. Il était temps d'enrayer cette vie, de renoncer à ces manœuvres qui alitaient ses forces. Il demeura, pendant quelque temps, tranquille; mais bientôt le cervelet s'exalta, appela de nouveau aux armes. De même que ces gamines qui, sous le coup de la puberté, s'affament de mets altérés ou abjects, il en vint à rêver, à pratiquer les amours exceptionnelles, les joies déviées; alors, ce fut la fin; comme satisfaits d'avoir tout épuisé, comme fourbus de fatigues, ses sens tombèrent en léthargie, l'impuissance fut proche.

Il se retrouva sur le chemin, dégrisé, seul, abominablement lassé, implorant une fin que la lâcheté de sa chair l'empêchait d'atteindre.

Ses idées de se blottir, loin du monde, de se calfeutrer dans une retraite, d'assourdir, ainsi que pour ces malades dont on couvre la rue de paille, le vacarme roulant de l'inflexible vie, se renforcèrent.

Il était d'ailleurs temps de se résoudre; le compte qu'il fit de sa fortune l'épouvanta; en folies, en noces, il avait dévoré la majeure partie de son patrimoine, et l'autre partie, placée en terres, ne rapportait que des intérêts dérisoires.

Il se détermina à vendre le château de Lourps où il n'allait plus et où il n'oubliait derrière lui aucun souvenir attachant, aucun regret; il liquida aussi ses autres biens, acheta des rentes sur l'État; réunit de la sorte un revenu annuel de cinquante mille livres et se réserva, en plus, une somme ronde destinée à payer et à meubler la maisonnette où il se proposait de baigner dans une définitive quiétude.

Il fouilla les environs de la capitale, et découvrit une bicoque à vendre, en haut de Fontenay-aux-Roses[13], dans un endroit écarté, sans voisins, près du fort : son rêve était exaucé; dans ce pays peu ravagé par les Parisiens, il était certain d'être à l'abri; la difficulté des communications mal assurées par un ridicule chemin de fer, situé au bout de la ville, et par de petits tramways, partant et marchant à leur guise, le rassurait. En songeant à la nouvelle existence qu'il voulait organiser, il éprouvait une allégresse d'autant plus vive qu'il se voyait retiré assez loin déjà, sur la berge, pour que le flot de Paris ne l'atteignît plus et assez près cependant pour que cette proximité de la capitale le confirmât dans sa solitude. Et, en effet, puisqu'il suffit qu'on soit dans l'impossibilité de se rendre à un endroit pour qu'aussitôt le désir d'y aller vous prenne, il avait des chances, en ne se barrant pas complètement la route, de n'être assailli par aucun regain de société, par aucun regret.

Il mit les maçons sur la maison qu'il avait acquise, puis, brusquement, un jour, sans faire part à qui que ce fût de ses projets, il se débarrassa de son ancien mobilier, congédia ses domestiques et disparut, sans laisser au concierge aucune adresse.

I

Plus de deux mois s'écoulèrent avant que des Esseintes pût s'immerger dans le silencieux repos de sa maison de Fontenay; des achats de toute sorte l'obligeaient à déambuler encore dans Paris, à battre la ville d'un bout à l'autre.

Et pourtant à quelles perquisitions n'avait-il pas eu recours, à quelles méditations ne s'était-il point livré, avant que de confier son logement aux tapissiers!

Il était depuis longtemps expert aux sincérités et aux faux-fuyants des tons. Jadis, alors qu'il recevait chez lui des femmes, il avait composé un boudoir où, au milieu des petits meubles sculptés dans le pâle camphrier du Japon, sous une espèce de tente en satin rose des Indes, les chairs se coloraient doucement aux lumières apprêtées que blutait l'étoffe.

Cette pièce où des glaces se faisaient écho et se renvoyaient à perte de vue, dans les murs, des enfilades de boudoirs roses, avait été célèbre parmi les filles qui se complaisaient à tremper leur nudité dans ce bain d'incarnat tiède qu'aromatisait l'odeur de menthe dégagée par le bois des meubles.

Mais, en mettant même de côté les bienfaits de cet air fardé qui paraissait transfuser un nouveau sang sous les peaux défraîchies et usées par l'habitude des céruses et l'abus des nuits, il goûtait pour son propre compte, dans ce languissant milieu, des allégresses particulières, des plaisirs que rendaient extrêmes et qu'activaient, en quelque sorte, les souvenirs des maux passés, des ennuis défunts.

Ainsi, par haine, par mépris de son enfance, il avait pendu au plafond de cette pièce une petite cage en fil d'argent où un grillon enfermé chantait comme dans les cendres des cheminées du château de Lourps[14]; quand il écoutait ce cri tant de fois entendu, toutes les soirées contraintes et muettes chez sa mère, tout l'abandon d'une jeunesse souffrante et refoulée, se bousculaient devant lui, et alors, aux secousses de la femme qu'il caressait machinalement et dont les paroles ou le rire rompaient sa vision et le ramenaient brusquement dans la réalité, dans le boudoir, à terre, un tumulte se levait en son âme, un besoin de vengeance des tristesses endurées, une rage de salir par des turpitudes des souvenirs de famille, un désir furieux de panteler sur des coussins de chair, d'épuiser jusqu'à leurs dernières gouttes, les plus véhémentes et les plus âcres des folies charnelles.

D'autres fois encore, quand le spleen le pressait, quand par les temps pluvieux d'automne, l'aversion de la rue, du chez soi, du ciel en boue jaune, des nuages en macadam, l'assaillait, il se réfugiait dans ce réduit, agitait légèrement la cage et la regardait se répercuter à l'infini dans le jeu des glaces, jusqu'à ce que ses yeux grisés s'aperçussent que la cage ne bougeait point, mais que tout le boudoir vacillait et tournait, emplissant la maison d'une valse rose.

Puis, au temps où il jugeait nécessaire de se singulariser, des Esseintes avait aussi créé des ameublements fastueusement étranges[15], divisant son salon en une série de niches, diversement tapissées et pouvant se relier par une subtile analogie, par un vague accord de teintes joyeuses ou sombres, délicates ou barbares, au caractère des œuvres latines et françaises qu'il aimait. Il s'installait alors dans celle de ces niches dont le décor lui semblait le mieux correspondre à l'essence même de l'ouvrage que son caprice du moment l'amenait à lire.

Enfin, il avait fait préparer une haute salle destinée à la réception de ses fournisseurs; ils entraient, s'asseyaient les uns à côté des autres, dans des stalles d'église, et alors il montait dans une chaire magistrale et prêchait le sermon sur le dandysme, adjurant ses bottiers et ses tailleurs de se conformer, de la façon la plus absolue, à ses brefs en matière de coupe, les menaçant d'une excommunication pécuniaire s'ils ne suivaient pas, à la lettre, les instructions contenues dans ses monitoires et ses bulles.

Il s'acquit la réputation d'un excentrique qu'il paracheva en se vêtant de costumes de velours blanc, de gilets d'orfroi, en plantant, en guise de cravate, un bouquet de Parme dans l'échancrure décolletée d'une chemise, en donnant aux hommes de lettres des dîners retentissants, un entre autres, renouvelé du XVIIIe siècle, où, pour célébrer la plus futile des mésaventures, il avait organisé un repas de deuil[16].

Dans la salle à manger tendue de noir, ouverte sur le jardin de sa maison subitement transformé, montrant ses allées poudrées de charbon, son petit bassin maintenant bordé d'une margelle de basalte et rempli d'encre et ses massifs tout disposés de cyprès et de pins, le dîner avait été apporté sur une nappe noire, garnie de corbeilles de violettes et de scabieuses, éclairée par des candélabres où brûlaient des flammes vertes et, par des chandeliers où flambaient des cierges.

Tandis qu'un orchestre dissimulé jouait des marches funèbres, les convives avaient été servis par des négresses nues, avec des mules et des bas en toile d'argent, semée de larmes.

On avait mangé dans des assiettes bordées de noir, des soupes à la tortue, des pains de seigle russe, des olives mûres de Turquie, du caviar, des poutargues de mulets, des boudins fumés de Francfort, des gibiers aux sauces couleur de jus de réglisse et de cirage, des coulis de truffes, des crèmes ambrées au chocolat, des poudings, des brugnons, des raisinés, des mûres et des guignes; bu, dans des verres sombres, les vins de la Limagne et du Roussillon, des Tenedos, des Val de Peñas et des Porto; savouré, après le café et le brou de noix, des kwas, des porter et des stout.

Le dîner de faire-part d'une virilité momentanément morte[17], était-il écrit sur les lettres d'invitations semblables à celles des enterrements.

Mais ces extravagances dont il se glorifiait jadis s'étaient, d'elles-mêmes, consumées; aujourd'hui, le mépris lui était venu de ces ostentations puériles et surannées, de ces vêtements anormaux, de ces embellies de logements bizarres. Il songeait simplement à se composer, pour son plaisir personnel et non plus pour l'étonnement des autres, un intérieur confortable et paré néanmoins d'une façon rare, à se façonner une installation curieuse et calme, appropriée aux besoins de sa future solitude.

Lorsque la maison de Fontenay fut prête et agencée, suivant ses désirs et ses plans, par un architecte; lorsqu'il ne resta plus qu'à déterminer l'ordonnance de l'ameublement et du décor, il passa de nouveau et longuement en revue la série des couleurs et des nuances[18].

Ce qu'il voulait, c'étaient des couleurs dont l'expression s'affirmât aux lumières factices des lampes; peu lui importait même qu'elles fussent, aux lueurs du jour, insipides ou rèches, car il ne vivait guère que la nuit, pensant qu'on était mieux chez soi, plus seul, et que l'esprit ne s'excitait et ne crépitait réellement qu'au contact voisin de l'ombre; il trouvait aussi une jouissance particulière à se tenir dans une chambre largement éclairée, seule éveillée et debout, au milieu des maisons enténébrées et endormies, une sorte de jouissance où il entrait peut-être une pointe de vanité, une satisfaction toute singulière, que connaissent les travailleurs attardés alors que, soulevant les rideaux des fenêtres, ils s'aperçoivent autour d'eux que tout est éteint, que tout est muet, que tout est mort [19].

Lentement, il tria, un à un, les tons.

Le bleu tire aux flambeaux sur un faux vert; s'il est foncé comme le cobalt et l'indigo, il devient noir; s'il est clair, il tourne au gris; s'il est sincère et doux comme la turquoise, il se ternit et se glace.

A moins donc de l'associer, ainsi qu'un adjuvant, à une autre couleur, il ne pouvait être question d'en faire la note dominante d'une pièce.

D'un autre côté, les gris fer se renfrognent encore et s'alourdissent; les gris de perle perdent leur azur et se métamorphosent en un blanc sale; les bruns s'endorment et se froidissent; quant aux verts foncés, ainsi que les verts empereur et les verts myrte, ils agissent de même que les gros bleus et fusionnent avec les noirs; restaient donc les verts plus pâles, tels que le vert paon, les cinabres et les laques, mais alors la lumière exile leur bleu et ne détient plus que leur jaune qui ne garde, à son tour, qu'un ton faux, qu'une saveur trouble.

Il n'y avait pas à songer davantage aux saumons, aux maïs et aux roses dont les efféminations contrarieraient les pensées de l'isolement; il n'y avait pas enfin à méditer sur les violets qui se dépouillent; le rouge surnage seul, le soir, et quel rouge! un rouge visqueux, un lie-de-vin ignoble; il lui paraissait d'ailleurs bien inutile de recourir à cette couleur, puisqu'en s'ingérant de la santonine [20], à certaine dose, l'on voit violet et qu'il est dès lors facile de se changer, et sans y toucher, la teinte de ses tentures.

Ces couleurs écartées, trois demeuraient seulement : le rouge, l'orangé, le jaune.

A toutes, il préférait l'orangé, confirmant ainsi par son propre exemple, la vérité d'une théorie qu'il déclarait d'une exactitude presque mathématique : à savoir, qu'une harmonie existe entre la nature sensuelle d'un individu vraiment artiste et la couleur que ses yeux voient d'une façon plus spéciale et plus vive [21].

En négligeant, en effet, le commun des hommes dont les grossières rétines ne perçoivent ni la cadence propre à chacune des couleurs, ni le charme mystérieux de leurs dégradations et de leurs nuances; en négligeant aussi ces yeux bourgeois, insensibles à la pompe et à la victoire des teintes vibrantes et fortes; en ne conservant plus alors que les gens aux pupilles raffinées, exercées par la littérature et par l'art, il lui semblait certain que l'œil de celui d'entre eux qui rêve d'idéal, qui réclame des illusions, sollicite des voiles dans le coucher, est généralement caressé par le bleu et ses dérivés, tels que le mauve, le lilas, le gris de perle, pourvu toutefois qu'ils demeurent attendris et ne dépassent pas la lisière où ils aliènent leur personnalité et se transforment en de purs violets, en de francs gris.

Les gens, au contraire, qui hussardent, les pléthoriques, les beaux sanguins, les solides mâles qui dédaignent les entrées et les épisodes et se ruent, en perdant aussitôt la tête, ceux-là se complaisent, pour la plupart, aux lueurs éclatantes des jaunes et des rouges, aux coups de cymbales des vermillons et des chromes qui les aveuglent et qui les soûlent.

Enfin, les yeux des gens affaiblis et nerveux dont l'appétit sensuel quête des mets relevés par les fumages et les saumures, les yeux des gens surexcités et étiques chérissent, presque tous, cette couleur irritante et maladive, aux splendeurs fictives, aux fièvres acides : l'orangé.

Le choix de des Esseintes ne pouvait donc prêter au moindre doute; mais d'incontestables difficultés se présentaient encore. Si le rouge et le jaune se magnifient aux lumières, il n'en est pas toujours de même de leur composé, l'orangé, qui s'emporte, et se transmue souvent en un rouge capucine, en un rouge feu.

Il étudia aux bougies toutes ses nuances, en découvrit une qui lui parut ne pas devoir se déséquilibrer et se soustraire aux exigences qu'il attendait d'elle; ces préliminaires terminés, il tâcha de ne pas user, autant que possible, pour son cabinet au moins, des étoffes et des tapis de l'Orient, devenus, maintenant que les négociants enrichis se les procurent dans les magasins de nouveautés, au rabais, si fastidieux et si communs.

Il se résolut, en fin de compte, à faire relier ses murs comme des livres, avec du maroquin, à gros grains écrasés, avec de la peau du Cap, glacée par de fortes plaques d'acier, sous une puissante presse [22].

Les lambris une fois parés, il fit peindre les baguettes et les hautes plinthes en un indigo foncé, en un indigo laqué, semblable à celui que les carrossiers emploient pour les panneaux des voitures, et le plafond, un peu arrondi, également tendu de maroquin, ouvrit tel qu'un immense œil-de-bœuf, enchâssé dans sa peau d'orange, un cercle de firmament en soie bleu de roi, au milieu duquel montaient, à tire-d'ailes, des séraphins d'argent, naguère brodés par la confrérie des tisserands de Cologne, pour une ancienne chape.

Après que la mise en place fut effectuée, le soir, tout cela se concilia, se tempéra, s'assit : les boiseries immobilisèrent leur bleu soutenu et comme échauffé par les oranges qui se maintinrent, à leur tour, sans s'adultérer, appuyés et, en quelque sorte, attisés qu'ils furent par le souffle pressant des bleus.

En fait de meubles, des Esseintes n'eut pas de longues recherches à opérer, le seul luxe de cette pièce devant consister en des livres et des fleurs rares; il se borna, se réservant d'orner plus tard, de quelques dessins ou de quelques tableaux, les cloisons demeurées nues, à établir sur la majeure partie de ses murs des rayons et des casiers de bibliothèque en bois d'ébène, à joncher le parquet de peaux de bêtes fauves et de fourrures de renards bleus, à installer près d'une massive table de changeur du xve siècle, de profonds fauteuils à oreillettes et un vieux pupitre de chapelle, en fer forgé, un de ces antiques lutrins sur lesquels le diacre plaçait jadis l'antiphonaire et qui supportait maintenant l'un des pesants in-folios du *Glossarium mediæ et infimæ latinitatis* de du Cange.

Les croisées dont les vitres, craquelées, bleuâtres, parsemées de culs de bouteille aux bosses piquetées d'or, interceptaient la vue de la campagne et ne laissaient pénétrer qu'une lumière feinte, se vêtirent, à leur tour, de rideaux taillés dans de vieilles étoles, dont l'or assombri et quasi sauré, s'éteignait dans la trame d'un roux presque mort.

Enfin, sur la cheminée dont la robe fut, elle aussi, découpée dans la somptueuse étoffe d'une dalmatique florentine, entre deux ostensoirs, en cuivre doré, de style bysantin, provenant de l'ancienne Abbaye-au-Bois de Bièvre, un merveilleux canon d'église, aux trois compartiments séparés, ouvragés comme une dentelle, contint, sous le verre de son cadre, copiées sur un authentique vélin, avec d'admirables lettres de missel et de splendides enluminures, trois pièces de Baudelaire : à droite et à gauche, les sonnets portant ces titres « la Mort des Amants » — « l'Ennemi »; — au milieu, le poème en prose intitulé : « *Any where out of the world :* — N'importe où, hors du monde »[23].

II

Après la vente de ses biens, des Esseintes garda les deux vieux domestiques qui avaient soigné sa mère et rempli tout à la fois l'office de régisseurs et de concierges du château de Lourps, demeuré jusqu'à l'époque de sa mise en adjudication inhabité et vide.

Il fit venir à Fontenay ce ménage habitué à un emploi de garde-malade, à une régularité d'infirmiers distribuant, d'heure en heure, des cuillerées de potion et de tisane, à un rigide silence de moines claustrés, sans communication avec le dehors, dans des pièces aux fenêtres et aux portes closes[24].

Le mari fut chargé de nettoyer les chambres et d'aller aux provisions, la femme de préparer la cuisine. Il leur céda le premier étage de la maison, les obligea à porter d'épais chaussons de feutre, fit placer des tambours le long des portes bien huilées et matelasser leur plancher de profonds tapis de manière à ne jamais entendre le bruit de leurs pas, au-dessus de sa tête.

Il convint avec eux du sens de certaines

sonneries, détermina la signification des coups de timbre, selon leur nombre, leur brièveté, leur longueur; désigna, sur son bureau, la place où ils devaient, tous les mois, déposer, pendant son sommeil, le livre des comptes; il s'arrangea, enfin, de façon à ne pas être souvent obligé de leur parler ou de les voir.

Néanmoins, comme la femme devait quelquefois longer la maison pour atteindre un hangar où était remisé le bois, il voulut que son ombre, lorsqu'elle traversait les carreaux de ses fenêtres, ne fût pas hostile, et il lui fit fabriquer un costume en faille flamande, avec bonnet blanc et large capuchon, baissé, noir, tel qu'en portent encore, à Gand, les femmes du béguinage. L'ombre de cette coiffe passant devant lui, dans le crépuscule, lui donnait la sensation d'un cloître, lui rappelait ces muets et dévots villages, ces quartiers morts, enfermés et enfouis dans le coin d'une active et vivante ville.

Il régla aussi les heures immuables des repas; ils étaient d'ailleurs peu compliqués et très succincts, les défaillances de son estomac ne lui permettant plus d'absorber des mets variés ou lourds.

A cinq heures, l'hiver, après la chute du jour, il déjeunait légèrement de deux œufs à la coque, de rôties et de thé; puis il dînait vers les onze heures; buvait du café, quelquefois du thé et du vin, pendant la nuit; picorait une petite dînette, sur les cinq heures du matin, avant de se mettre au lit.

Il prenait ces repas, dont l'ordonnance et le menu étaient, une fois pour toutes, fixés à chaque commencement de saison, sur une table, au milieu d'une petite pièce, séparée de son cabinet de travail par un corridor capitonné, hermétiquement fermé, ne laissant filtrer, ni odeur, ni bruit, dans chacune des deux pièces qu'il servait à joindre.

Cette salle à manger ressemblait à la cabine d'un navire avec son plafond voûté, muni de poutres en demi-cercle, ses cloisons et son plancher, en bois de pitchpin, sa petite croisée ouverte dans la boiserie, de même qu'un hublot dans un sabord.

Ainsi que ces boîtes du Japon qui entrent, les unes dans les autres, cette pièce était insérée dans une pièce plus grande, qui était la véritable salle à manger bâtie par l'architecte.

Celle-ci était percée de deux fenêtres, l'une, maintenant invisible, cachée par la cloison qu'un ressort rabattait cependant, à volonté, afin de permettre de renouveler l'air qui par cette ouverture pouvait alors circuler autour de la boîte de pitchpin et pénétrer en elle; l'autre, visible, car elle était placée juste en face du hublot pratiqué dans la boiserie, mais condamnée; en effet, un grand aquarium occupait tout l'espace compris entre ce hublot et cette réelle fenêtre ouverte dans le vrai mur. Le jour traversait donc, pour éclairer la cabine, la croisée, dont les carreaux avaient été remplacés par une glace sans tain, l'eau, et, en dernier lieu, la vitre à demeure du sabord [25].

Au moment où le samovar fumait sur la table, alors que, pendant l'automne, le soleil achevait de disparaître, l'eau de l'aquarium durant la matinée vitreuse et trouble, rougeoyait et tamisait sur les blondes cloisons des lueurs enflammées de braises.

Quelquefois, dans l'après-midi, lorsque, par hasard, des Esseintes était réveillé et debout, il faisait manœuvrer le jeu des tuyaux et des conduits qui vidaient l'aquarium et le remplissaient à nouveau d'eau pure, et il y faisait verser des gouttes d'essences colorées, s'offrant, à sa guise ainsi, les tons verts ou saumâtres, opalins ou argentés, qu'ont les véritables rivières, suivant la couleur du ciel, l'ardeur plus ou moins vive du soleil, les menaces plus ou moins accentuées de la pluie, suivant, en un mot, l'état de la saison et de l'atmosphère.

Il se figurait alors être dans l'entre-pont d'un brick, et curieusement il contemplait de merveilleux poissons mécaniques, montés comme des pièces d'horlogerie, qui passaient devant la vitre du sabord et s'accrochaient dans de fausses herbes; ou bien, tout en aspirant la senteur du goudron, qu'on insufflait dans la pièce avant qu'il y entrât, il examinait, pendues aux murs, des gravures en couleur représentant, ainsi que dans les agences des paquebots et des Lloyd, des steamers en route pour Valparaiso et la Plata, et des tableaux encadrés sur lesquels étaient inscrits les itinéraires de la ligne du Royal mail steam Packet, des compagnies Lopez et Valéry, les frets et les escales des services postaux de l'Atlantique[26].

Puis, quand il était las de consulter ces indicateurs, il se reposait la vue en regardant les chronomètres et les boussoles, les sextants et les compas, les jumelles et les cartes éparpillées sur une table au-dessus de laquelle se dressait un seul livre, relié en veau marin, les aventures d'Arthur Gordon Pym, spécialement tiré pour lui, sur papier vergé, pur fil, trié à la feuille, avec une mouette en filigrane.

Il pouvait apercevoir enfin des cannes à pêche, des filets brunis au tan, des rouleaux de voiles rousses, une ancre minuscule en liège, peinte en noir, jetés en tas, près de la porte qui communiquait avec la cuisine par un couloir garni de capitons et résorbait, de même que le corridor rejoignant la salle à manger au cabinet de travail, toutes les odeurs et tous les bruits.

Il se procurait ainsi, en ne bougeant point, les sensations rapides, presque instantanées, d'un voyage au long cours, et ce plaisir du déplacement qui n'existe, en somme, que par le souvenir et presque jamais dans le présent, à la minute même où il s'effectue, il le humait pleinement, à l'aise, sans fatigue, sans tracas, dans cette cabine dont le désordre apprêté, dont la tenue transitoire et l'installation comme temporaire correspondaient assez exactement avec le séjour passager qu'il y faisait, avec le temps limité de ses repas, et contrastait, d'une manière absolue, avec son cabinet de travail, une pièce définitive, rangée, bien assise, outillée pour le ferme maintien d'une existence casanière.

Le mouvement lui paraissait d'ailleurs inutile et l'imagination lui semblait pouvoir aisément suppléer à la vulgaire réalité des faits. A son avis, il était possible de contenter les désirs réputés les plus difficiles à satisfaire dans la vie normale, et cela par un léger subterfuge, par une approximative sophistication de l'objet poursuivi par ces désirs mêmes [27]. Ainsi, il est bien évident que tout gourmet se délecte aujourd'hui, dans les restaurants renommés par l'excellence de leurs caves, en buvant les hauts crus fabriqués avec de basses vinasses traitées suivant la méthode de M. Pasteur. Or, vrais et faux, ces vins ont le même arôme, la même couleur, le même bouquet, et par conséquent le plaisir qu'on éprouve en dégustant ces breuvages altérés et factices est absolument identique à celui que l'on goûterait, en savourant le vin naturel et pur qui serait introuvable, même à prix d'or.

En transportant cette captieuse déviation, cet adroit mensonge dans le monde de l'intellect, nul doute qu'on ne puisse, et aussi facilement que dans le monde matériel, jouir de chimériques délices semblables, en tous points, aux vraies; nul doute, par exemple, qu'on ne puisse se livrer à de longues explorations, au coin de son feu, en aidant, au besoin, l'esprit rétif ou lent, par la suggestive lecture d'un ouvrage racontant de lointains voyages; nul doute aussi, qu'on ne puisse, sans bouger de Paris acquérir la bienfaisante impression d'un bain de mer; il suffirait, tout bonnement de se rendre au bain Vigier, situé, sur un bateau, en pleine Seine.

Là, en faisant saler l'eau de sa baignoire et en y mêlant, suivant la formule du Codex, du sulfate de soude, de l'hydrochlorate de magnésie et de chaux; en tirant d'une boîte soigneusement fermée par un pas de vis, une pelote de ficelle ou un tout petit morceau de câble qu'on est allé exprès chercher dans l'une de ces grandes corderies dont les vastes magasins et les sous-sols soufflent des odeurs de marée et de port; en aspirant ces parfums que doit conserver encore cette ficelle ou ce bout de câble; en consultant une exacte photographie du casino et en lisant ardemment le guide Joanne décrivant les beautés de la plage où l'on veut être; en se laissant enfin bercer par les vagues que soulève, dans la baignoire, le remous des bateaux-mouches rasant le ponton des bains; en écoutant enfin les plaintes du vent engouffré sous les arches et le bruit sourd des omnibus roulant, à deux pas, au-dessus de vous, sur le pont Royal, l'illusion de la mer est indéniable, impérieuse, sûre [28].

Le tout est de savoir s'y prendre, de savoir concentrer son esprit sur un seul point, de savoir s'abstraire suffisamment pour amener l'hallucination et pouvoir substituer le rêve de la réalité à la réalité même [29].

Au reste, l'artifice paraissait à des Esseintes la marque distinctive du génie de l'homme.

Comme il le disait, la nature a fait son temps; elle a définitivement lassé, par la dégoûtante uniformité de ses paysages et de ses ciels, l'attentive patience des raffinés. Au fond, quelle platitude de spécialiste confinée dans sa partie, quelle petitesse de boutiquière tenant tel article à l'exclusion de tout autre, quel monotone magasin de prairies et d'arbres, quelle banale agence de montagnes et de mers!

Il n'est, d'ailleurs, aucune de ses inventions réputée si subtile ou si grandiose que le génie humain ne puisse créer; aucune forêt de Fontainebleau, aucun clair de lune que des décors inondés de jets électriques ne produisent; aucune cascade que l'hydraulique n'imite à s'y méprendre; aucun roc que le carton-pâte ne s'assimile; aucune fleur que de spécieux taffetas et de délicats papiers peints n'égalent!

A n'en pas douter, cette sempiternelle radoteuse a maintenant usé la débonnaire admiration des vrais artistes, et le moment est venu où il s'agit de la remplacer, autant que faire se pourra, par l'artifice[30].

Et puis, à bien discerner celle de ses œuvres considérée comme la plus exquise, celle de ses créations dont la beauté est, de l'avis de tous, la plus originale et la plus parfaite : la femme; est-ce que l'homme n'a pas, de son côté, fabriqué, à lui tout seul, un être animé et factice qui la vaut amplement, au point de vue de la beauté plastique[31]? est-ce qu'il existe, ici-bas, un être conçu dans les joies d'une fornication et sorti des douleurs d'une matrice dont le modèle, dont le type soit plus éblouissant, plus splendide que celui de ces deux locomotives adoptées sur la ligne du chemin de fer du Nord.

L'une, la Crampton[32], une adorable blonde, à la voix aiguë, à la grande taille frêle, emprisonnée dans un étincelant corset de cuivre, au souple et nerveux allongement de chatte, une blonde pimpante et dorée, dont l'extraordinaire grâce épouvante lorsque, raidissant ses muscles d'acier, activant la sueur de ses flancs tièdes, elle met en branle l'immense rosace de sa fine roue et s'élance toute vivante, en tête des rapides et des marées!

L'autre, l'Engerth[33], une monumentale et sombre brune aux cris sourds et rauques, aux reins trapus, étranglés dans une cuirasse en fonte, une monstrueuse bète, à la crinière échevelée de fumée noire, aux six roues basses et accouplées; quelle écrasante puissance lorsque, faisant trembler la terre, elle remorque pesamment, lentement, la lourde queue de ses marchandises!

Il n'est certainement pas, parmi les frêles beautés blondes et les majestueuses beautés brunes, de pareils types de sveltesse délicate et de terrifiante force; à coup sûr, on peut le dire : l'homme a fait, dans son genre, aussi bien que le Dieu auquel il croit.

Ces réflexions[34] venaient à des Esseintes quand la brise apportait jusqu'à lui le petit sifflet de l'enfantin chemin de fer qui joue de la toupie, entre Paris et Sceaux; sa maison était située à vingt minutes environ de la station de Fontenay, mais la hauteur où elle était assise, son isolement, ne laissaient pas pénétrer jusqu'à elle le brouhaha des immondes foules qu'attire invinciblement, le dimanche, le voisinage d'une gare.

Quant au village même, il le connaissait à peine. Par sa fenêtre, une nuit, il avait contemplé le silencieux paysage qui se développe, en descendant, jusqu'au pied d'un coteau, sur le sommet duquel se dressent les batteries du bois de Verrières.

Dans l'obscurité, à gauche, à droite, des masses confuses s'étageaient, dominées, au loin, par d'autres batteries et d'autres forts dont les hauts talus semblaient, au clair de la lune, gouachés avec de l'argent, sur un ciel sombre.

Rétrécie par l'ombre tombée des collines, la plaine paraissait, à son milieu, poudrée de farine d'amidon et enduite de blanc cold-cream; dans l'air tiède, éventant les herbes décolorées et distillant de bas parfums d'épices, les arbres frottés de craie par la lune, ébouriffaient de pâles feuillages et dédoublaient leurs troncs dont les ombres barraient de raies noires le sol en plâtre sur lequel des caillasses scintillaient ainsi que des éclats d'assiettes.

En raison de son maquillage et de son air factice[35], ce paysage ne déplaisait pas à des Esseintes; mais, depuis cette après-midi occupée dans le hameau de Fontenay à la recherche d'une maison, jamais il ne s'était, pendant le jour, promené sur les routes; la verdure de ce pays ne lui inspirait, du reste, aucun intérêt, car elle n'offrait même pas ce charme délicat et dolent que dégagent les attendrissantes et maladives végétations poussées, à grand'peine, dans les gravats des banlieues, près des remparts. Puis, il avait aperçu, dans le village, ce jour-là, des bourgeois ventrus, à favoris, et des gens costumés, à moustaches, portant, ainsi que des saints-sacrements, des têtes de magistrats et de militaires; et, depuis cette rencontre, son horreur s'était encore accrue, de la face humaine.

Pendant les derniers mois de son séjour à Paris, alors que, revenu de tout, abattu par l'hypocondrie, écrasé par le spleen, il était arrivé à une telle sensibilité de nerfs que la vue d'un objet ou d'un être déplaisant se gravait profondément dans sa cervelle, et qu'il fallait plusieurs jours pour en effacer même légèrement l'empreinte, la figure humaine frôlée, dans la rue, avait été l'un de ses plus lancinants supplices[36].

Positivement, il souffrait de la vue de certaines physionomies, considérait presque comme des insultes les mines paternes ou rêches de quelques visages, se sentait des envies de souffleter ce monsieur qui flânait, en fermant les paupières d'un air docte, cet autre qui se balançait, en se souriant devant les glaces; cet autre enfin qui paraissait agiter un monde de pensées, tout en dévorant, les sourcils contractés, les tartines et les faits divers d'un journal.

Il flairait une sottise si invétérée, une telle exécration pour ses idées à lui, un tel mépris pour la littérature, pour l'art, pour tout ce qu'il adorait, implantés, ancrés dans ces étroits cerveaux de négociants, exclusivement préoccupés de filouteries et d'argent et seulement accessibles à cette basse distraction des esprits médiocres, la politique, qu'il rentrait en rage chez lui et se verrouillait avec ses livres.

Enfin, il haïssait, de toutes ses forces, les générations nouvelles, ces couches d'affreux rustres qui éprouvent le besoin de parler et de rire haut dans les restaurants et dans les cafés, qui vous bousculent, sans demander pardon, sur les trottoirs, qui vous jettent, sans même s'excuser, sans même saluer, les roues d'une voiture d'enfant, entre les jambes.

III

Une partie des rayons plaqués contre les murs de son cabinet, orange et bleu, était exclusivement couverte par des ouvrages latins, par ceux que les intelligences qu'ont domestiquées les déplorables leçons ressassées dans les Sorbonnes[37] désignent sous ce nom générique : « la décadence[38]. »

En effet, la langue latine, telle qu'elle fut pratiquée à cette époque que les professeurs s'obstinent encore à appeler le grand siècle ne l'incitait guère. Cette langue restreinte, aux tournures comptées, presque invariables, sans souplesse de syntaxe, sans couleurs, ni nuances; cette langue, râclée sur toutes les coutures, émondée des expressions rocailleuses mais parfois imagées des âges précédents, pouvait, à la rigueur, énoncer les majestueuses rengaines, les vagues lieux communs rabâchés par les rhéteurs et par les poètes, mais elle dégageait une telle incuriosité, un tel ennui qu'il fallait, dans les études de linguistique, arriver au style français du siècle de Louis XIV, pour en rencontrer une aussi volontairement débilitée, aussi solennellement harassante et grise.

Entre autres le doux Virgile[39], celui que les pions surnomment le cygne de Mantoue, sans doute parce qu'il n'est pas né dans cette ville, lui apparaissait, ainsi que l'un des plus terribles cuistres, l'un des plus sinistres raseurs que l'antiquité ait jamais produit; ses bergers lavés et pomponnés, se déchargeant, à tour de rôle, sur la tête de pleins pots de vers sentencieux et glacés, son Orphée qu'il compare à un rossignol en larmes, son Aristée qui pleurniche à propos d'abeilles, son Énée, ce personnage indécis et fluent qui se promène, pareil à une ombre chinoise, avec des gestes en bois, derrière le transparent mal assujetti et mal huilé du poème, l'exaspéraient. Il eût bien accepté les fastidieuses balivernes que ces marionnettes échangent entre elles, à la cantonade; il eût accepté encore les impudents emprunts faits à Homère, à Théocrite, à Ennius, à Lucrèce, le simple vol que nous a révélé Macrobe du 2e chant de l'Énéide presque copié, mots pour mots, dans un poème de Pisandre, enfin toute l'inénarrable vacuité de ce tas de chants; mais ce qui l'horripilait davantage c'était la facture de ces hexamètres, sonnant le fer blanc, le bidon creux, allongeant leurs quantités de mots pesés au litre selon l'immuable ordonnance d'une prosodie pédante et sèche; c'était la contexture de ces vers râpeux et gourmés, dans leur tenue officielle, dans leur basse révérence à la grammaire, de ces vers coupés, à la mécanique, par une imperturbable césure, tamponnés en queue, toujours de la même façon, par le choc d'un dactyle contre un spondée.

Empruntée à la forge perfectionnée de Catulle, cette invariable métrique, sans fantaisie, sans pitié, bourrée de mots inutiles, de remplissages, de chevilles aux boucles identiques et prévues; cette misère de l'épithète homérique revenant sans cesse, pour ne rien désigner, pour ne rien faire voir, tout cet indigent vocabulaire aux teintes insonores et plates, le suppliciaient.

Il est juste d'ajouter que si son admiration pour Virgile était des plus modérées et que si son attirance pour les claires éjections d'Ovide était des plus discrètes et des plus sourdes, son dégoût pour les grâces éléphantines d'Horace, pour le babillage de ce désespérant pataud qui minaude avec des gaudrioles plâtrées de vieux clown, était sans borne.

En prose, la langue verbeuse, les métaphores redondantes, les digressions amphigouriques du Pois Chiche, ne le ravissaient pas davantage; la jactance de ses apostrophes, le flux de ses rengaines patriotiques, l'emphase de ses harangues, la pesante masse de son style, charnu, nourri, mais tourné à la graisse et privé de moelles et d'os, les insupportables scories de ses longs adverbes ouvrant la phrase, les inaltérables formules de ses adipeuses périodes mal liées entre elles par le fil des conjonctions, enfin ses lassantes habitudes de tautologie, ne le séduisaient guère; et, pas beaucoup plus que Cicéron, César, réputé pour son laconisme, ne l'enthousiasmait; car l'excès contraire se montrait alors, une aridité de pète sec, une stérilité de memento, une constipation incroyable et indue.

Somme toute, il ne trouvait pâture ni parmi ces écrivains ni parmi ceux qui font cependant les délices des faux lettrés : Salluste moins décoloré que les autres pourtant; Tite-Live sentimental et pompeux; Sénèque turgide et blafard; Suétone, lymphatique et larveux; Tacite, le plus nerveux dans sa concision apprêtée, le plus âpre, le plus musclé d'eux tous. En poésie, Juvénal, malgré quelques vers durement bottés; Perse, malgré ses insinuations mystérieuses, le laissaient froid. En négligeant Tibulle et Properce, Quintilien et les Pline, Stace, Martial de Bilbilis, Térence même et Plaute dont le jargon plein de néologismes, de mots composés, de diminutifs, pouvait lui plaire, mais dont le bas comique et le gros sel lui répugnaient, des Esseintes commençait seulement à s'intéresser à la langue latine avec Lucain, car elle était élargie, déjà plus expressive et moins chagrine; cette armature travaillée, ces vers plaqués d'émaux, pavés de joaillerie, le captivaient, mais cette préoccupation exclusive de la forme, ces sonorités de timbres, ces éclats de métal, ne lui masquaient pas entièrement le vide de la pensée, la boursouflure de ces ampoules qui bossuent la peau de la *Pharsale.*

L'auteur qu'il aimait vraiment et qui lui faisait reléguer pour jamais hors de ses lectures les retentissantes adresses de Lucain, c'était Pétrone.

Celui-là était un observateur perspicace, un délicat analyste, un merveilleux peintre; tranquillement, sans parti pris, sans haine, il décrivait la vie journalière de Rome, racontait dans les alertes petits chapitres du *Satyricon*, les mœurs de son époque.

Notant à mesure les faits, les constatant dans une forme définitive, il déroulait la menue existence du peuple, ses épisodes, ses bestialités, ses ruts[40].

Ici, c'est l'inspecteur des garnis qui vient demander le nom des voyageurs récemment entrés; là, ce sont des lupanars où des gens rôdent autour de femmes nues, debout entre des écriteaux, tandis que par les portes mal fermées des chambres, l'on entrevoit les ébats des couples; là, encore, au travers des villas d'un luxe insolent, d'une démence de richesses et de faste, comme au travers des pauvres auberges qui se succèdent dans le livre, avec leurs lits de sangle défaits, pleins de punaises, la société du temps s'agite : impurs filous, tels qu'Ascylte et qu'Eumolpe, à la recherche d'une bonne aubaine; vieux incubes aux robes retroussées, aux joues plâtrées de blanc de plomb et de rouge acacia; gitons de seize ans, dodus et frisés; femmes en proie aux attaques de l'hystérie; coureurs d'héritages offrant leurs garçons et leurs filles aux débauches des testateurs; tous courent le long des pages, discutent dans les rues, s'attouchent dans les bains, se rouent de coups ainsi que dans une pantomime.

Et cela raconté dans un style d'une verdeur étrange, d'une couleur précise, dans un style puisant à tous les dialectes, empruntant des expressions à toutes les langues charriées dans Rome, reculant toutes les limites, toutes les entraves du soi-disant grand siècle, faisant parler à chacun son idiome : aux affranchis, sans éducation, le latin populacier, l'argot de la rue; aux étrangers leur patois barbare, mâtiné d'africain, de syrien et de grec; aux pédants imbéciles, comme l'Agamemnon du livre, une rhétorique de mots postiches. Ces gens sont dessinés d'un trait, vautrés autour d'une table, échangeant d'insipides propos d'ivrognes, débitant de séniles maximes, d'ineptes dictons, le mufle tourné vers le Trimalchio qui se cure les dents, offre des pots de chambre à la société, l'entretient de la santé de ses entrailles et vente, en invitant ses convives à se mettre à l'aise.

Ce roman réaliste, cette tranche découpée dans le vif de la vie romaine, sans préoccupation, quoi qu'on en puisse dire, de réforme et de satire, sans besoin de fin apprêtée et de morale; cette histoire, sans intrigue, sans action, mettant en scène les aventures de gibiers de Sodome; analysant avec une placide finesse les joies et les douleurs de ces amours et de ces couples; dépeignant, en une langue splendidement orfévrie, sans que l'auteur se montre une seule fois, sans qu'il se livre à aucun commentaire, sans qu'il approuve ou maudisse les actes et les pensées de ses personnages, les vices d'une civilisation décrépite, d'un empire qui se fêle, poignait des Esseintes et il entrevoyait dans le raffinement du style, dans l'acuité de l'observation, dans la fermeté de la méthode, de singuliers rapprochements, de curieuses analogies, avec les quelques romans français modernes qu'il supportait.

A coup sûr, il regrettait amèrement l'*Eustion*

et l'*Albutia*, ces deux ouvrages de Pétrone, que mentionne Planciade Fulgence et qui sont à jamais perdus; mais le bibliophile qui était en lui consolait le lettré, maniant avec des mains dévotes la superbe édition qu'il possédait du *Satyricon*, l'in-8 portant le millésime 1585 et le nom de J. Dousa, à Leyde.

Partie de Pétrone, sa collection latine entrait dans le IIe siècle de l'ère chrétienne, sautait le déclamateur Fronton, aux termes surannés, mal réparés, mal revernis, enjambait les *Nuits attiques* d'Aulu-Gelle, son disciple et ami, un esprit sagace et fureteur, mais un écrivain empêtré dans une glutineuse vase et elle faisait halte devant Apulée dont il gardait l'édition princeps, in-folio, imprimée en 1469, à Rome.

Cet Africain le réjouissait; la langue latine battait le plein dans ses *Métamorphoses;* elle roulait des limons, des eaux variées, accourues de toutes les provinces, et toutes se mêlaient, se confondaient en une teinte bizarre, exotique, presque neuve; des maniérismes, des détails nouveaux de la société latine trouvaient à se mouler en des néologismes créés pour les besoins de la conversation, dans un coin romain de l'Afrique; puis sa jovialité d'homme évidemment gras, son exubérance méridionale amusaient. Il apparaissait ainsi qu'un salace et gai compère à côté des apologistes chrétiens qui vivaient, au même siècle, le soporifique Minucius Felix[41], un pseudo-classique, écoulant dans son *Octavius* les émulsines encore épaissies de Cicéron, voire même Tertullien qu'il conservait peut-être plus pour son édition de Alde, que pour son œuvre même.

Bien qu'il fût assez ferré sur la théologie, les disputes des montanistes contre l'Église catholique, les polémiques contre la gnose, le laissaient froid; aussi, et malgré la curiosité du style de Tertullien[42], un style concis, plein d'amphibologies, reposé sur des participes, heurté par des oppositions, hérissé de jeux de mots et de pointes, bariolé de vocables triés dans la science juridique et dans la langue des Pères de l'Église grecque, il n'ouvrait plus guère l'*Apologétique* et le *Traité de la Patience*[43] et, tout au plus, lisait-il quelques pages du *De cultu feminarum* où Tertullien objurgue les femmes de ne pas se parer de bijoux et d'étoffes précieuses, et leur défend l'usage des cosmétiques parce qu'ils essayent de corriger la nature et de l'embellir[44].

Ces idées, diamétralement opposées aux siennes, le faisaient sourire; puis le rôle joué par Tertullien, dans son évêché de Carthage, lui semblait suggestif en rêveries douces; plus que ses œuvres, en réalité l'homme l'attirait.

Il avait, en effet, vécu dans des temps houleux, secoués par d'affreux troubles, sous Caracalla, sous Macrin, sous l'étonnant grand-prêtre d'Émèse, Élagabal, et il préparait tranquillement ses sermons, ses écrits dogmatiques, ses plaidoyers, ses homélies, pendant que l'Empire romain branlait sur ses bases, que les folies de l'Asie, que les ordures du paganisme coulaient à pleins bords; il recommandait, avec le plus beau sang-froid, l'abstinence charnelle, la frugalité des repas, la sobriété de la toilette, alors que, marchant dans de la poudre d'argent et du sable d'or, la tète ceinte d'une tiare, les vètements brochés de pierreries, Élagabal travaillait, au milieu de ses eunuques, à des ouvrages de femmes, se faisait appeler Impératrice et changeait, toutes les nuits, d'Empereur, l'élisant de préférence parmi les barbiers, les gâte-sauce, et les cochers de cirque.

Cette antithèse le ravissait; puis la langue latine, arrivée à sa maturité suprème sous Pétrone, allait commencer à se dissoudre; la littérature chrétienne prenait place, apportant avec des idées neuves, des mots nouveaux, des constructions inemployées, des verbes inconnus, des adjectifs aux sens alambiqués, des mots abstraits, rares jusqu'alors dans la langue romaine, et dont Tertullien avait, l'un des premiers, adopté l'usage.

Seulement, cette déliquescence continuée après la mort de Tertullien, par son élève saint Cyprien [45], par Arnobe, par le pâteux Lactance, était sans attrait. C'était un faisandage incomplet et alenti [46]; c'étaient de gauches retours aux emphases cicéroniennes [47], n'ayant pas encore ce fumet spécial qu'au IVe siècle, et surtout pendant les siècles qui vont suivre, l'odeur du christianisme [48] donnera à la langue païenne, décomposée comme une venaison, s'émiettant en même temps que s'effritera la civilisation du vieux monde, en même temps que s'écrouleront, sous la poussée des Barbares, les Empires putréfiés par la sanie des siècles.

Un seul poète chrétien, Commodien de Gaza représentait dans sa bibliothèque l'art de l'an III. Le *Carmen apologeticum*, écrit en 259, et un recueil d'instructions[49], tortillées en acrostiches, dans des hexamètres populaires, césurés selon le mode du vers héroïque, composés sans égard à la quantité et à l'hiatus et souvent accompagnés de rimes telles que le latin d'église en fournira plus tard de nombreux exemples.

Ces vers tendus, sombres, sentant le fauve, pleins de termes de langage usuel, de mots aux sens primitifs détournés[50], le requéraient, l'intéressaient même davantage que le style pourtant blet et déjà verdi des historiens Ammien Marcellin et Aurelius Victor, de l'épistolier Symmaque et du compilateur et grammairien Macrobe; il les préférait même à ces véritables vers scandés, à cette langue tachetée et superbe que parlèrent Claudien, Rutilius et Ausone.

Ceux-là étaient alors les maîtres de l'art; ils emplissaient l'Empire mourant, de leurs cris; le chrétien Ausone[51], avec son *Centon Nuptial* et son poème abondant et paré de *la Moselle;* Rutilius[52], avec ses hymnes à la gloire de Rome, ses anathèmes contre les juifs et contre les moines, son itinéraire d'Italie en Gaule, où il arrive à rendre certaines impressions de la vue, le vague des paysages reflétés dans l'eau, le mirage des vapeurs, l'envolée des brumes entourant les monts.

Claudien, une sorte d'avatar de Lucain, qui domine tout le IVe siècle avec le terrible clairon de ses vers; un poète forgeant un hexamètre éclatant et sonore, frappant, dans des gerbes d'étincelles, l'épithète d'un coup sec, atteignant une certaine grandeur, soulevant son œuvre d'un puissant souffle. Dans l'Empire d'Occident qui s'effondre de plus en plus, dans le gâchis des égorgements réitérés qui l'entourent; dans la menace perpétuelle des Barbares qui se pressent maintenant en foule aux portes de l'Empire dont les gonds craquent, il ranime l'antiquité, chante l'enlèvement de Proserpine, plaque ses couleurs vibrantes, passe avec tous ses feux allumés dans l'obscurité qui envahit le monde.

Le paganisme revit en lui, sonnant sa dernière fanfare, élevant son dernier grand poète au-dessus du christianisme qui va désormais submerger entièrement la langue, qui va, pour toujours maintenant, rester seul maître de l'art, avec Paulin, l'élève d'Ausone[53]; le prêtre espagnol, Juvencus, qui paraphrase en vers les Évangiles[54]; Victorin, l'auteur des Macchabées[55]; Sanctus Burdigalensis[56] qui, dans une églogue imitée de Virgile, fait déplorer aux Pâtres Egon et Buculus, les maladies de leurs troupeaux; et toute la série des saints : Hilaire de Poitiers, le défenseur de la foi de Nicée, l'Athanase de l'Occident, ainsi qu'on l'appelle[57]; Ambroise, l'auteur d'indigestes homélies, l'ennuyeux Cicéron chrétien[58]; Damase, le fabricant d'épigrammes lapidaires[59]; Jérôme, le traducteur de la Vulgate, et son adversaire Vigilantius de Comminges qui attaque le culte des saints, l'abus des miracles, les jeûnes, et prêche déjà, avec des arguments que les âges se répéteront, contre les vœux monastiques et le célibat des prêtres[60].

Enfin au ve siècle, Augustin, évêque d'Hippone. Celui-là, des Esseintes ne le connaissait que trop, car il était l'écrivain le plus réputé de l'Église, le fondateur de l'orthodoxie chrétienne, celui que les catholiques considèrent comme un oracle, comme un souverain maître. Aussi ne l'ouvrait-il plus, bien qu'il eût chanté, dans ses *Confessions*, le dégoût de la terre et que sa piété gémissante eût, dans sa *Cité de Dieu*, essayé d'apaiser l'effroyable détresse du siècle par les sédatives promesses de destinées meilleures. Au temps où il pratiquait la théologie, il était déjà las, saoul de ses prédications et de ses jérémiades, de ses théories sur la prédestination et sur la grâce, de ses combats contre les schismes.

Il aimait mieux feuilleter la *Psychomachia* de Prudence[61], l'inventeur du poème allégorique qui, plus tard, sévira sans arrêt, au moyen âge, et les œuvres de Sidoine Apollinaire dont la correspondance lardée de saillies, de pointes[62], d'archaïsmes, d'énigmes, le tentait. Volontiers, il relisait les panégyriques où cet évêque invoque, à l'appui de ses vaniteuses louanges[63], les déités du paganisme, et, malgré tout, il se sentait un faible pour les affectations et les sous-entendus de ces poésies fabriquées par un ingénieux mécanicien qui soigne sa machine, huile ses rouages, en invente, au besoin, de compliqués et d'inutiles.

Après Sidoine, il fréquentait encore le panégyriste Mérobaudes[64], Sédulius[65], l'auteur de poèmes rimés et d'hymnes abécédaires dont l'Église s'est approprié certaines parties pour les besoins de ses offices; Marius Victor[66], dont le ténébreux traité sur la *Perversité des mœurs* s'éclaire, çà et là, de vers luisants comme du phosphore; Paulin de Pella[67], le poète du grelottant *Eucharisticon;* Orientius[68], l'évêque d'Auch, qui, dans les distiques de ses *Monitoires*, invective la licence des femmes dont il prétend que les visages perdent les peuples.

L'intérêt que portait des Esseintes à la langue latine ne faiblissait pas, maintenant que complètement pourrie, elle pendait, perdant ses membres, coulant son pus, gardant à peine, dans toute la corruption de son corps, quelques parties fermes que les chrétiens détachaient afin de les mariner dans la saumure de leur nouvelle langue.

La seconde moitié du ve siècle était venue, l'épouvantable époque où d'abominables cahots bouleversaient la terre. Les Barbares saccageaient la Gaule; Rome paralysée, mise au pillage par les Wisigoths, sentait sa vie se glacer, voyait ses parties extrêmes, l'Occident et l'Orient, se débattre dans le sang, s'épuiser de jour en jour.

Dans la dissolution générale, dans les assassinats de césars qui se succèdent, dans le bruit des carnages qui ruissellent d'un bout de l'Europe à l'autre, un effrayant hourra retentit, étouffant les clameurs, couvrant les voix. Sur la rive du Danube, des milliers d'hommes, plantés sur de petits chevaux, enveloppés de casaques de peaux de rats, des Tartares affreux, avec d'énormes têtes, des nez écrasés, des mentons ravinés de cicatrices et de balafres, des visages de jaunisse dépouillés de poils, se précipitent, ventre à terre, enveloppent d'un tourbillon, les territoires des Bas-Empires.

Tout disparut dans la poussière des galops, dans la fumée des incendies. Les ténèbres se firent et les peuples consternés tremblèrent, écoutant passer, avec un fracas de tonnerre, l'epouvantable trombe. La horde des Huns rasa l'Europe, se rua sur la Gaule, s'écrasa dans les plaines de Châlons où Aétius la pila dans une effroyable charge. La plaine, gorgée de sang, moutonna comme une mer de pourpre, deux cent mille cadavres barrèrent la route, brisèrent l'élan de cette avalanche qui, déviée, tomba, éclatant en coups de foudre, sur l'Italie où les villes exterminées flambèrent comme des meules.

L'Empire d'Occident croula sous le choc; la vie agonisante qu'il traînait dans l'imbécillité et dans l'ordure, s'éteignit; la fin de l'univers semblait d'ailleurs proche; les cités oubliées par Attila étaient décimées par la famine et par la peste; le latin parut s'effondrer, à son tour, sous les ruines du monde.

Des années s'écoulèrent; les idiomes barbares commençaient à se régler, à sortir de leurs gangues, à former de véritables langues; le latin sauvé dans la débâcle par les cloîtres se confina parmi les couvents et parmi les cures; çà et là, quelques poètes brillèrent, lents et froids : l'Africain Dracontius [69] avec son *Hexameron*, Claudius Mamert [70], avec ses poésies liturgiques; Avitus de Vienne [71]; puis des biographes, tels qu'Ennodius qui raconte les prodiges de saint Épiphane [72], le diplomate perspicace et vénéré, le probe et vigilant pasteur; tels qu'Eugippe [73] qui nous a retracé l'incomparable vie de saint Séverin, cet ermite mystérieux, cet humble ascète, apparu, semblable à un ange de miséricorde, aux peuples éplorés, fous de souffrances et de peur; des écrivains tels que Véranius du Gévaudan qui prépara un petit traité sur la continence, tels qu'Aurelian[74] et Ferreolus[75] qui compilèrent des canons ecclésiastiques; des historiens tels que Rothérius d'Agde, fameux par une histoire perdue des Huns.

Les ouvrages des siècles suivants se clairsemaient dans la bibliothèque de des Esseintes. Le VIe siècle était cependant encore représenté par Fortunat[76], l'évêque de Poitiers, dont les hymnes et le *Vexilla regis*, taillés dans la vieille charogne de la langue latine, épicée par les aromates de l'Église, le hantaient à certains jours; par Boëce[77], le vieux Grégoire de Tours[78] et Jornandès[79], puis, aux VIIe et VIIIe siècles, comme, en sus de la basse latinité des chroniqueurs, des Frédégaire[80] et des Paul Diacre[81] et des poésies contenues dans l'antiphonaire de Bangor dont il regardait parfois l'hymne alphabétique et monorime, chanté en l'honneur de saint Comgill[82], la littérature se confinait presque exclusivement dans des biographies de saints, dans la légende de saint Columban écrite par le cénobite Jonas[83], et celle du bienheureux Cuthbert, rédigée par Bède le Vénérable[84] sur les notes d'un moine anonyme de Lindisfarn, il se bornait à feuilleter, dans ses moments d'ennui, l'œuvre de ces hagiographes et à relire quelques extraits de la vie de sainte Rusticula et de sainte Radegonde, relatées, l'une, par Defensorius, synodite de Ligugé, l'autre, par la modeste et la naïve Baudonivia, religieuse de Poitiers[85].

Mais de singuliers ouvrages de la littérature latine, anglo-saxonne, l'allêchaient davantage : c'était toute la série des énigmes d'Adhelme, de Tatwine, d'Eusèbe, ces descendants de Symphosius, et surtout les énigmes composées par saint Boniface, en des strophes acrostiches dont la solution se trouvait donnée par les lettres initiales des vers[86].

Son attirance diminuait avec la fin de ces deux siècles; peu ravi, en somme, par la pesante masse des latinistes carlovingiens, les Alcuin[87] et les Eginhard[88], il se contentait, comme spécimen de la langue au IXe siècle, des chroniques de l'anonyme de saint Gall[89], de Fréculfe[90] et de Réginon[91], du poème sur le siège de Paris tissé par Abbo le Courbé[92], de l'*Hortulus*, le poème didactique du bénédictin Walafrid Strabo[93], dont le chapitre consacré à la gloire de la citrouille, symbole de la fécondité, le mettait en liesse; du poème d'Ermold le Noir[94], célébrant les exploits de Louis le Débonnaire, un poème écrit en hexamètres réguliers, dans un style austère, presque noir, dans un latin de fer trempé dans les eaux monastiques, avec, çà et là, des pailles de sentiment dans le dur métal; du *De viribus herbarum*, le poème de Macer Floridus[95], qui le délectait particulièrement par ses recettes poétiques et les très étranges vertus qu'il prête à certaines plantes, à certaines fleurs : à l'aristoloche, par exemple, qui, mélangée à de la chair de bœuf et placée sur le bas-ventre d'une femme enceinte, la fait irrémédiablement accoucher d'un enfant mâle; à la bourrache qui, répandue en infusion dans une salle à manger, égaye les convives; à la pivoine dont la racine broyée guérit à jamais du haut mal; au fenouil qui, posé sur la poitrine d'une femme, clarifie ses eaux et stimule l'indolence de ses périodes.

A part quelques volumes spéciaux, inclassés; modernes ou sans date, certains ouvrages de kabbale, de médecine et de botanique; certains tomes dépareillés de la patrologie de Migne, renfermant des poésies chrétiennes introuvables, et de l'anthologie des petits poètes latins de Wernsdorff[96], à part le Meursius[97], le manuel d'érotologie classique de Forberg[98], la mœchialogie[99] et les diaconales[100] à l'usage des confesseurs, qu'il époussetait à de rares intervalles, sa bibliothèque latine s'arrêtait au commencement du xe siècle.

Et, en effet, la curiosité, la naïveté compliquée du langage chrétien avaient, elles aussi, sombré. Le fatras des philosophes et des scoliastes, la logomachie du moyen âge allaient régner en maîtres. L'amas de suie des chroniques et des livres d'histoire, les saumons de plomb des cartulaires allaient s'entasser, et la grâce balbutiante, la maladresse parfois exquise des moines mettant en un pieux ragoût les restes poétiques de l'antiquité, étaient mortes; les fabriques de verbes aux sucs épurés, de substantifs sentant l'encens, d'adjectifs bizarres, taillés grossièrement dans l'or, avec le goût barbare et charmant des bijoux goths, étaient détruites. Les vieilles éditions, choyées par des Esseintes, cessaient — et, en un saut formidable de siècles, les livres s'étageaient maintenant sur les rayons, supprimant la transition des âges, arrivant directement à la langue française du présent siècle.

IV

Une voiture s'arrêta, vers une fin d'après-midi, devant la maison de Fontenay. Comme des Esseintes ne recevait aucune visite, comme le facteur ne se hasardait même pas dans ces parages inhabités, puisqu'il n'avait à lui remettre aucun journal, aucune revue, aucune lettre, les domestiques hésitèrent, se demandant s'il fallait ouvrir; puis, au carillon de la sonnette, lancée à toute volée contre le mur, ils se hasardèrent à tirer le judas incisé dans la porte et ils aperçurent un Monsieur dont toute la poitrine était couverte, du col au ventre, par un immense bouclier d'or.

Ils avertirent leur maître qui déjeunait.

— Parfaitement, introduisez, fit-il — car il se souvenait d'avoir autrefois donné, pour la livraison d'une commande, son adresse à un lapidaire.

Le Monsieur salua, déposa, dans la salle à manger, sur le parquet de pitchpin, son bouclier qui oscilla, se soulevant un peu, allongeant une tête serpentine de tortue qui, soudain effarée, rentra sous sa carapace.

Cette tortue[101] était une fantaisie venue à

des Esseintes quelque temps avant son départ de Paris. Regardant, un jour, un tapis d'Orient, à reflets, et, suivant les lueurs argentées qui couraient sur la trame de la laine, jaune aladin et violet prune, il s'était dit : il serait bon de placer sur ce tapis quelque chose qui remuât et dont le ton foncé aiguisât la vivacité de ces teintes.

Possédé par cette idée il avait vagué, au hasard des rues, était arrivé au Palais-Royal, et devant la vitrine de Chevet s'était frappé le front : une énorme tortue était là, dans un bassin. Il l'avait achetée : puis, une fois abandonnée sur le tapis, il s'était assis devant elle et il l'avait longuement contemplée, en clignant de l'œil.

Décidément la couleur tête-de-nègre, le ton de Sienne crue de cette carapace salissait les reflets du tapis sans les activer; les lueurs dominantes de l'argent étincelaient maintenant à peine, rampant avec les tons froids du zinc écorché, sur les bords de ce test dur et terne.

Il se rongea les ongles, cherchant les moyens de concilier ces mésalliances, d'empêcher le divorce résolu de ces tons; il découvrit enfin que sa première idée, consistant à vouloir attiser les feux de l'étoffe par le balancement d'un objet sombre mis dessus était fausse; en somme, ce tapis était encore trop voyant, trop pétulant, trop neuf. Les couleurs ne s'étaient pas suffisamment émoussées et amoindries; il s'agissait de renverser la proposition, d'amortir les tons, de les éteindre par le contraste d'un objet éclatant, écrasant tout autour de lui, jetant de la lumière d'or sur de l'argent pâle. Ainsi posée, la question devenait plus facile à résoudre. Il se détermina, en conséquence, à faire glacer d'or la cuirasse de sa tortue.

Une fois rapportée de chez le praticien qui la prit en pension, la bête fulgura comme un soleil, rayonna sur le tapis dont les teintes repoussées fléchirent, avec des irradiations de pavois wisigoth aux squames imbriquées par un artiste d'un goût barbare.

Des Esseintes fut tout d'abord enchanté de cet effet; puis il pensa que ce gigantesque bijou n'était qu'ébauché, qu'il ne serait vraiment complet qu'après qu'il aurait été incrusté de pierres rares.

Il choisit dans une collection japonaise[102] un dessin représentant un essaim de fleurs partant en fusées d'une mince tige, l'emporta chez un joaillier, esquissa une bordure qui enfermait ce bouquet dans un cadre ovale, et il fit savoir, au lapidaire stupéfié que les feuilles, que les pétales de chacune de ces fleurs, seraient exécutés en pierreries et montés dans l'écaille même de la bête.

Le choix des pierres l'arrêta[103]; le diamant est devenu singulièrement commun depuis que tous les commerçants en portent au petit doigt; les émeraudes et les rubis de l'Orient sont moins avilis, lancent de rutilantes flammes, mais ils rappellent par trop ces yeux verts et rouges de certains omnibus qui arborent des fanaux de ces deux couleurs, le long des tempes; quant aux topazes, brûlées ou crues, ce sont des pierres à bon marché, chères à la petite bourgeoisie qui veut serrer des écrins dans une armoire à glace; d'un autre côté, bien que l'Église ait conservé à l'améthyste un caractère sacerdotal, tout à la fois onctueux et grave, cette pierre s'est, elle aussi, galvaudée aux oreilles sanguines et aux mains tubuleuses des bouchères qui veulent, pour un prix modique, se parer de vrais et pesants bijoux; seul, parmi ces pierres, le saphir a gardé des feux invioles par la sottise industrielle et pécuniaire. Ses étincelles grésillant sur une eau limpide et froide, ont, en quelque sorte, garanti de toute souillure sa noblesse discrète et hautaine. Malheureusement, aux lumières, ses flammes fraîches ne crépitent plus; l'eau bleue rentre en elle-même, semble s'endormir pour ne se réveiller, en pétillant, qu'au point du jour.

Décidément aucune de ces pierreries ne contentait des Esseintes; elles étaient d'ailleurs trop civilisées et trop connues. Il fit ruisseler entre ses doigts des minéraux plus surprenants et plus bizarres, finit par trier une série de pierres réelles et factices dont le mélange devait produire une harmonie fascinatrice et déconcertante.

Il composa ainsi le bouquet de ses fleurs : les feuilles furent serties de pierreries d'un vert accentué et précis : de chrysobéryls vert asperge; de péridots vert poireau; d'olivines vert olive; et elles se détachèrent de branches en almadine et en ouwarovite d'un rouge violacé, jetant des paillettes d'un éclat sec de même que ces micas de tartre qui luisent dans l'intérieur des futailles.

Pour les fleurs, isolées de la tige, éloignées du pied de la gerbe, il usa de la cendre bleue; mais il repoussa formellement cette turquoise orientale qui se met en broches et en bagues et qui fait, avec la banale perle et l'odieux corail, les délices du menu peuple; il choisit exclusivement des turquoises de l'Occident, des pierres qui ne sont, à proprement parler, qu'un ivoire fossile imprégné de substances cuivreuses et dont le bleu céladon est engorgé, opaque, sulfureux, comme jauni de bile.

Cela fait, il pouvait maintenant enchâsser les pétales de ses fleurs épanouies au milieu du bouquet, de ses fleurs les plus voisines, les plus rapprochées du tronc, avec des minéraux transparents, aux lueurs vitreuses et morbides, aux jets fiévreux et aigres.

Il les composa uniquement d'yeux de chat de Ceylan, de cymophanes et de saphirines.

Ces trois pierres dardaient en effet, des scintillements mystérieux et pervers, douloureusement arrachés du fond glacé de leur eau trouble.

L'œil de chat d'un gris verdâtre, strié de veines concentriques qui paraissent remuer, se déplacer à tout moment, selon les dispositions de la lumière.

La cymophane avec des moires azurées courant sur la teinte laiteuse qui flotte à l'intérieur.

La saphirine qui allume des feux bleuâtres de phosphore sur un fond de chocolat, brun sourd.

Le lapidaire prenait note à mesure des endroits où devaient être incrustées les pierres. Et la bordure de la carapace, dit-il à des Esseintes?

Celui-ci avait d'abord songé à quelques opales et à quelques hydrophanes; mais ces pierres intéressantes par l'hésitation de leurs couleurs, par le doute de leurs flammes, sont par trop insoumises et infidèles; l'opale a une sensibilité toute rhumatismale; le jeu de ses rayons s'altère suivant l'humidité, la chaleur ou le froid; quant à l'hydrophane elle ne brûle que dans l'eau et ne consent à allumer sa braise grise qu'alors qu'on la mouille.

Il se décida enfin pour des minéraux dont les reflets devaient s'alterner : pour l'hyacinthe de Compostelle, rouge acajou; l'aigue-marine, vert glauque; le rubis-balais, rose vinaigre; le rubis de Sudermanie, ardoise pâle. Leurs faibles chatoiements suffisaient à éclairer les ténèbres de l'écaille et laissaient sa valeur à la floraison des pierreries qu'ils entouraient d'une mince guirlande de feux vagues.

Des Esseintes regardait maintenant, blottie en un coin de sa salle à manger, la tortue qui rutilait dans la pénombre.

Il se sentit parfaitement heureux; ses yeux se grisaient à ces resplendissements de corolles en flammes sur un fond d'or; puis, contrairement à son habitude, il avait appétit et il trempait ses rôties enduites d'un extraordinaire beurre dans une tasse de thé, un impeccable mélange de Si-a-Fayoune, de Mo-you-tann, et de Khansky, des thés jaunes, venus de Chine en Russie par d'exceptionnelles caravanes[104].

Il buvait ce parfum liquide dans ces porcelaines de la Chine, dites coquilles d'œufs, tant elles sont diaphanes et légères et, de même qu'il n'admettait que ces adorables tasses, il ne se servait également, en fait de couverts, que d'authentique vermeil, un peu dédoré, alors que l'argent apparaît un tantinet, sous la couche fatiguée de l'or et lui donne ainsi une teinte d'une douceur ancienne, toute épuisée, toute moribonde.

Après qu'il eut bu sa dernière gorgée, il rentra dans son cabinet et fit apporter par le domestique la tortue qui s'obstinait à ne pas bouger.

La neige tombait. Aux lumières des lampes, des herbes de glace poussaient derrière les vitres bleuâtres et le givre, pareil à du sucre fondu, scintillait dans les culs de bouteille des carreaux tiquetés d'or.

Un silence profond enveloppait la maisonnette engourdie dans les ténèbres.

Des Esseintes rêvassait; le brasier chargé de bûches emplissait d'effluves brûlants la pièce; il entr'ouvrit la fenêtre.

Ainsi qu'une haute tenture de contre-hermine, le ciel se levait devant lui, noir et moucheté de blanc.

Un vent glacial courut, accéléra le vol éperdu de la neige, intervertit l'ordre des couleurs.

La tenture héraldique du ciel se retourna, devint une véritable hermine, blanche, mouchetée de noir, à son tour, par les points de nuit dispersés entre les flocons.

Il referma la croisée; ce brusque passage sans transition, de la chaleur torride, aux frimas du plein hiver l'avait saisi; il se recroquevilla près du feu et l'idée lui vint d'avaler un spiritueux qui le réchauffât.

Il s'en fut dans la salle à manger où, pratiquée dans l'une des cloisons, une armoire contenait une série de petites tonnes, rangées côte à côte, sur de minuscules chantiers de bois de santal, percées de robinets d'argent au bas du ventre.

Il appelait cette réunion de barils à liqueurs, son orgue à bouche[105].

Une tige pouvait rejoindre tous les robinets, les asservir à un mouvement unique, de sorte qu'une fois l'appareil en place, il suffisait de toucher un bouton dissimulé dans la boiserie, pour que toutes les cannelles, tournées en même temps, remplissent de liqueur les imperceptibles gobelets placés au-dessous d'elles.

L'orgue se trouvait alors ouvert. Les tiroirs étiquetés « flûte, cor, voix céleste » étaient tirés, prêts à la manœuvre. Des Esseintes buvait une goutte, ici, là, se jouait des symphonies intérieures, arrivait à se procurer, dans le gosier, des sensations analogues à celles que la musique verse à l'oreille.

Du reste, chaque liqueur correspondait, selon lui, comme goût, au son d'un instrument. Le curaçao sec, par exemple, à la clarinette dont le chant est aigrelet et velouté; le kummel au hautbois dont le timbre sonore nasille; la menthe et l'anisette, à la flûte, tout à la fois sucrée et poivrée, piaulante et douce; tandis que, pour compléter l'orchestre, le kirsch sonne furieusement de la trompette; le gin et le whisky emportent le palais avec leurs stridents éclats de pistons et de trombones, l'eau-de-vie de marc fulmine avec les assourdissants vacarmes des tubas, pendant que roulent les coups de tonnerre de la cymbale et de la caisse frappés à tour de bras, dans la peau de la bouche, par les rakis de Chio et les mastics!

Il pensait aussi que l'assimilation pouvait s'étendre, que des quatuors d'instruments à cordes pouvaient fonctionner sous la voûte palatine, avec le violon représentant la vieille eau-de-vie, fumeuse et fine, aiguë et frêle; avec l'alto simulé par le rhum plus robuste, plus ronflant, plus sourd; avec le vespétro déchirant et prolongé, mélancolique et caressant comme un violoncelle; avec la contre-basse, corsée, solide et noire comme un pur et vieux bitter. On pouvait même, si l'on voulait former une quintette, adjoindre un cinquième instrument, la harpe, qu'imitait par une vraisemblable analogie, la saveur vibrante, la note argentine, détachée et grêle du cumin sec.

La similitude se prolongeait encore : des relations de tons existaient dans la musique des liqueurs; ainsi pour ne citer qu'une note, la bénédictine figure, pour ainsi dire, le ton mineur de ce ton majeur des alcools que les partitions commerciales désignent sous le signe de chartreuse verte.

Ces principes une fois admis, il était parvenu, grâce à d'érudites expériences, à se jouer sur la langue de silencieuses mélodies, de muettes marches funèbres à grand spectacle, à entendre, dans sa bouche, des solis de menthe, des duos de vespétro et de rhum.

Il arrivait même à transférer dans sa mâchoire de véritables morceaux de musique, suivant le compositeur, pas à pas, rendant sa pensée, ses effets, ses nuances, par des unions ou des contrastes voisins de liqueurs, par d'approximatifs et savants mélanges.

D'autres fois, il composait lui-même des mélodies, exécutait des pastorales avec le bénin cassis qui lui faisait roulader, dans la gorge, des chants emperlés de rossignol: avec le tendre cacao-chouva qui fredonnait de sirupeuses bergerades, telles que « les romances d'Estelle[106] » et les « Ah! vous dirai-je, maman » du temps jadis.

Mais, ce soir-là, des Esseintes n'avait nulle envie d'écouter le goût de la musique; il se borna à enlever une note au clavier de son orgue, en emportant un petit gobelet qu'il avait préalablement rempli d'un véridique whisky d'Irlande.

Il se renfonça dans son fauteuil et huma lentement ce suc fermenté d'avoine et d'orge; un fumet prononcé de créosote lui empuantit la bouche.

Peu à peu, en buvant, sa pensée suivit l'impression maintenant ravivée de son palais, emboîta le pas à la saveur du whisky, réveilla, par une fatale exactitude d'odeurs, des souvenirs effacés depuis des ans.

Ce fleur phéniqué, âcre, lui remémorait forcément l'identique senteur dont il avait eu la langue pleine au temps où les dentistes travaillaient dans sa gencive.

Une fois lancé sur cette piste, sa rêverie, d'abord éparse sur tous les praticiens qu'il avait connus, se rassembla et convergea sur l'un d'entr'eux dont l'excentrique rappel s'était plus particulièrement gravé dans sa mémoire.

Il y avait de cela, trois années; pris, au milieu d'une nuit, d'une abominable rage de dents, il se tamponnait la joue, butait contre les meubles, arpentait, semblable à un fou, sa chambre.

C'était une molaire déjà plombée; aucune guérison n'était possible; la clef seule des dentistes pouvait remédier au mal. Il attendait, tout enfiévré, le jour, résolu à supporter les plus atroces des opérations, pourvu qu'elles missent fin à ses souffrances.

Tout en se tenant la mâchoire, il se demandait comment faire. Les dentistes qui le soignaient étaient de riches négociants qu'on ne voyait point à sa guise; il fallait convenir avec eux de visites, d'heures de rendez-vous. C'est inacceptable, je ne puis différer plus longtemps, disait-il; il se décida à aller chez le premier venu, à courir chez un quenottier du peuple, un de ces gens à poigne de fer qui, s'ils ignorent l'art bien inutile d'ailleurs de panser les caries et d'obturer les trous, savent extirper, avec une rapidité sans pareille, les chicots les plus tenaces; chez ceux-là, c'est ouvert au petit jour et l'on n'attend pas. Sept heures sonnèrent enfin. Il se précipita hors de chez lui, et se rappelant le nom connu d'un mécanicien qui s'intitulait dentiste populaire et logeait au coin d'un quai, il s'élança dans les rues en mordant son mouchoir, en renfonçant ses larmes.

Arrivé devant la maison, reconnaissable à un immense écriteau de bois noir où le nom de « Gatonax » s'étalait en d'énormes lettres couleur de potiron, et en deux petites armoires vitrées où des dents de pâte étaient soigneusement alignées dans des gencives de cire rose, reliées entre elles par des ressorts mécaniques de laiton, il haleta, la sueur aux tempes; une transe horrible lui vint, un frisson lui glissa sur la peau, un apaisement eut lieu, la souffrance s'arrêta, la dent se tut.

Il restait, stupide, sur le trottoir; il s'était

enfin roidi contre l'angoisse, avait escaladé un escalier obscur, grimpé quatre à quatre jusqu'au troisième étage. Là, il s'était trouvé devant une porte où une plaque d'émail répétait, inscrit avec des lettres d'un bleu céleste, le nom de l'enseigne. Il avait tiré la sonnette, puis, épouvanté par les larges crachats rouges qu'il apercevait collés sur les marches, il fit volte-face, résolu à souffrir des dents, toute sa vie, quand un cri déchirant perça les cloisons, emplit la cage de l'escalier, le cloua d'horreur, sur place, en même temps qu'une porte s'ouvrit et qu'une vieille femme le pria d'entrer.

La honte l'avait emporté sur la peur; il avait été introduit dans une salle à manger; une autre porte avait claqué, donnant passage à un terrible grenadier, vêtu d'une redingote et d'un pantalon noirs, en bois; des Esseintes le suivit dans une autre pièce.

Ses sensations devenaient, dès ce moment, confuses. Vaguement il se souvenait de s'être affaissé, en face d'une fenêtre, dans un fauteuil, d'avoir balbutié, en mettant un doigt sur sa dent : « elle a été déjà plombée; j'ai peur qu'il n'y ait rien à faire. »

L'homme avait immédiatement supprimé ces explications, en lui enfonçant un index énorme dans la bouche; puis, tout en grommelant sous ses moustaches vernies, en crocs, il avait pris un instrument sur une table.

Alors la grande scène avait commencé. Cramponné aux bras du fauteuil, des Esseintes avait senti, dans la joue, du froid, puis ses yeux avaient vu trente-six chandelles et il s'était mis, souffrant des douleurs inouïes, à battre des pieds et à bêler ainsi qu'une bête qu'on assassine.

Un craquement s'était fait entendre, la molaire se cassait, en venant; il lui avait alors semblé qu'on lui arrachait la tête, qu'on lui fracassait le crâne; il avait perdu la raison, avait hurlé de toutes ses forces, s'était furieusement défendu contre l'homme qui se ruait de nouveau sur lui comme s'il voulait lui entrer son bras jusqu'au fond du ventre, s'était brusquement reculé d'un pas, et levant le corps attaché à la mâchoire, l'avait laissé brutalement retomber, sur le derrière, dans le fauteuil, tandis que, debout, emplissant la fenêtre, il soufflait, brandissant au bout de son davier, une dent bleue où pendait du rouge!

Anéanti, des Esseintes avait dégobillé du sang plein une cuvette, refusé, d'un geste, à la vieille femme qui rentrait, l'offrande de son chicot qu'elle s'apprêtait à envelopper dans un journal et il avait fui, payant deux francs, lançant, à son tour, des crachats sanglants sur les marches, et il s'était retrouvé, dans la rue, joyeux, rajeuni de dix ans, s'intéressant aux moindres choses.

— Brou! fit-il, attristé par l'assaut de ces souvenirs. Il se leva pour rompre l'horrible charme de cette vision et, revenu dans la vie présente, il s'inquiéta de la tortue.

Elle ne bougeait toujours point, il la palpa; elle était morte. Sans doute habituée à une existence sédentaire, à une humble vie passée sous sa pauvre carapace, elle n'avait pu supporter le luxe éblouissant qu'on lui imposait, la rutilante chape dont on l'avait vêtue, les pierreries dont on lui avait pavé le dos, comme un ciboire.

V

En même temps que s'appointait son désir de se soustraire à une haïssable époque d'indignes muflements, le besoin de ne plus voir de tableaux représentant l'effigie humaine tâchant à Paris entre quatre murs, ou errant en quête d'argent par les rues, était devenu pour lui plus despotique[107].

Après s'être désintéressé de l'existence contemporaine, il avait résolu de ne pas introduire dans sa cellule des larves de répugnances ou de regrets; aussi, avait-il voulu une peinture subtile, exquise, baignant dans un rêve ancien, dans une corruption antique, loin de nos mœurs, loin de nos jours.

Il avait voulu, pour la délectation de son esprit et la joie de ses yeux, quelques œuvres suggestives le jetant dans un monde inconnu, lui dévoilant les traces de nouvelles conjectures, lui ébranlant le système nerveux par d'érudites hystéries, par des cauchemars compliqués, par des visions nonchalantes et atroces.

Entre tous, un artiste existait dont le talent le

ravissait en de longs transports, Gustave Moreau [108].

Il avait acquis ses deux chefs-d'œuvre et, pendant des nuits, il rêvait devant l'un d'eux, le tableau de la Salome, ainsi conçu :

Un trône se dressait, pareil au maître-autel d'une cathédrale, sous d'innombrables voûtes jaillissant de colonnes trapues ainsi que des piliers romans, émaillées de briques polychromes, serties de mosaïques, incrustées de lapis et de sardoines, dans un palais semblable à une basilique d'une architecture tout à la fois musulmane et byzantine.

Au centre du tabernacle surmontant l'autel précédé de marches en forme de demi-vasques, le Tétrarque Hérode était assis, coiffé d'une tiare, les jambes rapprochées, les mains sur les genoux.

La figure était jaune, parcheminée, cannelée de rides, décimée par l'âge; sa longue barbe flottait comme un nuage blanc sur les étoiles en pierreries qui constellaient la robe d'orfroi plaquée sur sa poitrine.

Autour de cette statue, immobile, figée dans une pose hiératique de dieu Hindou, des parfums brûlaient, dégorgeant des nuées de vapeurs que trouaient, de même que des yeux phosphorés de bêtes, les feux des pierres enchâssées dans les parois du trône; puis la vapeur montait, se déroulait sous les arcades où la fumée bleue se mêlait à la poudre d'or des grands rayons de jour, tombés des dômes.

Dans l'odeur perverse des parfums, dans l'atmosphère surchauffée de cette église, Salomé, le bras gauche étendu, en un geste de commandement, le bras droit replié, tenant à la hauteur du visage, un grand lotus, s'avance lentement sur les pointes, aux accords d'une guitare dont une femme accroupie pince les cordes.

La face recueillie, solennelle, presque auguste, elle commence la lubrique danse qui doit réveiller les sens assoupis du vieil Hérode; ses seins ondulent et, au frottement de ses colliers qui tourbillonnent, leurs bouts se dressent; sur la moiteur de sa peau les diamants, attachés, scintillent; ses bracelets, ses ceintures, ses bagues, crachent des étincelles; sur sa robe triomphale, couturée de perles, ramagée d'argent, lamée d'or, la cuirasse des orfèvreries dont chaque maille est une pierre, entre en combustion, croise des serpenteaux de feu, grouille sur la chair mate, sur la peau rose thé, ainsi que des insectes splendides aux élytres éblouissants, marbrés de carmin, ponctués de jaune aurore, diaprés de bleu d'acier, tigrés de vert paon.

Concentrée, les yeux fixes, semblable à une somnambule, elle ne voit ni le Tétrarque qui frémit, ni sa mère, la féroce Hérodias, qui la surveille, ni l'hermaphrodite ou l'eunuque qui se tient, le sabre au poing, en bas du trône, une terrible figure, voilée jusqu'aux joues, et dont la mamelle de châtré pend, de même qu'une gourde, sous sa tunique bariolée d'orange.

Ce type de la Salomé si hantant pour les artistes et pour les poètes, obsédait, depuis des années, des Esseintes. Combien de fois avait-il lu dans la vieille bible de Pierre Variquet, traduite par les docteurs en théologie de l'Université de Louvain, l'évangile de saint Matthieu qui raconte en de naïves et brèves phrases, la décollation du Précurseur; combien de fois avait-il rêvé, entre ces lignes :

« Au jour du festin de la Nativité d'Hérode, la fille d'Hérodias dansa au milieu et plut à Hérode.

« Dont lui promit, avec serment, de lui donner tout ce qu'elle lui demanderait.

« Elle donc, induite par sa mère, dit : Donne-moi, en un plat, la tête de Jean-Baptiste.

« Et le roi fut marri, mais à cause du serment et de ceux qui étaient assis à table avec lui, il commanda qu'elle lui fût baillée.

« Et envoya décapiter Jean, en la prison.

« Et fut la tête d'icelui apportée dans un plat et donnée à la fille; et elle la présenta à sa mère. »

Mais ni saint Matthieu, ni saint Marc, ni saint Luc, ni les autres évangélistes ne s'étendaient sur les charmes délirants, sur les actives dépravations de la danseuse. Elle demeurait effacée, se perdait, mystérieuse et pâmée, dans le brouillard lointain des siècles, insaisissable pour les esprits précis et terre à terre, accessible seulement aux cervelles ébranlées, aiguisées, comme rendues visionnaires par la névrose; rebelle aux peintres de la chair, à Rubens qui la déguisa en une bouchère des Flandres, incompréhensible pour tous les écrivains qui n'ont jamais pu rendre l'inquiétante exaltation de la danseuse, la grandeur raffinée de l'assassine.

Dans l'œuvre de Gustave Moreau, conçue en dehors de toutes les données du Testament, des Esseintes voyait enfin réalisée cette Salomé, surhumaine et étrange qu'il avait rêvée. Elle n'était plus seulement la baladine qui arrache à un vieillard, par une torsion corrompue de ses reins, un cri de désir et de rut; qui rompt l'énergie, fond la volonté d'un roi, par des remous de seins, des secousses de ventre, des frissons de cuisse; elle devenait, en quelque sorte, la déité symbolique de l'indestructible Luxure, la déesse de l'immortelle Hystérie, la Beauté maudite, élue entre toutes par la catalepsie qui lui raidit les chairs et lui durcit les muscles; la Bête monstrueuse, indifférente, irresponsable, insensible, empoisonnant, de même que l'Hélène antique, tout ce qui l'approche, tout ce qui la voit, tout ce qu'elle touche.

Ainsi comprise, elle appartenait aux théogonies de l'extrême Orient; elle ne relevait plus des traditions bibliques, ne pouvait même plus être assimilée à la vivante image de Babylone, à la royale Prostituée de l'Apocalypse, accoutrée, comme elle, de joyaux et de pourpre, fardée comme elle; car celle-là n'était pas jetée par une puissance fatidique, par une force suprême, dans les attirantes abjections de la débauche.

Le peintre semblait d'ailleurs avoir voulu affirmer sa volonté de rester hors des siècles, de ne point préciser d'origine, de pays, d'époque, en mettant sa Salomé au milieu de cet extraordinaire palais, d'un style confus et grandiose, en la vètant de somptueuses et chimériques robes, en la mitrant d'un incertain diadème en forme de tour phénicienne tel qu'en porte la Salammbô, en lui plaçant enfin dans la main le sceptre d'Isis, la fleur sacrée de l'Égypte et de l'Inde, le grand lotus.

Des Esseintes cherchait le sens de cet

emblème. Avait-il cette signification phallique que lui prêtent les cultes primordiaux de l'Inde; annonçait-il au vieil Hérode, une oblation de virginite, un échange de sang, une plaie impure sollicitée, offerte sous la condition expresse d'un meurtre; ou représentait-il l'allégorie de la fécondite, le mythe Hindou de la vie, une existence tenue entre des doigts de femme, arrachée, foulée par des mains palpitantes d'homme qu'une démence envahit, qu'une crise de la chair égare[109]?

Peut-être aussi qu'en armant son énigmatique déesse du lotus vénéré, le peintre avait songé à la danseuse, à la femme mortelle, au Vase souillé, cause de tous les péchés et de tous les crimes; peut-être s'était-il souvenu des rites de la vieille Égypte, des cérémonies sépulcrales de l'embaumement, alors que les chimistes et les prêtres étendent le cadavre de la morte sur un banc de jaspe, lui tirent avec des aiguilles courbes la cervelle par les fosses du nez, les entrailles par l'incision pratiquée dans son flanc gauche, puis avant de lui dorer les ongles et les dents, avant de l'enduire de bitumes et d'essences, lui insèrent, dans les parties sexuelles, pour les purifier, les chastes pétales de la divine fleur.

Quoi qu'il en fût, une irrésistible fascination se dégageait de cette toile, mais l'aquarelle intitulée *l'Apparition* était peut-être plus inquiétante encore.

Là, le palais d'Hérode s'élançait, ainsi qu'un Alhambra, sur de légères colonnes irisées de carreaux moresques, scellés comme par un béton d'argent, comme par un ciment d'or; des arabesques partaient de losanges en lazuli, filaient tout le long des coupoles où, sur des marqueteries de nacre, rampaient des lueurs d'arc-en-ciel, des feux de prisme.

Le meurtre était accompli; maintenant le bourreau se tenait impassible, les mains sur le pommeau de sa longue épée, tachée de sang.

Le chef décapité du saint s'était élevé du plat posé sur les dalles et il regardait, livide, la bouche décolorée, ouverte, le cou cramoisi, dégouttant de larmes. Une mosaïque cernait la figure d'où s'échappait une auréole s'irradiant en traits de lumière sous les portiques, éclairant l'affreuse ascension de la tête, allumant le globe vitreux des prunelles, attachées, en quelque sorte crispées sur la danseuse.

D'un geste d'épouvante, Salomé repousse la terrifiante vision qui la cloue, immobile, sur les pointes; ses yeux se dilatent, sa main étreint convulsivement sa gorge.

Elle est presque nue; dans l'ardeur de la danse, les voiles se sont défaits, les brocarts ont croulé; elle n'est plus vêtue que de matières orfévries et de minéraux lucides; un gorgerin lui serre de même qu'un corselet la taille, et, ainsi qu'une agrafe superbe, un merveilleux joyau darde des éclairs dans la rainure de ses deux seins; plus bas, aux hanches, une ceinture l'entoure, cache le haut de ses cuisses que bat une gigantesque pendeloque où coule une rivière d'escarboucles et d'émeraudes; enfin, sur le corps resté nu, entre le gorgerin et la ceinture, le ventre bombe, creusé d'un nombril dont le trou semble un cachet gravé d'onyx, aux tons laiteux, aux teintes de rose d'ongle.

Sous les traits ardents échappés de la tête du Précurseur, toutes les facettes des joailleries s'embrasent; les pierres s'animent, dessinent le corps de la femme en traits incandescents; la piquent au cou, aux jambes, aux bras, de points de feu, vermeils comme des charbons, violets comme des jets de gaz, bleus comme des flammes d'alcool, blancs comme des rayons d'astre.

L'horrible tête flamboie, saignant toujours, mettant des caillots de pourpre sombre, aux pointes de la barbe et des cheveux. Visible pour la Salomé seule, elle n'étreint pas de son morne regard, l'Hérodias qui rêve à ses haines enfin abouties, le Tétrarque, qui, penché un peu en avant, les mains sur les genoux, halète encore, affolé par cette nudité de femme imprégnée de senteurs fauves, roulée dans les baumes, fumée dans les encens et dans les myrrhes.

Tel que le vieux roi, des Esseintes demeurait écrasé, anéanti, pris de vertige, devant cette danseuse, moins majestueuse, moins hautaine, mais plus troublante que la Salomé du tableau à l'huile.

Dans l'insensible et impitoyable statue, dans l'innocente et dangereuse idole, l'érotisme, la terreur de l'être humain s'étaient fait jour; le grand lotus avait disparu, la déesse s'était évanouie; un effroyable cauchemar étranglait maintenant l'histrionne, extasiée par le tournoiement de la danse, la courtisane, pétrifiée, hypnotisée par l'épouvante.

Ici, elle était vraiment fille; elle obéissait à son tempérament de femme ardente et cruelle; elle vivait, plus raffinée et plus sauvage, plus exécrable et plus exquise; elle réveillait plus énergiquement les sens en léthargie de l'homme, ensorcelait, domptait plus sûrement ses volontés, avec son charme de grande fleur vénérienne, poussée dans des couches sacrilèges, élevée dans des serres impies.

Comme le disait des Esseintes, jamais, à aucune époque, l'aquarelle n'avait pu atteindre cet éclat de coloris; jamais la pauvreté des couleurs chimiques n'avait ainsi fait jaillir sur le papier des coruscations semblables de pierres, des lueurs pareilles de vitraux frappés de rais de soleil, des fastes aussi fabuleux, aussi aveuglants de tissus et de chairs.

Et, perdu dans sa contemplation, il scrutait les origines de ce grand artiste, de ce païen mystique, de cet illuminé qui pouvait s'abstraire assez du monde pour voir, en plein Paris, resplendir les cruelles visions, les féeriques apothéoses des autres âges.

Sa filiation, des Esseintes la suivait à peine; çà et là, de vagues souvenirs de Mantegna et de Jacopo de Barbarj; çà et là, de confuses hantises du Vinci et des fièvres de couleurs à la Delacroix; mais l'influence de ces maîtres restait, en somme, imperceptible : la vérité était que Gustave Moreau ne dérivait de personne. Sans ascendant véritable, sans descendants possibles, il demeurait, dans l'art contemporain, unique. Remontant aux sources ethnographiques, aux origines des mythologies dont il comparait et démêlait les sanglantes enigmes: réunissant. fondant en une seule les légendes issues de l'extrême Orient et métamorphosées par les croyances des autres peuples, il justifiait ainsi ses fusions architectoniques. ses amalgames luxueux et inattendus d'étoffes, ses hiératiques et sinistres allégories aiguisées par les inquiètes perspicuités d'un nervosisme tout moderne; et il restait à jamais douloureux, hanté par les symboles des perversités et des amours surhumaines, des stupres divins consommés sans abandons et sans espoirs.

Il y avait dans ses œuvres désespérées et érudites un enchantement singulier, une incantation vous remuant jusqu'au fond des entrailles, comme celle de certains poèmes de Baudelaire, et l'on demeurait ébahi, songeur, déconcerté, par cet art qui franchissait les limites de la peinture, empruntait à l'art d'écrire ses plus subtiles évocations, à l'art du Limosin ses plus merveilleux éclats, à l'art du lapidaire et du graveur ses finesses les plus exquises. Ces deux images de la Salomé, pour lesquelles l'admiration de des Esseintes était sans borne, vivaient, sous ses yeux, pendues aux murailles de son cabinet de travail, sur des panneaux réservés entre les rayons des livres.

Mais là ne se bornaient point les achats de tableaux qu'il avait effectués dans le but de parer sa solitude.

Bien qu'il eût sacrifié tout le premier et unique étage de sa maison qu'il n'habitait personnellement pas, le rez-de-chaussée avait à lui seul nécessité des séries nombreuses de cadres pour habiller les murs.

Ce rez-de-chaussée était ainsi distribué :

Un cabinet de toilette, communiquant avec la chambre à coucher, occupait l'une des encoignures de la bâtisse; de la chambre à coucher, l'on passait dans la bibliothèque, de la bibliothèque dans la salle à manger, qui formait l'autre encoignure.

Ces pièces composant l'une des faces du logement, s'étendaient, en ligne droite, percées de fenêtres ouvertes sur la vallée d'Aunay.

L'autre face de l'habitation était constituée par quatre pièces exactement semblables, en tant que disposition, aux premières. Ainsi la cuisine faisait coude, correspondait à la salle à manger; un grand vestibule, servant d'entrée au logis, à la bibliothèque; une sorte de boudoir, à la chambre à coucher; les privés dessinant un angle, au cabinet de toilette.

Toutes ces pièces prenaient jour du côté opposé à la vallée d'Aunay et regardaient la tour du Croy et Châtillon.

Quant à l'escalier, il était collé sur l'un des flancs de la maison, au dehors; les pas des domestiques ébranlant les marches arrivaient ainsi moins distincts, plus sourds, à des Esseintes.

Il avait fait tapisser de rouge vif le boudoir, et sur toutes les cloisons de la pièce, accrocher dans des bordures d'ébène des estampes de Jan Luyken[110], un vieux graveur de Hollande, presque inconnu en France.

Il possédait de cet artiste fantasque et lugubre, véhément et farouche, la série de ses *Persécutions religieuses*, d'épouvantables planches contenant tous les supplices que la folie des religions a inventés, des planches où hurlait le spectacle des souffrances humaines, des corps rissolés sur des brasiers, des crânes décolletés avec des sabres, trépanés avec des clous, entaillés avec des scies, des intestins dévidés du ventre et enroulés sur des bobines, des ongles lentement arrachés avec des tenailles, des prunelles crevées, des paupières retournées avec des pointes, des membres disloqués, cassés avec soin, des os mis à nu, longuement raclés avec des lames.

Ces œuvres pleines d'abominables imaginations, puant le brûlé, suant le sang, remplies de cris d'horreur et d'anathèmes, donnaient la chair de poule à des Esseintes qu'elles retenaient suffoqué dans ce cabinet rouge.

Mais, en sus des frissons qu'elles apportaient, en sus aussi du terrible talent de cet homme, de l'extraordinaire vie qui animait ses personnages, l'on découvrait chez ses étonnants pullulements de foule, chez ses flots de peuple enlevés avec une dextérité de pointe rappelant celle de Callot, mais avec une puissance que n'eut jamais cet amusant gribouilleur, des reconstitutions curieuses de milieux et d'époques; l'architecture, les costumes, les mœurs au temps des Macchabées, à Rome, sous les persécutions des chrétiens, en Espagne, sous le règne de l'Inquisition, en France, au moyen âge et à l'époque des Saint-Barthélemy et des Dragonnades, étaient observés avec un soin méticuleux, notés avec une science extrême.

Ces estampes étaient des mines à renseignements; on pouvait les contempler sans se lasser, pendant des heures; profondément suggestives en réflexions, elles aidaient souvent des Esseintes à tuer les journées rebelles aux livres.

La vie de Luyken était pour lui un attrait de plus; elle expliquait d'ailleurs l'hallucination de son œuvre. Calviniste fervent, sectaire endurci, affolé de cantiques et de prières, il composait des poésies religieuses qu'il illustrait, paraphrasait en vers les psaumes, s'abîmait dans la lecture de la Bible d'où il sortait, extasié, hagard, le cerveau hanté par des sujets sanglants, la bouche tordue par les malédictions de la Réforme, par ses chants de terreur et de colère.

Avec cela, il méprisait le monde, abandonnait ses biens aux pauvres, vivait d'un morceau de pain; il avait fini par s'embarquer avec une vieille servante, fanatisée par lui, et il allait au hasard, où abordait son bateau, prêchant partout l'Évangile, s'essayant à ne plus manger, devenu à peu près fou, presque sauvage.

Dans la pièce voisine, plus grande, dans le vestibule vêtu de boiseries de cèdre, couleur de boîte à cigare, s'étageaient d'autres gravures, d'autres dessins bizarres.

La *Comédie de la Mort*, de Bresdin[111], où dans un invraisemblable paysage, hérissé d'arbres, de taillis, de touffes, affectant des formes de démons et de fantômes, couvert d'oiseaux à têtes de rats, à queues de légumes, sur un terrain semé de vertèbres, de côtes, de crânes, des saules se dressent, noueux et crevassés, surmontés de squelettes agitant, les bras en l'air, un bouquet, entonnant un chant de victoire, tandis qu'un Christ s'enfuit dans un ciel pommelé, qu'un ermite réfléchit, la tête dans ses deux mains, au fond d'une grotte, qu'un misérable meurt, épuisé de privations, exténué de faim, étendu sur le dos, les pieds devant une mare.

Le *Bon Samaritain*, du même artiste, un immense dessin à la plume, tiré sur pierre : un extravagant fouillis de palmiers, de sorbiers, de chênes, poussés, tous ensemble, au mépris des saisons et des climats, une élancée de forêt vierge, criblée de singes, de hiboux, de chouettes, bossuées de vieilles souches aussi difformes que des racines de mandragore, une futaie magique, trouée, au milieu, par une éclaircie laissant entrevoir, au loin, derrière un chameau et le groupe du Samaritain et du blessé, un fleuve, puis une ville féerique escaladant l'horizon, montant dans un ciel étrange, pointillé d'oiseaux, moutonné de lames, comme gonflé de ballots de nuages.

On eût dit d'un dessin de primitif, d'un vague Albert Dürer, composé par un cerveau enfumé d'opium; mais, bien qu'il aimât la finesse des détails et l'imposante allure de cette planche, des Esseintes s'arrêtait plus particulièrement devant les autres cadres qui ornaient la pièce.

Ceux-là étaient signés : Odilon Redon[112].

Ils renfermaient dans leurs baguettes de poirier brut, liséré d'or, des apparitions inconcevables : une tête d'un style mérovingien, posée sur une coupe; un homme barbu, tenant tout à la fois, du bonze et de l'orateur de réunion publique, touchant du doigt un boulet de canon colossal; une épouvantable araignée logeant au milieu de son corps une face humaine; puis des fusains partaient plus loin encore dans l'effroi du rêve tourmenté par la congestion. Ici c'était un énorme dé à jouer où clignait une paupière triste; là des paysages, secs, arides, des plaines calcinées, des mouvements de sol, des soulèvements volcaniques accrochant des nuées en révolte, des ciels stagnants et livides; parfois même les sujets semblaient empruntés au cauchemar de la science, remonter aux temps préhistoriques; une flore monstrueuse s'épanouissait sur les roches; partout des blocs erratiques, des boues glaciaires, des personnages dont le type simien, les épais maxillaires, les arcades des sourcils en avant, le front fuyant, le sommet aplati du crâne, rappelaient la tête ancestrale, la tête de la première période quaternaire, de l'homme encore frugivore et dénué de parole, contemporain du mammouth, du rhinocéros aux narines cloisonnées et du grand ours. Ces dessins étaient en dehors de tout; ils sautaient, pour la plupart, par-dessus les bornes de la peinture, innovaient un fantastique très spécial, un fantastique de maladie et de délire.

Et, en effet, tels de ces visages, mangés par des yeux immenses, par des yeux fous; tels de ces corps grandis outre mesure ou déformés comme au travers d'une carafe, évoquaient dans la mémoire de des Esseintes des souvenirs de fièvre typhoïde, des souvenirs restés quand même des nuits brûlantes, des affreuses visions de son enfance.

Pris d'un indéfinissable malaise, devant ces dessins, comme devant certains *Proverbes* de Goya qu'ils rappelaient; comme au sortir aussi d'une lecture d'Edgar Poë dont Odilon Redon semblait avoir transposé, dans un art différent, les mirages d'hallucination et les effets de peur, il se frottait les yeux et contemplait une rayonnante figure qui, du milieu de ces planches agitées, se levait sereine et calme, une figure de la Mélancolie, assise, devant le disque d'un soleil, sur des rochers, dans une pose accablée et morne.

Par enchantement, les ténèbres se dissipaient; une tristesse charmante, une désolation en quelque sorte alanguie, coulaient dans ses pensées, et il méditait longuement devant cette œuvre qui mettait, avec ses points de gouache, semés dans le crayon gras, une clarté de vert d'eau et d'or pâle, parmi la noirceur ininterrompue de ces fusains et de ces estampes.

En outre de cette série des ouvrages de Redon, garnissant presque tous les panneaux du vestibule, il avait pendu dans sa chambre à coucher, une ébauche désordonnée de Théotocopuli[113], un Christ aux teintes singulières, d'un dessin exagéré, d'une couleur féroce, d'une énergie détraquée, un tableau de la seconde manière de ce peintre, alors qu'il était harcelé par la préoccupation de ne plus ressembler au Titien.

Cette peinture sinistre, aux tons de cirage et de vert cadavre, répondait pour des Esseintes à un certain ordre d'idées sur l'ameublement.

Il n'y avait, selon lui, que deux manières d'organiser une chambre à coucher : ou bien en faire une excitante alcôve, un lieu de délectation nocturne; ou bien agencer un lieu de solitude et de repos, un retrait de pensées, une espèce d'oratoire.

Dans le premier cas, le style Louis XV s'imposait aux délicats, aux gens épuisés surtout par des éréthismes de cervelle[114]; seul, en effet, le XVIIIe siècle a su envelopper la femme d'une atmosphère vicieuse, contournant les meubles selon la forme de ses charmes, imitant les contractions de ses plaisirs, les volutes de ses spasmes, avec les ondulations, les tortillements du bois et du cuivre, épiçant la langueur sucrée de la blonde, par son décor vif et clair, atténuant le goût salé de la brune, par des tapisseries aux tons douceâtres, aqueux, presque insipides.

Cette chambre, il l'avait jadis comprise dans son logement de Paris, avec le grand lit blanc laqué qui est un piment de plus, une dépravation de vieux passionné, hennissant devant la fausse chasteté, devant l'hypocrite pudeur des tendrons de Greuze, devant l'artificielle candeur d'un lit polisson, sentant l'enfant et la jeune fille.

Dans l'autre cas — et, maintenant qu'il voulait rompre avec les irritants souvenirs de sa vie passée, celui-là était seul possible — il fallait façonner une chambre en cellule monastique[115]; mais alors les difficultés s'accumulaient, car il se refusait à accepter, pour sa part, l'austère laideur des asiles à pénitence et à prière.

A force de tourner et de retourner la question sur toutes ses faces, il conclut que le but à atteindre pouvait se résumer en celui-ci : arranger avec de joyeux objets une chose triste, ou plutôt, tout en lui conservant son caractère de laideur, imprimer à l'ensemble de la pièce, ainsi traitée, une sorte d'élégance et de distinction; renverser l'optique du théâtre dont les vils oripeaux jouent les tissus luxueux et chers; obtenir l'effet absolument opposé, en se servant d'étoffes magnifiques pour donnner l'impression d'une guenille; disposer, en un mot, une loge de chartreux qui eût l'air d'être vraie et qui ne le fût, bien entendu, pas.

Il procéda de cette manière : pour imiter le badigeon de l'ocre, le jaune administratif et clérical, il fit tendre ses murs en soie safran; pour traduire le soubassement couleur chocolat, habituel à ce genre de pièces, il revêtit les parois de la cloison de lames en bois violet foncé d'amarante. L'effet était séduisant, et il pouvait rappeler, de loin pourtant, la déplaisante rigidité du modèle qu'il suivait en le transformant; le plafond fut, à son tour, tapissé de blanc écru, pouvant simuler le plâtre, sans en avoir cependant les effets criards; quant au froid pavage de la cellule, il réussit assez bien à le copier, grâce à un tapis dont le dessin représentait des carreaux rouges, avec des places blanchâtres dans la laine, pour feindre l'usure des sandales et le frottement des bottes.

Il meubla cette pièce d'un petit lit de fer, un faux lit de cénobite, fabriqué avec d'anciennes ferronneries forgées et polies, rehaussées, au chevet et au pied, d'ornementations touffues, de tulipes épanouies enlacées à des pampres, empruntées à la rampe du superbe escalier d'un vieil hôtel.

En guise de table de nuit, il installa un antique prie-Dieu dont l'intérieur pouvait contenir un vase et dont l'extérieur supportait un eucologe [116]; il apposa contre le mur, en face, un banc-d'œuvre, surmonté d'un grand dais à jour garni de miséricordes [117] sculptées en plein bois, et il pourvut ses flambeaux d'église de chandelles en vraie cire qu'il achetait dans une maison spéciale, réservée aux besoins du culte, car il professait un sincère éloignement pour les pétroles, pour les schistes, pour les gaz, pour les bougies en stéarine, pour tout l'éclairage moderne, si voyant et si brutal.

Dans son lit, le matin, la tête sur l'oreiller, avant de s'endormir, il regardait son Théotocopuli dont l'atroce couleur rabrouait un peu le sourire de l'étoffe jaune et la rappelait à un ton plus grave, et il se figurait aisément alors qu'il vivait à cent lieues de Paris, loin du monde, dans le fin fond d'un cloître.

Et, somme toute, l'illusion était facile, puisqu'il menait une existence presque analogue à celle d'un religieux. Il avait ainsi les avantages de la claustration et il en évitait les inconvénients [118] : la discipline soldatesque, le manque de soins, la crasse, la promiscuité, le désœuvrement monotone. De même qu'il avait fait de sa cellule, une chambre confortable et tiède, de même il avait rendu sa vie normale, douce, entourée de bien-être, occupée et libre.

Tel qu'un ermite, il était mûr pour l'isolement, harassé de la vie, n'attendant plus rien d'elle; tel qu'un moine aussi, il était accablé d'une lassitude immense, d'un besoin de recueillement, d'un désir de ne plus avoir rien de commun avec les profanes qui étaient, pour lui, les utilitaires et les imbéciles.

En résumé, bien qu'il n'éprouvât aucune vocation pour l'état de grâce, il se sentait une réelle sympathie pour ces gens enfermés dans des monastères, persécutés par une haineuse société qui ne leur pardonne ni le juste mépris qu'ils ont pour elle ni la volonté qu'ils affirment de racheter, d'expier, par un long silence, le dévergondage toujours croissant de ses conversations saugrenues ou niaises.

VI

Enfoncé dans un vaste fauteuil à oreillettes, les pieds sur les poires en vermeil des chenets, les pantoufles rôties par les bûches qui dardaient, en crépitant, comme cinglées par le souffle furieux d'un chalumeau, de vives flammes, des Esseintes posa le vieil in-quarto qu'il lisait, sur une table, s'étira, alluma une cigarette, puis il se prit à rêver délicieusement, lancé à toutes brides sur une piste de souvenirs effacée depuis des mois et subitement retracée par le rappel d'un nom qui s'éveillait, sans motifs du reste, dans sa mémoire.

Il revoyait, avec une surprenante lucidité, la gêne de son camarade d'Aigurande, lorsque, dans une réunion de persévérants célibataires, il avait dû avouer les derniers apprêts d'un mariage. On se récria, on lui peignit les abominations des sommeils dans le même linge; rien n'y fit : la tête perdue, il croyait à l'intelligence de sa future femme et prétendait avoir discerné chez elle d'exceptionnelles qualités de dévouement et de tendresse.

Seul, parmi ces jeunes gens, des Esseintes

encouragea ses résolutions dès qu'il eut appris que sa fiancée désirait loger au coin d'un nouveau boulevard, dans l'un de ces modernes appartements tournés en rotonde.

Convaincu de l'impitoyable puissance des petites misères, plus désastreuses pour les tempéraments bien trempés que les grandes et, se basant sur ce fait que d'Aigurande ne possédait aucune fortune et que la dot de sa femme était à peu près nulle, il aperçut, dans ce simple souhait, une perspective infinie de ridicules maux.

En effet, d'Aigurande acheta des meubles façonnés en rond, des consoles évidées par derrière, faisant le cercle, des supports de rideaux en forme d'arc, des tapis taillés en croissants, tout un mobilier fabriqué sur commande. Il dépensa le double des autres, puis, quand sa femme, à court d'argent pour ses toilettes, se lassa d'habiter cette rotonde et s'en fut occuper un appartement carré, moins cher, aucun meuble ne put ni cadrer ni tenir. Peu à peu, cet encombrant mobilier devint une source d'interminables ennuis; l'entente déjà fêlée par une vie commune, s'effrita de semaine en semaine; ils s'indignèrent, se reprochant mutuellement de ne pouvoir demeurer dans ce salon où les canapés et les consoles ne touchaient pas aux murs et branlaient aussitôt qu'on les frôlait, malgré leurs cales. Les fonds manquèrent pour des réparations du reste presque impossibles. Tout devint sujet à aigreurs et à querelles, tout depuis les tiroirs qui avaient joué dans les meubles mal d'aplomb jusqu'aux larcins de la bonne qui profitait de l'inattention des disputes pour piller la caisse; bref, la vie leur fut insupportable; lui, s'égaya au dehors; elle, quêta, parmi les expédients de l'adultère, l'oubli de sa vie pluvieuse et plate. D'un commun avis, ils résilièrent leur bail et requérirent la séparation de corps.

— Mon plan de bataille était exact, s'était alors dit des Esseintes, qui éprouva cette satisfaction des stratégistes dont les manœuvres, prévues de loin, réussissent.

Et songeant actuellement, devant son feu, au bris de ce ménage qu'il avait aidé, par ses bons conseils, à s'unir, il jeta une nouvelle brassée de bois, dans la cheminée, et il repartit à toute volée dans ses rêves.

Appartenant au même ordre d'idées, d'autres souvenirs se pressaient maintenant.

Il y avait de cela quelques années, il s'était croisé, rue de Rivoli, un soir, avec un galopin d'environ seize ans, un enfant pâlot et futé, tentant de même qu'une fille. Il suçait péniblement une cigarette dont le papier crevait, percé par les bûches pointues du caporal. Tout en pestant, il frottait sur sa cuisse des allumettes de cuisine qui ne partaient point; il les usa toutes. Apercevant alors des Esseintes qui l'observait, il s'approcha, la main sur la visière de sa casquette et lui demanda poliment du feu. Des Esseintes lui offrit d'aromatiques cigarettes de dubèque, puis il entama la conversation et incita l'enfant à lui conter son histoire.

Elle était des plus simples, il s'appelait Auguste Langlois, travaillait chez un cartonnier, avait perdu sa mère et possédait un père qui le battait comme plâtre.

Des Esseintes l'écoutait pensif : Viens boire, dit-il. Et il l'emmena dans un café où il lui fit servir de violents punchs. L'enfant buvait, sans dire mot. Voyons, fit tout à coup des Esseintes, veux-tu t'amuser, ce soir? c'est moi qui paye. Et il avait emmené le petit chez madame Laure, une dame qui tenait, rue Mosnier, au troisième, un assortiment de fleuristes, dans une série de pièces rouges, ornées de glaces rondes, meublées de canapés et de cuvettes.

Là, très ébahi, Auguste avait regardé, en pétrissant le drap de sa casquette, un bataillon de femmes dont les bouches peintes s'ouvrirent toutes ensemble :

Ah le môme! Tiens, il est gentil!

Mais, dis donc, mon petit, tu n'as pas l'âge, avait ajouté une grande brune, aux yeux à fleur de tête, au nez busqué, qui remplissait chez madame Laure l'indispensable rôle de la belle Juive.

Installé, presque chez lui, des Esseintes causait avec la patronne, à voix basse.

N'aie donc pas peur, bêta, reprit-il, s'adressant à l'enfant. Allons, fais ton choix, je régale. Et il poussa doucement le gamin qui tomba sur un divan, entre deux femmes. Elles se serrèrent un peu, sur un signe de madame, enveloppant les genoux d'Auguste, avec leurs peignoirs, lui mettant sous le nez leurs épaules poudrées d'un givre entêtant et tiède, et il ne bougeait plus, le sang aux joues, la bouche rêche, les yeux baissés, hasardant, en dessous, des regards curieux qui s'attachaient obstinément au haut des jambes.

Vanda, la belle Juive, l'embrassa, lui donnant

de bons conseils, lui recommandant d'obéir à ses père et mère, et ses mains erraient, en même temps, avec lenteur, sur l'enfant dont la figure changée se pâmait sur son cou, à la renverse.

— Alors ce n'est pas pour ton compte que tu viens, ce soir, dit à des Esseintes madame Laure. Mais où diable as-tu levé ce bambin? reprit-elle, quand Auguste eut disparu, emmené par la belle Juive.

— Dans la rue, ma chère.

— Tu n'es pourtant pas gris, murmura la vieille dame. Puis, après réflexion, elle ajouta, avec un sourire maternel : — Je comprends; mâtin, dis-donc, il te les faut jeunes, à toi!

Des Esseintes haussa les épaules. — Tu n'y es pas; oh! mais pas du tout, fit-il; la vérité c'est que je tâche simplement de préparer un assassin. Suis bien, en effet, mon raisonnement. Ce garçon est vierge et a atteint l'âge où le sang bouillonne; il pourrait courir après les fillettes de son quartier, demeurer honnête, tout en s'amusant, avoir, en somme, sa petite part du monotone bonheur réservé aux pauvres. Au contraire, en l'amenant ici, au milieu d'un luxe qu'il ne soupçonnait même pas et qui se gravera forcément dans sa mémoire; en lui offrant, tous les quinze jours, une telle aubaine, il prendra l'habitude de ces jouissances que ses moyens lui interdisent; admettons qu'il faille trois mois pour qu'elles lui soient devenues absolument nécessaires — et, en les espaçant comme je le fais, je ne risque pas de le rassasier; — eh bien, au bout de ces trois mois, je supprime la petite rente que je vais te verser d'avance pour cette bonne action, et alors il volera, afin de séjourner ici; il fera les cent dix-neuf coups, pour se rouler sur ce divan et sous ce gaz!

En poussant les choses à l'extrême, il tuera, je l'espère, le monsieur qui apparaîtra mal à propos tandis qu'il tentera de forcer son secrétaire; — alors, mon but sera atteint, j'aurai contribué, dans la mesure de mes ressources, à créer un gredin, un ennemi de plus pour cette hideuse société qui nous rançonne.

Les femmes ouvrirent de grands yeux.

— Te voilà? reprit-il, voyant Auguste qui rentrait dans le salon et se dérobait, rouge et penaud, derrière la belle Juive. — Allons, gamin, il se fait tard, salue ces dames. Et il lui expliqua dans l'escalier qu'il pourrait, chaque quinzaine, se rendre, sans bourse délier, chez madame Laure; puis, une fois dans la rue, sur le trottoir, regardant l'enfant abasourdi :

— Nous ne nous verrons plus, fit-il; retourne au plus vite chez ton père dont la main est inactive et le démange, et rappelle-toi cette parole quasi-évangélique : Fais aux autres ce que tu ne veux pas qu'ils te fassent; avec cette maxime tu iras loin. — Bonsoir. — Surtout ne sois pas ingrat, donne-moi le plus tôt possible de tes nouvelles, par la voie des gazettes judiciaires.

— Le petit Judas! murmurait maintenant des Esseintes, en tisonnant ses braises; — dire que je n'ai jamais vu son nom figurer parmi les faits-divers! — Il est vrai qu'il ne m'a pas été possible de jouer serré, que j'ai pu prévoir mais non supprimer certains aléas, tels que les carottes de la mère Laure, empochant l'argent sans échange de marchandise; la toquade d'une de ces femmes pour Auguste qui a peut-être consommé, au bout de ses trois mois, à l'œil; voire même les vices faisandés de la belle Juive qui ont pu effrayer ce gamin trop impatient et trop jeune pour se prêter aux lents préambules et aux foudroyantes fins des artifices. A moins donc qu'il n'ait eu des démêlés avec la justice depuis qu'étant à Fontenay, je ne lis plus de feuilles, je suis floué.

Il se leva et fit plusieurs tours dans sa chambre.

— Ce serait tout de même dommage, se dit-il, car, en agissant de la sorte, j'avais réalisé la parabole laïque, l'allégorie de l'instruction universelle qui, ne tendant à rien moins qu'à transmuer tous les gens en des Langlois, s'ingénie, au lieu de crever définitivement et par compassion les yeux des misérables, à les leur ouvrir tout grands et de force, pour qu'ils aperçoivent autour d'eux des sorts immérités et plus cléments, des joies plus laminées et plus aiguës et, par conséquent, plus désirables et plus chères.

Et le fait est, continua des Esseintes, poursuivant son raisonnement, le fait est que, comme la douleur est un effet de l'éducation, comme elle s'élargit et s'acière à mesure que les idées naissent : plus on s'efforcera d'équarrir l'intelligence et d'affiner le système nerveux des pauvres diables, et plus on développera en eux les germes si furieusement vivaces de la souffrance morale et de la haine.

Les lampes charbonnaient. Il les remonta et consulta sa montre. — Trois heures du matin. —

Il alluma une cigarette et se replongea dans la lecture interrompue par ses rêveries, du vieux poème latin *De laude castitatis,* écrit sous le règne de Gondebald, par Avitus, évêque métropolitain de Vienne [119].

VII

Depuis cette nuit où, sans cause apparente, il avait évoqué le mélancolique souvenir d'Auguste Langlois, il revécut toute son existence.

Il était maintenant incapable de comprendre un mot aux volumes qu'il consultait; ses yeux mêmes ne lisaient plus; il lui sembla que son esprit saturé de littérature et d'art se refusait à en absorber davantage.

Il vivait sur lui-même, se nourrissait de sa propre substance, pareil à ces bêtes engourdies, tapies dans un trou, pendant l'hiver; la solitude avait agi sur son cerveau, de même qu'un narcotique. Après l'avoir tout d'abord énervé et tendu, elle amenait une torpeur hantée de songeries vagues; elle annihilait ses desseins, brisait ses volontés, guidait un défilé de rêves qu'il subissait, passivement, sans même essayer de s'y soustraire.

Le tas confus des lectures, des méditations artistiques, qu'il avait accumulées depuis son isolement, ainsi qu'un barrage pour arrêter le courant des anciens souvenirs, avait été brusquement emporté, et le flot s'ébranlait, culbutant le présent, l'avenir, noyant tout sous la nappe du passé, emplissant son esprit d'une immense étendue de tristesse sur laquelle nageaient, semblables à de ridicules épaves, des épisodes sans intérêt de son existence, des riens absurdes.

Le livre qu'il tenait à la main tombait sur ses genoux; il s'abandonnait, regardant, plein de dégoûts et d'alarmes, défiler les années de sa vie défunte; elles pivotaient, ruisselaient maintenant autour du rappel de madame Laure et d'Auguste, enfoncé, dans ces fluctuations, comme un pieu ferme, comme un fait net. Quelle époque que celle-là! c'était le temps des soirées dans le monde, des courses, des parties de cartes, des amours commandées à l'avance, servies, à l'heure, sur le coup de minuit, dans son boudoir rose! Il se remémorait des figures, des mines, des mots nuls qui l'obsédaient avec cette ténacité des airs vulgaires qu'on ne peut se défendre de fredonner, mais qui finissent par s'épuiser, tout à coup, sans qu'on y pense.

Cette période fut de courte durée; il eut une sieste de mémoire, se replongea dans ses études latines afin d'effacer jusqu'à l'empreinte même de ces retours.

Le branle était donné; une seconde phase succéda presque immédiatement à la première, celle des souvenirs de son enfance, celle surtout des ans écoulés chez les Pères.

Ceux-là étaient plus éloignés et plus certains, gravés d'une façon plus accusée et plus sûre; le parc touffu, les longues allées, les plates-bandes, les bancs, tous les détails matériels se levèrent dans sa chambre.

Puis les jardins s'emplirent, il entendit résonner les cris des élèves, les rires des professeurs se mêlant aux récréations, jouant à la paume, la soutane retroussée, serrée entre les genoux, ou bien causant avec les jeunes gens, sans pose ni morgue, ainsi que des camarades du même âge, sous les arbres.

Il se rappela ce joug paternel qui s'accommodait mal des punitions, se refusait à infliger des 500 et des 1000 vers, se contentait de faire « réparer », tandis que les autres s'amusaient, la leçon pas sue, recourait plus souvent encore à la simple réprimande, entourait l'enfant d'une surveillance active mais douce, cherchant à lui être agréable, consentant à des promenades où bon lui semblait, le mercredi, saisissant l'occasion de toutes les petites fêtes non carillonnées de l'Église, pour ajouter à l'ordinaire des repas des gâteaux et du vin, pour le régaler de parties de campagne; un joug paternel qui consistait à ne pas abrutir l'élève, à discuter avec lui, à le traiter déjà en homme, tout en lui conservant le dorlotement d'un bambin gâté.

Ils arrivaient ainsi à prendre sur l'enfant un réel ascendant, à pétrir, dans une certaine mesure, les intelligences qu'ils cultivaient, à les diriger, dans un sens, à les greffer d'idées spéciales, à assurer la croissance de leurs pensées par une méthode insinuante et pateline qu'ils continuaient, en s'efforçant de les suivre dans la vie, de les soutenir dans leur carrière, en leur adressant ces lettres affectueuses comme le dominicain Lacordaire savait en écrire à ses anciens élèves de Sorrèze.

Des Esseintes, se rendait compte par lui-même de l'opération qu'il se figurait avoir sans résultat subie; son caractère rebelle aux conseils, pointilleux, fureteur, porté aux controverses, l'avait empêché d'être modelé par leur discipline, asservi par leurs leçons; une fois sorti du collège, son scepticisme s'était accru; son passage au travers d'un monde légitimiste, intolérant et borné, ses conversations avec d'inintelligents marguilliers et de bas abbés dont les maladresses déchiraient le voile si savamment tissé par les Jésuites, avaient encore fortifié son esprit d'indépendance, augmenté sa défiance en une foi quelconque.

Il s'estimait, en somme, dégagé de tout lien, de toute contrainte; il avait simplement gardé, contrairement à tous les gens élevés dans les lycées ou les pensions laïques, un excellent souvenir de son collège et de ses maîtres[120], et voilà que maintenant, il se consultait, en arrivait à se demander si les semences tombées jusqu'à ce jour dans un sol stérile, ne commençaient pas à poindre.

En effet, depuis quelques jours, il se trouvait dans un état d'âme indescriptible. Il croyait pendant une seconde, allait d'instinct à la religion, puis au moindre raisonnement son attirance vers la foi s'évaporait; mais il restait, malgré tout, plein de trouble.

Il savait pourtant bien, en descendant en lui, qu'il n'aurait jamais l'esprit d'humilité et de pénitence vraiment chrétien; il savait, à n'en pouvoir hésiter, que ce moment dont parle

Lacordaire, ce moment de la grâce « où le dernier trait de lumière pénètre dans l'âme et rattache à un centre commun les vérités qui y sont éparses, » ne viendrait jamais pour lui; il n'éprouvait pas ce besoin de mortification et de prière sans lequel, si l'on écoute la majeure partie des prêtres, aucune conversion n'est possible; il ne ressentait aucun désir d'implorer un Dieu dont la miséricorde lui semblait des moins probables[121]; et cependant la sympathie qu'il conservait pour ses anciens maîtres arrivait à le faire s'intéresser à leurs travaux, à leurs doctrines; ces accents inimitables de la conviction, ces voix ardentes d'hommes d'une intelligence supérieure lui revenaient, l'amenaient à douter de son esprit et de ses forces. Au milieu de cette solitude où il vivait, sans nouvel aliment, sans impressions fraîchement subies, sans renouvellement de pensées, sans cet échange de sensations venues du dehors, de la fréquentation du monde, de l'existence menée en commun; dans ce confinement contre nature où il s'entêtait, toutes les questions, oubliées pendant son séjour à Paris, se posaient à nouveau, comme d'irritants problèmes.

La lecture des ouvrages latins qu'il aimait, d'ouvrages presque tous rédigés par des évêques et par des moines, avait sans doute contribué à déterminer cette crise. Enveloppé dans une atmosphère de couvent, dans un parfum d'encens qui lui grisaient la tête, il s'était exalté les nerfs et par une association d'idées, ces livres avaient fini par refouler les souvenirs de sa vie de jeune homme, par remettre en lumière ceux de sa jeunesse, chez les Pères.

— Il n'y a pas à dire, pensait des Esseintes s'essayant à se raisonner, à suivre la marche de cette ingestion de l'élément Jésuite, à Fontenay; j'ai, depuis mon enfance, et sans que je l'aie jamais su, ce levain qui n'avait pas encore fermenté; ce penchant même que j'ai toujours eu pour les objets religieux en est peut-être une preuve.

Mais il cherchait à se persuader le contraire, mécontent de ne plus être maître absolu chez lui; il se procura des motifs; il avait dû forcément se tourner du côté du sacerdoce, puisque l'Église a, seule, recueilli l'art, la forme perdue des siècles; elle a immobilisé, jusque dans la vile reproduction moderne, le contour des orfèvreries, gardé le charme des calices élancés comme des pétunias, des ciboires aux flancs purs; préservé, même dans l'aluminium, dans les faux émaux, dans les verres colorés, la grâce des façons d'antan. En somme, la plupart des objets précieux, classés au musée de Cluny, et échappés par miracle à l'immonde sauvagerie des sans-culottes, proviennent des anciennes abbayes de France; de même que l'Église a préservé de la barbarie, au moyen âge, la philosophie, l'histoire et les lettres, de même elle a sauvé l'art plastique, amené jusqu'à nos jours ces merveilleux modèles de tissus, de joailleries que les fabricants de choses saintes gâtent le plus qu'ils peuvent, sans en pouvoir toutefois altérer la forme initiale, exquise. Il n'y avait dès lors rien de surprenant à ce qu'il eût pourchassé ces antiques bibelots, qu'il eût, avec nombre de collectionneurs, retiré ces reliques de chez les antiquaires de Paris, de chez les brocanteurs de la campagne.

Mais, il avait beau invoquer toutes ces raisons, il ne parvenait pas complètement à se convaincre. Certes, en se résumant, il persistait à considérer la religion ainsi qu'une superbe légende, qu'une magnifique imposture, et cependant, en dépit de toutes ses explications, son scepticisme commençait à s'entamer.

Évidemment, ce fait bizarre existait : il était moins assuré maintenant que dans son enfance, alors que la sollicitude des Jésuites était directe, que leur enseignement était inévitable, qu'il était entre leurs mains, leur appartenait, corps et âme, sans liens de famille, sans influences pouvant réagir contre eux, du dehors. Ils lui avaient aussi inculqué un certain goût du merveilleux qui s'était lentement et obscurément ramifié dans son âme, qui s'épanouissait aujourd'hui, dans la solitude, qui agissait quand même sur l'esprit silencieux, interné, promené dans le court manège des idées fixes.

A examiner le travail de sa pensée, à chercher à en relier les fils, à en découvrir les sources et les causes, il en vint à se persuader que ses agissements, pendant sa vie mondaine, dérivaient de l'éducation qu'il avait reçue. Ainsi ses tendances vers l'artifice, ses besoins d'excentricité, n'étaient-ils pas, en somme, des résultats d'études spécieuses, de raffinements extraterrestres, de spéculations quasi-théologiques; c'étaient, au fond, des transports, des élans vers un idéal, vers un univers inconnu, vers une béatitude lointaine, désirable comme celle que nous promettent les Écritures.

Il s'arrêta net, brisa le fil de ses réflexions. — Allons, se dit-il, dépité, je suis encore plus atteint que je ne le croyais; voilà que j'argumente avec moi-même, ainsi qu'un casuiste.

Il resta songeur, agité d'une crainte sourde; certes, si la théorie de Lacordaire était exacte, il n'avait rien à redouter, puisque le coup magique de la conversion ne se produit point dans un sursaut; il fallait, pour amener l'explosion, que le terrain fût longuement, constamment miné; mais si les romanciers parlent du coup de foudre de l'amour, un certain nombre de théologiens parlent aussi du coup de foudre de la religion; en admettant que cette doctrine fût vraie, personne n'était alors sûr de ne pas succomber. Il n'y avait plus ni analyse à faire sur soi-même, ni pressentiments à considérer, ni mesures préventives à requérir; la psychologie du mysticisme était nulle. C'était ainsi parce que c'était ainsi, et voilà tout.

— Eh! je deviens stupide, se dit des Esseintes; la crainte de cette maladie va finir par déterminer la maladie elle-même, si ça continue.

Il parvint à secouer un peu cette influence; ses souvenirs s'apaisèrent, mais d'autres symptômes morbides parurent; maintenant les sujets de discussions le hantaient seuls; le parc, les leçons, les Jésuites étaient loin; il était dominé, tout entier, par des abstractions; il pensait, malgré lui, à des interprétations contradictoires de dogmes, à des apostasies perdues, consignées dans l'ouvrage sur les Conciles, du père Labbe. Des bribes de ces schismes, des bouts de ces hérésies, qui divisèrent, pendant des siècles, les Églises de l'Occident et de l'Orient, lui revenaient. Ici, Nestorius contestant à la Vierge le titre de mère de Dieu, parce que, dans le mystère de l'Incarnation, ce n'était pas le Dieu, mais bien la créature humaine qu'elle avait portée dans ses flancs; là Eutychès, déclarant que l'image du Christ ne pouvait ressembler à celle des autres hommes, puisque la Divinité avait élu domicile dans son corps et en avait, par conséquent, changé la forme du tout au tout; là encore, d'autres ergoteurs soutenaient que le Rédempteur n'avait pas eu du tout de corps, que cette expression des livres saints devait être prise au figuré; tandis que Tertullien émettait son fameux axiome quasi matérialiste : « Rien n'est incorporel que ce qui n'est pas; tout ce qui est, a un corps qui lui est propre; » enfin cette vieille question, débattue pendant des ans : le Christ a-t-il été attaché, seul, sur la croix ou bien la Trinité, une en trois personnes, a-t-elle souffert, dans sa triple hypostase, sur le gibet du Calvaire? le sollicitaient, le pressaient et, machinalement, comme une leçon jadis apprise, il se posait à lui-même les questions et se donnait les réponses[122].

Ce fut, durant quelques jours, dans sa cervelle, un grouillement de paradoxes, de subtilités, un vol de poils fendus en quatre, un écheveau de règles aussi compliquées que des articles de codes, prêtant à tous les sens, à tous les jeux de mots, aboutissant à une jurisprudence céleste des plus ténues, des plus baroques; puis le côté abstrait s'effaça, à son tour, et tout un côté plastique lui succéda, sous l'action des Gustave Moreau pendus aux murs.

Il vit défiler toute une procession de prélats : des archimandrites, des patriarches, levant, pour bénir la foule agenouillée, des bras d'or, agitant leurs barbes blanches dans la lecture et la prière; il vit s'enfoncer dans des cryptes obscures des files silencieuses de pénitents, il vit s'élever des cathédrales immenses où tonitruaient des moines blancs en chaire. De même qu'après une touche d'opium, de Quincey, au seul mot de « Consul Romanus », évoquait des pages entières de Tite-Live[123], regardait s'avancer la marche solennelle des consuls, s'ébranler la pompeuse ordonnance des armées romaines; lui, sur une expression théologique, demeurait haletant, considérait des reflux de peuple, des apparitions épiscopales se détachant sur les fonds embrasés des basiliques; ces spectacles le tenaient sous le charme, courant d'âges en âges, arrivant aux cérémonies religieuses modernes, le roulant dans un infini de musique, lamentable et tendre.

Là, il n'avait plus de raisonnement à se faire, plus de débats à supporter; c'était une indéfinissable impression de respect et de crainte; le sens artiste était subjugué par les scènes si bien calculées des catholiques; à ces souvenirs, ses nerfs tressaillaient, puis en une subite rébellion, en une rapide volte, des idées monstrueuses naissaient en lui, des idées de ces sacrilèges prévus par le manuel des confesseurs, des ignominieux et impurs abus de l'eau bénite et de l'huile sainte. En face d'un Dieu omnipotent, se dressait maintenant un rival plein de force, le Démon, et une affreuse grandeur lui semblait devoir résulter d'un crime pratiqué, en pleine église par un croyant s'acharnant, dans une horrible allégresse, dans une joie toute sadique, à blasphémer, à couvrir d'outrages, à abreuver d'opprobres, les choses révérées; des folies de magie, de messe noire, de sabbat, des épouvantes de possessions et d'exorcismes se levaient; il en venait à se demander s'il ne commettait pas un sacrilège, en possédant des objets autrefois consacrés, des canons d'église, des chasubles et des custodes; et, cette pensée d'un état peccamineux lui apportait une sorte d'orgueil et d'allègement; il y démêlait des plaisirs de sacrilèges, mais de sacrilèges contestables, en tous cas, peu graves, puisqu'en somme il aimait ces objets et n'en dépravait pas l'usage; il se berçait ainsi de pensées prudentes et lâches, la suspicion de son âme lui interdisant des crimes manifestes, lui enlevant la bravoure nécessaire pour accomplir des péchés épouvantables, voulus, réels.

Peu à peu enfin, ces arguties s'évanouirent. Il vit, en quelque sorte, du haut de son esprit, le panorama de l'Église, son influence héréditaire sur l'humanité, depuis des siècles; il se la représenta, désolée et grandiose, énonçant à l'homme, l'horreur de la vie, l'inclémence de la destinée; prêchant la patience, la contrition, l'esprit de sacrifice; tâchant de panser les plaies, en montrant les blessures saignantes du Christ; assurant des privilèges divins, promettant la meilleure part du paradis aux affligés; exhortant la créature humaine à souffrir, à présenter à Dieu, comme un holocauste, ses tribulations et ses offenses, ses vicissitudes et ses peines. Elle devenait véritablement éloquente, maternelle aux misérables, pitoyable aux opprimés, menaçante pour les oppresseurs et les despotes.

Ici, des Esseintes reprenait pied. Certes, il était satisfait de cet aveu de l'ordure sociale, mais alors, il se révoltait contre le vague remède d'une espérance en une autre vie. Schopenhauer était plus exact; sa doctrine et celle de l'Église partaient d'un point de vue commun; lui aussi se basait sur l'iniquité et sur la turpitude du monde, lui aussi jetait avec l'*Imitation de Notre-Seigneur*, cette clameur douloureuse : « C'est vraiment une misère que de vivre sur la terre! » Lui aussi prêchait le néant de l'existence, les avantages de la solitude, avisait l'humanité que quoi qu'elle fît, de quelque côté qu'elle se tournât, elle demeurerait malheureuse : pauvre, à cause des souffrances qui naissent des privations; riche, en raison de l'invincible ennui qu'engendre l'abondance; mais il ne vous prônait aucune panacée, ne vous berçait, pour remédier à d'inévitables maux, par aucun leurre[124].

Il ne vous soutenait pas le révoltant système du péché originel; ne tentait point de vous prouver que celui-là est un Dieu souverainement bon qui protège les chenapans, aide les imbéciles, écrase l'enfance, abêtit la vieillesse, châtie les incoupables; il n'exaltait pas les bienfaits d'une Providence qui a inventé cette abomination, inutile, incompréhensible, injuste, inepte, la souffrance physique; loin de s'essayer à justifier, ainsi que l'Église, la nécessité des tourments et des épreuves, il s'écriait, dans sa miséricorde indignée : « Si un Dieu a fait ce monde, je n'aimerais pas à être ce Dieu; la misère du monde me déchirerait le cœur. »

Ah! lui seul était dans le vrai! qu'étaient toutes les pharmacopées évangéliques à côté de ses traités d'hygiène spirituelle? Il ne prétendait rien guérir, n'offrait aux malades aucune compensation, aucun espoir; mais sa théorie du Pessimisme[125] était, en somme, la grande consolatrice des intelligences choisies, des âmes élevées; elle révélait la société telle qu'elle est, insistait sur la sottise innée des femmes, vous signalait les ornières, vous sauvait des désillusions en vous avertissant de restreindre autant que possible vos espérances, de n'en point du tout concevoir, si vous vous en sentiez la force, de vous estimer enfin heureux si, à des moments inopinés, il ne vous dégringolait pas sur la tête de formidables tuiles.

Élancée de la même piste que l'*Imitation*, cette théorie aboutissait, elle aussi, mais sans s'égarer parmi de mystérieux dédales et d'invraisemblables routes, au même endroit, à la résignation, au laisser-faire.

Seulement, si cette résignation tout bonnement issue de la constatation d'un état de choses déplorable et de l'impossibilité d'y rien changer, était accessible aux riches de l'esprit, elle n'était que plus difficilement saisissable aux pauvres dont la bienfaisante religion calmait plus aisément alors les revendications et les colères.

Ces réflexions soulageaient des Esseintes d'un lourd poids; les aphorismes du grand Allemand apaisaient le frisson de ses pensées et cependant, les points de contact de ces deux doctrines les aidaient à se rappeler mutuellement à la mémoire, et il ne pouvait oublier ce catholicisme si poétique, si poignant, dans lequel il avait baigné et dont il avait jadis absorbé l'essence par tous les pores.

Ces retours de la croyance, ces appréhensions de la foi le tourmentaient surtout depuis que des altérations se produisaient dans sa santé; ils coïncidaient avec des désordres nerveux nouvellement venus.

Depuis son extrême jeunesse, il avait été torturé par d'inexplicables répulsions, par des frémissements qui lui glaçaient l'échine, lui contractaient les dents, par exemple, quand il voyait du linge mouillé qu'une bonne était en train de tordre[126]; ces effets avaient toujours persisté; aujourd'hui encore il souffrait réellement à entendre déchirer une étoffe, à frotter un doigt sur un bout de craie, à tâter avec la main un morceau de moire.

Les excès de sa vie de garçon, les tensions exagérées de son cerveau, avaient singulièrement aggravé sa névrose originelle, amoindri le sang déjà usé de sa race; à Paris, il avait dû suivre des traitements d'hydrothérapie, pour des tremblements des doigts, pour des douleurs affreuses, des névralgies qui lui coupaient en deux la face, frappaient à coups continus la tempe, aiguillaient les paupières, provoquaient des nausées qu'il ne pouvait combattre qu'en s'étendant sur le dos, dans l'ombre.

Ces accidents avaient lentement disparu, grâce à une vie plus réglée, plus calme; maintenant, ils s'imposaient à nouveau, variant de forme, se promenant par tout le corps; les douleurs quittaient le crâne, allaient au ventre ballonné, dur, aux entrailles traversées d'un fer rouge, aux efforts inutiles et pressants; puis la toux nerveuse, déchirante, aride, commençant juste à telle heure, durant un nombre de minutes toujours égal, le réveilla, l'étrangla au lit; enfin l'appétit cessa, des aigreurs gazeuses et chaudes, des feux secs lui parcoururent l'estomac; il gonflait, étouffait, ne pouvait plus, après chaque tentative de repas, supporter une culotte boutonnée, un gilet serré.

Il supprima les alcools, le café, le thé, but des laitages, recourut à des affusions d'eau froide, se bourra d'assa-fœtida, de valériane [127] et de quinine : il voulut même sortir de sa maison, se promena un peu, dans la campagne, lorsque vinrent ces jours de pluie qui la font silencieuse et vide; il se força à marcher, à prendre de l'exercice; en dernier ressort, il renonça provisoirement à la lecture et, rongé d'ennui, il se détermina, pour occuper sa vie devenue oisive, à réaliser un projet qu'il avait sans cesse différé, par paresse, par haine du dérangement, depuis qu'il s'était installé à Fontenay.

Ne pouvant plus s'enivrer à nouveau des magies du style, s'énerver sur le délicieux sortilège de l'épithète rare qui, tout en demeurant précise, ouvre cependant à l'imagination des initiés, des au-delà sans fin, il se résolut à parachever l'ameublement du logis, à se procurer des fleurs précieuses de serre, à se concéder ainsi une occupation matérielle qui le distrairait, lui détendrait les nerfs, lui reposerait le cerveau, et il espérait aussi que la vue de leurs étranges et splendides nuances le dédommagerait un peu des chimériques et réelles couleurs du style que sa diète littéraire allait lui faire momentanément oublier ou perdre.

VIII

Il avait toujours raffolé des fleurs, mais cette passion qui, pendant ses séjours à Jutigny, s'était tout d'abord étendue à la fleur, sans distinction ni d'espèces ni de genres, avait fini par s'épurer, par se préciser sur une seule caste[128].

Depuis longtemps déjà, il méprisait la vulgaire plante qui s'épanouit sur les éventaires des marchés parisiens, dans des pots mouillés, sous de vertes bannes ou sous de rougeâtres parasols.

En même temps que ses goûts littéraires, que ses préoccupations d'art, s'étaient affinés, ne s'attachant plus qu'aux œuvres triées à l'étamine, distillées par des cerveaux tourmentés et subtils; en même temps aussi que sa lassitude des idées répandues s'était affirmée, son affection pour les fleurs s'était dégagée de tout résidu, de toute lie, s'était clarifiée, en quelque sorte, rectifiée.

Il assimilait volontiers le magasin d'un horticulteur à un microcosme où étaient représentées toutes les catégories de la société : les fleurs pauvres et canailles, les fleurs de bouge, qui ne sont dans leur vrai milieu que lorsqu'elles reposent sur des rebords de mansardes, les racines tassées dans des boîtes au lait et de vieilles terrines, la giroflée, par exemple; les fleurs prétentieuses, convenues, bêtes, dont la place est seulement dans des cache-pots de porcelaine peints par des jeunes filles, telles que la rose; enfin les fleurs de haute lignée telles que les orchidées, délicates et charmantes, palpitantes et frileuses; les fleurs exotiques, exilées à Paris, au chaud, dans des palais de verre; les princesses du règne végétal, vivant à l'écart, n'ayant plus rien de commun avec les plantes de la rue et les flores bourgeoises.

En somme, il ne laissait pas que d'éprouver un certain intérêt, une certaine pitié, pour les fleurs populacières exténuées par les haleines des égouts et des plombs, dans les quartiers pauvres; il exécrait, en revanche, les bouquets en accord avec les salons crème et or des maisons neuves; il réservait enfin, pour l'entière joie de ses yeux, les plantes distinguées, rares, venues de loin, entretenues avec des soins rusés, sous de faux équateurs produits par les souffles dosés des poêles.

Mais ce choix définitivement posé sur la fleur de serre, s'était lui-même modifié sous l'influence de ses idées générales, de ses opinions maintenant arrêtées sur toute chose; autrefois, à Paris, son penchant naturel vers l'artifice l'avait conduit à délaisser la véritable fleur pour son image fidèlement exécutée, grâce aux miracles des caoutchoucs et des fils, des percalines et des taffetas, des papiers et des velours.

Il possédait ainsi une merveilleuse collection de

plantes des Tropiques, ouvrées par les doigts de profonds artistes, suivant la nature pas à pas, la créant à nouveau, prenant la fleur dès sa naissance, la menant à maturité, la simulant jusqu'à son déclin; arrivant à noter les nuances les plus infinies, les traits les plus fugitifs de son réveil ou de son repos; observant la tenue de ses pétales, retroussés par le vent ou fripés par la pluie; jetant sur ses corolles matineuses, des gouttes de rosée en gomme; la façonnant, en pleine floraison, alors que les branches se courbent sous le poids de la sève, ou élançant sa tige sèche, sa cupule racornie, quand les calices se dépouillent et quand les feuilles tombent.

Cet art admirable l'avait longtemps séduit; mais il rêvait maintenant à la combinaison d'une autre flore.

Après les fleurs factices singeant les véritables fleurs, il voulait des fleurs naturelles imitant des fleurs fausses.

Il dirigea ses pensées dans ce sens; il n'eut point à chercher longtemps, à aller loin, puisque sa maison était située au beau milieu du pays des grands horticulteurs. Il s'en fut tout bonnement visiter les serres de l'avenue de Châtillon et de la vallée d'Aunay, revint éreinté, la bourse vide, émerveillé des folies de végétation qu'il avait vues, ne pensant plus qu'aux espèces qu'il avait acquises, hanté sans trêve par des souvenirs de corbeilles magnifiques et bizarres.

Deux jours après, les voitures arrivèrent.

Sa liste à la main, des Esseintes appelait, vérifiait ses emplettes, une à une.

Les jardiniers descendirent de leurs carrioles

une collection de Caladiums qui appuyaient sur des tiges turgides et velues d'énormes feuilles, de la forme d'un cœur; tout en conservant entre eux un air de parenté, aucun ne se répétait.

Il y en avait d'extraordinaires, des rosâtres, tels que le Virginale qui semblait découpé dans de la toile vernie, dans du taffetas gommé d'Angleterre; de tout blancs, tels que l'Albane, qui paraissait taillé dans la plèvre transparente d'un bœuf, dans la vessie diaphane d'un porc; quelques-uns, surtout le Madame Mame, imitaient le zinc, parodiaient des morceaux de métal estampé, teints en vert empereur, salis par des gouttes de peinture à l'huile, par des taches de minium et de céruse; ceux-ci, comme le Bosphore, donnaient l'illusion d'un calicot empesé, caillouté de cramoisi et de vert myrte; ceux-là, comme l'Aurore Boréale, étalaient une feuille couleur de viande crue, striée de côtes pourpre, de fibrilles violacées, une feuille tuméfiée, suant le vin bleu et le sang.

Avec l'Albane, l'Aurore présentait les deux notes extrêmes du tempérament, l'apoplexie et la chlorose de cette plante.

Les jardiniers apportèrent encore de nouvelles variétés; elles affectaient, cette fois, une apparence de peau factice sillonnée de fausses veines; et, la plupart, comme rongées par des syphilis et des lèpres, tendaient des chairs livides, marbrées de roséoles, damassées de dartres; d'autres avaient le ton rose vif des cicatrices qui se ferment ou la teinte brune des croûtes qui se forment; d'autres étaient bouillonnées par des cautères, soulevées par des brûlures; d'autres encore, montraient des épidermes poilus, creusés par des ulcères et repoussés par des chancres; quelques-unes, enfin, paraissaient couvertes de pansements, plaquées d'axonge noire mercurielle, d'onguents verts de belladone, piquées de grains de poussière, par les micas jaunes de la poudre d'iodoforme.

Réunies entre elles, ces fleurs éclatèrent devant des Esseintes, plus monstrueuses que lorsqu'il les avait surprises, confondues avec d'autres, ainsi que dans un hôpital, parmi les salles vitrées des serres.

— Sapristi! fit-il enthousiasmé.

Une nouvelle plante, d'un modèle similaire à celui des Caladiums, l'« Alocasia Metallica », l'exalta encore. Celle-là était enduite d'une couche de vert bronze sur laquelle glissaient des reflets d'argent; elle était le chef-d'œuvre du factice; on eût dit d'un morceau de tuyau de poêle, découpé en fer de pique, par un fumiste.

Les hommes débarquèrent ensuite des touffes de feuilles, losangées, vert-bouteille; au milieu s'élevait une baguette au bout de laquelle tremblotait un grand as de cœur, aussi vernissé qu'un piment; comme pour narguer tous les aspects connus des plantes, du milieu de cet as d'un vermillon intense, jaillissait une queue charnue, cotonneuse, blanche et jaune, droite chez les unes, tire-bouchonnée, tout en haut du cœur, de même qu'une queue de cochon, chez les autres.

C'était l'Anthurium, une aroïdée récemment importée de Colombie en France; elle faisait partie d'un lot de cette famille à laquelle appartenait aussi un Amorphophallus, une plante de

Cochinchine, aux feuilles taillées en truelles à poissons, aux longues tiges noires couturées de balafres, pareilles à des membres endommagés de nègre.

Des Esseintes exultait[129].

On descendait des voitures une nouvelle fournée de monstres[130]; des Echinopsis, sortant de compresses en ouate des fleurs d'un rose de moignon ignoble; des Nidulariums, ouvrant, dans des lames de sabres, des fondements écorchés et béants; des « Tillandsia Lindeni » tirant des grattoirs ébréchés, couleur de moût de vin; des Cypripediums, aux contours compliqués, incohérents, imaginés par un inventeur en démence. Ils ressemblaient à un sabot, à un vide-poche, au-dessus duquel se retrousserait une langue humaine, au filet tendu, telle qu'on en voit dessinées sur les planches des ouvrages traitant des affections de la gorge et de la bouche; deux petites ailettes, rouge de jujube, qui paraissaient empruntées à un moulin d'enfant, complétaient ce baroque assemblage d'un dessous de langue, couleur de lie et d'ardoise, et d'une pochette lustrée dont la doublure suintait une visqueuse colle.

Il ne pouvait détacher ses yeux de cette invraisemblable orchidée issue de l'Inde; les jardiniers que ces lenteurs ennuyaient se mirent à annoncer, eux-mêmes, à haute voix, les étiquettes piquées dans les pots qu'ils apportaient.

Des Esseintes regardait, effaré, écoutant sonner les noms rébarbatifs des plantes vertes : l'« Encephalartos horridus », un gigantesque artichaut de fer, peint en rouille, tel qu'on en met aux portes des châteaux, afin d'empêcher les escalades; le « Cocos Micania », une sorte de palmier, dentelé et grêle, entouré, de toutes parts, par de hautes feuilles semblables à des pagaies et à des rames; le « Zamia Lehmanni », un immense ananas, un prodigieux pain de Chester, planté dans de la terre de bruyère et hérissé, à son sommet, de javelots barbelés et de flèches sauvages; le « Cibotium Spectabile », enchérissant sur ses congénères, par la folie de sa structure, jetant un défi au rêve, en élançant dans un feuillage palmé, une énorme queue d'orang-outang, une queue velue et brune au bout contourné en crosse d'évêque.

Mais il les contemplait à peine, attendait avec impatience la série des plantes qui le séduisaient, entre toutes, les goules végétales, les plantes carnivores, le Gobe-Mouche des Antilles, au limbe pelucheux, sécrétant un liquide digestif, muni d'épines courbes se repliant, les unes sur les autres, formant une grille au-dessus de l'insecte qu'il emprisonne; les Drosera des tourbières garnis de crins glanduleux; les Sarracena, les Cephalothus ouvrant de voraces cornets capables de digérer, d'absorber de véritables viandes; enfin le Népenthès dont la fantaisie dépasse les limites connues des excentriques formes.

Il ne put se lasser de tourner et de retourner entre ses mains, le pot où s'agitait cette extravagance de la flore. Elle imitait le caoutchouc dont elle avait la feuille allongée, d'un vert métallique et sombre, mais du bout de cette feuille pendait une ficelle verte, descendait un cordon ombilical supportant une urne verdâtre, jaspée de violet, une espèce de pipe allemande en porcelaine, un nid d'oiseau singulier, qui se balançait, tranquille, montrant un intérieur tapissé de poils.

– Celle-là va loin, murmura des Esseintes.

Il dut s'arracher à son allégresse, car les jardiniers, pressés de partir, vidaient le fond de leurs charrettes, plaçaient pêle-mêle, des Bégonias tubéreux et des Crotons noirs tachetés de rouge de saturne, en tôle.

Alors il s'aperçut qu'un nom restait encore sur sa liste. Le Cattleya de la Nouvelle-Grenade; on lui désigna une clochette ailée d'un lilas effacé, d'un mauve presque éteint; il s'approcha, mit son nez dessus et recula brusquement; elle exhalait une odeur de sapin verni, de boîte à jouets, évoquait les horreurs d'un jour de l'an.

Il pensa qu'il ferait bien de se défier d'elle, regretta presque d'avoir admis parmi les plantes inodores qu'il possédait, cette orchidée qui fleurait les plus désagréables des souvenirs.

Une fois seul, il regarda cette marée de végétaux qui déferlait dans son vestibule; ils se mêlaient, les uns aux autres, croisaient leurs épées, leurs kriss, leurs fers de lances, dessinaient un faisceau d'armes vertes, au-dessus duquel flottaient, ainsi que des fanions barbares, des fleurs aux tons aveuglants et durs.

L'air de la pièce se raréfiait; bientôt, dans l'obscurité d'une encoignure, près du parquet, une lumière rampa, blanche et douce.

Il l'atteignit et s'aperçut que c'étaient des Rhizomorphes qui jetaient en respirant ces lueurs de veilleuses.

Ces plantes sont tout de même stupéfiantes, se

dit-il; puis il se recula et en couvrit d'un coup d'œil l'amas; son but était atteint; aucune ne semblait réelle; l'étoffe, le papier, la porcelaine, le métal, paraissaient avoir été prêtés par l'homme à la nature pour lui permettre de créer ses monstres. Quand elle n'avait pu imiter l'œuvre humaine, elle avait été réduite à recopier les membranes intérieures des animaux, à emprunter les vivaces teintes de leurs chairs en pourriture, les magnifiques hideurs de leurs gangrènes.

Tout n'est que syphilis, songea des Esseintes, l'œil attiré, rivé sur les horribles tigrures des Caladiums que caressait un rayon de jour. Et il eut la brusque vision d'une humanité sans cesse travaillée par le virus des anciens âges. Depuis le commencement du monde, de pères en fils, toutes les créatures se transmettaient l'inusable héritage, l'éternelle maladie qui a ravagé les ancêtres de l'homme, qui a creusé jusqu'aux os maintenant exhumés des vieux fossiles!

Elle avait couru, sans jamais s'épuiser à travers les siècles; aujourd'hui encore, elle sévissait, se dérobant en de sournoises souffrances, se dissimulant sous les symptômes des migraines et des bronchites, des vapeurs et des gouttes; de temps à autre, elle grimpait à la surface, s'attaquant de préférence aux gens mal soignés, mal nourris, éclatant en pièces d'or, mettant, par ironie, une parure de sequins d'almée sur le front des pauvres diables, leur gravant, pour comble de misère, sur l'épiderme, l'image de l'argent et du bien-être!

Et la voilà qui reparaissait, en sa splendeur première, sur les feuillages colorés des plantes[131]!

Il est vrai, poursuivit des Esseintes, revenant au point de départ de son raisonnement, il est vrai que la plupart du temps la nature est, à elle seule, incapable de procréer des espèces aussi malsaines et aussi perverses; elle fournit la matière première, le germe et le sol, la matrice nourricière et les éléments de la plante que l'homme élève, modèle, peint, sculpte ensuite à sa guise.

Si entêtée, si confuse, si bornée qu'elle soit, elle s'est enfin soumise et son maître est parvenu à changer par des réactions chimiques les substances de la terre, à user de combinaisons longuement mûries, de croisements lentement apprêtés, à se servir de savantes boutures, de méthodiques greffes, et il lui fait maintenant pousser des fleurs de couleurs différentes sur la même branche, invente pour elle de nouveaux tons, modifie, à son gré, la forme séculaire de ses plantes, débrutit les blocs, termine les ébauches, les marque de son étampe, leur imprime son cachet d'art.

Il n'y a pas à dire, fit-il, résumant ses réflexions; l'homme peut en quelques années amener une sélection que la paresseuse nature ne peut jamais produire qu'après des siècles; décidément, par le temps qui court, les horticulteurs sont les seuls et les vrais artistes.

Il était un peu las et il étouffait dans cette atmosphère de plantes enfermées; les courses qu'il avait effectuées, depuis quelques jours, l'avaient rompu; le passage entre le grand air et la tiédeur du logis, entre l'immobilité d'une vie recluse et le mouvement d'une existence libérée, avait été trop brusque; il quitta son vestibule et fut s'étendre sur son lit; mais, absorbé par un sujet unique, comme monté par un ressort, l'esprit, bien qu'endormi, continua de dévider sa chaîne, et bientôt il roula dans les sombres folies d'un cauchemar.

Il se trouvait, au milieu d'une allée, en plein bois, au crépuscule; il marchait à côté d'une femme qu'il n'avait jamais ni connue, ni vue; elle était efflanquée, avec des cheveux filasse, une face de bouledogue, des points de son sur les joues, des dents de travers lancées en avant sous un nez camus. Elle portait un tablier blanc de bonne, un long fichu écartelé en buffleterie sur la poitrine, des demi-bottes de soldat prussien, un bonnet noir orné de ruches et garni d'un chou.

Elle avait l'air d'une foraine, l'apparence d'une saltimbanque de foire.

Il se demanda quelle était cette femme qu'il sentait entrée, implantée depuis longtemps déjà dans son intimité et dans sa vie; il cherchait en vain son origine, son nom, son métier, sa raison d'être; aucun souvenir ne lui revenait de cette liaison inexplicable et pourtant certaine.

Il scrutait encore sa mémoire, lorsque soudain une étrange figure parut devant eux, à cheval, trotta pendant une minute et se retourna sur sa selle.

Alors, son sang ne fit qu'un tour et il resta cloué, par l'horreur, sur place. Cette figure ambiguë, sans sexe, était verte et elle ouvrait dans des paupières violettes, des yeux d'un bleu clair et froid, terribles; des boutons entouraient sa bouche; des bras extraordinairement maigres, des bras de squelette, nus jusqu'aux coudes, sortaient de manches en haillons, tremblaient de fièvre, et les cuisses décharnées grelottaient dans des bottes à chaudron, trop larges.

L'affreux regard s'attachait à des Esseintes, le pénétrait, le glaçait jusqu'aux moelles; plus affolée encore, la femme bouledogue se serra contre lui et hurla à la mort, la tête renversée sur son cou roide.

Et aussitôt il comprit le sens de l'épouvantable vision. Il avait devant les yeux l'image de la Grande Vérole.

Talonné par la peur, hors de lui, il enfila un sentier de traverse, gagna, à toutes jambes, un pavillon qui se dressait parmi de faux ébéniers, à gauche; là, il se laissa tomber sur une chaise, dans un couloir.

Après quelques instants, alors qu'il commençait à reprendre haleine, des sanglots lui avaient fait lever la tête; la femme bouledogue était devant lui; et, lamentable et grotesque, elle pleurait à chaudes larmes, disant qu'elle avait perdu ses dents pendant la fuite, tirant de la poche de son tablier de bonne, des pipes en terre, les cassant et s'enfonçant des morceaux de tuyaux blancs dans les trous de ses gencives.

— Ah! çà, mais elle est absurde, se disait des Esseintes : jamais ces tuyaux ne pourront tenir — et, en effet, tous coulaient de la mâchoire, les uns après les autres.

A ce moment, le galop d'un cheval s'approcha. Une effroyable terreur poigna des Esseintes; ses jambes se dérobèrent; le galop se précipitait; le désespoir le releva comme d'un coup de fouet; il se jeta sur la femme qui piétinait maintenant sur les fourneaux des pipes, la supplia de se taire, de ne pas les dénoncer par le bruit de ses bottes. Elle se débattait, il l'entraîna au fond du corridor, l'étranglant pour l'empêcher de crier; il aperçut, tout à coup, une porte d'estaminet, à persiennes peintes en vert, sans loquet, la poussa, prit son élan et s'arrêta.

Devant lui, au milieu d'une vaste clairière, d'immenses et blancs pierrots faisaient des sauts de lapins, dans des rayons de lune.

Des larmes de découragement lui montèrent aux yeux; jamais, non, jamais il ne pourrait franchir le seuil de la porte — Je serais écrasé, pensait-il, — et, comme pour justifier ses craintes, la série des pierrots immenses se multipliait; leurs culbutes emplissaient maintenant tout l'horizon, tout le ciel qu'ils cognaient alternativement, avec leurs pieds et avec leurs têtes.

Alors les pas du cheval s'arrêtèrent. Il était là, derrière une lucarne ronde, dans le couloir; plus mort que vif, des Esseintes se retourna, vit par l'œil-de-bœuf des oreilles droites, des dents jaunes, des naseaux soufflant deux jets de vapeur qui puaient le phénol.

Il s'affaissa, renonçant à la lutte, à la fuite; il ferma les yeux pour ne pas apercevoir l'affreux regard de la Syphilis qui pesait sur lui, au travers du mur, qu'il croisait quand même sous ses paupières closes, qu'il sentait glisser sur son échine moite, sur son corps dont les poils se hérissaient dans des mares de sueur froide. Il s'attendait à tout, espérait même pour en finir le coup de grâce; un siècle, qui dura sans doute une minute, s'écoula; il rouvrit, en frissonnant, les yeux. Tout s'était évanoui; sans transition, ainsi que par un changement à vue, par un truc de décor, un paysage minéral atroce fuyait au loin, un paysage blafard, désert, raviné, mort; une lumière éclairait ce site désolé, une lumière tranquille, blanche, rappelant les lueurs du phosphore dissous dans l'huile[132].

Sur le sol quelque chose remua qui devint une femme très pâle, nue, les jambes moulées dans des bas de soie verts.

Il la contempla curieusement; semblables à des crins crespelés par des fers trop chauds, ses cheveux frisaient, en se cassant du bout; des urnes de Népenthès pendaient à ses oreilles; des tons de veau cuit brillaient dans ses narines entr'ouvertes. Les yeux pâmés, elle l'appela tout bas.

Il n'eut pas le temps de répondre, car déjà la femme changeait; des couleurs flamboyantes passaient dans ses prunelles; ses lèvres se teignaient du rouge furieux des Anthuriums; les boutons de ses seins éclataient, vernis tels que deux gousses de piment rouge.

Une soudaine intuition lui vint : c'est la Fleur, se dit-il; et la manie raisonnante persista dans le cauchemar, dériva de même que pendant la journée de la végétation sur le Virus.

Alors il observa l'effrayante irritation des seins et de la bouche, découvrit sur la peau du corps des macules de bistre et de cuivre, recula, égaré; mais l'œil de la femme le fascinait et il avançait lentement, essayant de s'enfoncer les talons dans la terre pour ne pas marcher, se laissant choir, se relevant quand même pour aller vers elle; il la touchait presque lorsque de noirs Amorphophallus jaillirent de toutes parts, s'élancèrent vers ce ventre qui se soulevait et s'abaissait comme une mer. Il les avait écartés, repoussés, éprouvant un dégoût sans borne à voir grouiller entre ses doigts ces tiges tièdes et fermes; puis subitement, les odieuses plantes avaient disparu et deux bras cherchaient à l'enlacer; une épouvantable angoisse lui fit sonner le cœur à grands coups, car les yeux, les affreux yeux de la femme étaient devenus d'un bleu clair et froid, terribles. Il fit un effort surhumain pour se dégager de ses étreintes, mais d'un geste irrésistible, elle le retint, le saisit et, hagard, il vit s'épanouir sous les cuisses à l'air, le farouche Nidularium qui bâillait, en saignant, dans des lames de sabre.

Il frôlait avec son corps la hideuse blessure de cette plante; il se sentit mourir, s'éveilla dans un sursaut, suffoqué, glacé, fou de peur, soupirant :

Ah! ce n'est, Dieu merci, qu'un rêve.

IX

Les cauchemars se renouvelèrent; il craignit de s'endormir. Il resta, étendu sur son lit, des heures entières, tantôt dans de persistantes insomnies et de fiévreuses agitations, tantôt dans d'abominables rêves que rompaient des sursauts d'homme perdant pied, dégringolant du haut en bas d'un escalier, dévalant, sans pouvoir se retenir, au fond d'un gouffre.

La névrose engourdie, durant quelques jours, reprenait le dessus, se révélait plus véhémente et plus têtue, sous de nouvelles formes.

Maintenant les couvertures le gênaient; il étouffait sous les draps et il avait des fourmillements par tout le corps, des cuissons de sang, des piqûres de puces le long des jambes; à ces symptômes, se joignirent bientôt une douleur sourde dans les maxillaires et la sensation qu'un étau lui comprimait les tempes.

Ses inquiétudes s'accrurent; malheureusement les moyens de dompter l'inexorable maladie manquèrent. Il avait sans succès tenté d'installer des appareils hydrothérapiques dans son cabinet de toilette. L'impossibilité de faire monter l'eau à la hauteur où sa maison était perchée, la difficulté même de se procurer de l'eau, en quantité suffisante, dans un village où les fontaines ne fonctionnent parcimonieusement qu'à certaines heures l'arrêtèrent; ne pouvant être sabré par des jets de lance qui plaqués, écrasés sur les anneaux de la colonne vertébrale, étaient seuls assez puissants pour mater l'insomnie et ramener le calme, il fut réduit aux courtes aspersions dans sa baignoire ou dans son tub, aux simples affusions froides, suivies d'énergiques frictions pratiquées, à l'aide du gant de crin, par son domestique.

Mais ces simili-douches n'enrayaient nullement la marche de la névrose; tout au plus éprouvait-il un soulagement de quelques heures, chèrement payé du reste par le retour des accès qui revenaient à la charge, plus violents et plus vifs.

Son ennui devint sans borne; la joie de posséder de mirobolantes floraisons était tarie; il était déjà blasé sur leur contexture et sur leurs nuances; puis malgré les soins dont il les entoura, la plupart de ses plantes dépérirent; il les fit enlever de ses pièces et, arrivé à un état d'excitabilité extrême, il s'irrita de ne plus les voir, l'œil blessé par le vide des places qu'elles occupaient.

Pour se distraire et tuer les interminables heures, il recourut à ses cartons d'estampes et rangea ses Goya; les premiers états de certaines planches des *Caprices*, des épreuves reconnaissables à leur ton rougeâtre, jadis achetées dans les ventes à prix d'or, le déridèrent et il s'abîma en elles, suivant les fantaisies du peintre, épris de ses scènes vertigineuses, de ses sorcières chevauchant des chats, de ses femmes s'efforçant d'arracher les dents d'un pendu, de ses bandits, de ses succubes, de ses démons et de ses nains.

Puis, il parcourut toutes les autres séries de ses eaux-fortes et de ses aqua-tintes, ses *Proverbes* d'une horreur si macabre, ses sujets de guerre d'une rage si féroce, sa planche du *Garrot* enfin, dont il choyait une merveilleuse épreuve d'essai, imprimée sur papier épais, non collé, aux visibles pontuseaux traversant la pâte.

La verve sauvage, le talent âpre, éperdu de Goya le captait; mais l'universelle admiration que ses œuvres avaient conquise, le détournait néanmoins un peu, et il avait renoncé, depuis des années, à les encadrer, de peur qu'en les mettant en évidence, le premier imbécile venu ne jugeât nécessaire de lâcher des âneries et de s'extasier, sur un mode tout appris, devant elles.

Il en était de même de ses Rembrandt qu'il examinait, de temps à autre, à la dérobée; et, en effet, si le plus bel air du monde devient vulgaire, insupportable, dès que le public le fredonne, dès que les orgues s'en emparent, l'œuvre d'art qui ne demeure pas indifférente aux faux artistes, qui n'est point contestée par les sots, qui ne se contente pas de susciter l'enthousiasme de quelques-uns, devient, elle aussi, par cela même, pour les initiés, polluée, banale, presque repoussante.

Cette promiscuité dans l'admiration était d'ailleurs l'un des plus grands chagrins de sa vie; d'incompréhensibles succès lui avaient à jamais gâté des tableaux et des livres jadis chers; devant l'approbation des suffrages, il finissait par leur découvrir d'imperceptibles tares, et il les rejetait, se demandant si son flair ne s'épointait pas, ne se dupait point.

Il referma ses cartons et, une fois de plus, il tomba, désorienté, dans le spleen. Afin de changer le cours de ses idées, il essaya des lectures émollientes, tenta, en vue de se réfrigérer le cerveau, des solanées de l'art, lut ces livres si charmants pour les convalescents et les mal-à-l'aise que des œuvres plus tétaniques ou plus riches en phosphates fatigueraient, les romans de Dickens.

Mais ces volumes produisirent un effet contraire à celui qu'il attendait : ces chastes amoureux, ces héroïnes protestantes, vêtues jusqu'au cou, s'aimaient parmi les étoiles, se bornaient à baisser les yeux, à rougir, à pleurer de bonheur, en se serrant les mains. Aussitôt cette exagération de pureté le lança dans un excès opposé; en vertu de la loi des contrastes, il sauta d'un extrême à l'autre, se rappela des scènes vibrantes et corsées, songea aux pratiques humaines des couples, aux baisers mélangés, aux baisers colombins, ainsi que les désigne la pudeur ecclésiastique, quand ils pénètrent entre les lèvres.

Il interrompit sa lecture, rumina loin de la bégueule Angleterre, sur les peccadilles libertines, sur les salaces apprêts que l'Église désapprouve; une commotion le frappa; l'anaphrodisie de sa cervelle et de son corps qu'il avait crue définitive, se dissipa; la solitude agit encore sur le détraquement de ses nerfs; il fut une fois de plus obsédé non par la religion même, mais par la malice des actes et des péchés qu'elle condamne; l'habituel sujet de ses obsécrations et de ses menaces le tint seul; le côté charnel, insensible depuis des mois, remué tout d'abord, par l'énervement des lectures pieuses, puis réveillé, mis debout, dans une crise de névrose, par le cant anglais, se dressa et la stimulation de ses sens le reportant en arrière, il pataugea dans le souvenir de ses vieux cloaques.

Il se leva et, mélancoliquement, ouvrit une petite boîte de vermeil au couvercle semé d'aventurines.

Elle était pleine de bonbons violets; il en prit un, et il le palpa entre ses doigts, pensant aux étranges propriétés de ce bonbon praliné, comme givré de sucre; jadis, alors que son impuissance était acquise, alors aussi qu'il songeait, sans aigreurs, sans regrets, sans nouveaux désirs, à la femme, il déposait l'un de ces bonbons sur sa langue, le laissait fondre et soudain, se levaient avec une douceur infinie, des rappels très effacés, très languissants des anciennes paillardises.

Ces bonbons inventés par Siraudin[133] et désignés sous la ridicule appellation de « Perles des Pyrénées » étaient une goutte de parfum de sarcanthus, une goutte d'essence féminine, cristallisée dans un morceau de sucre; ils pénétraient les papilles de la bouche, évoquaient des souvenances d'eau opalisée par des vinaigres rares, de baisers très profonds, tout imbibés d'odeurs.

D'habitude, il souriait, humant cet arome amoureux, cette ombre de caresses qui lui mettait un coin de nudité dans la cervelle et ranimait, pour une seconde, le goût naguère adoré de certaines femmes; aujourd'hui, ils n'agissaient plus en sourdine, ne se bornaient plus à raviver l'image de désordres lointains et confus; ils déchiraient, au contraire, les voiles, jetaient devant ses yeux la réalité corporelle, pressante et brutale.

En tête du défilé des maîtresses que la saveur de ce bonbon aidait à dessiner en des traits certains, l'une s'arrêta, montrant des dents longues et blanches, une peau satinée, toute rose, un nez taillé en biseau, des yeux de souris, des cheveux coupés à la chien et blonds.

C'était miss Urania, une Américaine, au corps bien découplé, aux jambes nerveuses, aux muscles d'acier, aux bras de fonte.

Elle avait été l'une des acrobates les plus renommées du Cirque.

Des Esseintes l'avait, durant de longues soirées, attentivement suivie; les premières fois, elle lui était apparue telle qu'elle était, c'est-à-dire solide et belle, mais le désir de l'approcher ne l'étreignit point; elle n'avait rien qui la recommandât à la convoitise d'un blasé, et cependant il retourna au Cirque, alléché par il ne savait quoi, poussé par un sentiment difficile à définir.

Peu à peu, en même temps qu'il l'observait, de singulières conceptions naquirent; à mesure qu'il admirait sa souplesse et sa force, il voyait un artificiel changement de sexe se produire en elle; ses singeries gracieuses, ses mièvreries de femelle s'effaçaient de plus en plus, tandis que se développaient, à leur place, les charmes agiles et puissants d'un mâle; en un mot, après avoir tout d'abord été femme, puis, après avoir hésité, après avoir avoisiné l'androgyne, elle semblait se résoudre, se préciser, devenir complètement un homme.

Alors, de même qu'un robuste gaillard s'éprend d'une fille grêle, cette clownesse doit aimer, par tendance, une créature faible, ployée, pareille à moi, sans souffle, se dit des Esseintes; à se regarder, à laisser agir l'esprit de comparaison, il en vint à éprouver, de son côté, l'impression que lui-même se féminisait, et il envia décidément la possession de cette femme, aspirant ainsi qu'une fillette chlorotique, après le grossier hercule dont les bras la peuvent broyer dans une étreinte.

Cet échange de sexe entre miss Urania et lui, l'avait exalté; nous sommes voués l'un à l'autre, assurait-il; à cette subite admiration de la force brutale jusqu'alors exécrée, se joignit enfin l'exorbitant attrait de la boue, de la basse prostitution heureuse de payer cher les tendresses malotrues d'un souteneur.

En attendant qu'il se décidât à séduire l'acrobate, à entrer, si faire se pouvait, dans la réalité même, il confirmait ses rêves, en posant la série de ses propres pensées sur les lèvres inconscientes de la femme, en relisant ses intentions qu'il plaçait dans le sourire immuable et fixe de l'histrionne tournant sur son trapèze.

Un beau soir, il se résolut à dépêcher les ouvreuses. Miss Urania crut nécessaire de ne point céder, sans une préalable cour; néanmoins elle se montra peu farouche, sachant par les ouï-dire, que des Esseintes était riche et que son nom aidait à lancer les femmes.

Mais aussitôt que ses vœux furent exaucés, son désappointement dépassa le possible. Il s'était imaginé l'Américaine, stupide et bestiale comme un lutteur de foire, et sa bêtise était malheureusement toute féminine. Certes, elle manquait d'éducation et de tact, n'avait ni bon sens ni esprit, et elle témoignait d'une ardeur animale, à table, mais tous les sentiments enfantins de la femme subsistaient en elle; elle possédait le caquet et la coquetterie des filles entichées de balivernes; la transmutation des idées masculines dans son corps de femme n'existait pas.

Avec cela, elle avait une retenue puritaine, au lit et aucune de ces brutalités d'athlète qu'il souhaitait tout en les craignant; elle n'était pas sujette comme il en avait, un moment, conçu l'espoir, aux perturbations de son sexe. En sondant bien le vide de ses convoitises, peut-être eût-il cependant aperçu un penchant vers un être délicat et fluet, vers un tempérament absolument contraire au sien, mais alors il eût découvert une préférence non pour une fillette, mais pour un joyeux gringalet, pour un cocasse et maigre clown.

Fatalement, des Esseintes rentra dans son rôle d'homme momentanément oublié; ses impressions de féminité, de faiblesse, de quasi-protection achetée, de peur même, disparurent; l'illusion n'était plus possible; miss Urania était une maîtresse ordinaire, ne justifiant en aucune façon, la curiosité cérébrale qu'elle avait fait naître.

Bien que le charme de sa chair fraîche, de sa beauté magnifique, eût d'abord étonné et retenu des Esseintes, il chercha promptement à esquiver cette liaison, précipita la rupture, car sa précoce impuissance s'augmentait encore devant les glaciales tendresses, devant les prudes laisser-aller de cette femme.

Et pourtant elle était la première à s'arrêter devant lui, dans le passage ininterrompu de ces luxures; mais, au fond, si elle s'était plus énergiquement empreinte dans sa mémoire qu'une foule d'autres dont les appâts avaient été moins fallacieux et les plaisirs moins limités, cela tenait à sa senteur de bête bien portante et saine; la redondance de sa santé était l'antipode même de cette anémie, travaillée aux parfums dont il retrouvait un fin relent dans le délicat bonbon de Siraudin.

Ainsi qu'une odorante antithèse, miss Urania s'imposait fatalement à son souvenir, mais presqu'aussitôt des Esseintes, heurté par cet imprévu d'un arome naturel et brut, retournait aux exhalaisons civilisées, et inévitablement il songeait à ses autres maîtresses; elles se pressaient, en troupeau, dans sa cervelle, mais par-dessus toutes s'exhaussait maintenant la femme dont la monstruosité l'avait tant satisfait pendant des mois.

Celle-là était une petite et sèche brune, aux yeux noirs, aux cheveux pommadés, plaqués sur la tête, comme avec un pinceau, séparés par une raie de garçon, près d'une tempe. Il l'avait connue dans un café-concert, où elle donnait des représentations de ventriloque.

A la stupeur d'une foule que ces exercices mettaient mal à l'aise, elle faisait parler, à tour de rôle, des enfants en carton, rangés en flûte de pan, sur des chaises; elle conversait avec des mannequins presque vivants et, dans la salle même, des mouches bourdonnaient autour des lustres et l'on entendait bruire le silencieux public qui s'étonnait d'être assis et se reculait instinctivement dans ses stalles, alors que le roulement d'imaginaires voitures le frôlait, en passant, de l'entrée jusqu'à la scène.

Des Esseintes avait été fasciné; une masse d'idées germa en lui; tout d'abord il s'empressa de réduire, à coups de billets de banque, la ventriloque qui lui plut par le contraste même qu'elle opposait avec l'Américaine. Cette brunette suintait des parfums préparés, malsains et capiteux et elle brûlait comme un cratère; en dépit de tous ses subterfuges, des Esseintes s'épuisa en quelques heures; il n'en persista pas moins à se laisser complaisamment gruger par elle, car plus que la maîtresse, le phénomène l'attirait.

D'ailleurs les plans qu'il s'était proposés, avaient mûri. Il se résolut à accomplir des projets jusqu'alors irréalisables.

Il fit apporter, un soir, un petit sphinx, en marbre noir, couché dans la pose classique, les pattes allongées, la tête rigide et droite et une chimère, en terre polychrome, brandissant une crinière hérissée, dardant des yeux féroces, éventant avec les sillons de sa queue ses flancs gonflés ainsi que des soufflets de forge. Il plaça chacune de ces bêtes, à un bout de la chambre, éteignit les lampes, laissant les braises rougeoyer dans l'âtre et éclairer vaguement la pièce en agrandissant les objets presque noyés dans l'ombre.

Puis, il s'étendit sur un canapé, près de la femme dont l'immobile figure était atteinte par la lueur d'un tison, et il attendit.

Avec des intonations étranges qu'il lui avait fait longuement et patiemment répéter à l'avance, elle anima, sans même remuer les lèvres, sans même les regarder, les deux monstres.

Et dans le silence de la nuit, l'admirable dialogue de la Chimère et du Sphinx commença, récité par des voix gutturales et profondes, rauques, puis aiguës, comme surhumaines.

« — Ici, Chimère, arrête-toi.

« — Non; jamais. »

Bercé par l'admirable prose de Flaubert, il écoutait, pantelant, le terrible duo et des frissons le parcoururent, de la nuque aux pieds, quand la Chimère proféra la solennelle et magique phrase :

« Je cherche des parfums nouveaux, des fleurs plus larges, des plaisirs inéprouvés. »

Ah! c'était à lui-même que cette voix aussi mystérieuse qu'une incantation, parlait; c'était à lui qu'elle racontait sa fièvre d'inconnu, son idéal inassouvi, son besoin d'échapper à l'horrible réalité de l'existence, à franchir les confins de la pensée, à tâtonner sans jamais arriver à une certitude, dans les brumes des au-delà de l'art! — Toute la misère de ses propres efforts lui refoula le cœur. Doucement, il étreignait la femme silencieuse, à ses côtés, se réfugiant, ainsi qu'un enfant inconsolé, près d'elle, ne voyant même pas l'air maussade de la comédienne obligée à jouer une scène, à exercer son métier, chez elle, aux instants du repos, loin de la rampe.

Leur liaison continua, mais bientôt les défaillances de des Esseintes s'aggravèrent; l'effervescence de sa cervelle ne fondait plus les glaces de son corps; les nerfs n'obéissaient plus à la volonté; les folies passionnelles des vieillards le dominèrent. Se sentant devenir de plus en plus indécis près de cette maîtresse, il recourut à l'adjuvant le plus efficace des vieux et inconstants prurits, à la peur.

Pendant qu'il tenait la femme entre ses bras, une voix de rogomme éclatait derrière la porte : « Ouvriras-tu? je sais bien que t'es avec un miché, attends, attends un peu, salope! » — Aussitôt, de même que ces libertins excités par la terreur d'être pris en flagrant délit, à l'air, sur les berges, dans le jardin des Tuileries, dans un rambuteau ou sur un banc, il retrouvait passagèrement ses forces, se précipitait sur la ventriloque dont la voix continuait à tapager hors de la pièce et, il éprouvait des allégresses inouïes, dans cette bousculade, dans cette panique de l'homme courant un danger, interrompu, pressé dans son ordure.

Malheureusement, ces séances furent de durée brève; malgré les prix exagérés qu'il lui paya, la ventriloque le congédia et, le soir même, s'offrit à un gaillard dont les exigences étaient moins compliquées et les reins plus sûrs.

Celle-là, il l'avait regrettée et, au souvenir de ses artifices, les autres femmes lui parurent dénuées de saveur; les grâces pourries de l'enfance lui semblèrent même fades; son mépris pour leurs monotones grimaces devint tel qu'il ne pouvait plus se résoudre à les subir.

Remâchant son dégoût, seul, un jour qu'il se promenait sur l'avenue de Latour-Maubourg, il fut abordé, près des Invalides, par un tout jeune homme qui le pria de lui indiquer la voie la plus courte pour se rendre à la rue de Babylone. Des Esseintes lui désigna son chemin et, comme il traversait aussi l'esplanade, ils firent route ensemble.

La voix du jeune homme[134] insistant, d'une façon inopinée, afin d'être plus amplement renseigné, disant : — Alors vous croyez qu'en prenant à gauche, ce serait plus long; l'on m'avait pourtant affirmé qu'en obliquant par l'avenue, j'arriverais plus tôt, — était, tout à la fois, suppliante et timide, très basse et douce.

Des Esseintes le regarda. Il paraissait échappé du collège, était pauvrement vêtu d'un petit veston de cheviote lui étreignant les hanches, dépassant à peine la chute des reins, d'une culotte noire, collante, d'un col rabattu, échancré sur une cravate bouffante bleu foncé, à vermicelles blancs, forme La Vallière. Il tenait à la main un livre de classe cartonné, et il était coiffé d'un melon brun, à bords plats.

La figure était troublante; pâle et tirée, assez régulière sous les longs cheveux noirs, elle était éclairée par de grands yeux humides, aux paupières cernées de bleu, rapprochés du nez que pointillaient d'or quelques rousseurs et sous lequel s'ouvrait une bouche petite, mais bordée de grosses lèvres, coupées, au milieu, d'une raie ainsi qu'une cerise.

Ils se dévisagèrent, pendant un instant, en face, puis le jeune homme baissa les yeux et se rapprocha; son bras frôla bientôt celui de des Esseintes qui ralentit le pas, considérant, songeur, la marche balancée de ce jeune homme.

Et du hasard de cette rencontre, était née une défiante amitié qui se prolongea durant des mois; des Esseintes n'y pensait plus sans frémir; jamais il n'avait supporté un plus attirant et un plus impérieux fermage; jamais il n'avait connu des périls pareils, jamais aussi il ne s'était senti plus douloureusement satisfait.

Parmi les rappels qui l'assiégeaient, dans sa solitude, celui de ce réciproque attachement dominait les autres. Toute la levure d'égarement que peut détenir un cerveau surexcité par la névrose, fermentait; et, à se complaire ainsi dans ces souvenirs, dans cette délectation morose, comme la théologie appelle cette récurrence des vieux opprobres, il mêlait aux visions physiques des ardeurs spirituelles cinglées par l'ancienne lecture des casuistes, des Busembaum[135] et des Diana, des Liguori et des Sanchez, traitant des péchés contre le 6e et le 9e commandement du Décalogue.

En faisant naître un idéal extrahumain dans cette âme qu'elle avait baignée et qu'une hérédité datant du règne de Henri III prédisposait peut-être, la religion avait aussi remué l'illégitime idéal des voluptés; des obsessions libertines et mystiques hantaient, en se confondant, son cerveau altéré d'un opiniâtre désir d'échapper aux vulgarités du monde, de s'abîmer, loin des usages vénérés, dans d'originales extases, dans des crises célestes ou maudites, également écrasantes par les déperditions de phosphore qu'elles entraînent.

Actuellement, il sortait de ces rêveries, anéanti, brisé, presque moribond, et il allumait aussitôt les bougies et les lampes, s'inondant de clarté, croyant entendre ainsi, moins distinctement que dans l'ombre, le bruit sourd, persistant, intolérable, des artères qui lui battaient, à coups redoublés, sous la peau du cou.

X

Pendant cette singulière maladie qui ravage les races à bout de sang, de soudaines accalmies succèdent aux crises; sans qu'il pùt s'expliquer pourquoi, des Esseintes se réveilla tout valide, un beau matin; plus de toux déracinante, plus de coins enfoncés à coup de maillet dans la nuque, mais une sensation ineffable de bien-être, une légèreté de cervelle dont les pensées s'éclaircissaient et, d'opaques et glauques, devenaient fluides et irisées, de même que des bulles de savon de nuances tendres.

Cet état dura quelques jours; puis subitement, une après-midi, les hallucinations de l'odorat se montrèrent.

Sa chambre embauma la frangipane; il vérifia si un flacon ne traînait pas, débouché; il n'y avait point de flacon dans la pièce; il passa dans son cabinet de travail, dans sa salle à manger : l'odeur persista.

Il sonna son domestique : — Vous ne sentez rien, dit-il? L'autre renifla une prise d'air et déclara ne respirer aucune fleur : le doute ne pouvait exister; la névrose revenait, une fois de plus, sous l'apparence d'une nouvelle illusion des sens.

Fatigué par la ténacité de cet imaginaire arôme, il résolut de se plonger dans des parfums véritables, espérant que cette homéopathie nasale le guérirait ou du moins qu'elle retarderait la poursuite de l'importune frangipane.

Il se rendit dans son cabinet de toilette. Là, près d'un ancien baptistère qui lui servait de cuvette, sous une longue glace en fer forgé, emprisonnant ainsi que d'une margelle argentée de lune, l'eau verte et comme morte du miroir, des bouteilles de toute grandeur, de toute forme, s'étageaient sur des rayons d'ivoire.

Il les plaça sur une table et les divisa en deux séries : celle des parfums simples, c'est-à-dire des extraits ou des esprits, et celle des parfums composés, désignée sous le terme générique de bouquets.

Il s'enfonça dans un fauteuil et se recueillit.

Il était, depuis des années, habile dans la science du flair; il pensait que l'odorat pouvait éprouver des jouissances égales à celles de l'ouïe et de la vue, chaque sens étant susceptible, par suite d'une disposition naturelle et d'une érudite culture, de percevoir des impressions nouvelles, de les décupler, de les coordonner, d'en composer ce tout qui constitue une œuvre; et il n'était pas, en somme, plus anormal qu'un art existât, en dégageant d'odorants fluides, que d'autres, en détachant des ondes sonores, ou en frappant de rayons diversement colorés la rétine d'un œil; seulement, si personne ne peut discerner, sans une intuition particulière développée par l'étude, une peinture de grand maître d'une croûte, un air de Beethoven d'un air de Clapisson, personne, non plus, ne peut, sans une initiation préalable, ne point confondre, au premier abord, un bouquet créé par un sincère artiste, avec un pot-pourri fabriqué par un industriel, pour la vente des épiceries et des bazars.

Dans cet art des parfums, un côté l'avait, entre tous, séduit, celui de la précision factice.

Presque jamais, en effet, les parfums ne sont issus des fleurs dont ils portent le nom; l'artiste qui oserait emprunter à la seule nature ses éléments, ne produirait qu'une œuvre bâtarde, sans vérité, sans style, attendu que l'essence obtenue par la distillation des fleurs ne saurait offrir qu'une très lointaine et très vulgaire analogie avec l'arôme même de la fleur vivante, épandant ses effluves, en pleine terre.

Aussi, à l'exception de l'inimitable jasmin, qui n'accepte aucune contrefaçon, aucune similitude, qui repousse jusqu'aux à peu près, toutes les fleurs sont exactement représentées par des alliances d'alcoolats et d'esprits, dérobant au modèle sa personnalité même et y ajoutant ce rien, ce ton en plus, ce fumet capiteux, cette touche rare qui qualifie une œuvre d'art.

En résumé, dans la parfumerie, l'artiste achève l'odeur initiale de la nature dont il taille la senteur, et il la monte ainsi qu'un joaillier épure l'eau d'une pierre et la fait valoir.

Peu à peu, les arcanes de cet art, le plus négligé de tous, s'étaient ouverts devant des Esseintes qui déchiffrait maintenant cette langue, variée, aussi insinuante que celle de la littérature, ce style d'une concision inouïe, sous son apparence flottante et vague.

Pour cela, il lui avait d'abord fallu travailler la grammaire, comprendre la syntaxe des odeurs, se bien pénétrer des règles qui les régissent, et, une fois familiarisé avec ce dialecte, comparer les œuvres des maîtres, des Atkinson et des Lubin, des Chardin et des Violet, des Legrand et des Piesse[136], désassembler la construction de leurs phrases, peser la proportion de leurs mots et l'arrangement de leurs périodes.

Puis, dans cet idiome des fluides, l'expérience devait appuyer les théories trop souvent incomplètes et banales.

La parfumerie classique était, en effet, peu diversifiée, presqu'incolore, uniformément coulée dans une matrice fondue par d'anciens chimistes; elle radotait, confinée en ses vieux alambics, lorsque la période romantique était éclose et l'avait, elle aussi, modifiée, rendue plus jeune, plus malléable et plus souple.

Son histoire suivait, pas à pas, celle de notre langue. Le style parfumé Louis XIII, composé des éléments chers à cette époque, de la poudre d'iris, du musc, de la civette, de l'eau de myrte déjà désignée sous le nom d'eau des anges, était à peine suffisant pour exprimer les grâces cavalières, les teintes un peu crues du temps, que nous ont conservées certains des sonnets de Saint-Amand. Plus tard, avec la myrrhe, l'oliban, les senteurs mystiques, puissantes et austères, l'allure pompeuse du grand siècle, les artifices redondants de l'art oratoire, le style large, soutenu, nombreux, de Bossuet et des maîtres de la chaire, furent presque possibles; plus tard encore, les grâces fatiguées et savantes de la société française sous Louis XV, trouvèrent plus facilement leur interprète dans la frangipane et la maréchale qui donnèrent en quelque sorte la synthèse même de cette époque; puis, après l'ennui et l'incuriosité du premier empire, qui abusa des eaux de Cologne et des préparations au romarin, la parfumerie se jeta, derrière Victor Hugo et Gautier, vers les pays du soleil; elle créa des orientales, des selam fulgurants d'épices, découvrit des intonations nouvelles, des antithèses jusqu'alors inosées, tria et reprit d'anciennes nuances qu'elle compliqua, qu'elle subtilisa, qu'elle assortit; elle rejeta résolument enfin, cette volontaire décrépitude à laquelle l'avaient réduite les Malherbe, les Boileau, les Andrieux, les Baour-Lormian, les bas distillateurs de ses poèmes.

Mais cette langue n'était pas demeurée, depuis la période de 1830, stationnaire. Elle avait encore évolué, et, se modelant sur la marche du siècle, elle s'était avancée parallèlement avec les autres arts; s'était, elle aussi, pliée aux vœux des amateurs et des artistes, se lançant sur le Chinois et le Japonais, imaginant des albums odorants, imitant les bouquets de fleurs de Takéoka, obtenant par des alliances de lavande et de girofle, l'odeur du Rondeletia; par un mariage de patchouli et de camphre, l'arôme singulier de l'encre de Chine; par des composés de citron, de girofle et de néroli, l'émanation de l'Hovénia du Japon.

Des Esseintes étudiait, analysait l'âme de ces fluides, faisait l'exégèse de ces textes; il se complaisait à jouer pour sa satisfaction personnelle, le rôle d'un psychologue, à démonter et à remonter les rouages d'une œuvre, à dévisser les pièces formant la structure d'une exhalaison composée, et, dans cet exercice, son odorat était parvenu à la sûreté d'une touche presqu'impeccable.

De même qu'un marchand de vins reconnaît le cru dont il hume une goutte; qu'un vendeur de houblon, dès qu'il flaire un sac, détermine aussitôt sa valeur exacte; qu'un négociant chinois peut immédiatement révéler l'origine des thés qu'il sent, dire dans quelles fermes des monts Bohées, dans quels couvents bouddhiques, il a été cultivé, l'époque où ses feuilles ont été cueillies, préciser le degré de torréfaction, l'influence qu'il a subie dans le voisinage de la fleur de prunier, de l'Aglaia, de l'Olea fragrans, de tous ces parfums qui servent à modifier sa nature, à y ajouter un rehaut inattendu, à introduire dans son fumet un peu sec un relent de fleurs lointaines et fraîches; de même aussi des Esseintes pouvait en respirant un soupçon d'odeur, vous raconter aussitôt les doses de son mélange, expliquer la psychologie de sa mixture, presque citer le nom de l'artiste qui l'avait écrit et lui avait imprimé la marche personnelle de son style.

Il va de soi qu'il possédait la collection de tous les produits employés par les parfumeurs; il avait même du véritable baume de la Mecque, ce baume si rare qui ne se récolte que dans certaines parties de l'Arabie Pétrée et dont le monopole appartient au Grand Seigneur.

Assis maintenant, dans son cabinet de toilette, devant sa table, il songeait à créer un nouveau bouquet et il était pris de ce moment d'hésitation bien connu des écrivains, qui, après des mois de repos, s'apprêtent à recommencer une nouvelle œuvre.

Ainsi que Balzac que hantait l'impérieux besoin de noircir beaucoup de papier pour se mettre en train, des Esseintes reconnut la nécessité de se refaire auparavant la main par quelques travaux sans importance; voulant fabriquer de l'héliotrope, il soupesa des flacons d'amande et de vanille, puis il changea d'idée et se résolut à aborder le pois de senteur.

Les expressions, les procédés lui échappaient; il tâtonna; en somme, dans la fragrance de cette fleur, l'oranger domine : il tenta de plusieurs combinaisons et il finit par atteindre le ton juste, en joignant à l'oranger de la tubéreuse et de la rose qu'il lia par une goutte de vanille.

Les incertitudes se dissipèrent; une petite fièvre l'agita, il fut prêt au travail; il composa encore du thé en mélangeant de la cassie [137] et de l'iris [138]; puis, sûr de lui, il se détermina à marcher de l'avant, à plaquer une phrase fulminante dont le hautain fracas effondrerait le chuchotement de cette astucieuse frangipane qui se faufilait encore dans sa pièce.

Il mania l'ambre [139], le musc-tonkin [140], aux éclats terribles, le patchouli [141], le plus âcre des parfums végétaux et dont la fleur, à l'état brut, dégage un remugle de moisi et de rouille. Quoi qu'il fît, la hantise du XVIIIe siècle, l'obséda; les robes à paniers, les falbalas tournèrent devant ses yeux; des souvenirs des « Vénus » de Boucher, tout en chair, sans os, bourrées de coton rose, s'installèrent sur ses murs; des rappels du roman de Thémidore[142], de l'exquise Rosette retroussée dans un désespoir couleur feu, le poursuivirent. Furieux, il se leva et, afin de se libérer, il renifla, de toutes ses forces, cette pure essence de spikanard[143], si chère aux Orientaux et si désagréable aux Européens, à cause de son relent trop prononcé de valériane. Il demeura étourdi sous la violence de ce choc. Comme pilées par un coup de marteau, les filigranes de la délicate odeur disparurent; il profita de ce temps de répit pour échapper aux siècles défunts, aux vapeurs surannées, pour entrer, ainsi qu'il le faisait jadis, dans des œuvres moins restreintes ou plus neuves.

Il avait autrefois aimé à se bercer d'accords en parfumerie; il usait d'effets analogues à ceux des poètes, employait, en quelque sorte, l'admirable ordonnance de certaines pièces de Baudelaire, telles que « l'Irréparable » et « le Balcon », où le dernier des cinq vers qui composent la strophe est l'écho du premier et revient, ainsi qu'un refrain, noyer l'âme dans des infinis de mélancolie et de langueur.

Il s'égarait dans les songes qu'évoquaient pour lui ces stances aromatiques, ramené soudain à son point de départ, au motif de sa méditation, par le retour du thème initial, reparaissant, à des intervalles ménagés, dans l'odorante orchestration du poème.

Actuellement, il voulut vagabonder dans un

surprenant et variable paysage, et il débuta par une phrase, sonore, ample, ouvrant tout d'un coup une échappée de campagne immense.

Avec ses vaporisateurs, il injecta dans la pièce une essence formée d'ambroisie, de lavande de Mitcham[144], de pois de senteur[145], de bouquet[146], une essence qui, lorsqu'elle est distillée par un artiste, mérite le nom qu'on lui décerne, « d'extrait de pré fleuri »; puis dans ce pré, il introduisit une précise fusion de tubéreuse[147], de fleur d'oranger et d'amande, et aussitôt d'artificiels lilas naquirent, tandis que des tilleuls s'éventèrent, rabattant sur le sol leurs pâles émanations que simulait l'extrait du tilia de Londres.

Ce décor posé en quelques grandes lignes, fuyant à perte de vue sous ses yeux fermés, il insuffla une légère pluie d'essences humaines et quasi félines, sentant la jupe, annonçant la femme poudrée et fardée, le stéphanotis, l'ayapana[148], l'opopanax[149], le chypre[150], le champaka, le sarcanthus, sur lesquels il juxtaposa un soupçon de seringa[151], afin de donner dans la vie factice du maquillage qu'ils dégageaient, un fleur naturel de rires en sueur, de joies qui se démènent au plein soleil.

Ensuite il laissa, par un ventilateur, s'échapper ces ondes odorantes, conservant seulement la campagne qu'il renouvela et dont il força la dose pour l'obliger à revenir ainsi qu'une ritournelle dans ses strophes.

Les femmes s'étaient peu à peu évanouies; la campagne était devenue déserte; alors, sur l'horizon enchanté, des usines se dressèrent, dont les formidables cheminées brùlaient, à leurs sommets, comme des bols de punch.

Un souffle de fabriques, de produits chimiques, passait maintenant dans la brise qu'il soulevait avec des éventails, et la nature exhalait encore, dans cette purulence de l'air, ses doux effluves.

Des Esseintes maniait, échauffait entre ses doigts, une boulette de styrax[152], et une très bizarre odeur montait dans la pièce, une odeur tout à la fois répugnante et exquise, tenant de la délicieuse senteur de la jonquille et de l'immonde puanteur de la gutta-percha et de l'huile de houille. Il se désinfecta les mains, inséra en une boîte hermétiquement close, sa résine, et les fabriques disparurent à leur tour. Alors, il darda parmi les vapeurs ravivées des tilleuls et des prés, quelques gouttes de new mown hay et, au milieu du site magique momentanément dépouillé de ses lilas, des gerbes de foin[153] s'élevèrent, amenant une saison nouvelle, épandant leur fine effluence dans l'été de ces senteurs.

Enfin, quand il eut assez savouré ce spectacle, il dispersa précipitamment des parfums exotiques, épuisa ses vaporisateurs, accéléra ses esprits concentrés, lâcha bride à tous ses baumes, et, dans la touffeur exaspérée de la pièce, éclata une nature démente et sublimée, forçant ses haleines, chargeant d'alcoolats en délire une artificielle brise, une nature pas vraie et charmante, toute paradoxale, réunissant les piments des tropiques, les souffles poivrés du santal de la Chine et de l'hediosmia de la Jamaïque[154], aux odeurs françaises du jasmin, de l'aubépine et de la verveine, poussant, en dépit des saisons et des climats, des arbres d'essences diverses, des fleurs aux couleurs et aux fragrances les plus opposées, créant par la fonte et le heurt de tous ces tons, un parfum général, innommé, imprévu, étrange, dans lequel reparaissait, comme un obstiné refrain, la phrase décorative du commencement, l'odeur du grand pré, éventé par les lilas et les tilleuls.

Tout à coup une douleur aiguë le perça; il lui sembla qu'un vilebrequin lui forait les tempes. Il ouvrit les yeux, se retrouva au milieu de son cabinet de toilette, assis devant sa table; péniblement, il marcha, abasourdi, vers la croisée qu'il entrebâilla. Une bouffée d'air rasséréna l'étouffante atmosphère qui l'enveloppait; il se promena, de long en large, pour raffermir ses jambes, alla et vint, regardant le plafond où des crabes et des algues poudrées de sel s'enlevaient en relief sur un fond grenu aussi blond que le sable d'une plage; un décor pareil revêtait les plinthes, bordant les cloisons tapissées de crêpe Japonais vert d'eau, un peu chiffonné, simulant le friselis d'une rivière que le vent ride et, dans ce léger courant, nageait le pétale d'une rose autour duquel tournoyait une nuée de petits poissons dessinés en deux traits d'encre.

Mais ses paupières demeuraient lourdes; il cessa d'arpenter le court espace compris entre le baptistère et la baignoire, et il s'appuya sur la rampe de la fenêtre; son étourdissement cessa; il reboucha soigneusement les fioles, et il mit à profit cette occasion pour remédier au désordre de ses maquillages. Il n'y avait point touché depuis son arrivée à Fontenay, et il s'étonna presque, maintenant, de revoir cette collection naguère visitée par tant de femmes. Les uns sur les autres, des flacons et des pots s'entassaient. Ici, une boîte en porcelaine, de la famille verte, contenait le schnouda, cette merveilleuse crème blanche qui, une fois étendue sur les joues, passe, sous l'influence de l'air, au rose tendre, puis à un incarnat si réel qu'il procure l'illusion vraiment exacte d'une peau colorée de sang; là, des laques, incrustés de burgau, renfermaient de l'or Japonais et du vert d'Athènes, couleur d'aile de cantharide, des ors et des verts qui se transmuent en une pourpre profonde dès qu'on les mouille; près de pots pleins de pâte d'aveline, de serkis du harem, d'émulsines au lys de kachemyr, de lotions d'eau de fraise et de sureau pour le teint[155], et près de petites bouteilles remplies de solutions d'encre de Chine et d'eau de rose à l'usage des yeux, des instruments en ivoire, en nacre, en acier, en argent, s'étalaient éparpillés avec des brosses en luzerne pour les gencives : des pinces, des ciseaux, des strigiles, des estompes, des crêpons et des houppes, des gratte-dos, des mouches et des limes.

Il manipulait tout cet attirail, autrefois acheté sur les instances d'une maîtresse qui se pâmait sous l'influence de certains aromates et de certains baumes, une femme, détraquée et nerveuse, aimant à faire macérer la pointe de ses seins dans les senteurs, mais n'éprouvant, en somme, une délicieuse et accablante extase, que lorsqu'on lui ratissait la tête avec un peigne ou qu'elle pouvait humer, au milieu des caresses, l'odeur de la suie, du plâtre des maisons en construction, par les temps de pluie, ou de la poussière mouchetée par de grosses gouttes d'orage, pendant l'été.

Il rumina ces souvenirs, et une après-midi écoulée, à Pantin, par désœuvrement, par curiosité, en compagnie de cette femme, chez l'une de ses sœurs, lui revint, remuant en lui un monde oublié de vieilles idées et d'anciens parfums; tandis que les deux femmes jacassaient et se montraient leurs robes, il s'était approché de la fenêtre et, au travers des vitres poudreuses, il avait vu la rue pleine de boue s'étendre et entendu ses pavés bruire sous le coup répété des galoches battant les mares.

Cette scène déjà lointaine se présenta subitement, avec une vivacité singulière. Pantin était là, devant lui, animé, vivant, dans cette eau verte et comme morte de la glace margée de lune où ses yeux inconscients plongeaient; une hallucination l'emporta loin de Fontenay; le miroir lui répercuta en même temps que la rue les réflexions qu'elle avait autrefois fait naître et, abîmé dans un songe, il se répéta cette ingénieuse, mélancolique et consolante antienne qu'il avait jadis notée dès son retour dans Paris :

— Oui, le temps des grandes pluies est venu; voilà que les gargouilles dégobillent, en chantant sous les trottoirs, et que les fumiers marinent dans des flaques qui emplissent de leur café au lait les bols creusés dans le macadam; partout, pour l'humble passant, les rince-pieds fonctionnent.

Sous le ciel bas, dans l'air mou, les murs des maisons ont des sueurs noires et leurs soupiraux fétident; la dégoûtation de l'existence s'accentue et le spleen écrase; les semailles d'ordures que chacun a dans l'âme éclosent; des besoins de sales ribotes agitent les gens austères et, dans le cerveau des gens considérés, des désirs de forçats vont naître.

Et pourtant, je me chauffe devant un grand feu et, d'une corbeille de fleurs épanouies sur la table se dégage une exhalaison de benjoin, de géranium et de vétyver qui remplit la chambre. En plein mois de novembre, à Pantin, rue de Paris, le printemps persiste et voici que je ris, à part moi, des familles craintives qui, afin d'éviter les approches du froid, fuient à toute vapeur vers Antibes ou vers Cannes.

L'inclémente nature n'est pour rien dans cet extraordinaire phénomène; c'est à l'industrie seule, il faut bien le dire, que Pantin est redevable de cette saison factice.

En effet, ces fleurs sont en taffetas, montées sur du fil d'archal, et la senteur printanière filtre par les joints de la fenêtre, exhalée des usines du voisinage, des parfumeries de Pinaud et de Saint-James.

Pour les artisans usés par les durs labeurs des ateliers, pour les petits employés trop souvent pères, l'illusion d'un peu de bon air est, grâce à ces commerçants, possible.

Puis de ce fabuleux subterfuge d'une campagne, une médication intelligente peut sortir; les viveurs poitrinaires qu'on exporte dans le Midi, meurent, achevés par la rupture de leurs habitudes, par la nostalgie des excès parisiens qui les ont vaincus. Ici, sous un faux climat, aidé par des bouches de poêles, les souvenirs libertins renaîtront, très doux, avec les languissantes émanations féminines évaporées par les fabriques. Au mortel ennui de la vie provinciale, le médecin peut, par cette supercherie, substituer platoniquement, pour son malade, l'atmosphère des boudoirs de Paris, des filles. Le plus souvent, il suffira, pour consommer la cure, que le sujet ait l'imagination un peu fertile.

....

....

Puisque, par le temps qui court, il n'existe plus de substance saine, puisque le vin qu'on boit et que la liberté qu'on proclame, sont frelatés et dérisoires, puisqu'il faut enfin une singulière dose de bonne volonté pour croire que les classes dirigeantes sont respectables et que les classes domestiquées sont dignes d'être soulagées ou plaintes, il ne me semble, conclut des Esseintes, ni plus ridicule ni plus fou, de demander à mon prochain une somme d'illusion à peine équivalente à celle qu'il dépense dans des buts imbéciles chaque jour, pour se figurer que la ville de Pantin est une Nice artificielle, une Menton factice.

....

Tout cela n'empêche pas, fit-il, arraché à ses réflexions, par une défaillance de tout son corps, qu'il va falloir me défier de ces délicieux et abominables exercices qui m'écrasent. Il soupira :
— Allons, encore des plaisirs à modérer, des précautions à prendre; et il se réfugia dans son cabinet de travail, pensant échapper plus facilement ainsi à la hantise de ces parfums.

Il ouvrit la croisée toute large, heureux de prendre un bain d'air: mais, soudain, il lui parut que la brise soufflait un vague montant d'essence de bergamote avec laquelle se coalisait de l'esprit de jasmin, de cassie et de l'eau de rose. Il haleta, se demandant s'il n'était point décidément sous le joug d'une de ces possessions qu'on exorcisait au moyen âge. L'odeur changea et se transforma, tout en persistant. Une indécise senteur de teinture de tolu, de baume du Pérou, de safran, soudés par quelques gouttes d'ambre et de musc, s'élevait maintenant du village couché, au bas de la côte, et, subitement, la métamorphose s'opéra, ces bribes éparses se relièrent et, à nouveau, la frangipane, dont son odorat avait perçu les éléments et préparé l'analyse, fusa de la vallée de Fontenay jusqu'au fort, assaillant ses narines excédées, ébranlant encore ses nerfs rompus, le jetant dans une telle prostration, qu'il s'affaissa évanoui, presque mourant, sur la barre d'appui de la fenêtre.

XI

Les domestiques effrayés s'empressèrent d'aller chercher le médecin de Fontenay qui ne comprit absolument rien à l'état de des Esseintes. Il bafouilla quelques termes médicaux, tâta le pouls, examina la langue du malade, tenta mais en vain de le faire parler, ordonna des calmants et du repos, promit de revenir le lendemain, et, sur un signe négatif de des Esseintes qui retrouva assez de force pour improuver le zèle de ses domestiques et congédier cet intrus, il partit et s'en fut raconter, par tout le village, les excentricités de cette maison dont l'ameublement l'avait positivement frappé de stupeur et gelé sur place.

Au grand étonnement des serviteurs qui n'osaient plus bouger de l'office, leur maître se rétablit en quelques jours et ils le surprirent, tambourinant sur les vitres, regardant, d'un air inquiet, le ciel.

Une après-midi, les timbres sonnèrent des appels brefs, et des Esseintes prescrivit qu'on lui apprêtât ses malles, pour un long voyage.

Tandis que l'homme et la femme choisissaient,

sur ses indications, les objets utiles à emporter, il arpentait fiévreusement la cabine de la salle à manger, consultait les heures des paquebots, parcourait son cabinet de travail où il continuait à scruter les nuages, d'un air tout à la fois impatient et satisfait.

Le temps était, depuis une semaine déjà, atroce. Des fleuves de suie roulaient, sans discontinuer, au travers des plaines grises du ciel, des blocs de nuées pareils à des rocs déracinés d'un sol.

Par instants, des ondées crevaient et engloutissaient la vallée sous des torrents de pluie.

Ce jour-là, le firmament avait changé d'aspect. Les flots d'encre s'étaient volatilisés et taris, les aspérités des nuages s'étaient fondues; le ciel était uniformément plat, couvert d'une taie saumâtre. Peu à peu, cette taie parut descendre, une brume d'eau enveloppa la campagne : la pluie ne croula plus, par cataractes, ainsi que la veille, mais elle tomba, sans relâche, fine, pénétrante, aiguë, délayant les allées, gâchant les routes, joignant avec ses fils innombrables la terre au ciel; la lumière se brouilla; un jour livide éclaira le village maintenant transformé en un lac de boue pointillé par les aiguilles de l'eau qui piquaient de gouttes de vif argent le liquide fangeux des flaques; dans la désolation de la nature, toutes les couleurs se fanèrent, laissant seuls les toits luire sur les tons éteints des murs.

Quel temps! soupira le vieux domestique, en déposant sur une chaise les vêtements que réclamait son maître, un complet jadis commandé à Londres.

Pour toute réponse des Esseintes se frotta les mains, et s'installa devant une bibliothèque vitrée où un jeu de chaussettes de soie était disposé en éventail; il hésitait sur la nuance, puis, rapidement, considérant la tristesse du jour, le camaïeu morose de ses habits, songeant au but à atteindre, il choisit une paire de soie feuille-morte, les enfila rapidement, se chaussa de brodequins à agrafes et à bouts découpés, revêtit le complet, gris-souris, quadrillé de gris-lave et pointillé de martre, se coiffa d'un petit melon, s'enveloppa d'un mac-farlane bleu-lin et, suivi du domestique qui pliait sous le poids d'une malle, d'une valise à soufflets, d'un sac de nuit, d'un carton à chapeau, d'une couverture de voyage renfermant des parapluies et des cannes, il gagna la gare. Là, il déclara au domestique qu'il ne pouvait fixer la date de son retour, qu'il reviendrait dans un an, dans un mois, dans une semaine, plus tôt peut-être, ordonna que rien ne fût changé de place au logis, remit l'approximative somme nécessaire à l'entretien du ménage pendant son absence, et il monta en wagon, laissant le vieillard ahuri, bras ballants et bouche béante, derrière la barrière où s'ébranlait le train.

Il était seul dans son compartiment; une campagne, indécise, sale, vue telle qu'au travers d'un aquarium d'eau trouble, fuyait à toute volée derrière le convoi que cinglait la pluie. Plongé dans ses réflexions, des Esseintes ferma les yeux.

Une fois de plus, cette solitude si ardemment enviée et enfin acquise, avait abouti à une détresse affreuse; ce silence qui lui était autrefois apparu comme une compensation des sottises écoutées pendant des ans, lui pesait maintenant d'un poids insoutenable. Un matin, il s'était réveillé, agité ainsi qu'un prisonnier mis en cellule; ses lèvres énervées remuaient pour articuler des sons, des larmes lui montaient aux yeux, il étouffait de même qu'un homme qui aurait sangloté pendant des heures.

Dévoré du désir de marcher, de regarder une figure humaine, de parler avec un autre être, de se mêler à la vie commune, il en vint à retenir ses domestiques, appelés sous un prétexte; mais la conversation était impossible, outre que ces vieilles gens, ployés par des années de silence et des habitudes de garde-malades, étaient presque muets, la distance à laquelle les avait toujours tenus des Esseintes n'était point faite pour les engager à desserrer les dents. D'ailleurs, ils possédaient des cerveaux inertes et étaient incapables de répondre autrement que par des monosyllabes aux questions qu'on leur posait.

Il ne put donc se procurer aucune ressource, aucun soulagement près d'eux; mais un nouveau phénomène se produisit. La lecture de Dickens qu'il avait naguère consommée pour s'apaiser les nerfs et qui n'avait produit que des effets contraires aux effets hygiéniques qu'il espérait, commença lentement à agir dans un sens inattendu, déterminant des visions de l'existence anglaise qu'il ruminait pendant des heures; peu à peu, dans ces contemplations fictives, s'insinuèrent des idées de réalité précise, de voyage accompli, de rêves vérifiés sur lesquels se greffa l'envie d'éprouver des impressions neuves et d'échapper ainsi aux épuisantes débauches de l'esprit s'étourdissant à moudre à vide.

Cet abominable temps de brouillard et de pluie aidait encore à ces pensées, en appuyant les souvenirs de ses lectures, en lui mettant la constante image sous les yeux d'un pays de brume et de boue, en empêchant ses désirs de dévier de leur point de départ, de s'écarter de leur source.

Il n'y tint plus, et brusquement il s'était décidé, un jour. Sa hâte fut telle qu'il prit la fuite bien avant l'heure, voulant se dérober au présent, se sentir bousculé dans un brouhaha de rue, dans un vacarme de foule et de gare.

Je respire, se disait-il, au moment où le convoi ralentissait sa valse et s'arrêtait dans la rotonde du débarcadère de Sceaux, en rythmant ses dernières pirouettes, par le fracas saccadé des plaques tournantes.

Une fois au boulevard d'Enfer, dans la rue, il héla un cocher, jouissant à être ainsi empêtré avec ses malles et ses couvertures. Moyennant la promesse d'un copieux pourboire, il s'entendit avec l'homme au pantalon noisette et au gilet rouge : — A l'heure, fit-il, et, rue de Rivoli, vous vous arrêterez devant le *Galignani's Messenger;* car il songeait à acheter, avant son départ, un guide Baedeker ou Murray, de Londres.

La voiture s'ébranla lourdement, soulevant autour de ses roues des cerceaux de crotte; on naviguait en plein marécage; sous le ciel gris qui semblait s'appuyer sur le toit des maisons, les murailles ruisselaient du haut en bas, des gouttières débordaient, les pavés étaient enduits d'une boue de pain d'épice dans laquelle les passants glissaient; sur les trottoirs que raflaient les omnibus, des gens tassés s'arrêtaient, des femmes retroussées jusqu'aux genoux, courbées sous les parapluies, s'aplatissaient pour éviter des éclaboussures, contre les boutiques [156].

La pluie entrait en diagonale par les portières; des Esseintes dut relever les glaces que l'eau raya de ses cannelures tandis que des gouttes de fange rayonnaient comme un feu d'artifice de tous les côtés du fiacre. Au bruit monotone des sacs de pois secoués sur sa tête par l'ondée dégoulinant sur les malles et sur le couvercle de la voiture, des Esseintes rêvait à son voyage; c'était déjà un acompte de l'Angleterre qu'il prenait à Paris par cet affreux temps; un Londres pluvieux, colossal, immense, puant la fonte échauffée et la suie, fumant sans relâche dans la brume se déroulait maintenant devant ses yeux; puis des enfilades de docks s'étendaient à perte de vue, pleins de grues, de cabestans, de ballots, grouillant d'hommes perchés sur des mâts, à califourchon sur des vergues, alors que, sur les quais, des myriades d'autres hommes étaient penchés, le derrière en l'air, sur des barriques qu'ils poussaient dans des caves.

Tout cela s'agitait sur des rives, dans des entrepôts gigantesques, baignés par l'eau teigneuse et sourde d'une imaginaire Tamise, dans une futaie de mâts, dans une forêt de poutres crevant les nuées blafardes du firmament, pendant que des trains filaient, à toute vapeur, dans le ciel, que d'autres roulaient dans les égouts, éructant des cris affreux, vomissant des flots de fumée par des bouches de puits, que par tous les boulevards, par toutes les rues, où éclataient, dans un éternel crépuscule, les monstrueuses et voyantes infamies de la réclame, des flots de voitures coulaient, entre des colonnes de gens, silencieux, affairés, les yeux en avant, les coudes au corps.

Des Esseintes frissonnait délicieusement à se sentir confondu dans ce terrible monde de négociants, dans cet isolant brouillard, dans cette incessante activité, dans cet impitoyable engrenage broyant des millions de déshérités que des philanthropes excitaient, en guise de consolation, à réciter des versets et à chanter des psaumes.

Puis, la vision s'éteignit brusquement avec un cahot du fiacre qui le fit rebondir sur la banquette. Il regarda par les portières; la nuit était venue; les becs de gaz clignotaient, au milieu d'un halo jaunâtre, en pleine brume; des rubans de feux nageaient dans des mares et semblaient tourner autour des roues des voitures qui sautaient dans de la flamme liquide et sale; il tenta de se reconnaître, aperçut le Carrousel et, subitement, sans motif, peut-être par le simple contrecoup de la chute qu'il faisait du haut d'espaces feints, sa pensée rétrograda jusqu'au souvenir d'un incident trivial : il se rappela que le domestique avait négligé de mettre, tandis qu'il le regardait préparer ses malles, une brosse à dents parmi les ustensiles de son nécessaire de toilette; alors il passa en revue la liste des objets empaquetés; tous avaient été rangés dans sa valise, mais la contrariété d'avoir omis cette brosse persista jusqu'à ce que le cocher, en s'arrêtant, rompît la chaîne de ces réminiscences et de ces regrets.

Il était, dans la rue de Rivoli, devant le *Galignani's Messenger*. Séparées par une porte aux verres dépolis couverts d'inscriptions et munis de passe-partout encadrant des découpures de journaux et des bandes azurées de télégrammes, deux grandes vitrines regorgeaient d'albums et de livres. Il s'approcha, attiré par la vue de ces cartonnages en papier bleu-perruquier et vert-chou gaufrés, sur toutes les coutures, de ramages d'argent et d'or, de ces couvertures en toiles couleur carmélite, poireau, caca d'oie, groseille, estampées au fer froid, sur les plats et le dos, de filets noirs. Tout cela avait une touche antiparisienne, une tournure mercantile, plus brutale et pourtant moins vile que celles des reliures de camelote, en France; çà et là, au milieu d'albums ouverts, reproduisant des scènes humoristiques de du Maurier et de John Leech, ou lançant au travers de plaines en chromo les délirantes cavalcades de Caldecott, quelques romans français apparaissaient, mêlant à ces verjus de teintes, des vulgarités bénignes et satisfaites.

Il finit par s'arracher à cette contemplation, poussa la porte, pénétra dans une vaste bibliothèque, pleine de monde; des étrangères assises dépliaient des cartes et baragouinaient, en des langues inconnues, des remarques. Un commis lui apporta toute une collection de guides. A son tour, il s'assit, retournant ces livres dont les flexibles cartonnages pliaient entre ses doigts. Il les parcourut, s'arrêta sur une page du Baedeker, décrivant les musées de Londres. Il s'intéressait aux détails laconiques et précis du guide; mais son attention dévia de l'ancienne peinture anglaise sur la nouvelle qui le sollicitait davantage. Il se rappelait certains spécimens qu'il avait vus, dans les expositions internationales, et il songeait qu'il les reverrait peut-être à Londres : des tableaux de Millais, la « Veillée de sainte Agnès » d'un vert argenté si lunaire, des tableaux de Watts, aux couleurs étranges, bariolés de gomme-gutte et d'indigo, des tableaux esquissés par un Gustave Moreau malade, brossés par un Michel-Ange anémié et retouchés par un Raphaël noyé dans le bleu; entre autres toiles, il se rappelait une « Dénonciation de Caïn », une « Ida » et des « Èves » où, dans le singulier et mystérieux amalgame de ces trois maîtres, sourdait la personnalité tout à la fois quintessenciée et brute d'un Anglais docte et rêveur, tourmenté par des hantises de tons atroces.

Toutes ces toiles assaillaient en foule sa mémoire. Le commis étonné par ce client qui s'oubliait devant une table, lui demanda sur lequel de ces guides il fixait son choix. Des Esseintes demeura ébaubi, puis il s'excusa, fit l'emplette d'un Baedeker et franchit la porte. L'humidité le glaça; le vent soufflait de côté, cinglait les arcades de ses fouets de pluie. — Allez là, fit-il, au cocher, en désignant du doigt au bout d'une galerie, un magasin qui formait l'angle de la rue de Rivoli et de la rue Castiglione et ressemblait avec ses carreaux blanchâtres, éclairés en dedans, à une gigantesque veilleuse, brûlant dans le malaise de ce brouillard, dans la misère de ce temps malade.

C'était la « Bodéga ». Des Esseintes s'égara dans une grande salle qui s'allongeait, en couloir, soutenue par des piliers de fonte, bardée, de chaque côté de ses murs, de hautes futailles posées tout debout sur des chantiers.

Cerclées de fer, la panse garnie de créneaux de bois simulant un ratelier de pipes dans les crans duquel pendaient des verres en forme de tulipes, le pied en l'air; le bas-ventre troué et emmanché d'une cannelle de grès, ces barriques armoriées d'un blason royal, étalaient sur des étiquettes en couleur le nom de leur cru, la contenance de leurs flancs, le prix de leur vin, acheté à la pièce, à la bouteille ou dégusté au verre.

Dans l'allée restée libre entre ces rangées de tonneaux, sous les flammes du gaz qui bourdonnait aux becs d'un affreux lustre peint en gris-fer, des tables couvertes de corbeilles de biscuits Palmers, de gâteaux salés et secs, d'assiettes où s'entassaient des mince-pie et des sandwichs cachant sous leurs fades enveloppes d'ardents sinapismes à la moutarde, se succédaient entre une haie de chaises, jusqu'au fond de cette cave encore bardée de nouveaux muids portant sur leur tête de petits barils, couchés sur le flanc, estampillés de titres gravés au fer chaud, dans le chêne.

Un fumet d'alcool saisit des Esseintes lorsqu'il prit place dans cette salle où sommeillaient de puissants vins. Il regarda autour de lui : ici, les foudres s'alignaient, détaillant toute la série des porto, des vins âpres ou fruiteux, couleur d'acajou ou d'amarante, distingués par de laudatives épithètes : « old port, light delicate, cockburn's very fine, magnificent old Regina »; là, bombant leurs formidables abdomens, se pressaient, côte à côte, des fûts énormes renfermant le vin martial de l'Espagne, le xérès et ses dérivés, couleur de topaze brûlée ou crue, le san lucar, le pasto, le pale dry, l'oloroso, l'amontillado, sucrés ou secs.

La cave était pleine; accoudé sur un coin de table, des Esseintes attendait le verre de porto commandé à un gentleman, en train de déboucher d'explosifs sodas contenus dans des bouteilles ovales qui rappelaient, en les exagérant, ces capsules de gélatine et de gluten employées par les pharmacies pour masquer le goût de certains remèdes.

Tout autour de lui, des Anglais foisonnaient : des dégaines de pâles clergymen, vêtus de noir de la tête aux pieds, avec des chapeaux mous, des souliers lacés, des redingotes interminables constellées sur la poitrine de petits boutons, des mentons ras, des lunettes rondes, des cheveux graisseux et plats; des trognes de tripiers et des mufles de dogues avec des cous apoplectiques, des oreilles comme des tomates, des joues vineuses, des yeux injectés et idiots, des colliers de barbe pareils à ceux de quelques grands singes; plus loin, au bout du chai, un long dépendeur d'andouilles aux cheveux d'étoupe, au menton garni de poils blancs ainsi qu'un fond d'artichaut, déchiffrait, au travers d'un microscope, les minuscules romains d'un journal anglais; en face, une sorte de commodore américain, boulot et trapu, les chairs boucanées et le nez en bulbe, s'endormait, regardant, un cigare planté dans le trou velu de sa bouche, des cadres pendus aux murs renfermant des annonces de vins de Champagne, les marques de Perrier et de Rœderer, d'Heidsieck et de Mumm, et une tête encapuchonnée de moine, avec le nom écrit en caractères gothiques de Dom Pérignon, à Reims.

Un certain amollissement enveloppa des Esseintes dans cette atmosphère de corps de garde; étourdi par les bavardages des Anglais causant entre eux, il rêvassait, évoquant devant la pourpre des porto remplissant les verres, les créatures de Dickens qui aimaient tant à les boire, peuplant imaginairement la cave de personnages nouveaux, voyant ici, les cheveux blancs et le teint enflammé de Monsieur Wickfield; là, la mine flegmatique et rusée et l'œil implacable de Monsieur Tulkinghorn, le funèbre avoué de Bleak-house. Positivement, tous se détachaient de sa mémoire, s'installaient, dans la Bodéga, avec leurs faits et leurs gestes; ses souvenirs, ravivés par de récentes lectures, atteignaient une précision inouïe. La ville du romancier, la maison bien éclairée, bien chauffée, bien servie, bien close, les bouteilles lentement versées par la petite Dorrit, par Dora Copperfield, par la sœur de Tom Pinch, lui apparurent naviguant ainsi qu'une arche tiède, dans un déluge de fange et de suie. Il s'acagnarda dans ce Londres fictif, heureux d'être à l'abri, écoutant naviguer sur la Tamise les remorqueurs qui poussaient de sinistres hurlements, derrière les Tuileries, près du pont. Son verre était vide; malgré la vapeur éparse dans cette cave encore échauffée par les fumigations des cigares et des pipes, il éprouvait, en retombant dans la réalité, par ce temps d'humidité fétide, un petit frisson.

Il demanda un verre d'amontillado, mais alors devant ce vin sec et pâle, les lénitives histoires, les douces malvacées de l'auteur anglais se défeuillèrent et les impitoyables révulsifs, les douloureux rubéfiants d'Edgar Poe, surgirent; le froid cauchemar de la barrique d'amontillado, de l'homme muré dans un souterrain, l'assaillit; les faces bénévoles et communes des buveurs américains et anglais qui occupaient la salle, lui parurent refléter d'involontaires et d'atroces pensées, d'instinctifs et d'odieux desseins; puis il s'aperçut qu'il s'esseulait, que l'heure du dîner était proche; il paya, s'arracha de sa chaise, et gagna, tout étourdi, la porte. Il reçut un soufflet mouillé dès qu'il mit les pieds dehors; inondés par la pluie et par les rafales, les réverbères agitaient leurs petits éventails de flamme, sans éclairer; encore descendu de plusieurs crans, le ciel s'était abaissé jusqu'au ventre des maisons. Des Esseintes considéra les arcades de la rue de Rivoli, noyées dans l'ombre et submergées par l'eau, et il lui sembla qu'il se tenait dans le morne tunnel creusé sous la Tamise; des tiraillements d'estomac le rappelèrent à la réalité; il rejoignit sa voiture, jeta au cocher l'adresse de la taverne de la rue d'Amsterdam, près de la gare, et il consulta sa montre : sept heures. Il avait juste le temps de dîner; le train ne partait qu'à huit heures cinquante minutes, et il comptait sur ses doigts, supputait les heures de la traversée de Dieppe à Newhaven, se disant : — Si les chiffres de l'indicateur sont exacts, je serai demain, sur le coup de midi et demi, à Londres.

Le fiacre s'arrêta devant la taverne; de nouveau, des Esseintes descendit et il pénétra dans une longue salle, sans dorure, brune, divisée par des cloisons à mi-corps, en une série de compartiments semblables aux boxs des écuries; dans cette salle, évasée près de la porte, d'abondantes pompes à bières se dressaient sur un comptoir, près de jambons aussi culottés que de vieux violons, de homards peints au minium, de maquereaux marinés, avec des ronds d'oignons et de carottes crus, des tranches de citron, des bouquets de laurier et de thym, des baies de genièvre et du gros poivre nageant dans une sauce trouble.

L'un de ces boxs était vide. Il s'en empara et héla un jeune homme en habit noir, qui s'inclina en jargonnant des mots incompréhensibles. Pendant que l'on préparait le couvert, des Esseintes contempla ses voisins; de même qu'à la Bodéga, des insulaires, aux yeux faïence, au teint cramoisi, aux airs réfléchis ou rogues, parcouraient des feuilles étrangères; seulement des femmes, sans cavaliers, dînaient, entre elles, en tête à tête, de robustes Anglaises aux faces de garçon, aux dents larges comme des palettes, aux joues colorées, en pomme, aux longues mains et aux longs pieds. Elles attaquaient, avec une réelle ardeur, un rumpsteak-pie, une viande chaude, cuite dans une sauce aux champignons et revêtue de même qu'un pâté, d'une croûte.

Après avoir perdu depuis si longtemps l'appétit, il demeura confondu devant ces gaillardes dont la voracité aiguisa sa faim. Il commanda un potage oxstail, se régala de cette soupe à la queue de bœuf, tout à la fois onctueuse et veloutée, grasse et ferme; puis, il examina la liste des poissons, demanda un haddock, une sorte de merluche fumée qui lui parut louable et, pris d'une fringale à voir s'empiffrer les autres, il mangea un rosbif aux pommes et s'enfourna deux pintes d'ale, excité par ce petit goût de vacherie musquée que dégage cette fine et pâle bière.

Sa faim se comblait; il chipota un bout de fromage bleu de Stilton dont la douceur s'imprégnait d'amertume, picora une tarte à la rhubarbe, et, pour varier, étancha sa soif avec le porter, cette bière noire qui sent le jus de réglisse dépouillé de sucre.

Il respirait; depuis des années il n'avait et autant bâfré et autant bu; ce changement d'habitude, ce choix de nourritures imprévues et solides avait tiré l'estomac de son somme. Il s'enfonça dans sa chaise, alluma une cigarette et s'apprêta à déguster sa tasse de café qu'il trempa de gin.

La pluie continuait à tomber; il l'entendait crépiter sur les vitres qui plafonnaient le fond de la pièce et dégouliner en cascades dans les gargouilles; personne ne bougeait dans la salle; tous se dorlotaient, ainsi que lui, au sec, devant des petits verres.

Les langues se délièrent; comme presque tous ces Anglais levaient, en parlant, les yeux en l'air, des Esseintes conclut qu'ils s'entretenaient du mauvais temps; aucun d'eux ne riait et tous étaient vêtus de cheviote grise, réglée de jaune nankin et de rose de papier buvard. Il jeta un regard ravi sur ses habits dont la couleur et la coupe ne différaient pas sensiblement de celles des autres, et il éprouva le contentement de ne point détonner dans ce milieu, d'être, en quelque sorte et superficiellement, naturalisé citoyen de Londres; puis il eut un sursaut. Et l'heure du train? se dit-il. Il consulta sa montre : huit heures moins dix; j'ai encore près d'une demi-heure à rester là; et une fois de plus, il songea au projet qu'il avait conçu.

Dans sa vie sédentaire, deux pays l'avaient seulement attiré, la Hollande et l'Angleterre.

Il avait exaucé le premier de ses souhaits; n'y tenant plus, un beau jour, il avait quitté Paris et visité les villes des Pays-Bas, une à une.

Somme toute, il était résulté de cruelles désillusions de ce voyage. Il s'était figuré une Hollande, d'après les œuvres de Teniers et de Steen, de Rembrandt et d'Ostade, se façonnant d'avance, à son usage, d'incomparables juiveries aussi dorées que des cuirs de Cordoue par le soleil; s'imaginant de prodigieuses kermesses, de continuelles ribotes dans les campagnes; s'attendant à cette bonhomie patriarcale, à cette joviale débauche célébrées par les vieux maîtres.

Certes, Haarlem et Amsterdam l'avaient séduit; le peuple, non décrassé, vu, dans les vraies campagnes, ressemblait bien à celui peint par Van Ostade, avec ses enfants non équarris et taillés à la serpe et ses commères grasses à lard, bosselées de gros tetons et de gros ventres; mais de joies effrénées, d'ivrogneries familiales, point; en résumé, il devait le reconnaître, l'école hollandaise du Louvre l'avait égaré; elle avait simplement servi de tremplin à ses rêves; il s'était élancé, avait bondi sur une fausse piste et erré dans des visions inégalables, ne découvrant nullement sur la terre ce pays magique et réel qu'il espérait, ne voyant point, sur des gazons semés de futailles, des danses de paysans et de paysannes pleurant de joie, trépignant de bonheur, s'allégeant à force de rire, dans leurs jupes et dans leurs chausses.

Non, décidément, rien de tout cela n'était visible; la Hollande était un pays tel que les autres et, qui plus est, un pays nullement primitif, nullement bonhomme, car la religion protestante y sévissait, avec ses rigides hypocrisies et ses solennelles raideurs.

Ce désenchantement lui revenait; il consulta de nouveau sa montre : dix minutes le séparaient encore de l'heure du train. Il est grand temps de demander l'addition et de partir, se dit-il. Il se sentait une lourdeur d'estomac et une pesanteur, par tout le corps, extrêmes. Voyons, fit-il, pour se verser du courage, buvons le coup de l'étrier; et il remplit un verre de brandy, tout en réclamant sa note. Un individu, en habit noir, une serviette sur le bras, une espèce de majordome au crâne pointu et chauve, à la barbe grisonnante et dure, sans moustaches, s'avança, un crayon derrière l'oreille, se posta, une jambe en avant, comme un chanteur, tira de sa poche un calepin, et, sans regarder son papier, les yeux fixés sur le plafond, près d'un lustre, inscrivit et compta la dépense. Voilà, dit-il, en arrachant la feuille de son calepin, et il la remit à des Esseintes qui le considérait curieusement, ainsi qu'un animal rare. Quel surprenant John Bull, pensait-il, en contemplant ce flegmatique personnage à qui sa bouche rasée donnait aussi la vague apparence d'un timonier de la marine américaine.

A ce moment, la porte de la taverne s'ouvrit; des gens entrèrent apportant avec eux une odeur de chien mouillé à laquelle se mêla une fumée de houille, rabattue par le vent dans la cuisine dont la porte sans loquet claqua; des Esseintes était incapable de remuer les jambes; un doux et tiède anéantissement se glissait par tous ses membres, l'empêchait même d'étendre la main pour allumer un cigare. Il se disait : Allons, voyons, debout, il faut filer; et d'immédiates objections contrariaient ses ordres. A quoi bon bouger, quand on peut voyager si magnifiquement sur une chaise? N'était-il pas à Londres dont les senteurs, dont l'atmosphère, dont les habitants, dont les pâtures, dont les ustensiles, l'environnaient? Que pouvait-il donc espérer, sinon de nouvelles désillusions, comme en Hollande?

Il n'avait plus que le temps de courir à la gare, et une immense aversion pour le voyage, un impérieux besoin de rester tranquille s'imposaient avec une volonté de plus en plus accusée, de plus en plus tenace. Pensif, il laissa s'écouler les minutes, se coupant ainsi la retraite, se disant : Maintenant il faudrait se précipiter aux guichets, se bousculer aux bagages; quel ennui! quelle corvée ça serait! — Puis, se répétant, une fois de plus : En somme, j'ai éprouvé et j'ai vu ce que je voulais éprouver et voir. Je suis saturé de vie anglaise depuis mon départ; il faudrait être fou pour aller perdre, par un maladroit déplacement, d'impérissables sensations. Enfin quelle aberration ai-je donc eue pour avoir tenté de renier des idées anciennes, pour avoir condamné les dociles fantasmagories de ma cervelle, pour avoir, ainsi qu'un véritable béjaune, cru à la nécessité, à la curiosité, à l'intérêt d'une excursion? Tiens, fit-il, regardant sa montre, mais l'heure est venue de rentrer au logis; cette fois, il se dressa sur ses jambes, sortit, commanda au cocher de le reconduire à la gare de Sceaux, et il revint avec ses malles, ses paquets, ses valises, ses couvertures, ses parapluies et ses cannes, à Fontenay, ressentant l'éreintement physique et la fatigue morale d'un homme qui rejoint son chez soi, après un long et périlleux voyage.

XII

Durant les jours qui suivirent son retour, des Esseintes considéra ses livres, et à la pensée qu'il aurait pu se séparer d'eux pendant longtemps, il goûta une satisfaction aussi effective que celle dont il eût joui s'il les avait retrouvés, après une sérieuse absence. Sous l'impulsion de ce sentiment, ces objets lui semblèrent nouveaux, car il perçut en eux des beautés oubliées depuis l'époque où il les avait acquis.

Tout, volumes, bibelots, meubles, prit à ses yeux un charme particulier; son lit lui parut plus moelleux, en comparaison de la couchette qu'il aurait occupée à Londres; le discret et silencieux service de ses domestiques l'enchanta, fatigué qu'il était, par la pensée, de la loquacité bruyante des garçons d'hôtel; l'organisation méthodique de sa vie lui fit l'effet d'être plus enviable, depuis que le hasard des pérégrinations devenait possible.

Il se retrempa dans ce bain de l'habitude auquel d'artificiels regrets insinuaient une qualité plus roborative et plus tonique.

Mais ses volumes le préoccupèrent principalement. Il les examina, les rangea à nouveau sur les rayons, vérifiant si, depuis son arrivée à Fontenay, les chaleurs et les pluies n'avaient point endommagé leurs reliures et piqué leurs papiers rares.

Il commença par remuer toute sa bibliothèque latine, puis il disposa dans un nouvel ordre les ouvrages spéciaux d'Archélaüs, d'Albert le Grand, de Lulle, d'Arnaud de Villanova traitant de kabbale et de sciences occultes; enfin il compulsa, un à un, ses livres modernes, et joyeusement il constata que tous étaient demeurés, au sec, intacts.

Cette collection lui avait coûté de considérables sommes; il n'admettait pas, en effet, que les auteurs qu'il choyait fussent, dans sa bibliothèque, de même que dans celles des autres, gravés sur du papier de coton, avec les souliers à clous d'un Auvergnat.

A Paris, jadis, il avait fait composer, pour lui seul, certains volumes que des ouvriers spécialement embauchés, tiraient aux presses à bras; tantôt il recourait à Perrin de Lyon dont les sveltes et purs caractères convenaient aux réimpressions archaïques des vieux bouquins; tantôt il faisait venir d'Angleterre ou d'Amérique, pour la confection des ouvrages du présent siècle, des lettres neuves; tantôt encore il s'adressait à une maison de Lille qui possédait, depuis des siècles, tout un jeu de corps gothiques; tantôt enfin, il réquisitionnait l'ancienne imprimerie Enschedé, de Haarlem, dont la fonderie conserve les poinçons et les frappes des caractères dits de civilité.

Et il avait agi de même pour ses papiers. Las, un beau jour, des chines argentés, des japons nacrés et dorés, des blancs whatmans, des hollandes bis, des turkeys et des seychal-mills teints en chamois, et dégoûté aussi par les papiers fabriqués à la mécanique, il avait commandé des vergés à la forme, spéciaux, dans les vieilles manufactures de Vire où l'on se sert encore des pilons naguère usités pour broyer le chanvre. Afin d'introduire un peu de variété dans ses collections il s'était, à diverses reprises, fait expédier de Londres, des étoffes apprêtées, des papiers à poils, des papiers reps et, pour aider à son dédain des bibliophiles, un négociant de Lübeck lui préparait un papier à chandelle perfectionné, bleuté, sonore, un peu cassant, dans la pâte duquel les fétus étaient remplacés par des paillettes d'or semblables à celles qui pointillent l'eau-de-vie de Dantzick.

Il s'était procuré, dans ces conditions, des livres uniques, adoptant des formats inusités qu'il faisait revêtir par Lortic, par Trautz-Bauzonnet, par Chambolle, par les successeurs de Capé, d'irréprochables reliures en soie antique, en peau de bœuf estampée, en peau de bouc du Cap, des reliures pleines, à compartiments et à mosaïques, doublées de tabis ou de moire, ecclésiastiquement ornées de fermoirs et de coins, parfois même émaillées par Gruel-Engelmann d'argent oxydé et d'émaux lucides.

Il s'était fait ainsi imprimer avec les admirables lettres épiscopales de l'ancienne maison Le Clerc, les œuvres de Baudelaire dans un large format rappelant celui des missels, sur un feutre très léger du Japon, spongieux, doux comme une moelle de sureau et imperceptiblement teinté, dans sa blancheur laiteuse, d'un peu de rose. Cette édition tirée à un exemplaire d'un noir velouté d'encre de Chine, avait été vêtue en dehors et recouverte en dedans d'une mirifique et authentique peau de truie choisie entre mille, couleur chair, toute piquetée à la place de ses poils et ornée de dentelles noires au fer froid, miraculeusement assorties par un grand artiste.

Ce jour-là, des Esseintes ôta cet incomparable livre de ses rayons et il le palpait dévotement, relisant certaines pièces qui lui semblaient, dans ce simple mais inestimable cadre, plus pénétrantes que de coutume.

Son admiration pour cet écrivain était sans borne. Selon lui, en littérature, on s'était jusqu'alors borné à explorer les superficies de l'âme ou à pénétrer dans ses souterrains accessibles et éclairés, relevant, çà et là, les gisements des péchés capitaux, étudiant leurs filons, leur croissance, notant, ainsi que Balzac, par exemple, les stratifications de l'âme possédée par la monomanie d'une passion, par l'ambition, par l'avarice, par la bêtise paternelle, par l'amour sénile.

C'était, au demeurant, l'excellente santé des vertus et des vices, le tranquille agissement des cervelles communément conformées, la réalité pratique des idées courantes, sans idéal de maladive dépravation, sans au-delà; en somme, les découvertes des analystes s'arrêtaient aux spéculations mauvaises ou bonnes, classifiées par l'Église; c'était la simple investigation, l'ordinaire surveillance d'un botaniste qui suit de près le développement prévu de floraisons normales plantées dans de la naturelle terre.

Baudelaire était allé plus loin; il était descendu jusqu'au fond de l'inépuisable mine, s'était engagé à travers des galeries abandonnées ou inconnues, avait abouti à ces districts de l'âme où se ramifient les végétations monstrueuses de la pensée.

Là, près de ces confins où séjournent les aberrations et les maladies, le tétanos mystique, la fièvre chaude de la luxure, les typhoïdes et les vomitos du crime, il avait trouvé, couvant sous la morne cloche de l'Ennui, l'effrayant retour d'âge des sentiments et des idées.

Il avait révélé la psychologie morbide de l'esprit qui a atteint l'octobre de ses sensations; raconté les symptômes des âmes requises par la douleur, privilégiées par le spleen; montré la carie grandissante des impressions, alors que les enthousiasmes, les croyances de la jeunesse sont taris, alors qu'il ne reste plus que l'aride souvenir des misères supportées, des intolérances subies, des froissements encourus, par des intelligences qu'opprime un sort absurde.

Il avait suivi toutes les phases de ce lamentable automne, regardant la créature humaine, docile à s'aigrir, habile à se frauder, obligeant ses pensées à tricher entre elles, pour mieux souffrir, gâtant d'avance, grâce à l'analyse et à l'observation, toute joie possible.

Puis, dans cette sensibilité irritée de l'âme, dans cette férocité de la réflexion qui repousse la gênante ardeur des dévouements, les bienveillants outrages de la charité, il voyait, peu à peu, surgir l'horreur de ces passions âgées, de ces amours mûres, où l'un se livre encore quand l'autre se tient déjà en garde, où la lassitude réclame aux couples des caresses filiales dont l'apparente juvénilité paraît neuve, des candeurs maternelles dont la douceur repose et concède, pour ainsi dire, les intéressants remords d'un vague inceste.

En de magnifiques pages il avait exposé ses amours hybrides, exaspérées par l'impuissance où elles sont de se combler, ces dangereux mensonges des stupéfiants et des toxiques appelés à l'aide pour endormir la souffrance et mater l'ennui. A une époque où la littérature attribuait presque exclusivement la douleur de vivre aux malchances d'un amour méconnu ou aux jalousies de l'adultère, il avait négligé ces maladies infantiles et sondé ces plaies plus incurables, plus vivaces, plus profondes, qui sont creusées par la satiété, la désillusion, le mépris, dans les âmes en ruine que le présent torture, que le passé répugne, que l'avenir effraye et désespère.

Et plus des Esseintes relisait Baudelaire, plus il reconnaissait un indicible charme à cet écrivain qui, dans un temps où le vers ne servait plus qu'à peindre l'aspect extérieur des êtres et des choses, était parvenu à exprimer l'inexprimable, grâce à une langue musculeuse et charnue, qui, plus que toute autre, possédait cette merveilleuse puissance de fixer avec une étrange santé d'expressions, les états morbides les plus fuyants, les plus tremblés, des esprits épuisés et des âmes tristes.

Après Baudelaire le nombre était assez restreint, des livres français rangés sur ses rayons. Il etait assurement insensible aux œuvres sur lesquelles il est d'un goût adroit de se pâmer. « Le grand rire de Rabelais » et « le solide comique de Molière » ne réussissaient pas à le dérider, et son antipathie envers ces farces allait même assez loin pour qu'il ne craignît pas de les assimiler, au point de vue de l'art, à ces parades des bobèches qui aident à la joie des foires.

En fait de poésies anciennes, il ne lisait guère que Villon, dont les mélancoliques ballades le touchaient et, çà et là, quelques morceaux de d'Aubigné qui lui fouettaient le sang avec les incroyables virulences de leurs apostrophes et de leurs anathèmes.

En prose, il se souciait fort peu de Voltaire et de Rousseau, voire même de Diderot, dont les « Salons » tant vantés lui paraissaient singulièrement remplis de fadaises morales et d'aspirations jobardes; en haine de tous ces fatras, il se confinait presqu'exclusivement dans la lecture de l'éloquence chrétienne, dans la lecture de Bourdaloue et de Bossuet dont les périodes sonores et parées lui imposaient; mais, de préférence encore, il savourait ces moelles condensées en de sévères et fortes phrases, telles que les façonnèrent Nicole, dans ses pensées, et surtout Pascal, dont l'austère pessimisme, dont la douloureuse attrition lui allaient au cœur.

A part ces quelques livres, la littérature française commençait, dans sa bibliothèque, avec le siècle.

Elle se divisait en deux groupes : l'un comprenait la littérature ordinaire, profane; l'autre la littérature catholique, une littérature spéciale, à peu près inconnue, divulguée pourtant par de séculaires et d'immenses maisons de librairie, aux quatre coins du monde.

Il avait eu le courage d'errer parmi ces cryptes, et, ainsi que dans l'art séculier, il avait découvert, sous un gigantesque amas d'insipidités, quelques œuvres écrites par de vrais maîtres.

Le caractère distinctif de cette littérature, c'était la constante immuabilité de ses idées et de sa langue; de même que l'Église avait perpétué la forme primordiale des objets saints, de même aussi, elle avait gardé les reliques de ses dogmes et pieusement conservé la châsse qui les enfermait, la langue oratoire du grand siècle. Ainsi que le déclarait même l'un de ses écrivains, Ozanam, le style chrétien n'avait que faire de la langue de Rousseau; il devait exclusivement se servir du dialecte employé par Bourdaloue et par Bossuet.

En dépit de cette affirmation, l'Église, plus tolérante, fermait les yeux sur certaines expressions, sur certaines tournures empruntées à la langue laïque du même siècle, et l'idiome catholique s'était un peu dégorgé de ses phrases massives, alourdies, chez Bossuet surtout, par la longueur de ces incidentes et par le pénible ralliement de ses pronoms; mais là s'étaient bornées les concessions, et d'autres n'eussent sans doute mené à rien, car, ainsi délestée, cette prose pouvait suffire aux sujets restreints que l'Église se condamnait à traiter.

Incapable de s'attaquer à la vie contemporaine, de rendre visible et palpable l'aspect le plus simple des êtres et des choses, inapte à expliquer les ruses compliquées d'une cervelle indifférente à l'état de grâce, cette langue excellait cependant aux sujets abstraits; utile dans la discussion d'une controverse, dans la démonstration d'une théorie, dans l'incertitude d'un commentaire, elle avait, plus que toute autre aussi, l'autorité nécessaire pour affirmer, sans discussion, la valeur d'une doctrine.

Malheureusement, là comme partout, une innombrable armée de cuistres avait envahi le sanctuaire et sali par son ignorance et son manque de talent, sa tenue rigide et noble; pour comble de malchance, des dévotes s'en étaient mêlées et de maladroites sacristies et d'imprudents salons avaient exalté ainsi que des œuvres de génie, les misérables bavardages de ces femmes.

Des Esseintes avait eu la curiosité de lire parmi ces œuvres, celles de madame Swetchine[157], cette générale russe, dont la maison fut, à Paris, recherchée par les plus fervents des catholiques; elles avaient dégagé pour lui un inaltérable et un accablant ennui; elles étaient plus que mauvaises, elles étaient quelconques; cela donnait l'idée d'un écho retenu par une petite chapelle où tout un monde gourmé et confit, marmottait ses prières, se demandait, à voix basse, de ses nouvelles, se répétait, d'un air mystérieux et profond, quelques lieux communs sur la politique, sur les prévisions du baromètre, sur l'état actuel de l'atmosphère.

Mais il y avait pis : une lauréate brevetée de l'Institut, madame Augustus Craven[158], l'auteur du *Récit d'une sœur*, d'une *Éliane*, d'un *Fleurange*, soutenus à grand renfort de serpent et d'orgue, par la presse apostolique tout entière. Jamais, non, jamais des Esseintes n'avait imaginé qu'on pût écrire de pareilles insignifiances. Ces livres étaient, au point de vue de la conception, d'une telle nigauderie et ils étaient écrits dans une langue si nauséeuse, qu'ils en devenaient presque personnels, presque rares.

Du reste, ce n'était point parmi les femmes que des Esseintes, qui avait l'âme peu fraîche et qui était peu sentimental de sa nature, pouvait rencontrer un retrait littéraire adapté suivant ses goûts.

Il s'ingénia pourtant et, avec une attention qu'aucune impatience ne put réduire, à savourer l'œuvre de la fille de génie, de la Vierge aux bas bleus du groupe; ses efforts échouèrent; il ne mordit point à ce *Journal* et à ces *Lettres* où Eugénie de Guérin[159] célèbre sans discrétion le prodigieux talent d'un frère qui rimait, avec une telle ingénuité, avec une telle grâce, qu'il fallait, à coup sûr, remonter aux œuvres de M. de Jouy et de M. Écouchard Lebrun, afin d'en trouver et d'aussi hardies et d'aussi neuves!

Il avait inutilement aussi tenté de comprendre les délices de ces ouvrages où l'on découvre des récits tels que ceux-ci : « J'ai suspendu, ce matin, à côté du lit de papa, une croix qu'une petite fille lui donna hier. » — « Nous sommes invitées, Mimi et moi, à assister, demain, chez M. Roquiers, à la bénédiction d'une cloche; cette course ne me déplaît pas; » — où l'on relève des événements de cette importance : « Je viens de suspendre à mon cou une médaille de la sainte Vierge que Louise m'a envoyée, pour préservatif du choléra; » — de la poésie de ce genre : « O le beau rayon de lune qui vient de tomber sur l'évangile que je lisais! » enfin, des observations aussi pénétrantes et aussi fines que celle-ci : « Quand je vois passer devant une croix un homme qui se signe ou ôte son chapeau, je me dis : Voilà un chrétien qui passe. »

Et cela continuait de la sorte, sans arrêt, sans trêve, jusqu'à ce que Maurice de Guérin mourût et que sa sœur le pleurât en de nouvelles pages, écrites dans une prose aqueuse que parsemaient, çà et là, des bouts de poèmes dont l'humiliante indigence finissait par apitoyer des Esseintes.

Ah! ce n'était pas pour dire, mais le parti catholique était bien peu difficile dans le choix de ses protégées et bien peu artiste! Ces lymphes qu'il avait tant choyées et pour lesquelles il avait épuisé l'obéissance de ses feuilles, écrivaient toutes comme des pensionnaires de couvent, dans une langue blanche, dans un de ces flux de la phrase qu'aucun astringent n'arrête!

Aussi des Esseintes se détournait-il de cette littérature, avec horreur; mais, ce n'étaient pas non plus les maîtres modernes du sacerdoce, qui lui offraient des compensations suffisantes pour remédier à ses déboires. Ceux-là étaient des prédicateurs ou des polémistes impeccables et corrects, mais la langue chrétienne avait fini, dans leurs discours et dans leurs livres, par devenir impersonnelle, par se figer dans une rhétorique aux mouvements et aux repos prévus, dans une série de périodes construites d'après un modèle unique. Et en effet, tous les ecclésiastiques écrivaient de même, avec un peu plus ou un peu moins d'abandon ou d'emphase, et la différence était presque nulle entre les grisailles tracées par NN. SS. Dupanloup ou Landriot, La Bouillerie ou Gaume, par Dom Guéranger ou le père Ratisbonne, par Monseigneur Freppel ou Monseigneur Perraud, par les RR. PP. Ravignan ou Gratry, par le jésuite Olivaint, le carme Dosithée, le dominicain Didon ou par l'ancien prieur de Saint-Maximin, le Révérend Chocarne[160].

Souvent des Esseintes y avait songé : il fallait un talent bien authentique, une originalité bien profonde, une conviction bien ancrée, pour dégeler cette langue si froide, pour animer ce style public que ne pouvait soutenir aucune pensée qui fût imprévue, aucune thèse qui fût brave.

Cependant quelques écrivains existaient dont l'ardente éloquence fondait et tordait cette langue, Lacordaire[161] surtout, l'un des seuls écrivains qu'ait, depuis des années, produits l'Église.

Enfermé, de même que tous ses confrères, dans le cercle étroit des spéculations orthodoxes, obligé, ainsi qu'eux, de piétiner sur place et de ne toucher qu'aux idées émises et consacrées par les Pères de l'Église et développées par les maîtres de la chaire, il parvenait à donner le change, à les rajeunir, presqu'à les modifier, par une forme plus personnelle et plus vive. Çà et là, dans ses Conférences de Notre-Dame, des trouvailles d'expressions, des audaces de mots, des accents d'amour, des bondissements, des cris d'allégresse, des effusions éperdues qui faisaient fumer le style séculaire sous sa plume. Puis, en sus de l'orateur de talent, qu'était cet habile et doux moine dont les adresses et dont les efforts s'étaient épuisés dans l'impossible tâche de concilier les doctrines libérales d'une société avec les dogmes autoritaires de l'Église, il y avait en lui un tempérament de fervente dilection, de diplomatique tendresse. Alors, dans les lettres qu'il écrivait à des jeunes gens, passaient des caresses de père exhortant ses fils, de souriantes réprimandes, de bienveillants conseils, d'indulgents pardons. D'aucunes étaient charmantes, où il avouait toute sa gourmandise d'affection, et d'autres étaient presque imposantes lorsqu'il soutenait le courage et dissipait les doutes, par les inébranlables certitudes de sa Foi. En somme, ce sentiment de paternité qui prenait sous sa plume quelque chose de délicat et de féminin imprimait à sa prose un accent unique parmi toute la littérature cléricale.

Après lui, bien rares se faisaient les ecclésiastiques et les moines qui eussent une individualité quelconque. Tout au plus, quelques pages de son élève l'abbé Perreyve[162], pouvaient-elles supporter une lecture. Il avait laissé de touchantes biographies de son maître, écrit quelques aimables lettres, composé des articles, dans la langue sonore des discours, prononcé des panégyriques où le ton déclamatoire dominait trop. Certes, l'abbé Perreyve n'avait ni les émotions, ni les flammes de Lacordaire. Il était trop prêtre et trop peu homme; çà et là pourtant dans sa rhétorique de sermon éclataient des rapprochements curieux, des phrases larges et solides, des élévations presque augustes.

Mais, il fallait arriver aux écrivains qui n'avaient point subi l'Ordination, aux écrivains séculiers, attachés aux intérêts du catholicisme et dévoués à sa cause, pour retrouver des prosateurs qui valussent qu'on s'arrêtât.

Le style épiscopal, si banalement manié par les prélats, s'était retrempé et avait, en quelque sorte, reconquis une mâle vigueur, avec le comte de Falloux[163]. Sous son apparence modérée, cet académicien exsudait du fiel; ses discours prononcés, en 1848, au Parlement, étaient diffus et ternes, mais ses articles insérés dans le *Correspondant* et réunis depuis en livres, étaient mordants et âpres, sous la politesse exagérée de leur forme. Conçus comme des harangues, ils contenaient une certaine verve amère et surprenaient par l'intolérance de leur conviction.

Polémiste dangereux à cause de ses embuscades, logicien retors, marchant de côté, frappant à l'improviste, le comte de Falloux avait aussi écrit de pénétrantes pages sur la mort de madame Swetchine, dont il avait recueilli les opuscules et qu'il révérait à l'égal d'une sainte.

Mais, où le tempérament de l'écrivain s'accusait vraiment, c'était dans deux brochures parues l'une en 1846 et l'autre en 1880, cette dernière intitulée : *l'Unité nationale.*

Animé d'une rage froide, l'implacable légitimiste combattait, cette fois, contrairement à ses habitudes, en face, et jetait aux incrédules, en guise de péroraison, ces fulminantes invectives :

« Et vous, utopistes systématiques, qui faites abstraction de la nature humaine, fauteurs d'athéisme, nourris de chimères et de haines, émancipateurs de la femme, destructeurs de la famille, généalogistes de la race simienne, vous, dont le nom était naguère une injure, soyez contents : vous aurez été les prophètes et vos disciples seront les pontifes d'un abominable avenir! »

L'autre brochure portait ce titre : *le Parti catholique*, et elle était dirigée contre le despotisme de l'*Univers*, et contre Veuillot[164] dont elle se refusait à prononcer le nom. Ici les attaques sinueuses recommençaient, le venin filtrait sous chacune de ces lignes où le gentilhomme, couvert de bleus, répondait par de méprisants sarcasmes aux coups de savate du lutteur.

A eux deux, ils représentaient bien les deux partis de l'Église où les dissidences se résolvent en d'intraitables haines; de Falloux, plus hautain et plus cauteleux, appartenait à cette secte libérale dans laquelle étaient déjà réunis et de Montalembert[165] et Cochin[166], et Lacordaire et de Broglie[167]; il appartenait, tout entier, aux idées du *Correspondant*, une revue qui s'efforçait de couvrir d'un vernis de tolérance les théories impérieuses de l'Église; Veuillot, plus débraillé, plus franc, rejetait ces masques, attestait sans hésiter la tyrannie des volontés ultramontaines, avouait et réclamait tout haut l'impitoyable joug de ses dogmes.

Celui-là s'était fabriqué, pour la lutte, une langue particulière, où il entrait du La Bruyère et du faubourien du Gros-Caillou. Ce style mi-solennel, mi-canaille, brandi par cette personnalité brutale, prenait un poids redoutable de casse-tête. Singulièrement entêté et brave, il avait assommé avec ce terrible outil, et les libres penseurs et les évêques, tapant à tour de bras, frappant comme un bœuf sur ses ennemis, à quelque parti qu'ils appartinssent. Tenu en défiance par l'Église qui n'admettait ni ce style de contrebande ni ces poses de barrière, ce religieux arsouille s'était quand même imposé par son grand talent, ameutant après lui toute la presse qu'il étrillait jusqu'au sang dans ses *Odeurs de Paris*, tenant tête à tous les assauts, se débarrassant à coups de soulier de tous les bas plumitifs qui s'essayaient à lui sauter aux jambes.

Malheureusement, ce talent incontesté n'existait que dans le pugilat; au calme, Veuillot n'était plus qu'un écrivain médiocre; ses poésies et ses romans inspiraient la pitié; sa langue à la poivrade s'éventait à ne pas cogner; l'arpin catholique se changeait, au repos, en un cacochyme qui toussait de banales litanies et balbutiait d'enfantins cantiques.

Plus guindé, plus contraint, plus grave, était l'apologiste chéri de l'Église, l'inquisiteur de la langue chrétienne, Ozanam [168]. Encore qu'il fût difficile à surprendre, des Esseintes ne laissait pas que d'être étonné par l'aplomb de cet écrivain qui parlait des desseins impénétrables de Dieu, alors qu'il eût fallu administrer les preuves des invraisemblables assertions qu'il avançait; avec le plus beau sang-froid, celui-là déformait les événements, contredisait, plus impudemment encore que les panégyristes des autres partis, les actes reconnus de l'histoire, certifiait que l'Église n'avait jamais caché l'estime qu'elle faisait de la science, qualifiait les hérésies de miasmes impurs, traitait le bouddhisme et les autres religions avec un tel mépris qu'il s'excusait de souiller la prose catholique par l'attaque même de leurs doctrines.

Par instants, la passion religieuse insufflait une certaine ardeur à sa langue oratoire sous les glaces de laquelle bouillonnait un courant de violence sourde; dans ses nombreux écrits sur le Dante, sur saint François, sur l'auteur du « Stabat », sur les poètes franciscains, sur le socialisme, sur le droit commercial, sur tout, cet homme plaidait la défense du Vatican qu'il estimait indéfectible, appréciait indifféremment toutes les causes suivant qu'elles se rapprochaient ou s'écartaient plus ou moins de la sienne.

Cette manière d'envisager les questions à un seul point de vue était celle aussi de ce piètre écrivassier que d'aucuns lui opposaient comme un rival, Nettement[169]. Celui-là était moins sanglé et il affectait des prétentions moins altières et plus mondaines; à diverses reprises, il était sorti du cloître littéraire où s'emprisonnait Ozanam, et il avait parcouru les œuvres profanes, pour les juger. Il était entré là-dedans à tâtons, ainsi qu'un enfant dans une cave, ne voyant autour de lui que des ténèbres, ne percevant au milieu de ce noir que la lueur du cierge qui l'éclairait en avant, à quelques pas.

Dans cette ignorance des lieux, dans cette ombre, il avait choppé à tout bout de champ, parlant de Mürger qui avait « le souci du style ciselé et soigneusement fini », d'Hugo qui recherchait l'infect et l'immonde et auquel il osait comparer M. de Laprade[170], de Delacroix[171] qui dédaignait la règle, de Paul Delaroche[172] et du poète Reboul[173] qu'il exaltait, parce qu'ils lui semblaient posséder la foi.

Des Esseintes ne pouvait s'empêcher de hausser les épaules devant ces malheureuses opinions que recouvrait une prose assistée, dont l'étoffe déjà portée, s'accrochait et se déchirait, à chaque coin de phrases.

D'un autre côté, les ouvrages de Poujoulat[174] et de Genoude[175], de Montalembert, de Nicolas[176] et de Carné[177] ne lui inspiraient pas une sollicitude beaucoup plus vive; son inclination pour l'histoire traitée avec un soin érudit et dans une langue honorable par le duc de Broglie, et son penchant pour les questions sociales et religieuses abordées par Henry Cochin qui s'était pourtant révélé dans une lettre où il racontait une émouvante prise de voile au Sacré-Cœur, ne se prononçaient guère. Depuis longtemps, il n'avait plus touché à ces livres, et l'époque était déjà lointaine où il avait jeté aux vieux papiers les puériles élucubrations du sépulcral Pontmartin[178] et du minable Féval[179], et où il avait confié aux domestiques, pour un commun usage, les historiettes des Aubineau[180] et des Lasserre[181], ces bas hagiographes des miracles opérés par M. Dupont de Tours et par la Vierge.

En somme, des Esseintes n'extrayait même point de cette littérature, une passagère distraction à ses ennuis; aussi repoussait-il dans les angles obscurs de sa bibliothèque ces amas de livres qu'il avait jadis étudiés, lorsqu'il était sorti de chez les Pères. — J'aurais bien dû abandonner ceux-là à Paris, se dit-il, en dénichant derrière les autres, des livres qui lui étaient plus particulièrement insupportables, ceux de l'abbé Lamennais et ceux de cet imperméable sectaire, si magistralement, si pompeusement ennuyeux et vide, le comte Joseph de Maistre.

Un seul volume restait installé sur un rayon, à portée de sa main, l'*Homme*, d'Ernest Hello [182].

Celui-là était l'antithèse absolue de ses confrères en religion. Presque isolé dans le groupe pieux que ses allures effarouchaient, Ernest Hello avait fini par quitter ce chemin de grande communication qui mène de la terre au ciel; sans doute écœuré par la banalité de cette voie, et par la cohue de ces pèlerins de lettres qui suivaient à la queue leu leu, depuis des siècles, la même chaussée, marchant dans les pas les uns des autres, s'arrêtant aux mêmes endroits, pour échanger les mêmes lieux communs sur la religion, sur les Pères de l'Église, sur leurs mêmes croyances, sur leurs mêmes maîtres, il était parti par les sentiers de traverse, avait débouché dans la morne clairière de Pascal où il s'était longuement arrêté pour reprendre haleine, puis il avait continué sa route et était entré plus avant que le janséniste, qu'il huait d'ailleurs, dans les régions de la pensée humaine.

Tortillé et précieux, doctoral et complexe, Hello, par les pénétrantes arguties de son analyse, rappelait à des Esseintes les études fouillées et pointues de quelques-uns des psychologues incrédules du précédent et du présent siècle. Il y avait en lui une sorte de Duranty catholique, mais plus dogmatique et plus aigu, un manieur expérimenté de loupe, un ingénieur savant de l'âme, un habile horloger de la cervelle, se plaisant à examiner le mécanisme d'une passion et à l'expliquer par le menu des rouages.

Dans cet esprit bizarrement conformé, il existait des relations de pensées, des rapprochements et des oppositions imprévus; puis, tout un curieux procédé qui faisait de l'étymologie des mots, un tremplin aux idées dont l'association devenait parfois ténue, mais demeurait presque constamment ingénieuse et vive.

Il avait ainsi, et malgré le mauvais équilibre de ses constructions, démonté avec une singulière perspicacité, « l'Avare », « l'homme médiocre », analysé « le Goût du monde », « la passion du malheur », révélé les intéressantes comparaisons qui peuvent s'établir entre les opérations de la photographie et celles du souvenir.

Mais cette adresse à manier cet outil perfectionné de l'analyse qu'il avait dérobé aux ennemis de l'Église, ne représentait que l'un des côtés du tempérament de cet homme.

Un autre être existait encore, en lui : cet esprit se dédoublait, et, après l'endroit apparaissait l'envers de l'écrivain, un fanatique religieux et un prophète biblique.

De même que Hugo dont il rappelait çà et là les luxations et d'idées et de phrases, Ernest Hello s'était plu à jouer les petits saint Jean à Pathmos; il pontifiait et vaticinait du haut d'un rocher fabriqué dans les bondieuseries de la rue Saint-Sulpice, haranguant le lecteur avec une langue apocalyptique que salait, par places, l'amertume d'un Isaïe.

Il affectait alors des prétentions démesurées à la profondeur; quelques complaisants criaient au génie, feignaient de le considérer comme le grand homme, comme le puits de science du siècle, un puits peut-être, mais au fond duquel l'on ne voyait bien souvent goutte.

Dans son volume, *Paroles de Dieu*, où il paraphrasait les Écritures et s'efforçait de compliquer leur sens à peu près clair; dans son autre livre, l'*Homme*, dans sa brochure, *le Jour du Seigneur*, rédigée dans un style biblique, entrecoupé et obscur, il apparaissait ainsi qu'un apôtre vindicatif, orgueilleux, rongé de bile, et il se révélait également tel qu'un diacre atteint de l'épilepsie mystique, tel qu'un de Maistre qui aurait du talent, tel qu'un sectaire hargneux et féroce.

Seulement, pensait des Esseintes, ce dévergondage maladif bouchait souvent les échappées inventives du casuiste; avec plus d'intolérance encore qu'Ozanam, il niait résolument tout ce qui n'appartenait pas à son clan, proclamait les axiomes les plus stupéfiants, soutenait, avec une déconcertante autorité que « la géologie s'était retournée vers Moïse », que l'histoire naturelle, que la chimie, que toute la science contemporaine vérifiaient l'exactitude scientifique de la Bible; à chaque page, il était question de l'unique vérité, du savoir surhumain de l'Église, le tout, semé d'aphorismes plus que périlleux et d'imprécations furibondes, vomies à plein pot sur l'art du dernier siècle.

A cet étrange alliage s'ajoutaient l'amour des douceurs béates, des traductions du livre des

Visions d'Angèle de Foligno, un livre d'une sottise fluide sans égale, et des œuvres choisies de Jean Rusbrock l'Admirable, un mystique du XIIIe siècle, dont la prose offrait un incompréhensible mais attirant amalgame d'exaltations ténébreuses, d'effusions caressantes, de transports âpres.

Toute la pose de l'outrecuidant pontife qu'était Hello, avait jailli d'une abracadabrante préface écrite à propos de ce livre. Ainsi qu'il le faisait remarquer, « les choses extraordinaires ne peuvent que se balbutier, » et il balbutiait en effet, déclarant que « la ténèbre sacrée où Rusbrock étend ses ailes d'aigle, est son océan, sa proie, sa gloire, et que les quatre horizons seraient pour lui un vêtement trop étroit ».

Quoi qu'il en fût, des Esseintes se sentait attiré par cet esprit mal équilibré, mais subtil; la fusion n'avait pu s'accomplir entre l'adroit psychologue et le pieux cuistre, et ces cahots, ces incohérences mêmes constituaient la personnalité de cet homme.

Avec lui, s'était recruté le petit groupe des écrivains qui travaillaient sur le front de bandière du camp clérical. Ils n'appartenaient pas au gros de l'armée, étaient à proprement parler, les batteurs d'estrade d'une Religion qui se défiait des gens de talent, tels que Veuillot, tels que Hello, parce qu'ils ne lui semblaient encore ni assez asservis ni assez plats; au fond, il lui fallait des soldats qui ne raisonnassent point, des troupes de ces combattants aveugles, de ces médiocres dont Hello parlait avec la rage d'un homme qui a subi leur joug; aussi le catholicisme s'était-il empressé d'écarter de ses feuilles l'un de ses partisans, un pamphlétaire enragé, qui écrivait une langue tout à la fois exaspérée et précieuse, coquebine et farouche, Léon Bloy, et avait-il jeté à la porte de ses librairies comme un pestiféré et comme un malpropre, un autre écrivain qui s'était pourtant égosillé à célébrer ses louanges, Barbey d'Aurevilly.

Il est vrai que celui-là était par trop compromettant et par trop peu docile; les autres courbaient, en somme, la tête sous les semonces, et rentraient dans le rang; lui, était l'enfant terrible et non reconnu du parti; il courait littérairement la fille, qu'il amenait toute dépoitraillée dans le sanctuaire. Il fallait même cet immense mépris dont le catholicisme couvre le talent, pour qu'une excommunication en bonne et due forme n'eût point mis hors la loi cet étrange serviteur qui, sous prétexte d'honorer ses maîtres, cassait les vitres de la chapelle, jonglait avec les saints ciboires, exécutait des danses de caractère autour du tabernacle.

Deux ouvrages de Barbey d'Aurevilly[183] attisaient spécialement des Esseintes, le *Prêtre marié* et les *Diaboliques*. D'autres, tels que l'*Ensorcelée*, le *Chevalier des Touches*, *Une Vieille Maîtresse*, étaient certainement plus pondérés et plus complets, mais ils laissaient plus froid des Esseintes qui ne s'intéressait réellement qu'aux œuvres mal portantes, minées et irritées par la fièvre.

Avec ces volumes presque sains, Barbey d'Aurevilly avait constamment louvoyé entre ces deux fossés de la religion catholique qui arrivent à se joindre : le mysticisme et le sadisme.

Dans ces deux livres que feuilletait des Esseintes, Barbey avait perdu toute prudence, avait lâché bride à sa monture, était parti, ventre à terre, sur les routes qu'il avait parcourues jusqu'à leurs points les plus extrêmes.

Toute la mystérieuse horreur du moyen âge planait au-dessus de cet invraisemblable livre le *Prêtre marié;* la magie se mêlait à la religion, le grimoire à la prière, et, plus impitoyable, plus sauvage que le Diable, le Dieu du péché originel torturait sans relâche l'innocente Calixte, sa réprouvée, la désignant par une croix rouge au front, comme jadis il fit marquer par l'un de ses anges les maisons des infidèles qu'il voulait tuer.

Conçues par un moine à jeun, pris de délire, ces scènes se déroulaient dans le style capricant d'un agité; malheureusement parmi ces créatures détraquées ainsi que des Coppélia galvanisées d'Hoffmann, d'aucunes, telles que le Néel de Néhou, semblaient avoir été imaginées dans ces moments d'affaissement qui succèdent aux crises, et elles détonnaient dans cet ensemble de folie sombre où elles apportaient l'involontaire comique que dégage la vue d'un petit seigneur de zinc, qui joue du cor, en bottes molles, sur le socle d'une pendule.

Après ces divagations mystiques, l'écrivain avait eu une période d'accalmie; puis une terrible rechute s'était produite.

Cette croyance que l'homme est un âne de Buridan, un être tiraillé entre deux puissances d'égale force, qui demeurent, à tour de rôle, victorieuses de son âme et vaincues; cette conviction que la vie humaine n'est plus qu'un incertain combat livré entre l'enfer et le ciel; cette foi en deux entités contraires, Satan et le Christ, devaient fatalement engendrer ces discordes intérieures où l'âme, exaltée par une incessante lutte, échauffée en quelque sorte par les promesses et les menaces, finit par s'abandonner et se prostitue à celui des deux partis dont la poursuite a été la plus tenace.

Dans le *Prêtre marié*, les louanges du Christ dont les tentations avaient réussi, étaient chantées par Barbey d'Aurevilly; dans les *Diaboliques*, l'auteur avait cédé au Diable qu'il célébrait, et alors apparaissait le sadisme, ce bâtard du catholicisme, que cette religion a, sous toutes ses formes, poursuivi de ses exorcismes et de ses bûchers, pendant des siècles.

Cet état si curieux et si mal défini ne peut, en effet, prendre naissance dans l'âme d'un mécréant; il ne consiste point seulement à se vautrer parmi les excès de la chair, aiguisés par de sanglants sévices, car il ne serait plus alors qu'un écart des sens génésiques, qu'un cas de satyriasis arrivé à son point de maturité suprême; il consiste avant tout dans une pratique sacrilège, dans une rebellion morale, dans une débauche spirituelle, dans une aberration toute idéale, toute chrétienne; il réside aussi dans une joie tempérée par la crainte, dans une joie analogue à cette satisfaction mauvaise des enfants qui désobéissent et jouent avec des matières défendues, par ce seul motif que leurs parents leur en ont expressément interdit l'approche.

En effet, s'il ne comportait point un sacrilège,

le sadisme n'aurait pas de raison d'être; d'autre part, le sacrilège qui découle de l'existence même d'une religion, ne peut être intentionnellement et pertinemment accompli que par un croyant, car l'homme n'éprouverait aucune allégresse à profaner une loi qui lui serait ou indifférente ou inconnue.

La force du sadisme[184], l'attrait qu'il présente, gît donc tout entier dans la jouissance prohibée de transférer à Satan les hommages et les prières qu'on doit à Dieu; il gît donc dans l'inobservance des préceptes catholiques qu'on suit même à rebours, en commettant, afin de bafouer plus gravement le Christ, les péchés qu'il a le plus expressément maudits : la pollution du culte et l'orgie charnelle.

Au fond, ce cas, auquel le marquis de Sade a légué son nom, était aussi vieux que l'Église; il avait sévi dans le XVIIIe siècle, ramenant, pour ne pas remonter plus haut, par un simple phénomène d'atavisme, les pratiques impies du sabbat au moyen âge.

A avoir seulement consulté le *Malleus maleficorum*, ce terrible code de Jacob Sprenger[185], qui permit à l'Église d'exterminer, par les flammes, des milliers de nécromans et de sorciers, des Esseintes reconnaissait, dans le sabbat, toutes les pratiques obscènes et tous les blasphèmes du sadisme. En sus des scènes immondes chères au Malin, des nuits successivement consacrées aux accouplements licites et indus, des nuits ensanglantées par les bestialités du rut, il retrouvait la parodie des processions, les insultes et les menaces permanentes à Dieu, le dévouement à son Rival, alors qu'on célébrait, en maudissant le pain et le vin, la messe noire, sur le dos d'une femme, à quatre pattes, dont la croupe nue et constamment souillée servait d'autel et que les assistants communiaient, par dérision, avec une hostie noire dans la pâte de laquelle une image de bouc était empreinte.

Ce dégorgement d'impures railleries, de salissants opprobres était manifeste chez le marquis de Sade qui épiçait ses redoutables voluptés de sacrilèges outrages.

Il hurlait au ciel, invoquait Lucifer, traitait Dieu de méprisable, de scélérat, d'imbécile, crachait sur la communion, s'essayait à contaminer par de basses ordures une Divinité qu'il espérait vouloir bien le damner, tout en déclarant, pour la braver encore, qu'elle n'existait pas.

Cet état psychique, Barbey d'Aurevilly le côtoyait. S'il n'allait pas aussi loin que de Sade, en proférant d'atroces malédictions contre le Sauveur; si, plus prudent ou plus craintif, il prétendait toujours honorer l'Église, il n'en adressait pas moins, comme au moyen âge, ses postulations au Diable et il glissait, lui aussi, afin d'affronter Dieu, à l'érotomanie démoniaque, forgeant des monstruosités sensuelles, empruntant même à la *Philosophie dans le boudoir* un certain épisode qu'il assaisonnait de nouveaux condiments, lorsqu'il écrivait ce conte : *le Dîner d'un athée.*

Ce livre excessif délectait des Esseintes; aussi avait-il fait tirer, en violet d'évêque, dans un encadrement de pourpre cardinalice, sur un authentique parchemin que les auditeurs de Rote avaient béni, un exemplaire des *Diaboliques* imprimé avec ces caractères de civilité dont les croches biscornues, dont les paraphes en queues retroussées et en griffes, affectent une forme satanique.

Après certaines pièces de Baudelaire qui, à l'imitation des chants clamés pendant les nuits de sabbat, célébraient des litanies infernales, ce volume était, parmi toutes les œuvres de la littérature apostolique contemporaine, le seul qui témoignât de cette situation d'esprit tout à la fois dévote et impie, vers laquelle les revenez-y du catholicisme, stimulés par les accès de la névrose, avaient souvent poussé des Esseintes.

Avec Barbey d'Aurevilly, prenait fin la série des écrivains religieux; à vrai dire, ce paria appartenait plus, à tous les points de vue, à la littérature séculière qu'à cette autre chez laquelle il revendiquait une place qu'on lui déniait; sa langue d'un romantisme échevelé, pleine de locutions torses, de tournures inusitées, de comparaisons outrées, enlevait, à coups de fouet, ses phrases qui pétaradaient, en agitant de bruyantes sonnailles, tout le long du texte. En somme, d'Aurevilly apparaissait, ainsi qu'un étalon, parmi ces hongres qui peuplent les écuries ultramontaines.

Des Esseintes se faisait ces réflexions, en relisant, çà et là, quelques passages de ce livre et, comparant ce style nerveux et varié au style lymphatique et fixé de ses confrères, il songeait aussi à cette évolution de la langue qu'a si justement révélée Darwin.

Mêlé aux profanes, élevé au milieu de l'école

romantique, au courant des œuvres nouvelles, habitué au commerce des publications modernes, Barbey était forcément en possession d'un dialecte qui avait supporté de nombreuses et profondes modifications, qui s'était renouvelé, depuis le grand siècle.

Confinés au contraire sur leur territoire[186], écroués dans d'identiques et d'anciennes lectures, ignorant le mouvement littéraire des siècles et bien décidés, au besoin, à se crever les yeux pour ne pas le voir, les ecclésiastiques employaient nécessairement une langue immuable, comme cette langue du dix-huitième siècle que les descendants des Français établis au Canada parlent et écrivent couramment encore, sans qu'aucune sélection de tournures ou de mots ait pu se produire dans leur idiome isolé de l'ancienne métropole et enveloppé, de tous les côtés, par la langue anglaise.

Sur ces entrefaites, le son argentin d'une cloche qui tintait un petit angelus, annonça à des Esseintes que le déjeuner était prêt. Il laissa là ses livres, s'essuya le front, se dirigea vers la salle à manger, se disant que, parmi tous ces volumes qu'il venait de ranger, les œuvres de Barbey d'Aurevilly étaient encore les seules dont les idées et le style présentassent ces faisandages, ces taches morbides, ces épidermes talés et ce goût blet, qu'il aimait tant à savourer parmi les écrivains décadents, latins et monastiques des vieux âges.

XIII

La saison allait en se détraquant; toutes se confondaient, cette année-là; après les rafales et les brumes, des ciels chauffés à blanc, tels que des plaques de tôle, sortirent de l'horizon. En deux jours, sans aucune transition, au froid humide des brouillards, au ruissellement des pluies, succéda une chaleur torride, une atmosphère d'une lourdeur atroce. Attisé comme par de furieux ringards, le soleil s'ouvrit, en gueule de four, dardant une lumière presque blanche qui brûlait la vue; une poussière de flammes s'éleva des routes calcinées, grillant les arbres secs, rissolant les gazons jaunis; la réverbération des murs peints au lait de chaux, les foyers allumés sur le zinc des toits et sur les vitres des fenêtres, aveugla; une température de fonderie en chauffe pesa sur le logis de des Esseintes.

A moitié nu, il ouvrit une croisée, reçut une bouffée de fournaise en pleine face; la salle à manger, où il se réfugia, était ardente, et l'air raréfié bouillait. Il s'assit, désolé, car la surexcitation qui le soutenait, depuis qu'il se plaisait à rêvasser, en classant ses livres, avait pris fin

Semblable à tous les gens tourmentés par la névrose, la chaleur l'écrasait; l'anémie, maintenue par le froid, reprenait son cours, affaiblissant le corps débilité par d'abondantes sueurs.

La chemise collée au dos trempé, le périnée humide, les jambes et les bras moites, le front inondé, découlant en larmes salées le long des joues, des Esseintes gisait anéanti, sur sa chaise; à ce moment, la vue de la viande déposée sur la table, lui souleva le cœur; il prescrivit qu'on la fît disparaître, commanda des œufs à la coque, tenta d'avaler des mouillettes, mais elles lui barrèrent la gorge; des nausées lui venaient aux lèvres; il but quelques gouttes de vin qui lui piquèrent, comme des pointes de feu, l'estomac. Il s'étancha la figure; la sueur, tout à l'heure tiède, fluait, maintenant froide, le long des tempes; il se prit à sucer quelques morceaux de glace, pour tromper le mal de cœur; ce fut en vain.

Un affaissement sans borne le coucha contre la table; manquant d'air, il se leva, mais les mouillettes avaient gonflé, et remontaient lentement dans le gosier qu'elles obstruaient. Jamais il ne s'était senti aussi inquiet, aussi délabré, aussi mal à l'aise; avec cela, ses yeux se troublèrent, il vit les objets doubles, tournant sur eux-mêmes; bientôt les distances se perdirent; son verre lui parut à une lieue de lui; il se disait bien qu'il était le jouet d'illusions sensorielles et il était incapable de réagir; il fut s'étendre sur le canapé du salon, mais alors un tangage de navire en marche le berça et le mal de cœur s'accrut; il se releva, et résolut de précipiter par un digestif ces œufs qui l'étouffaient.

Il regagna la salle à manger et mélancoliquement se compara, dans cette cabine, aux passagers atteints du mal de mer; il se dirigea, en trébuchant, vers l'armoire, examina l'orgue à bouche, ne l'ouvrit point, et saisit sur le rayon, plus haut, une bouteille de bénédictine qu'il gardait, à cause de sa forme qui lui semblait suggestive en pensées tout à la fois doucement luxurieuses et vaguement mystiques.

Mais, pour l'instant, il demeurait indifférent, regardant d'un œil atone cette bouteille trapue, d'un vert sombre, qui, à d'autres moments, évoquait, en lui, les prieurés du moyen âge, avec son antique panse monacale, sa tête et son col vêtus d'une capuche de parchemin, son cachet de cire rouge écartelé de trois mitres d'argent sur champ d'azur et scellé, au goulot, ainsi qu'une bulle, par des liens de plomb, avec son étiquette écrite en un latin retentissant, sur un papier jauni et comme déteint par les temps : *liquor Monachorum Benedictinorum Abbatiæ Fiscanensis.*

Sous cette robe toute abbatiale, signée d'une croix et des initiales ecclésiastiques : D. O. M.; serrée dans ses parchemins et dans ses ligatures, de même qu'une authentique charte, dormait une liqueur couleur de safran, d'une finesse exquise. Elle distillait un arôme quintessencié d'angélique et d'hysope mêlées à des herbes marines aux iodes et aux bromes alanguis par des sucres, et elle stimulait le palais avec une ardeur spiritueuse dissimulée sous une friandise toute virginale, toute novice, flattait l'odorat par une pointe de corruption enveloppée dans une caresse tout à la fois enfantine et dévote.

Cette hypocrisie qui résultait de l'extraordinaire désaccord établi entre le contenant et le contenu, entre le contour liturgique du flacon et son âme, toute féminine, toute moderne, l'avait jadis fait rêver; enfin il avait longuement aussi songé devant cette bouteille aux moines mêmes qui la vendaient, aux bénédictins de l'abbaye de Fécamp qui, appartenant à cette congrégation de Saint-Maur, célèbre par ses travaux d'histoire, militaient sous la règle de saint Benoît, mais ne suivaient point les observances des moines blancs de Cîteaux et des moines noirs de Cluny. Invinciblement, ils lui apparaissaient, ainsi qu'au moyen âge, cultivant des simples, chauffant des cornues, résumant dans des alambics de souveraines panacées, d'incontestables magistères.

Il but une goutte de cette liqueur et il éprouva, durant quelques minutes, un soulagement; mais bientôt ce feu qu'une larme de vin avait allumé dans ses entrailles, se raviva. Il jeta sa serviette, revint dans son cabinet, se promena de long en large; il lui semblait être sous une cloche pneumatique où le vide se faisait à mesure, et une défaillance d'une douceur atroce lui coulait du cerveau par tous les membres. Il se roidit et, n'y tenant plus, pour la première fois peut-être depuis son arrivée à Fontenay, il se réfugia dans son jardin et s'abrita sous un arbre d'où tombait une rondelle d'ombre. Assis sur le gazon, il regarda, d'un air hébété, les carrés de légumes que les domestiques avaient plantés. Il les regardait et ce ne fut qu'au bout d'une heure qu'il les aperçut, car un brouillard verdâtre flottait devant ses yeux et ne lui laissait voir, comme au fond de l'eau, que des images indécises dont l'aspect et les tons changeaient.

A la fin pourtant, il reprit son équilibre, il distingua nettement des oignons et des choux; plus loin, un champ de laitue et, au fond, tout le long de la haie, une série de lys blancs immobiles dans l'air lourd.

Un sourire lui plissa les lèvres, car subitement il se rappelait l'étrange comparaison du vieux Nicandre[187] qui assimilait, au point de vue de la forme, le pistil des lys aux génitoires d'un âne, et un passage d'Albert le Grand[188] lui revenait également, celui où ce thaumaturge enseigne un bien singulier moyen de connaître, en se servant d'une laitue, si une fille est encore vierge.

Ces souvenirs l'égayèrent un peu; il examina le jardin, s'intéressant aux plantes flétries par la chaleur, et aux terres ardentes qui fumaient dans la pulvérulence embrasée de l'air; puis, au-dessus de la haie séparant le jardin en contre-bas de la route surélevée montant au fort, il aperçut des gamins qui se roulaient, en plein soleil, dans la lumière.

Il concentrait son attention sur eux quand un autre, plus petit, parut, sordide à voir; il avait des cheveux de varech remplis de sable, deux bulles vertes au-dessous du nez, des lèvres dégoûtantes, entourées de crasse blanche par du fromage à la pie écrasé sur du pain et semé de hachures de ciboule verte.

Des Esseintes huma l'air; un pica[189], une perversion s'empara de lui; cette immonde tartine lui fit venir l'eau à la bouche. Il lui sembla que son estomac, qui se refusait à toute nourriture, digérerait cet affreux mets et que son palais en jouirait comme d'un régal.

Il se leva d'un bond, courut à la cuisine, ordonna de chercher dans le village, une miche, du fromage blanc, de la ciboule, prescrivit qu'on lui apprêtat une tartine absolument pareille à celle que rongeait l'enfant, et il retourna s'asseoir sous son arbre.

Les marmots se battaient maintenant. Ils s'arrachaient des lambeaux de pain qu'ils s'enfonçaient, dans les joues, en se suçant les doigts. Des coups de pied et des coups de poing pleuvaient et les plus faibles, foulés par terre, ruaient, et pleuraient, le derrière raboté par les caillasses.

Ce spectacle ranima des Esseintes; l'intérêt qu'il prit à ce combat détournait ses pensées de son mal; devant l'acharnement de ces méchants mômes, il songea à la cruelle et abominable loi de la lutte pour l'existence, et bien que ces enfants fussent ignobles, il ne put s'empêcher de s'intéresser à leur sort et de croire que mieux eût valu pour eux que leur mère n'eût point mis bas.

En effet, c'était de la gourme, des coliques et des fièvres, des rougeoles et des gifles dès le premier âge; des coups de bottes et des travaux abêtissants, vers les treize ans; des duperies de femmes, des maladies et des cocuages dès l'âge d'homme; c'était aussi, vers le déclin, des infirmités et des agonies, dans un dépôt de mendicité ou dans un hospice.

Et l'avenir était, en somme, égal pour tous et,

ni les uns, ni les autres, s'ils avaient eu un peu de bon sens, n'auraient pu s'envier. Pour les riches, c'étaient dans un milieu différent, les mêmes passions, les mêmes tracas, les mêmes peines, les mêmes maladies, et c'étaient aussi, les mêmes jouissances médiocres, qu'elles fussent alcooliques, littéraires ou charnelles. Il y avait même une vague compensation à tous les maux, une sorte de justice qui rétablissait l'équilibre du malheur entre les classes, en dispensant plus aisément les pauvres des souffrances physiques qui accablaient plus implacablement le corps plus débile et plus émacié des riches.

Quelle folie que de procréer des gosses! pensait des Esseintes. Et dire que les ecclésiastiques qui ont fait vœu de stérilité ont poussé l'inconséquence jusqu'à canoniser saint Vincent de Paul parce qu'il réservait pour d'inutiles tortures des innocents!

Grâce à ses odieuses précautions, celui-là avait reculé, pendant des années, la mort d'êtres inintelligents et insensibles, de telle façon que, devenus, plus tard, presque compréhensifs et, en tout cas, aptes à la douleur, ils pussent prévoir l'avenir, attendre et redouter cette mort dont ils ignoraient naguère jusqu'au nom, quelques-uns même, l'appeler, en haine de cette condamnation à l'existence qu'il leur infligeait en vertu d'un code théologique absurde!

Et depuis que ce vieillard était décédé, ses idées avaient prévalu; on recueillait des enfants abandonnés au lieu de les laisser doucement périr sans qu'ils s'en aperçussent, et cependant cette vie qu'on leur conservait, devenait, de jours en jours, plus rigoureuse et plus aride! Sous prétexte de liberté et de progrès, la Société avait encore découvert le moyen d'aggraver la misérable condition de l'homme, en l'arrachant à son chez lui, en l'affublant d'un costume ridicule, en lui distribuant des armes particulières, en l'abrutissant sous un esclavage identique à celui dont on avait jadis affranchi, par compassion, les nègres, et tout cela pour le mettre à même d'assassiner son prochain, sans risquer l'échafaud, comme les ordinaires meurtriers qui opèrent, seuls, sans uniformes, avec des armes moins bruyantes et moins rapides.

Quelle singulière époque, se disait des Esseintes, que celle qui, tout en invoquant les intérêts de l'humanité, cherche à perfectionner les anesthésiques pour supprimer la souffrance physique et prépare, en même temps, de tels stimulants pour aggraver la douleur morale!

Ah! si jamais, au nom de la pitié, l'inutile procréation devait être abolie, c'était maintenant! Mais ici, encore, les lois édictées par des Portalis[190] ou des Homais apparaissaient, féroces et étranges.

La Justice trouvait toutes naturelles les fraudes en matière de génération; c'était un fait, reconnu, admis; il n'était point de ménage, si riche qu'il fût, qui ne confiât ses enfants à la lessive ou qui n'usât d'artifices qu'on vendait librement et qu'il ne serait d'ailleurs venu à l'esprit de personne, de réprouver. Et pourtant, si ces réserves ou si ces subterfuges demeuraient insuffisants, si la fraude ratait et, qu'afin de la réparer, l'on recourût à des mesures plus efficaces, ah! alors, il n'y avait pas assez de prisons, pas assez de maisons centrales, pas assez de bagnes, pour enfermer les gens que condamnaient, de bonne foi, du reste, d'autres individus qui, le soir même, dans le lit conjugal, trichaient de leur mieux pour ne pas enfanter des mômes!

La supercherie elle-même n'était donc pas un crime, mais la réparation de cette supercherie en était un.

En somme, pour la Société, était réputé crime l'acte qui consistait à tuer un être doué de vie; et cependant, en expulsant un fœtus, on détruisait un animal, moins formé, moins vivant, et, à coup sûr, moins intelligent et plus laid qu'un chien ou qu'un chat qu'on peut se permettre impunément d'étrangler dès sa naissance!

Il est bon d'ajouter, pensait des Esseintes, que, pour plus d'équité, ce n'est point l'homme maladroit, qui s'empresse généralement de disparaître, mais bien la femme, victime de la maladresse, qui expie le forfait d'avoir sauvé de la vie un innocent!

Fallait-il, tout de même, que le monde fût rempli de préjugés pour vouloir réprimer des manœuvres si naturelles, que l'homme primitif, que le sauvage de la Polynésie est amené à les pratiquer, par le fait de son seul instinct!

Le domestique interrompit les charitables réflexions que ruminait des Esseintes, en lui apportant sur un plat de vermeil la tartine qu'il avait souhaitée. Un haut de cœur le tordit; il n'eut pas le courage de mordre ce pain, car l'excitation maladive de l'estomac avait cessé; une sensation de délabrement affreux lui revenait; il dut se lever; le soleil tournait et gagnait peu à peu sa place; la chaleur devenait à la fois plus pesante et plus active.

— Jetez cette tartine, dit-il au domestique, à ces enfants qui se massacrent sur la route; que les plus faibles soient estropiés, n'aient part à aucun morceau et soient, de plus, rossés d'importance par leurs familles quand ils rentreront chez elles les culottes déchirées et les yeux meurtris; cela leur donnera un aperçu de la vie qui les attend! Et il rejoignit sa maison et s'affaissa, défaillant, dans un fauteuil.

— Il faut pourtant que j'essaie de manger un peu, se dit-il. Et il tenta de tremper un biscuit dans un vieux Constantia de J.-P. Cloete, dont il lui restait en cave quelques bouteilles.

Ce vin, couleur de pelure d'oignon un tantinet brûlé, tenant du Malaga rassis et du Porto, mais avec un bouquet sucré, spécial, et un arrière-goût de raisins aux sucs condensés et sublimés par d'ardents soleils, l'avait parfois réconforté, et souvent même avait infusé une énergie nouvelle à son estomac affaibli par les jeûnes forcés qu'il subissait; mais ce cordial, d'ordinaire si fidèle, échoua. Alors, il espéra qu'un émollient refroidirait peut-être les fers chauds qui le brûlaient, et, il recourut au Nalifka, une liqueur Russe, contenue dans une bouteille glacée d'or mat; ce sirop onctueux et framboisé fut, lui aussi, inefficace. Hélas! le temps était loin, où, jouissant d'une bonne santé, des Esseintes montait, chez lui, en pleine canicule, dans un traîneau, et là, enveloppé de fourrures, les ramenant sur sa poitrine, s'efforçait de grelotter, se disait, en s'étudiant à claquer des dents : — Ah! ce vent est glacial, mais on gèle ici, on gèle! parvenait presque à se convaincre qu'il faisait froid!

Ces remèdes n'agissaient malheureusement plus, depuis que ses maux devenaient réels.

Il n'avait point, avec cela, la ressource d'employer le laudanum; au lieu de l'apaiser, ce calmant l'irritait jusqu'à le priver de repos. Jadis, il avait voulu se procurer avec l'opium et le haschisch des visions, mais ces deux substances avaient amené des vomissements et des perturbations nerveuses intenses; il avait dû, tout aussitôt, renoncer à les absorber et, sans le secours de ces grossiers excitants, demander à sa cervelle seule, de l'emporter loin de la vie, dans les rêves.

Quelle journée! se disait-il, maintenant, s'épongeant le cou, sentant ce qui pouvait lui rester de forces, se dissoudre en de nouvelles sueurs; une agitation fébrile l'empêchait encore de demeurer en place; une fois de plus, il errait au travers de ses pièces, essayant, les uns après les autres, tous les sièges. De guerre lasse, il finit par s'abattre devant son bureau et, appuyé sur la table, machinalement, sans songer à rien, il mania un astrolabe placé, en guise de presse-papier, sur un amas de livres et de notes.

Il avait acheté cet instrument en cuivre gravé et doré, d'origine allemande et datant du dix-septième siècle, chez un brocanteur de Paris, après une visite au Musée de Cluny, où longuement il s'était pâmé devant un merveilleux astrolabe, en ivoire ciselé, dont l'allure cabalistique l'avait ravi.

Ce presse-papier remua, en lui, tout un essaim

de réminiscences. Déterminée et mue par l'aspect de ce joyau, sa pensée partit de Fontenay, pour Paris, chez le bric-à-brac qui l'avait vendu, puis rétrograda jusqu'au Musée des Thermes et, mentalement, il revit l'astrolabe d'ivoire, alors que ses yeux continuaient à considérer, mais sans plus le voir, l'astrolabe de cuivre, sur sa table.

Puis, il sortit du Musée et, sans quitter la ville, flâna en chemin, vagabonda par la rue du Sommerard et le boulevard Saint-Michel, s'embrancha dans les rues avoisinantes et s'arrêta devant certaines boutiques dont la fréquence et dont la tenue toute spéciale l'avaient maintes fois frappé.

Commencé à propos d'un astrolabe, ce voyage spirituel aboutissait aux caboulots du quartier Latin.

Il se rappelait la foison de ces établissements, dans toute la rue Monsieur-le-Prince et dans ce bout de la rue de Vaugirard qui touche à l'Odéon; parfois, ils se suivaient, ainsi que les anciens riddecks[191] de la rue du Canal-aux-Harengs, d'Anvers, s'étalaient, à la queue leu leu, surmontant les trottoirs de devantures presque semblables.

Au travers des portes entr'ouvertes et des fenêtres mal obscurcies par des carreaux de couleur ou par des rideaux, il se souvenait d'avoir entrevu des femmes qui marchaient, en se traînant et en avançant le cou, comme font les oies; d'autres, prostrées sur des banquettes, usaient leurs coudes au marbre des tables et ruminaient, en chantonnant, les tempes entre les poings; d'autres encore se dandinaient debout devant des glaces, en pianotant, du bout des doigts, leurs faux cheveux lustrés par un coiffeur; d'autres enfin tiraient d'escarcelles aux ressorts dérangés, des piles de pièces blanches et de sous qu'elles alignaient, méthodiquement, en des petits tas.

La plupart avaient des traits massifs, des voix enrouées, des gorges molles et des yeux peints, et toutes, pareilles à des automates remontés à la fois par la même clef, lançaient du même ton les mêmes invites, débitaient avec le même sourire les mêmes propos biscornus, les mêmes réflexions baroques.

Des associations d'idées se formaient dans l'esprit de des Esseintes qui arrivait à une conclusion, maintenant qu'il embrassait par le souvenir, à vol d'oiseau, ces tas d'estaminets et de rues.

Il comprenait la signification de ces cafés qui répondaient à l'état d'âme d'une génération tout entière, et il en dégageait la synthèse de l'époque.

Et, en effet, les symptômes étaient manifestes et certains; les maisons de tolérance disparaissaient, et à mesure que l'une d'elles se fermait, un caboulot opérait son ouverture.

Cette diminution de la prostitution soumise au profit des amours clandestines, résidait évidemment dans les incompréhensibles illusions des hommes, au point de vue charnel.

Si monstrueux que cela pût paraître, le caboulot satisfaisait un idéal.

Bien que les penchants utilitaires transmis par l'hérédité et développés par les précoces impolitesses et les constantes brutalités des collèges, eussent rendu la jeunesse contemporaine singulièrement mal élevée et aussi singulièrement positive et froide, elle n'en avait pas moins gardé, au fond du cœur, une vieille fleur bleue, un vieil idéal d'une affection rance et vague.

Aujourd'hui, quand le sang la travaillait, elle ne pouvait se résoudre à entrer, à consommer, à payer et à sortir; c'était, à ses yeux, de la bestialité, du rut de chien couvrant sans préambules une chienne; puis la vanité fuyait, inassouvie, de ces maisons tolérées où il n'y avait eu, ni simulacre de résistance, ni semblant de victoire, ni préférence espérée, ni même de largesse obtenue de la part de la marchande qui aunait ses tendresses, suivant les prix. Au contraire, la cour faite à une fille de brasserie, ménageait toutes les susceptibilités de l'amour, toutes les délicatesses du sentiment. Celle-là, on se la disputait, et ceux auxquels elle consentait à octroyer, moyennant de copieux salaires, un rendez-vous, s'imaginaient, de bonne foi, l'avoir emporté sur un rival, être l'objet d'une distinction honorifique, d'une faveur rare.

Cependant, cette domesticité était aussi bête, aussi intéressée, aussi vile et aussi repue que celle qui desservait les maisons à numéros. Comme elle, elle buvait sans soif, riait sans motif, raffolait des caresses d'un blousier, s'insultait et se crêpait le chignon, sans cause; malgré tout, depuis le temps, la jeunesse Parisienne ne s'était pas encore aperçue que les bonnes des caboulots étaient, au point de vue de la beauté plastique, au point de vue des attitudes savantes et des atours nécessaires bien inférieures aux femmes enfermées dans des salons de luxe! Mon Dieu, se disait des Esseintes, qu'ils sont donc godiches ces gens qui papillonnent autour des brasseries; car, en sus de leurs ridicules illusions, ils en viennent même à oublier le péril des appâts dégradés et suspects, à ne plus tenir compte de l'argent dépensé dans un nombre de consommations tarifé d'avance par la patronne, du temps perdu à attendre une livraison différée pour en augmenter le prix, des atermoiements répétés pour décider et activer le jeu des pourboires!

Ce sentimentalisme imbécile combiné avec une férocité pratique, représentait la pensée dominante du siècle; ces mêmes gens qui auraient éborgné leur prochain, pour gagner dix sous, perdaient toute lucidité, tout flair, devant ces louches cabaretières qui les harcelaient sans pitié et les rançonnaient sans trève. Des industries travaillaient, des familles se grugeaient entre elles sous prétexte de commerce, afin de se laisser chiper de l'argent par leurs fils qui se laissaient, à leur tour, escroquer par ces femmes que dépouillaient, en dernier ressort, les amants de cœur.

Dans tout Paris, de l'est à l'ouest, et du nord au sud, c'était une chaîne ininterrompue de carottes, un carambolage de vols organisés qui se répercutait de proche en proche, et tout cela parce qu'au lieu de contenter les gens tout de suite, on savait les faire patienter et les faire attendre.

Au fond, le résumé de la sagesse humaine consistait à traîner les choses en longueur; à dire non, puis enfin oui; car l'on ne maniait vraiment les générations qu'en les lanternant!

— Ah! s'il en était de même de l'estomac, soupira des Esseintes, tordu par une crampe qui ramenait vivement son esprit égaré au loin, à Fontenay.

XIV

Cahin-caha, quelques jours s'écoulèrent, grâce à des ruses qui réussirent à leurrer la défiance de l'estomac, mais un matin, les marinades qui masquaient l'odeur de graisse et le fumet de sang des viandes ne furent plus acceptées et des Esseintes anxieux, se demanda si sa faiblesse déjà grande, n'allait pas s'accroître et l'obliger à garder le lit. Une lueur jaillit soudain dans sa détresse; il se rappela que l'un de ses amis, jadis bien malade, était parvenu, à l'aide d'un sustenteur, à enrayer l'anémie, à maintenir le dépérissement, à conserver son peu de force.

Il dépêcha son domestique à Paris, à la recherche de ce précieux instrument et, d'après le prospectus que le fabricant y joignit, il enseigna lui-même à la cuisinière la façon de couper le rosbif en petits morceaux, de le jeter à sec, dans cette marmite d'étain, avec une tranche de poireau et de carotte, puis de visser le couvercle et de mettre le tout bouillir, au bain-marie, pendant quatre heures.

Au bout de ce temps, on pressait les filaments

et l'on buvait une cuillerée du jus bourbeux et salé, déposé au fond de la marmite. Alors, on sentait comme une tiède moelle, comme une caresse veloutée, descendre.

Cette essence de nourriture arrêtait les tiraillements et les nausées du vide, incitait même l'estomac qui ne se refusait pas à accepter quelques cuillerées de soupe.

Grâce à ce sustenteur, la névrose stationna, et des Esseintes se dit : — C'est toujours autant de gagné; peut-être que la température changera, que le ciel versera un peu de cendre sur cet exécrable soleil qui m'épuise, et que j'atteindrai ainsi, sans trop d'encombre, les premiers brouillards et les premiers froids.

Dans cet engourdissement, dans cet ennui désœuvré où il plongeait, sa bibliothèque dont le rangement demeurait inachevé, l'agaça; ne bougeant plus de son fauteuil, il avait constamment sous les yeux ses livres profanes, posés de guingois sur les tablettes, empiétant les uns sur les autres, s'étayant entr'eux ou gisant de même que des capucins de cartes, sur le flanc, à plat; ce désordre le choqua d'autant plus qu'il contrastait avec le parfait équilibre des œuvres religieuses, soigneusement alignées à la parade, le long des murs.

Il tenta de faire cesser cette confusion, mais après dix minutes de travail, des sueurs l'inondèrent; cet effort l'épuisait; il fut s'étendre, brisé, sur un divan, et il sonna son domestique.

Sur ses indications, le vieillard se mit à l'œuvre, lui apportant, un à un, les livres qu'il examinait et dont il désignait la place.

Cette besogne fut de courte durée, car la bibliothèque de des Esseintes ne renfermait qu'un nombre singulièrement restreint d'œuvres laïques, contemporaines.

A force de lcs avoir passées, dans son cerveau, comme on passe des bandes de métal dans une filière d'acier d'où elles sortent ténues, légères. presque réduites en d'imperceptibles fils, il avait fini par ne plus posséder de livres qui résistassent à un tel traitement et fussent assez solidement trempés pour supporter le nouveau laminoir d'une lecture; à avoir ainsi voulu raffiner, il avait restreint et presque stérilisé toute jouissance, en accentuant encore l'irrémédiable conflit qui existait entre ses idées et celles du monde où le hasard l'avait fait naître. Il était arrivé maintenant à ce résultat, qu'il ne pouvait plus découvrir un écrit qui contentât ses secrets désirs; et même son admiration se détachait des volumes qui avaient certainement contribué à lui aiguiser l'esprit, à le rendre aussi soupçonneux et aussi subtil.

En art, ses idées étaient pourtant parties d'un point de vue simple; pour lui, les écoles n'existaient point; seul le tempérament de l'écrivain importait; seul le travail de sa cervelle intéressait quel que fût le sujet qu'il abordât. Malheureusement, cette vérité d'appréciation, digne de La Palisse, était à peu près inapplicable, par ce simple motif que, tout en désirant se dégager des préjugés, s'abstenir de toute passion, chacun va de préférence aux œuvres qui correspondent le plus intimement à son propre tempérament et finit par reléguer en arrière toutes les autres.

Ce travail de sélection s'était lentement opéré en lui; il avait naguère adoré le grand Balzac, mais en même temps que son organisme s'était déséquilibré, que ses nerfs avaient pris le dessus, ses inclinations s'étaient modifiées et ses admirations avaient changé.

Bientôt même, et quoiqu'il se rendît compte de son injustice envers le prodigieux auteur de la *Comédie humaine*, il en était venu à ne plus ouvrir ses livres dont l'art valide le froissait; d'autres aspirations l'agitaient maintenant, qui devenaient, en quelque sorte, indéfinissables.

En se sondant bien, néanmoins, il comprenait d'abord que, pour l'attirer, une œuvre devait revêtir ce caractère d'étrangeté que réclamait Edgar Poe, mais il s'aventurait volontiers plus loin, sur cette route et appelait des flores byzantines de cervelle et des déliquescences compliquées de langue; il souhaitait une indécision troublante sur laquelle il pût rêver, jusqu'à ce qu'il la fît, à sa volonté, plus vague ou plus ferme selon l'état momentané de son âme. Il voulait, en somme, une œuvre d'art et pour ce qu'elle était par elle-même et pour ce qu'elle pouvait permettre de lui prêter; il voulait aller avec elle, grâce à elle, comme soutenu par un adjuvant, comme porté par un véhicule, dans une sphère où les sensations sublimées lui imprimeraient une commotion inattendue et dont il chercherait longtemps et même vainement à analyser les causes.

Enfin, depuis son départ de Paris, il s'éloignait, de plus en plus, de la réalité et surtout du monde contemporain qu'il tenait en une croissante horreur; cette haine avait forcément agi sur ses goûts littéraires et artistiques, et il se détournait le plus possible des tableaux et des livres dont les sujets délimités se reléguaient dans la vie moderne.

Aussi, perdant la faculté d'admirer indifféremment la beauté sous quelque forme qu'elle se présente, préférait-il, chez Flaubert, la *Tentation de saint Antoine* à l'*Éducation sentimentale;* chez de Goncourt, la *Faustin* à *Germinie Lacerteux;* chez Zola, la *Faute de l'abbé Mouret* à l'*Assommoir.*

Ce point de vue lui paraissait logique; ces œuvres moins immédiates, mais aussi vibrantes, aussi humaines, le faisaient pénétrer plus loin dans le tréfonds du tempérament de ces maîtres qui livraient avec un plus sincère abandon les élans les plus mystérieux de leur être, et elles l'enlevaient, lui aussi, plus haut que les autres, hors de cette vie triviale dont il était si las.

Puis il entrait, avec elles, en complète communion d'idées avec les écrivains qui les avaient conçues, parce qu'ils s'étaient alors trouvés dans une situation d'esprit analogue à la sienne.

En effet, lorsque l'époque où un homme de talent est obligé de vivre, est plate et bête, l'artiste est, à son insu même, hanté par la nostalgie d'un autre siècle.

Ne pouvant s'harmoniser qu'à de rares intervalles avec le milieu où il évolue; ne découvrant plus dans l'examen de ce milieu et des créatures qui le subissent, des jouissances d'observation et d'analyse suffisantes à le distraire, il sent sourdre et éclore en lui de particuliers phénomènes. De confus désirs de migration se lèvent qui se débrouillent dans la réflexion et dans l'étude. Les instincts, les sensations, les penchants légués par l'hérédité se réveillent, se déterminent, s'imposent avec une impérieuse assurance. Il se rappelle des souvenirs d'êtres et de choses qu'il n'a pas personnellement connus, et il vient un moment où il s'évade violemment du pénitencier de son siècle et rôde, en toute liberté, dans une autre époque avec laquelle, par une dernière illusion, il lui semble qu'il eût été mieux en accord.

Chez les uns, c'est un retour aux âges consommés, aux civilisations disparues, aux temps morts; chez les autres, c'est un élancement vers le fantastique et vers le rêve, c'est une vision plus ou moins intense d'un temps à éclore dont l'image reproduit, sans qu'il le sache, par un effet d'atavisme, celle des époques révolues.

Chez Flaubert, c'étaient des tableaux solennels et immenses, des pompes grandioses dans le cadre barbare et splendide desquels gravitaient des créatures palpitantes et délicates, mystérieuses et hautaines, des femmes pourvues, dans la perfection de leur beauté, d'âmes en souffrance, au fond desquelles il discernait d'affreux détraquements, de folles aspirations, désolées qu'elles étaient déjà par la menaçante médiocrité des plaisirs qui pouvaient naître.

Tout le tempérament du grand artiste éclatait en ces incomparables pages de la *Tentation de saint Antoine* et de *Salammbô* où, loin de notre vie mesquine, il évoquait les éclats asiatiques des vieux âges, leurs éjaculations et leurs abattements mystiques, leurs démences oisives, leurs férocités commandées par ce lourd ennui qui découle, avant même qu'on les ait épuisées, de l'opulence et de la prière.

Chez de Goncourt, c'était la nostalgie du siècle précédent, un retour vers les élégances d'une société à jamais perdue. Le gigantesque décor des mers battant les môles, des déserts se déroulant à perte de vue sous de torrides firmaments, n'existait pas dans son œuvre nostalgique qui se confinait, près d'un parc aulique, dans un boudoir attiédi par les voluptueux effluves d'une femme au sourire fatigué, à la moue perverse, aux prunelles irrésignées et pensives. L'âme dont il animait ses personnages, n'était plus cette âme insufflée par Flaubert à ses créatures, cette âme révoltée d'avance par l'inexorable certitude qu'aucun bonheur nouveau n'était possible; c'était une âme révoltée après coup, par l'expérience, de tous les inutiles efforts qu'elle avait tentés pour inventer des liaisons spirituelles plus inédites et pour remédier à cette immémoriale jouissance qui se répercute, de siècles en siècles, dans l'assouvissement plus ou moins ingénieux des couples.

Bien qu'elle vécût parmi nous et qu'elle fût bien et de vie et de corps de notre temps, la Faustin était, par les influences ancestrales, une créature du siècle passé, dont elle avait les épices d'âme, la lassitude cérébrale, l'excèdement sensuel.

Ce livre d'Edmond de Goncourt était l'un des volumes les plus caressés par des Esseintes; et, en effet, cette suggestion au rêve qu'il réclamait, débordait de cette œuvre où sous la ligne écrite, perçait une autre ligne visible à l'esprit seul, indiquée par un qualificatif qui ouvrait des échappées de passion, par une réticence qui laissait deviner des infinis d'âme qu'aucun idiome n'eût pu combler; puis, ce n'était plus la langue de Flaubert, cette langue d'une inimitable magnificence, c'était un style perspicace et morbide, nerveux et retors, diligent à noter l'impalpable impression qui frappe les sens et détermine la sensation, un style expert à moduler les nuances compliquées d'une époque qui était par elle-même singulièrement complexe. En somme, c'était le verbe indispensable aux civilisations décrépites qui, pour l'expression de leurs besoins, exigent, à quelqu'âge qu'elles se produisent, des acceptions, des tournures, des fontes nouvelles et de phrases et de mots.

A Rome, le paganisme mourant avait modifié sa prosodie, transmué sa langue, avec Ausone, avec Claudien, avec Rutilius dont le style attentif et scrupuleux, capiteux et sonnant, présentait, surtout dans ses parties descriptives de reflets, d'ombres, de nuances, une nécessaire analogie avec le style des de Goncourt.

A Paris, un fait unique dans l'histoire littéraire s'était produit; cette société agonisante du XVIIIe siècle, qui avait eu des peintres, des sculpteurs, des musiciens, des architectes, pénétrés de ses goûts, imbus de ses doctrines, n'avait pu façonner un réel écrivain qui rendît ses élégances moribondes, qui exprimât le suc de ses joies fébriles, si durement expiées; il avait fallu attendre l'arrivée de de Goncourt, dont le temperament était fait de souvenirs, de regrets avivés encore par le douloureux spectacle de la misère intellectuelle et des basses aspirations de son temps, pour que, non seulement dans ses livres d'histoire, mais encore dans une œuvre nostalgique comme la *Faustin*, il pût ressusciter l'âme même de cette époque, incarner ses nerveuses délicatesses dans cette actrice, si tourmentée à se presser le cœur et à s'exacerber le cerveau, afin de savourer jusqu'à l'épuisement, les douloureux révulsifs de l'amour et de l'art!

Chez Zola, la nostalgie des au delà était différente. Il n'y avait en lui aucun désir de migration vers les régimes disparus, vers les univers égarés dans la nuit des temps; son tempérament, puissant, solide, épris des luxuriances de la vie, des forces sanguines, des santés morales, le détournait des grâces artificielles et des chloroses fardées du dernier siècle, ainsi que de la solennité hiératique, de la férocité brutale et des rêves efféminés et ambigus du vieil Orient. Le jour où, lui aussi, il avait été obsédé par cette nostalgie, par ce besoin qui est en somme la poésie même, de fuir loin de ce monde contemporain qu'il étudiait, il s'était rué dans une idéale campagne, où la sève bouillait au plein soleil; il avait songé à de fantastiques ruts de ciel, à de longues pâmoisons de terre, à de fécondantes pluies de pollen tombant dans les organes haletants des fleurs ; il avait abouti à un panthéisme gigantesque, avait, à son insu peut-être, créé, avec ce milieu édénique où il plaçait son Adam et son Ève, un prodigieux poème Hindou, célébrant en un style dont les larges teintes, plaquées à cru, avaient comme un bizarre éclat de peinture Indienne, l'hymne de la chair, la matière, animée, vivante, révélant par sa fureur de génération, à la créature humaine, le fruit défendu de l'amour, ses suffocations, ses caresses instinctives, ses naturelles poses.

Avec Baudelaire, ces trois maîtres étaient, dans la littérature française, moderne et profane, ceux qui avaient le mieux interné et le mieux pétri l'esprit de des Esseintes, mais à force de les relire, de s'être saturé de leurs œuvres, de les savoir, par cœur, tout entières, il avait dû, afin de les pouvoir absorber encore, s'efforcer de les oublier et les laisser pendant quelque temps sur ses rayons, au repos.

Aussi les ouvrait-il à peine, maintenant que le domestique les lui tendait. Il se bornait à indiquer la place qu'elles devaient occuper, veillant à ce qu'elles fussent classées, en bon ordre, et à l'aise.

Le domestique lui apporta une nouvelle série de livres; ceux-là l'opprimèrent davantage; c'étaient des livres vers lesquels son inclination s'était peu à peu portée, des livres qui le délassaient de la perfection des écrivains de plus vaste encolure, par leurs défauts mêmes; ici, encore, à avoir voulu raffiner, des Esseintes était arrivé à chercher parmi de troubles pages des phrases dégageant une sorte d'électricité qui le faisait tressaillir alors qu'elles déchargeaient leur fluide dans un milieu qui paraissait tout d'abord réfractaire.

L'imperfection même lui plaisait, pourvu qu'elle ne fût, ni parasite, ni servile, et peut-être y avait-il une dose de vérité dans sa théorie que l'écrivain subalterne de la décadence, que l'écrivain encore personnel mais incomplet, alambique un baume plus irritant, plus apéritif, plus acide, que l'artiste de la même époque, qui est vraiment grand, vraiment parfait. A son avis, c'était parmi leurs turbulentes ébauches que l'on apercevait les exaltations de la sensibilité les plus suraiguës, les caprices de la psychologie les plus morbides, les dépravations les plus outrées de la langue sommée dans ses derniers refus de contenir, d'enrober les sels effervescents des sensations et des idées.

Aussi, forcément, après les maîtres, s'adressait-il à quelques écrivains que lui rendait encore plus propices et plus chers, le mépris dans lequel les tenait un public incapable de les comprendre.

L'un d'eux, Paul Verlaine, avait jadis débuté par un volume de vers, les *Poèmes Saturniens*, un volume presque débile, où se coudoyaient des pastiches de Leconte de Lisle et des exercices de rhétorique romantique, mais où filtrait déjà, au travers de certaines pièces, telles que le sonnet intitulé « Rêve familier », la réelle personnalité du poète.

A chercher ses antécédents, des Esseintes retrouvait sous les incertitudes des esquisses, un talent déjà profondément imbibé de Baudelaire, dont l'influence s'était plus tard mieux accentuée sans que néanmoins la sportule consentie par l'indéfectible maître, fût flagrante.

Puis, d'aucuns de ses livres, la *Bonne Chanson*, les *Fêtes galantes*, *Romances sans paroles*, enfin son dernier volume, *Sagesse*, renfermaient des poèmes où l'écrivain original se révélait, tranchant sur la multitude de ses confrères.

Muni de rimes obtenues par des temps de verbes, quelquefois même par de longs adverbes précédés d'un monosyllabe d'où ils tombaient comme du rebord d'une pierre, en une cascade pesante d'eau, son vers, coupé par d'invraisemblables césures, devenait souvent singulièrement abstrus, avec ses ellipses audacieuses et ses étranges incorrections qui n'étaient point cependant sans grâce.

Maniant mieux que pas un la métrique, il avait tenté de rajeunir les poèmes à forme fixe; le sonnet qu'il retournait, la queue en l'air, de même que certains poissons Japonais en terre polychrome qui posent sur leur socle, les ouïes en bas; ou bien il le dépravait, en n'accouplant que des rimes masculines pour lesquelles il semblait éprouver une affection; il avait également et souvent usé d'une forme bizarre, d'une strophe de trois vers dont le médian restait privé de rime, et d'un tercet, monorime, suivi d'un unique vers, jeté en guise de refrain et se faisant écho avec lui-même tels que les *streets :* « Dansons la Gigue »; il avait employé d'autres rythmes encore où le timbre presque effacé ne s'entendait plus que dans des strophes lointaines, comme un son éteint de cloche.

Mais sa personnalité résidait surtout en ceci : qu'il avait pu exprimer de vagues et délicieuses confidences, à mi-voix, au crépuscule. Seul, il avait pu laisser deviner certains au delà troublants d'âme, des chuchotements si bas de pensées, des aveux si murmurés, si interrompus, que l'oreille qui les percevait, demeurait hésitante, coulant à l'âme des langueurs avivées par le mystère de ce souffle plus deviné que senti. Tout l'accent de Verlaine était dans ces adorables vers des *Fêtes Galantes :*

Le soir tombait, un soir équivoque d'automne :
Les belles se pendant rêveuses à nos bras,
Dirent alors des mots si spécieux, tout bas,
Que notre âme depuis ce temps tremble et s'étonne.

Ce n'était plus l'horizon immense ouvert par les inoubliables portes de Baudelaire, c'était, sous un clair de lune, une fente entrebâillée sur un champ plus restreint et plus intime, en somme particulier à l'auteur qui avait, du reste, en ces vers dont des Esseintes était friand, formulé son système poétique :

Car nous voulons la nuance encore,
Pas la couleur, rien que la nuance
. . . .
Et tout le reste est littérature.

Volontiers, des Esseintes l'avait accompagné dans ses œuvres les plus diverses. Après ses *Romances sans paroles* parues dans l'imprimerie d'un journal à Sens, Verlaine s'était assez longuement tu, puis en des vers charmants où passait l'accent doux et transi de Villon, il avait reparu, chantant la Vierge, « loin de nos jours d'esprit charnel et de chair triste ». Des Esseintes relisait souvent ce livre de *Sagesse* et se suggérait devant ses poèmes des rêveries clandestines, des fictions d'un amour occulte pour une Madone byzantine qui se muait, à un certain moment, en une Cydalise égarée dans notre siècle, et si mystérieuse et si troublante, qu'on ne pouvait savoir si elle aspirait à des dépravations tellement monstrueuses qu'elles deviendraient, aussitôt accomplies, irrésistibles; ou bien, si elle s'élançait, elle-même, dans le rêve, dans un rêve immaculé, où l'adoration de l'âme flotterait autour d'elle, à l'état continuellement inavoué, continuellement pur.

D'autres poètes l'incitaient encore à se confier à eux : Tristan Corbière, qui, en 1873, dans l'indifférence générale, avait lancé un volume des plus excentriques, intitulé : *Les Amours jaunes.* Des Esseintes qui, en haine du banal et du commun, eût accepté les folies les plus appuyées, les extravagances les plus baroques, vivait de légères heures avec ce livre où le cocasse se mêlait à une énergie désordonnée, où des vers déconcertants éclataient dans des poèmes d'une parfaite obscurité, telles que les litanies du *Sommeil,* qu'il qualifiait, à un certain moment, d'

Obscène confesseur des dévotes mort-nées.

C'était à peine français; l'auteur parlait nègre, procédait par un langage de télégramme, abusait des suppressions de verbes, affectait une gouaillerie, se livrait à des quolibets de commis-voyageur insupportable, puis tout à coup, dans ce fouillis, se tortillaient des concetti falots, des minauderies interlopes, et soudain jaillissait un cri de douleur aiguë, comme une corde de violoncelle qui se brise. Avec cela, dans ce style rocailleux, sec, décharné à plaisir, hérissé de vocables inusités, de néologismes inattendus, fulguraient des trouvailles d'expression, des vers nomades amputés de leur rime, superbes; enfin, en sus de ses *Poèmes Parisiens* où des Esseintes relevait cette profonde définition de la femme :

Éternel féminin de l'éternel jocrisse,

Tristan Corbière avait, en un style d'une concision presque puissante, célébré la mer de Bretagne, les sérails marins, le Pardon de Sainte-Anne, et il s'était même élevé jusqu'à l'éloquence de la haine, dans l'insulte dont il abreuvait, à propos du camp de Conlie, les individus qu'il désignait sous le nom de « forains du Quatre-Septembre ».

Ce faisandage dont il était gourmand et que lui présentait ce poète, aux épithètes crispées, aux beautés qui demeuraient toujours à l'état un peu suspect, des Esseintes le retrouvait encore dans un autre poète, Théodore Hannon, un élève de Baudelaire et de Gautier, mû par un sens très spécial des élégances recherchées et des joies factices.

A l'encontre de Verlaine qui dérivait, sans croisement, de Baudelaire, surtout par le côté psychologique, par la nuance captieuse de la pensée, par la docte quintessence du sentiment, Théodore Hannon descendait du maître, surtout par le côté plastique, par la vision extérieure des êtres et des choses.

Sa corruption charmante correspondait fatalement aux penchants de des Esseintes qui, par les jours de brume, par les jours de pluie, s'enfermait dans le retrait imaginé par ce poète et se grisait les yeux avec les chatoiements de ses étoffes, avec les incandescences de ses pierres, avec ses somptuosités, exclusivement matérielles, qui concouraient aux incitations cérébrales et montaient comme une poudre de cantharide dans un nuage de tiède encens vers une Idole Bruxelloise, au visage fardé, au ventre tanné par des parfums.

A l'exception de ces poètes et de Stéphane Mallarmé qu'il enjoignit à son domestique de mettre de côté, pour le classer à part, des Esseintes n'était que bien faiblement attiré par les poètes.

En dépit de sa forme magnifique, en dépit de l'imposante allure de ses vers qui se dressaient avec un tel éclat que les hexamètres d'Hugo même semblaient, en comparaison, mornes et sourds, Leconte de Lisle ne pouvait plus maintenant le satisfaire. L'antiquité si merveilleusement ressuscitée par Flaubert, restait entre ses mains immobile et froide. Rien ne palpitait dans ses vers tout en façade que n'étayait, la plupart du temps, aucune idée; rien ne vivait dans ces poèmes déserts dont les impassibles mythologies finissaient par le glacer. D'autre part, après l'avoir longtemps choyée, des Esseintes arrivait aussi à se désintéresser de l'œuvre de Gautier; son admiration pour l'incomparable peintre qu'était cet homme, était allée en se dissolvant de jours en jours, et maintenant il demeurait plus étonné que ravi, par ses descriptions en quelque sorte indifférentes. L'impression des objets s'était fixée sur son œil si perceptif, mais elle s'y était localisée, n'avait pas pénétré plus avant dans sa cervelle et dans sa chair; de même qu'un prodigieux réflecteur, il s'était constamment borné à réverbérer, avec une impersonnelle netteté, des alentours.

Certes, des Esseintes aimait encore les œuvres de ces deux poètes, ainsi qu'il aimait les pierres rares, les matières précieuses et mortes, mais aucune des variations de ces parfaits instrumentistes ne pouvait plus l'extasier, car aucune n'était ductile au rêve, aucune n'ouvrait, pour lui du moins, l'une de ces vivantes échappées qui lui permettaient d'accélérer le vol lent des heures.

Il sortait de leurs livres à jeun, et il en était de même de ceux d'Hugo; le côté Orient et patriarche était trop convenu, trop vide, pour le retenir; et le côté tout à la fois bonne d'enfant et grand-père, l'exaspérait; il lui fallait arriver aux *Chansons des rues et des bois* pour hennir devant l'impeccable jonglerie de sa métrique, mais combien, en fin de compte, il eût échangé tous ces tours de force pour une nouvelle œuvre de Baudelaire qui fût l'égale de l'ancienne, car décidément celui-là était à peu près le seul dont les vers continssent, sous leur splendide écorce, une balsamique et nutritive moelle!

En sautant d'un extrême à l'autre, de la forme privée d'idées, aux idées privées de forme, des Esseintes demeurait non moins circonspect et non moins froid. Les labyrinthes psychologiques de Stendhal, les détours analytiques de Duranty le séduisaient, mais leur langue administrative, incolore, aride, leur prose en location, tout au plus bonne pour l'ignoble industrie du théâtre, le repoussait. Puis les intéressants travaux de leurs astucieux démontages s'exerçaient, pour tout dire, sur des cervelles agitées par des passions qui ne l'émouvaient plus. Il se souciait peu des affections générales, des associations d'idées communes, maintenant que la rétention de son esprit s'exagérait et qu'il n'admettait plus que les sensations superfines et que les tourmentes catholiques et sensuelles.

Afin de jouir d'une œuvre qui joignît, suivant ses vœux, à un style incisif, une analyse pénétrante et féline, il lui fallait arriver au maître de l'Induction, à ce profond et étrange Edgar Poe, pour lequel, depuis le temps qu'il le relisait, sa dilection n'avait pu déchoir.

Plus que tout autre, celui-là peut-être répondait par d'intimes affinités aux postulations méditatives de des Esseintes.

Si Baudelaire avait déchiffré dans les hiéroglyphes de l'âme le retour d'âge des sentiments et des idées, lui avait, dans la voie de la psychologie morbide, plus particulièrement scruté le domaine de la volonté.

En littérature, il avait, le premier, sous ce titre emblématique : « Le démon de la Perversité », épié ces impulsions irrésistibles que la volonté subit sans les connaître et que la pathologie cérébrale explique maintenant d'une façon à peu près sûre; le premier aussi, il avait sinon signalé, du moins divulgué l'influence dépressive de la peur qui agit sur la volonté, de même que les anesthésiques qui paralysent la sensibilité et que le curare qui anéantit les éléments nerveux moteurs; c'était sur ce point, sur cette léthargie de la volonté, qu'il avait fait converger ses études, analysant les effets de ce poison moral, indiquant les symptômes de sa marche, les troubles commençant avec l'anxiété, se continuant par l'angoisse, éclatant enfin dans la terreur qui stupéfie les volitions, sans que l'intelligence, bien qu'ébranlée, fléchisse.

La mort dont tous les dramaturges avaient tant abusé, il l'avait, en quelque sorte, aiguisée, rendue autre, en y introduisant un élément algébrique et surhumain; mais c'était, à vrai dire, moins l'agonie réelle du moribond qu'il décrivait, que l'agonie morale du survivant hanté, devant le lamentable lit, par les monstrueuses hallucinations qu'engendrent la douleur et la fatigue. Avec une fascination atroce, il s'appesantissait sur les actes de l'épouvante, sur les craquements de la volonté, les raisonnait froidement, serrant peu à peu la gorge du lecteur, suffoqué, pantelant, devant ces cauchemars mécaniquement agencés de fièvre chaude.

Convulsées par d'héréditaires névroses, affolées par des chorées morales, ses créatures ne vivaient que par les nerfs; ses femmes, les Morella, les Ligeia, possédaient une érudition immense, trempée dans les brumes de la philosophie allemande et dans les mystères cabalistiques du vieil Orient, et toutes avaient des poitrines garçonnières et inertes d'anges, toutes étaient, pour ainsi dire, insexuelles.

Baudelaire et Poe, ces deux esprits qu'on avait souvent appariés, à cause de leur commune poétique, de leur inclination partagée pour l'examen des maladies mentales, différaient radicalement par les conceptions affectives qui tenaient une si large place dans leurs œuvres; Baudelaire avec son amour, altéré et inique, dont le cruel dégoût faisait songer aux représailles d'une inquisition; Poe, avec ses amours chastes, aériennes, où les sens n'existaient pas, où la cervelle solitaire s'érigeait, sans correspondre à des organes qui, s'ils existaient, demeuraient à jamais glacés et vierges.

Cette clinique cérébrale où, vivisectant dans une atmosphère étouffante, ce chirurgien spirituel devenait, dès que son attention se lassait, la proie de son imagination qui faisait poudroir, comme de délicieux miasmes, des apparitions somnambulesques et angéliques, était pour des Esseintes une source d'infatigables conjectures; mais maintenant que sa névrose s'était exaspérée, il y avait des jours où ces lectures le brisaient, des jours où il restait, les mains tremblantes, l'oreille au guet, se sentant, ainsi que le désolant Usher, envahi par une transe irraisonnée, par une frayeur sourde.

Aussi devait-il se modérer, toucher à peine à ces redoutables élixirs, de même qu'il ne pouvait plus visiter impunément son rouge vestibule et s'enivrer la vue des ténèbres d'Odilon Redon et des supplices de Jan Luyken.

Et cependant, lorsqu'il était dans ces dispositions d'esprit, toute littérature lui semblait fade après ces terribles philtres importés de l'Amérique. Alors, il s'adressait à Villiers de l'Isle-Adam, dans l'œuvre éparse duquel il notait des observations encore séditieuses, des vibrations encore spasmodiques, mais qui ne dardaient plus, à l'exception de sa Claire Lenoir du moins, une si bouleversante horreur.

Parue, en 1867, dans la *Revue des lettres et des arts*, cette Claire Lenoir ouvrait une série de nouvelles comprises sous le titre générique d' « Histoires moroses ». Sur un fond de spéculations obscures empruntées au vieil Hegel, s'agitaient des êtres démantibulés, un docteur Tribulat Bonhomet, solennel et puéril, une Claire Lenoir, farce et sinistre, avec les lunettes bleues, rondes et grandes comme des pièces de cent sous, qui couvraient ses yeux à peu près morts.

Cette nouvelle roulait sur un simple adultère et concluait à un indicible effroi, alors que Bonhomet, déployant les prunelles de Claire, à son lit de mort, et les pénétrant avec de monstrueuses sondes, apercevait distinctement réfléchi le tableau du mari qui brandissait, au bout du bras, la tête coupée de l'amant, en hurlant, tel qu'un Canaque, un chant de guerre.

Basé sur cette observation plus ou moins juste que les yeux de certains animaux, des bœufs, par exemple, conservent jusqu'à la décomposition, de même que des plaques photographiques, l'image des êtres et des choses situés, au moment où ils expiraient, sous leur dernier regard, ce conte dérivait évidemment de ceux d'Edgar Poe, dont il s'appropriait la discussion pointilleuse et l'épouvante.

Il en était de même de l' « Intersigne » qui avait été plus tard réuni aux *Contes cruels*, un recueil d'un indiscutable talent, dans lequel se trouvait « Véra » une nouvelle, que des Esseintes considérait ainsi qu'un petit chef-d'œuvre.

Ici, l'hallucination était empreinte d'une tendresse exquise; ce n'était plus les ténébreux mirages de l'auteur américain, c'était une vision tiède et fluide, presque céleste; c'était, dans un genre identique, le contre-pied des Béatrice et des Ligeia, ces mornes et blancs fantômes engendrés par l'inexorable cauchemar du noir opium!

Cette nouvelle mettait aussi en jeu les opérations de la volonté, mais elle ne traitait plus de ses affaiblissements et de ses défaites, sous l'effet de la peur; elle étudiait, au contraire, ses exaltations, sous l'impulsion d'une conviction tournée à l'idée fixe; elle démontrait sa puissance qui parvenait même à saturer l'atmosphère, à imposer sa foi aux choses ambiantes.

Un autre livre de Villiers, *Isis*, lui semblait curieux à d'autres titres. Le fatras philosophique de Claire Lenoir obstruait également celui-là qui offrait un incroyable tohu-bohu d'observations verbeuses et troubles et de souvenirs de vieux mélodrames, d'oubliettes, de poignards, d'échelles de corde, de tous ces ponts-neufs romantiques que Villiers ne devait point rajeunir dans son « Elën », dans sa « Morgane », des pièces oubliées, éditées chez un inconnu, le sieur Francisque Guyon, imprimeur à Saint-Brieuc.

L'héroïne de ce livre, une marquise Tullia Fabriana, qui était censée s'être assimilé la science chaldéenne des femmes d'Edgar Poe et les sagacités diplomatiques de la Sanseverina-Taxis de Stendhal, s'était, en sus, composé l'énigmatique contenance d'une Bradamante mâtinée d'une Circé antique. Ces mélanges insolubles développaient une vapeur fuligineuse au travers de laquelle des influences philosophiques et littéraires se bousculaient, sans avoir pu s'ordonner, dans le cerveau de l'auteur, au moment où il écrivait les prolégomènes de cette œuvre qui ne devait pas comprendre moins de sept volumes.

Mais, dans le tempérament de Villiers, un autre coin, bien autrement perçant, bien autrement net, existait, un coin de plaisanterie noire et de raillerie féroce; ce n'étaient plus alors les paradoxales mystifications d'Edgar Poe, c'était un bafouage d'un comique lugubre, tel qu'en ragea Swift. Une série de pièces, *les Demoiselles de Bienfilâtre, l'Affichage céleste, la Machine à gloire, le Plus beau dîner du monde*, décelaient un esprit de goguenardise singulièrement inventif et âcre. Toute l'ordure des idées utilitaires contemporaines, toute l'ignominie mercantile du siècle, étaient glorifiées en des pièces dont la poignante ironie transportait des Esseintes.

Dans ce genre de la fumisterie grave et acerbe, aucun autre livre n'existait en France; tout au plus, une nouvelle de Charles Cros, *La science de l'amour*, insérée jadis dans la *Revue du Monde-Nouveau*, pouvait-elle étonner par ses folies chimiques, son humour pincé, ses observations froidement bouffonnes, mais le plaisir n'était plus que relatif, car l'exécution péchait d'une façon mortelle. Le style ferme, coloré, souvent original de Villiers, avait disparu pour faire place à une rillette raclée sur l'établi littéraire du premier venu.

— Mon Dieu! mon Dieu! qu'il existe donc peu de livres qu'on puisse relire, soupira des Esseintes, regardant le domestique qui descendait de l'escabelle où il était juché et s'effaçait pour lui permettre d'embrasser d'un coup d'œil tous les rayons.

Des Esseintes approuva de la tête. Il ne restait plus sur la table que deux plaquettes. D'un signe, il congédia le vieillard et il parcourut quelques feuilles reliées en peau d'onagre, préalablement satinée à la presse hydraulique, pommelée à l'aquarelle de nuées d'argent et nantie de gardes de vieux lampas, dont les ramages un peu éteints, avaient cette grâce des choses fanées que Mallarmé célébra dans un si délicieux poème.

Ces pages, au nombre de neuf, étaient extraites d'uniques exemplaires des deux premiers Parnasses, tirés sur parchemin, et précédés de ce titre : *Quelques vers de Mallarmé*, dessiné par un surprenant calligraphe, en lettres onciales, coloriées, relevées, comme celles des vieux manuscrits, de points d'or.

Parmi les onze pièces réunies sous cette couverture, quelques-unes, *Les Fenêtres*, *l'Épilogue*, *Azur*, le requéraient; mais une entre autres, un fragment de l'*Hérodiade*, le subjuguait de même qu'un sortilège, à certaines heures.

Combien de soirs, sous la lampe éclairant de ses lueurs baissées la silencieuse chambre, ne s'était-il point senti effleuré par cette Hérodiade qui, dans l'œuvre de Gustave Moreau maintenant envahie par l'ombre, s'effaçait plus légère, ne laissant plus entrevoir qu'une confuse statue, encore blanche, dans un brasier éteint de pierres!

L'obscurité cachait le sang, endormait les reflets et les ors, enténébrait les lointains du temple, noyait les comparses du crime ensevelis dans leurs couleurs mortes, et, n'épargnant que les blancheurs de l'aquarelle, sortait la femme du fourreau de ses joailleries et la rendait plus nue.

Invinciblement, il levait les yeux vers elle, la discernait à ses contours inoubliés et elle revivait, évoquant sur ses lèvres ces bizarres et doux vers que Mallarmé lui prête :

« ... O miroir!
« Eau froide par l'ennui dans ton cadre gelée
« Que de fois et pendant des heures, désolée
« Des songes et cherchant mes souvenirs qui sont
« Comme des feuilles sous ta glace au trou profond,
« Je m'apparus en toi comme une ombre lointaine,
« Mais, horreur! des soirs, dans ta sévère fontaine,
« J'ai de mon rêve épars connu la nudité! »

Ces vers, il les aimait comme il aimait les œuvres de ce poète qui, dans un siècle de suffrage universel et dans un temps de lucre, vivait à l'écart des lettres, abrité de la sottise environnante par son dédain, se complaisant, loin du monde, aux surprises de l'intellect, aux visions de sa cervelle, raffinant sur des pensées déjà spécieuses, les greffant de finesses byzantines, les perpétuant en des déductions légèrement indiquées que reliait à peine un imperceptible fil.

Ces idées nattées et précieuses, il les nouait avec une langue adhésive, solitaire et secrète, pleine de rétractions de phrases, de tournures elliptiques, d'audacieux tropes.

Percevant les analogies les plus lointaines, il désignait souvent d'un terme donnant à la fois, par un effet de similitude, la forme, le parfum, la couleur, la qualité, l'éclat, l'objet ou l'être auquel il eût fallu accoler de nombreuses et de différentes épithètes pour en dégager toutes les faces, toutes les nuances, s'il avait été simplement indiqué par son nom technique. Il parvenait ainsi à abolir l'énoncé de la comparaison qui s'établissait, toute seule, dans l'esprit du lecteur, par l'analogie, dès qu'il avait pénétré le symbole, et il se dispensait d'éparpiller l'attention sur chacune des qualités qu'auraient pu présenter, un à un, les adjectifs placés à la queue leu leu, la concentrait sur un seul mot, sur un tout, produisant, comme pour un tableau par exemple, un aspect unique et complet, un ensemble.

Cela devenait une littérature condensée, un coulis essentiel, un sublimé d'art; cette tactique d'abord employée d'une façon restreinte, dans ses premières œuvres, Mallarmé l'avait hardiment arborée dans une pièce sur Théophile Gautier et dans *l'Après-midi d'un faune,* une églogue, où les subtilités des joies sensuelles se déroulaient en des vers mystérieux et câlins que trouaient tout à coup ce cri fauve et délirant du faune :

« *Alors m'éveillerai-je à la ferveur première,*
« *Droit et seul, sous un flot antique de lumière,*
« *Lys! et l'un de vous tous pour l'ingénuité.* »

Ce vers qui avec le monosyllabe lys! en rejet, évoquait l'image de quelque chose de rigide, d'élancé, de blanc, sur le sens duquel appuyait encore le substantif ingénuité mis à la rime, exprimait allégoriquement, en un seul terme, la passion, l'effervescence, l'état momentané du faune vierge, affolé de rut par la vue des nymphes.

Dans cet extraordinaire poème, des surprises d'images nouvelles et invues surgissaient, à tout bout de vers, alors que le poète décrivait les élans, les regrets du chèvre-pied contemplant sur le bord du marécage les touffes des roseaux gardant encore, en un moule éphémère, la forme creuse des naïades qui l'avaient empli.

Puis, des Esseintes éprouvait aussi de captieuses délices à palper cette minuscule plaquette, dont la couverture en feutre du Japon, aussi blanche qu'un lait caillé, était fermée par deux cordons de soie, l'un rose de Chine, et l'autre noir.

Dissimulée derrière la couverture, la tresse noire rejoignait la tresse rose qui mettait comme un souffle de veloutine, comme un soupçon de fard japonais moderne, comme un adjuvant libertin, sur l'antique blancheur, sur la candide carnation du livre, et elle l'enlaçait, nouant en une légère rosette, sa couleur sombre à la couleur claire, insinuant un discret avertissement de ce regret, une vague menace de cette tristesse qui succèdent aux transports éteints et aux surexcitations apaisées des sens.

Des Esseintes reposa sur la table *l'Après-midi d'un faune*, et il feuilleta une autre plaquette qu'il avait fait imprimer, à son usage, une anthologie du poème en prose, une petite chapelle placée, sous l'invocation de Baudelaire, et ouverte sur le parvis de ses poèmes.

Cette anthologie comprenait un selectæ du *Gaspard de la nuit* de ce fantasque Aloysius Bertrand qui a transféré les procédés du Léonard dans la prose et peint, avec ses oxydes métalliques, des petits tableaux dont les vives couleurs chatoient, ainsi que celles des émaux lucides. Des Esseintes y avait joint le *Vox populi*, de Villiers, une pièce superbement frappée dans un style d'or, à l'effigie de Leconte de Lisle et de Flaubert, et quelques extraits de ce délicat *Livre de Jade* dont l'exotique parfum de ginseng et de thé se mêle à l'odorante fraîcheur de l'eau qui babille sous un clair de lune, tout le long du livre.

Mais, dans ce recueil, avaient été colligés certains poèmes sauvés de revues mortes : *le Démon de l'analogie, la Pipe, le Pauvre enfant pâle, le Spectacle interrompu, le Phénomène futur*, et surtout *Plainte d'automne* et *Frisson d'hiver*, qui étaient les chefs-d'œuvre de Mallarmé et comptaient également parmi les chefs-d'œuvre du poème en prose, car ils unissaient une langue si magnifiquement ordonnée qu'elle berçait, par elle-même, ainsi qu'une mélancolique incantation, qu'une enivrante mélodie, à des pensées d'une suggestion irrésistible, à des pulsations d'âme de sensitif dont les nerfs en émoi vibrent avec une acuité qui vous pénètre jusqu'au ravissement, jusqu'à la douleur.

De toutes les formes de la littérature, celle du poème en prose était la forme préférée de des Esseintes. Maniée par un alchimiste de génie, elle devait, suivant lui, renfermer, dans son petit volume, à l'état d'of meat, la puissance du roman dont elle supprimait les longueurs analytiques et les superfétations descriptives. Bien souvent, des Esseintes avait médité sur cet inquiétant problème, écrire un roman concentré en quelques phrases qui contiendraient le suc cohobé des centaines de pages toujours employées à établir le milieu, à dessiner les caractères, à entasser à l'appui les observations et les menus faits. Alors les mots choisis seraient tellement impermutables qu'ils suppléeraient à tous les autres; l'adjectif posé d'une si ingénieuse et d'une si définitive façon qu'il ne pourrait être légalement dépossédé de sa place, ouvrirait de telles perspectives que le lecteur pourrait rêver, pendant des semaines entières, sur son sens, tout à la fois précis et multiple, constaterait le présent, reconstruirait le passé, devinerait l'avenir d'âmes des personnages, révélés par les lueurs de cette épithète unique.

Le roman, ainsi conçu, ainsi condensé en une page ou deux, deviendrait une communion de pensée entre un magique écrivain et un idéal lecteur, une collaboration spirituelle consentie entre dix personnes supérieures éparses dans l'univers, une délectation offerte aux délicats, accessible à eux seuls.

En un mot, le poème en prose représentait, pour des Esseintes, le suc concret, l'osmazôme [192] de la littérature, l'huile essentielle de l'art.

Cette succulence développée et réduite en une goutte, elle existait déjà chez Baudelaire, et aussi dans ces poèmes de Mallarmé qu'il humait avec une si profonde joie.

Quand il eut fermé son anthologie, des Esseintes se dit que sa bibliothèque arrêtée sur ce dernier livre, ne s'augmenterait probablement jamais plus.

En effet, la décadence d'une littérature, irréparablement atteinte dans son organisme, affaiblie par l'âge des idées, épuisée par les excès de la syntaxe, sensible seulement aux curiosités qui enfièvrent les malades et cependant pressée de tout exprimer à son déclin, acharnée à vouloir réparer toutes les omissions de jouissance, à léguer les plus subtils souvenirs de douleur, à son lit de mort, s'était incarnée en Mallarmé, de la façon la plus consommée et la plus exquise.

C'étaient, poussées jusqu'à leur dernière expression, les quintessences de Baudelaire et de Poe; c'étaient leurs fines et puissantes substances encore distillées et dégageant de nouveaux fumets, de nouvelles ivresses.

C'était l'agonie de la vieille langue qui, après s'être persillée de siècle en siècle, finissait par se dissoudre, par atteindre ce deliquium de la langue latine qui expirait dans les mystérieux concepts et les énigmatiques expressions de saint Boniface et de saint Adhelme[193].

Au demeurant, la décomposition de la langue française s'était faite d'un coup. Dans la langue latine, une longue transition, un écart de quatre cents ans existait entre le verbe tacheté et superbe de Claudien et de Rutilius, et le verbe faisandé du VIIIe siècle. Dans la langue française aucun laps de temps, aucune succession d'âges n'avait eu lieu; le style tacheté et superbe des de Goncourt et le style faisandé de Verlaine et de Mallarmé se coudoyaient à Paris, vivant en même temps, à la même époque, au même siècle.

Et des Esseintes sourit, regardant l'un des in-folios ouverts sur son pupitre de chapelle, pensant que le moment viendrait où un érudit préparerait pour la décadence de la langue française, un glossaire pareil à celui dans lequel le savant du Cange a noté les dernières balbuties, les derniers spasmes, les derniers éclats, de la langue latine râlant de vieillesse au fond des cloîtres.

XV

Allumé comme un feu de paille, son enthousiasme pour le sustenteur tomba de même. D'abord engourdie, la dyspepsie nerveuse se réveilla — puis, cette échauffante essence de nourriture détermina une telle irritation dans ses entrailles que des Esseintes dut, au plus tôt, en cesser l'usage.

La maladie reprit sa marche; des phénomènes inconnus l'escortèrent. Après les cauchemars, les hallucinations de l'odorat, les troubles de la vue, la toux rêche, réglée de même qu'une horloge, les bruits des artères et du cœur et les suées froides, surgirent les illusions de l'ouïe, ces altérations qui ne se produisent que dans la dernière période du mal.

Rongé par une ardente fièvre, des Esseintes entendit subitement des murmures d'eau, des vols de guêpes, puis ces bruits se fondirent en un seul qui ressemblait au ronflement d'un tour; ce ronflement s'éclaircit, s'atténua et peu à peu se décida en un son argentin de cloche.

Alors, il sentit son cerveau délirant emporté

dans des ondes musicales, roulé dans les tourbillons mystiques de son enfance. Les chants appris chez les jésuites reparurent, établissant par eux-mêmes, le pensionnat, la chapelle, où ils avaient retenti, répercutant leurs hallucinations aux organes olfactifs et visuels, les voilant de fumée d'encens et de ténèbres irradiées par des lueurs de vitraux, sous de hauts cintres.

Chez les Pères, les cérémonies religieuses se pratiquaient en grande pompe; un excellent organiste et une remarquable maîtrise faisaient de ces exercices spirituels un délice artistique profitable au culte. L'organiste était amoureux des vieux maîtres et, aux jours fériés, il célébrait des messes de Palestrina et d'Orlando Lasso, des psaumes de Marcello, des oratorios de Hændel, des motets de Sébastien Bach, exécutait de préférence aux molles et faciles compilations du père Lambillotte si en faveur auprès des prêtres, des « Laudi spirituali » du XVIe siècle dont la sacerdotale beauté avait mainte fois capté des Esseintes.

Mais il avait surtout éprouvé d'ineffables allégresses à écouter le plain-chant que l'organiste avait maintenu en dépit des idées nouvelles.

Cette forme maintenant considérée comme une forme caduque et gothique de la liturgie chrétienne, comme une curiosité archéologique, comme une relique des anciens temps, c'était le verbe de l'antique Église, l'âme du moyen âge; c'était la prière éternelle chantée, modulée suivant les élans de l'âme, l'hymne permanente élancée depuis des siècles vers le Très-Haut.

Cette mélodie traditionnelle était la seule qui,

avec son puissant unisson, ses harmonies solennelles et massives, ainsi que des pierres de taille, put s'accoupler avec les vieilles basiliques et emplir les voûtes romanes dont elle semblait l'émanation et la voix même[194].

Combien de fois des Esseintes n'avait-il pas été saisi et courbé par un irrésistible souffle, alors que le « Christus factus est » du chant grégorien s'élevait dans la nef dont les piliers tremblaient parmi les mobiles nuées des encensoirs, ou que le faux-bourdon du « De profundis » gémissait, lugubre de même qu'un sanglot contenu, poignant ainsi qu'un appel désespéré de l'humanité pleurant sa destinée mortelle, implorant la miséricorde attendrie de son Sauveur!

En comparaison de ce chant magnifique, créé par le génie de l'Église, impersonnel, anonyme comme l'orgue même dont l'inventeur est inconnu, toute musique religieuse lui paraissait profane. Au fond, dans toutes les œuvres de Jomelli et de Porpora, de Carissimi et de Durante, dans les conceptions les plus admirables de Hændel et de Bach, il n'y avait pas la renonciation d'un succès public, le sacrifice d'un effet d'art, l'abdication d'un orgueil humain s'écoutant prier, tout au plus, avec les imposantes messes de Lesueur célébrées à Saint-Roch, le style religieux s'affirmait-il, grave et auguste, se rapprochant au point de vue de l'âpre nudité, de l'austère majesté du vieux plain-chant.

Depuis lors, absolument révolté par ces prétextes à *Stabat*, imaginés par les Pergolèse et les Rossini, par toute cette intrusion de l'art mondain dans l'art liturgique, des Esseintes s'était tenu à l'écart de ces œuvres équivoques que tolère l'indulgente Église.

D'ailleurs, cette faiblesse consentie par désir de recettes et sous une fallacieuse apparence d'attrait pour les fidèles, avait aussitôt abouti à des chants empruntés à des opéras italiens, à d'abjectes cavatines, à d'indécents quadrilles, enlevés à grand orchestre dans les églises elles-mêmes converties en boudoirs, livrées aux histrions des théâtres qui bramaient dans les combles, alors qu'en bas les femmes combattaient à coups de toilettes et se pâmaient aux cris des cabots dont les impures voix souillaient les sons sacrés de l'orgue!

Depuis des années, il s'était obstinément refusé à prendre part à ces pieuses régalades, restant sur ses souvenirs d'enfance, regrettant même d'avoir entendu quelques Te Deum, inventés par de grands maîtres, car il se rappelait cet admirable Te Deum du plain-chant, cette hymne si simple, si grandiose, composée par un saint quelconque, un saint Ambroise ou un saint Hilaire, qui, à défaut des ressources compliquées d'un orchestre, à défaut de la mécanique musicale de la science moderne, révélait une ardente foi, une délirante jubilation, échappées, de l'âme de l'humanité tout entière, en des accents pénétrés, convaincus, presque célestes!

D'ailleurs, les idées de des Esseintes sur la musique étaient en flagrante contradiction avec les théories qu'il professait sur les autres arts. En fait de musique religieuse, il n'approuvait réellement que la musique monastique du moyen âge, cette musique émaciée qui agissait instinctivement sur ses nerfs, de même que certaines pages de la vieille latinité chrétienne; puis, il l'avouait lui-même, il était incapable de comprendre les ruses que les maîtres contemporains pouvaient avoir introduites dans l'art catholique; d'abord, il n'avait pas étudié la musique avec cette passion qui l'avait porté vers la peinture et vers les lettres. Il jouait, ainsi que le premier venu, du piano, était, après de longs ânonnements, à peu près apte à mal déchiffrer une partition, mais il ignorait l'harmonie, la technique nécessaire pour saisir réellement une nuance, pour apprécier une finesse, pour savourer, en toute connaissance de cause, un raffinement.

D'autre part, la musique profane est un art de promiscuité lorsqu'on ne peut la lire chez soi, seul, ainsi qu'on lit un livre[195]; afin de la déguster, il eût fallu se mêler à cet invariable public qui regorge dans les théâtres et qui assiège ce Cirque d'hiver où, sous un soleil frisant, dans une atmosphère de lavoir, l'on aperçoit un homme à tournure de charpentier, qui bat en l'air une rémolade et massacre des épisodes dessoudés de Wagner, à l'immense joie d'une inconsciente foule!

Il n'avait pas eu le courage de se plonger dans ce bain de multitude, pour aller écouter du Berlioz dont quelques fragments l'avaient pourtant subjugué par leurs exaltations passionnées et leurs bondissantes fougues, et il savait pertinemment aussi qu'il n'était pas une scène, pas même une phrase d'un opéra du prodigieux Wagner qui pût être impunément détachée de son ensemble.

Les morceaux, découpés et servis sur le plat d'un concert, perdaient toute signification, demeuraient privés de sens, attendu que, semblables à des chapitres qui se complètent les uns les autres et concourent tous à la même conclusion, au même but, ses mélodies lui servaient à dessiner le caractère de ses personnages, à incarner leurs pensées, à exprimer leurs mobiles, visibles ou secrets, et que leurs ingénieux et persistants retours n'étaient compréhensibles que pour les auditeurs qui suivaient le sujet depuis son exposition et voyaient peu à peu les personnages se préciser et grandir dans un milieu d'où l'on ne pouvait les enlever sans les voir dépérir, tels que des rameaux séparés d'un arbre.

Aussi des Esseintes pensait-il que, parmi cette tourbe de mélomanes qui s'extasiait, le dimanche, sur les banquettes, vingt à peine connaissaient la partition qu'on massacrait, quand les ouvreuses consentaient à se taire pour permettre d'écouter l'orchestre.

Étant donné également que l'intelligent patriotisme empêchait un théâtre français de représenter un opéra de Wagner, il n'y avait pour les curieux qui ignorent les arcanes de la musique et ne peuvent ou ne veulent se rendre à Bayreuth, qu'à rester chez soi, et c'est le raisonnable parti qu'il avait su prendre.

D'un autre côté, la musique plus publique, plus facile et les morceaux indépendants des vieux opéras ne le retenaient guère; les bas fredons d'Auber et de Boïeldieu, d'Adam et de Flotow et les lieux communs de rhétorique professés par les Ambroise Thomas et les Bazin lui répugnaient au même titre que les minauderies surannées et que les grâces populacières des Italiens. Il s'était donc résolument écarté de l'art musical, et, depuis des années que durait son abstention, il ne se rappelait avec plaisir que certaines séances de musique de chambre où il avait entendu du Beethoven et surtout du Schumann et du Schubert qui avaient trituré ses nerfs à la façon des plus intimes et des plus tourmentés poèmes d'Edgar Poe.

Certaines parties pour violoncelle de Schumann l'avaient positivement laissé haletant et étranglé par l'étouffante boule de l'hystérie; mais c'étaient surtout des lieder de Schubert qui l'avaient soulevé, jeté hors de lui, puis prostré de même qu'après une déperdition de fluide nerveux, après une ribote mystique d'âme.

Cette musique lui entrait, en frissonnant, jusqu'aux os et refoulait un infini de souffrances oubliées, de vieux spleen, dans le cœur étonné de contenir tant de misères confuses et de douleurs vagues. Cette musique de désolation, criant du plus profond de l'être, le terrifiait en le charmant. Jamais, sans que de nerveuses larmes lui montassent aux yeux, il n'avait pu se répéter « les Plaintes de la jeune fille », car il y avait dans ce lamento, quelque chose de plus que de navré, quelque chose d'arraché qui lui fouillait les entrailles, quelque chose comme une fin d'amour dans un paysage triste.

Et toujours lorsqu'elles lui revenaient aux lèvres, ces exquises et funèbres plaintes évoquaient pour lui un site de banlieue, un site avare, muet, où sans bruit, au loin, des files de gens, harassés par la vie, se perdaient, courbés en deux, dans le crépuscule, alors qu'abreuvé d'amertumes, gorgé de dégoût, il se sentait, dans la nature éplorée, seul, tout seul, terrassé par une indicible mélancolie, par une opiniâtre détresse, dont la mystérieuse intensité excluait toute consolation, toute pitié, tout repos. Pareil à un glas de mort, ce chant désespéré le hantait, maintenant qu'il était couché, anéanti par la fièvre et agité par une anxiété d'autant plus inapaisable qu'il n'en discernait plus la cause. Il finissait pas s'abandonner à la dérive, culbuté par le torrent d'angoisses que versait cette musique tout d'un coup endiguée, pour une minute, par le chant des psaumes qui s'élevait, sur un ton lent et bas, dans sa tête dont les tempes meurtries lui semblaient frappées par des battants de cloches.

Un matin, pourtant, ces bruits se calmèrent; il se posséda mieux et demanda au domestique de lui présenter une glace; elle lui glissa aussitôt des mains; il se reconnaissait à peine; la figure était couleur de terre, les lèvres boursouflées et sèches, la langue ridée, la peau rugueuse; ses cheveux et sa barbe que le domestique n'avait plus taillés depuis la maladie, ajoutaient encore à l'horreur de la face creuse, des yeux agrandis et liquoreux qui brûlaient d'un éclat fébrile dans cette tête de squelette, hérissée de poils. Plus que sa faiblesse, que ses vomissements incoercibles qui rejetaient tout essai de nourriture, plus que ce marasme où il plongeait, ce changement de visage l'effraya. Il se crut perdu; puis, dans l'accablement qui l'écrasa, une énergie d'homme acculé le mit sur son séant, lui donna la force d'écrire une lettre à son médecin de Paris et de commander au domestique de partir à l'instant à sa recherche et de le ramener, coûte que coûte, le jour même.

Subitement, il passa de l'abandon le plus complet au plus fortifiant espoir; ce médecin était un spécialiste célèbre, un docteur renommé pour ses cures des maladies nerveuses : « il doit avoir guéri des cas plus têtus et plus périlleux que les miens, se disait des Esseintes; à coup sûr, je serai sur pied, dans quelques jours »; puis, à cette confiance, un désenchantement absolu succédait; si savants, si intuitifs qu'ils puissent être, les médecins ne connaissent rien aux névroses, dont ils ignorent jusqu'aux origines. De même que les autres, celui-là lui prescrirait l'éternel oxyde de zinc et la quinine, le bromure de potassium et la valériane; qui sait, continuait-il, se raccrochant aux dernières branches, si ces remèdes m'ont été jusqu'alors infidèles, c'est sans doute parce que je n'ai pas su les utiliser à de justes doses.

Malgré tout, cette attente d'un soulagement le ravitaillait, mais il eut une appréhension nouvelle : pourvu que le médecin soit à Paris et qu'il veuille se déranger, et aussitôt la peur que son domestique ne l'eût pas rencontré, l'atterra. Il recommençait à défaillir, sautant d'une seconde à l'autre, de l'espoir le plus insensé aux transes les plus folles, s'exagérant et ses chances de soudaine guérison et ses craintes de prompt danger; les heures s'écoulèrent et le moment vint où désespéré, à bout de force, convaincu que décidément le médecin n'arriverait pas, il se répéta rageusement que, s'il avait été secouru à temps, il eût été certainement sauvé; puis sa colère contre le domestique, contre le médecin qu'il accusait de le laisser mourir, s'évanouit, et enfin il s'irrita contre lui-même, se reprochant d'avoir attendu aussi longtemps pour requérir un aide, se persuadant qu'il serait actuellement guéri s'il avait, depuis la veille seulement, réclamé des médicaments vigoureux et des soins utiles.

Peu à peu, ces alternatives d'alarmes et d'espérances qui cahotaient dans sa tête vide s'apaisèrent; ces chocs achevèrent de le briser; il tomba dans un sommeil de lassitude traversé par des rêves incohérents, dans une sorte de syncope entrecoupée par des réveils sans connaissance; il avait tellement fini par perdre la notion de ses désirs et de ses peurs qu'il demeura ahuri, n'éprouvant aucun étonnement, aucune joie, alors que tout à coup le médecin entra.

Le domestique l'avait sans doute mis au courant de l'existence menée par des Esseintes et des divers symptômes qu'il avait pu lui-même observer depuis le jour où il avait ramassé son maître, assommé par la violence des parfums, près de la fenêtre, car il questionna peu le malade dont il connaissait d'ailleurs et depuis de longues années les antécédents; mais il l'examina, l'ausculta et observa avec attention les urines où certaines traînées blanches lui révélèrent l'une des causes les plus déterminantes de sa névrose. Il écrivit une ordonnance et, sans dire mot, partit, annonçant son prochain retour.

Cette visite réconforta des Esseintes qui s'effara pourtant de ce silence et adjura le domestique de ne pas lui cacher plus longtemps la vérité. Celui-ci lui affirma que le docteur ne manifestait aucune inquiétude et, si défiant qu'il fût, des Esseintes ne put saisir un signe quelconque qui décelât l'hésitation d'un mensonge sur le tranquille visage du vieil homme.

Alors ses pensées se déridèrent; d'ailleurs ses souffrances s'étaient tues et la faiblesse qu'il ressentait par tous les membres s'entait d'une certaine douceur, d'un certain dorlotement tout à la fois indécis et lent; il fut enfin stupéfié et satisfait de ne pas être encombré de drogues et de fioles, et un pâle sourire remua ses lèvres quand le domestique apporta un lavement nourrissant à la peptone et le prévint qu'il répéterait cet exercice trois fois dans les vingt-quatre heures.

L'opération réussit et des Esseintes ne put s'empêcher de s'adresser de tacites félicitations à propos de cet événement qui couronnait, en quelque sorte, l'existence qu'il s'était créée; son penchant vers l'artificiel avait maintenant, et sans même qu'il l'eût voulu, atteint l'exaucement suprême; on n'irait pas plus loin; la nourriture ainsi absorbée était, à coup sûr, la dernière déviation qu'on pût commettre.

Ce serait délicieux, se disait-il, si l'on pouvait, une fois en pleine santé, continuer ce simple régime. Quelle économie de temps, quelle radicale délivrance de l'aversion qu'inspire aux gens sans appétit, la viande! quel définitif débarras de la lassitude qui découle toujours du choix forcément restreint des mets! quelle énergique protestation contre le bas péché de la gourmandise! enfin quelle décisive insulte jetée à la face de cette vieille nature dont les uniformes exigences seraient pour jamais éteintes!

Et il poursuivait, se parlant à mi-voix, il serait facile de s'aiguiser la faim, en s'ingurgitant un sévère apéritif, puis lorsqu'on pourrait logiquement se dire : « Quelle heure se fait-il donc? il me semble qu'il serait temps de se mettre à table, j'ai l'estomac dans les talons », on dresserait le couvert, en déposant le magistral instrument sur la nappe et alors, le temps de réciter le Benedicite, et l'on aurait supprimé l'ennuyeuse et vulgaire corvée du repas.

Quelques jours après, le domestique présenta un lavement dont la couleur et dont l'odeur différaient absolument de celles de la peptone.

— Mais ce n'est plus le même! s'écria des Esseintes qui regarda très ému le liquide versé dans l'appareil. Il demanda, comme dans un restaurant, la carte, et, dépliant l'ordonnance du médecin, il lut :

Huile de foie de morue ...... *20 g*
Thé de bœuf .... *200 g*
Vin de Bourgogne .... *200 g*
Jaune d'œuf .... *n° 1.*

Il resta rêveur. Lui qui n'avait pu, en raison du délabrement de son estomac, s'intéresser sérieusement à l'art de la cuisine, il se surprit tout à coup à méditer sur des combinaisons de faux gourmet; puis, une idée biscornue lui traversa la cervelle. Peut-être le médecin avait-il cru que l'étrange palais de son client était déjà fatigué par le goût de la peptone; peut-être avait-il voulu, pareil à un chef habile, varier la saveur des aliments, empêcher que la monotonie des plats n'amenât une complète inappétence. Une fois lancé dans ces réflexions, des Esseintes rédigea des recettes inédites, préparant des dîners maigres, pour le vendredi, forçant la dose d'huile de foie de morue et de vin et rayant le thé de bœuf ainsi qu'un manger gras, expressément interdit par l'Église; mais il n'eut bientôt plus à délibérer de ces boissons nourrissantes, car le médecin parvenait, peu à peu à dompter les vomissements et à lui faire avaler, par les voies ordinaires, un sirop de punch à la poudre de viande dont le vague arôme de cacao plaisait à sa réelle bouche.

Des semaines s'écoulèrent, et l'estomac se décida à fonctionner; à certains instants, des nausées revenaient encore, que la bière de gingembre et la potion antiémétique de Rivière arrivaient pourtant à réduire.

Enfin, peu à peu, les organes se restaurèrent; aidées par les pepsines, les véritables viandes furent digérées; les forces se rétablirent et des Esseintes put se tenir debout dans sa chambre et s'essayer à marcher, en s'appuyant sur une canne et en se soutenant aux coins des meubles; au lieu de se réjouir de ce succès, il oublia ses souffrances défuntes, s'irrita de la longueur de la convalescence, et reprocha au médecin de le traîner ainsi à petits pas. Des essais infructueux ralentirent, il est vrai, la cure; pas mieux que le quinquina, le fer, même mitigé par le laudanum, n'était accepté et l'on dut les remplacer par les arséniates, après quinze jours perdus en d'inutiles efforts, comme le constatait impatiemment des Esseintes.

Enfin, le moment échut où il put demeurer levé pendant des après-midi entières et se promener, sans aide, parmi ses pièces. Alors son cabinet de travail l'agaça; des défauts auxquels l'habitude l'avait accoutumé lui sautèrent aux yeux, dès qu'il y revint après une longue absence. Les couleurs choisies pour être vues aux lumières des lampes lui parurent se désaccorder aux lueurs du jour; il pensa à les changer et combina pendant des heures de factieuses harmonies de teintes, d'hybrides accouplements d'étoffes et de cuirs.

— Décidément, je m'achemine vers la santé, se dit-il, relatant le retour de ses anciennes préoccupations, de ses vieux attraits.

Un matin, tandis qu'il contemplait ses murs orange et bleu, songeant à d'idéales tentures fabriquées avec des étoles de l'Église grecque, rêvant à des dalmatiques russes d'orfroi, à des chapes en brocart, ramagées de lettres slavones figurées par des pierres de l'Oural et des rangs de perles, le médecin entra et, observant les regards de son malade, l'interrogea.

Des Esseintes lui fit part de ses irréalisables souhaits, et il commençait à manigancer de nouvelles investigations de couleurs, à parler des concubinages et des ruptures de tons qu'il ménagerait, quand le médecin lui asséna, une douche glacée sur la tête, en lui affirmant, d'une façon péremptoire, que ce ne serait pas, en tout cas, dans ce logis, qu'il mettrait à exécution ses projets.

Et, sans lui laisser le temps de respirer, il

déclara qu'il était allé au plus pressé en rétablissant les fonctions digestives et qu'il fallait maintenant attaquer la névrose qui n'était nullement guérie et nécessiterait des années de régime et de soins. Il ajouta enfin qu'avant de tenter tout remède, avant de commencer tout traitement hydrothérapique, impossible d'ailleurs à suivre à Fontenay, il fallait quitter cette solitude, revenir à Paris, rentrer dans la vie commune, tâcher enfin de se distraire comme les autres.

— Mais, ça ne me distrait pas, moi, les plaisirs des autres, s'écria des Esseintes indigné!

Sans discuter cette opinion, le médecin assura simplement que ce changement radical d'existence qu'il exigeait était, à ses yeux, une question de vie ou de mort, une question de santé ou de folie compliquée à brève échéance de tubercules.

— Alors c'est la mort ou l'envoi au bagne! s'exclama des Esseintes exaspéré.

Le médecin, qui était imbu de tous les préjugés d'un homme du monde, sourit et gagna la porte sans lui répondre.

XVI

Des Esseintes s'enferma dans sa chambre à coucher, se bouchant les oreilles aux coups de marteaux qui clouaient les caisses d'emballage apprêtées par les domestiques; chaque coup lui frappait le cœur, lui enfonçait une souffrance vive, en pleine chair. L'arrêt rendu par le médecin s'accomplissait; la crainte de subir, une fois de plus, les douleurs qu'il avait supportées, la peur d'une atroce agonie avaient agi plus puissamment sur des Esseintes que la haine de la détestable existence à laquelle la juridiction médicale le condamnait.

Et pourtant, se disait-il, il y a des gens qui vivent solitaires, sans parler à personne, qui s'absorbent à l'écart du monde, tels que les réclusionnaires et les trappistes, et rien ne prouve que ces malheureux et que ces sages deviennent des déments ou des phtisiques. Ces exemples, il les avait cités au docteur sans résultat; celui-ci avait répété d'un ton sec et qui n'admettait plus aucune réplique, que son verdict, d'ailleurs confirmé par l'avis de tous les nosographes de la névrose, était que la distraction, que l'amusement, que la joie, pouvaient seuls influer sur cette maladie dont tout le côté spirituel échappait à la force chimique des remèdes; et, impatienté par les récriminations de son malade, il avait, une dernière fois, déclaré qu'il se refusait à lui continuer ses soins s'il ne consentait pas à changer d'air, à vivre dans de nouvelles conditions d'hygiène.

Des Esseintes s'était aussitôt rendu à Paris, avait consulté d'autres spécialistes, leur avait impartialement soumis son cas, et, tous ayant, sans hésiter, approuvé les prescriptions de leur confrère, il avait loué un appartement encore inoccupé dans une maison neuve, était revenu à Fontenay et, blanc de rage, avait donné des ordres pour que le domestique préparât les malles.

Enfoui dans son fauteuil, il ruminait maintenant sur cette expresse observance qui bouleversait ses plans, rompait les attaches de sa vie présente, enterrait ses projets futurs. Ainsi, sa béatitude était finie! ce havre qui l'abritait, il fallait l'abandonner, rentrer en plein dans cette intempérie de bêtise qui l'avait autrefois battu!

Les médecins parlaient d'amusement, de distraction; et avec qui, et, avec quoi, voulaient-ils donc qu'il s'égayât et qu'il se plût?

Est-ce qu'il ne s'était pas mis lui-même au ban de la société? est-ce qu'il connaissait un homme dont l'existence essayerait, telle que la sienne, de se reléguer dans la contemplation, de se détenir dans le rêve? est-ce qu'il connaissait un homme capable d'apprécier la délicatesse d'une phrase, le subtil d'une peinture, la quintessence d'une idée, un homme dont l'âme fût assez chantournée, pour comprendre Mallarmé et aimer Verlaine?

Où, quand, dans quel monde devait-il sonder pour découvrir un esprit jumeau, un esprit détaché des lieux communs, bénissant le silence comme un bienfait, l'ingratitude comme un soulagement, la défiance comme un garage, comme un port?

Dans le monde où il avait vécu, avant son départ pour Fontenay? — Mais la plupart des hobereaux qu'il avait fréquentés, avaient dû, depuis cette époque, se déprimer davantage dans les salons, s'abêtir devant les tables de jeux, s'achever dans les lèvres des filles; la plupart même devaient s'être mariés; après avoir eu, leur vie durant, les restants des voyous, c'était leurs femmes qui possédaient maintenant les restes des voyoutes, car, maître des prémices, le peuple était le seul qui n'eût pas du rebut!

Quel joli chassé-croisé, quel bel échange que cette coutume adoptée par une société pourtant bégueule! se disait des Esseintes.

Puis, la noblesse décomposée était morte; l'aristocratie avait versé dans l'imbécillité ou dans l'ordure! Elle s'éteignait dans le gâtisme de ses descendants dont les facultés baissaient à chaque génération et aboutissaient à des instincts de gorilles fermentés dans des crânes de palefreniers et de jockeys, ou bien encore, ainsi que les Choiseul-Praslin, les Polignac, les Chevreuse, elle roulait dans la boue de procès qui la rendaient égale en turpitude aux autres classes.

Les hôtels mêmes, les écussons séculaires, la

tenue héraldique, le maintien pompeux de cette antique caste avaient disparu. Les terres ne rapportant plus, elles avaient été avec les châteaux mises à l'encan, car l'or manquait pour acheter les maléfices vénériens aux descendants hébétés des vieilles races!

Les moins scrupuleux, les moins obtus, jetaient toute vergogne à bas; ils trempaient dans des gabegies, vannaient la bourbe des affaires, comparaissaient, ainsi que de vulgaires filous, en cour d'assises, et ils servaient à rehausser un peu la justice humaine qui, ne pouvant se dispenser toujours d'être partiale, finissait par les nommer bibliothécaires dans les maisons de force.

Cette âpreté de gain, ce prurit de lucre, s'étaient aussi répercutés dans cette autre classe qui s'était constamment étayée sur la noblesse, dans le clergé. Maintenant on apercevait, aux quatrièmes pages des journaux, des annonces de cors aux pieds guéris par un prêtre. Les monastères s'étaient métamorphosés en des usines d'apothicaires et de liquoristes. Ils vendaient des recettes ou fabriquaient eux-mêmes : l'ordre de Cîteaux, du chocolat, de la trappistine, de la semouline et de l'alcoolature d'arnica; les ff. maristes du biphosphate de chaux médicinal et de l'eau d'arquebuse; les jacobins de l'élixir antiapoplectique; les disciples de saint Benoît, de la bénédictine; les religieux de saint Bruno, de la chartreuse.

Le négoce avait envahi les cloîtres où, en guise d'antiphonaires, les grands livres de commerce posaient sur des lutrins. De même qu'une lèpre, l'avidité du siècle ravageait l'Église, courbait des moines sur des inventaires et des factures, transformait les supérieurs en des confiseurs et des médicastres, les frères lais et les convers, en de vulgaires emballeurs et de bas potards.

Et cependant, malgré tout, il n'y avait encore que les ecclésiastiques parmi lesquels des Esseintes pouvait espérer des relations appariées jusqu'à un certain point avec ses goûts; dans la société de chanoines généralement doctes et bien élevés, il aurait pu passer quelques soirées affables et douillettes; mais encore eût-il fallu qu'il partageât leurs croyances, qu'il ne flottât point entre des idées sceptiques et des élans de conviction qui remontaient de temps à autre, sur l'eau, soutenus par les souvenirs de son enfance.

Il eût fallu avoir des opinions identiques, ne pas admettre, et il le faisait volontiers dans ses moments d'ardeur, un catholicisme salé d'un peu de magie, comme sous Henri III, et d'un peu de sadisme, comme à la fin du dernier siècle. Ce cléricalisme spécial, ce mysticisme dépravé et artistement pervers vers lequel il s'acheminait, à certaines heures, ne pouvait même être discuté avec un prêtre qui ne l'eût pas compris ou l'eût aussitôt banni avec horreur.

Pour la vingtième fois, cet irrésoluble problème l'agitait. Il eût voulu que cet état de suspicion dans lequel il s'était vainement débattu, à Fontenay, prît fin; maintenant qu'il devait faire peau neuve, il eût voulu se forcer à posséder la foi, à se l'incruster dès qu'il la tiendrait, à se la visser par des crampons dans l'âme, à la mettre enfin à l'abri de toutes ces réflexions qui l'ébranlent et qui la déracinent; mais plus il la souhaitait et moins la vacance de son esprit se comblait, plus la visitation du Christ tardait à venir. A mesure même que sa faim religieuse s'augmentait, à mesure qu'il appelait de toutes ses forces, comme une rançon pour l'avenir, comme un subside pour sa vie nouvelle, cette foi qui se laissait voir, mais dont la distance à franchir l'épouvantait, des idées se pressaient dans son esprit toujours en ignition, repoussant sa volonté mal assise, rejetant par des motifs de bon sens, par des preuves de mathématique, les mystères et les dogmes!

Il faudrait pouvoir s'empêcher de discuter avec soi-même, se dit-il douloureusement; il faudrait pouvoir fermer les yeux, se laisser emporter par ce courant, oublier ces maudites découvertes qui ont détruit l'édifice religieux, du haut en bas, depuis deux siècles.

Et encore, soupira-t-il, ce ne sont ni les physiologistes ni les incrédules qui démolissent le catholicisme, ce sont les prêtres, eux-mêmes, dont les maladroits ouvrages extirperaient les convictions les plus tenaces.

Dans la bibliothèque dominicaine, un docteur en théologie, un frère prêcheur, le R. P. Rouard de Card[196], ne s'était-il pas trouvé qui, à l'aide d'une brochure intitulée : « De la falsification des substances sacramentelles » avait péremptoirement démontré que la majeure partie des messes n'était pas valide, par ce motif que les matières servant au culte étaient sophistiquées par des commerçants.

Depuis des années, les huiles saintes étaient adultérées par de la graisse de volaille; la cire, par des os calcinés; l'encens, par de la vulgaire résine et du vieux benjoin. Mais ce qui était pis, c'était que les substances, indispensables au saint sacrifice, les deux substances sans lesquelles aucune oblation n'est possible, avaient, elles aussi, été dénaturées : le vin, par de multiples coupages, par d'illicites introductions de bois de Fernambouc, de baies d'hièble, d'alcool, d'alun, de salicylate, de litharge; le pain, ce pain de l'Eucharistie qui doit être pétri avec la fine fleur des froments, par de la farine de haricots, de la potasse et de la terre de pipe!

Maintenant enfin, l'on était allé plus loin; l'on avait osé supprimer complètement le blé et d'éhontés marchands fabriquaient presque toutes les hosties avec de la fécule de pomme de terre!

Or, Dieu se refusait à descendre dans la fécule. C'était un fait indéniable, sûr; dans le second tome de sa théologie morale, S. E. le cardinal Gousset, avait, lui aussi, longuement traité cette question de la fraude au point de vue divin; et, suivant l'incontestable autorité de ce maître, l'on ne pouvait consacrer le pain composé de farine d'avoine, de blé sarrasin, ou d'orge, et si le cas demeurait au moins douteux pour le pain de seigle, il ne pouvait soutenir aucune discussion, prêter à aucun litige, quand il s'agissait d'une fécule qui, selon l'expression ecclésiastique, n'était, à aucun titre, matière compétente du sacrement.

Par suite de la manipulation rapide de la fécule et de la belle apparence que présentaient les pains azymes créés avec cette matière, cette indigne fourberie s'était tellement propagée que le mystère de la transsubstantiation n'existait presque jamais plus et que les prêtres et les fidèles communiaient, sans le savoir, avec des espèces neutres.

Ah! le temps était loin où Radegonde, reine de France, préparait elle-même le pain destiné aux autels, le temps où, d'après les coutumes de Cluny, trois prêtres ou trois diacres, à jeun, vêtus de l'aube et de l'amict, se lavaient le visage et les doigts, triaient le froment, grain à grain, l'écrasaient sous la meule, pétrissaient la pâte dans une eau froide et pure et la cuisaient eux-mêmes sur un feu clair, en chantant des psaumes[197]!

Tout cela n'empêche, se dit des Esseintes, que cette perspective d'être constamment dupé, même à la sainte table, n'est point faite pour enraciner des croyances déjà débiles; puis, comment admettre cette omnipotence qu'arrêtent une pincée de fécule et un soupçon d'alcool?

Ces réflexions assombrirent encore l'aspect de sa vie future, rendirent son horizon plus menaçant et plus noir.

Décidément, il ne lui restait aucune rade, aucune berge. Qu'allait-il devenir dans ce Paris où il n'avait ni famille ni amis? Aucun lien ne l'attachait plus à ce faubourg Saint-Germain qui chevrotait de vieillesse, s'écaillait en une poussière de désuétude, gisait dans une société nouvelle comme une écale décrépite et vide! Et quel point de contact pouvait-il exister entre lui et cette classe bourgeoise qui avait peu à peu monté, profitant de tous les désastres pour s'enrichir, suscitant toutes les catastrophes pour imposer le respect de ses attentats et de ses vols?

Après l'aristocratie de la naissance, c'était maintenant l'aristocratie de l'argent; c'était le califat des comptoirs, le despotisme de la rue du Sentier, la tyrannie du commerce aux idées vénales et étroites, aux instincts vaniteux et fourbes.

Plus scélérate, plus vile que la noblesse dépouillée et que le clergé déchu, la bourgeoisie leur empruntait leur ostentation frivole, leur jactance caduque, qu'elle dégradait par son manque de savoir-vivre, leur volait leurs défauts qu'elle convertissait en d'hypocrites vices; et, autoritaire et sournoise, basse et couarde, elle mitraillait sans pitié son éternelle et nécessaire dupe, la populace, qu'elle avait elle-même démuselée et apostée pour sauter à la gorge des vieilles castes!

Maintenant, c'était un fait acquis. Une fois sa besogne terminée. la plèbe avait été, par mesure d'hygiène, saignée à blanc; le bourgeois, rassuré, trônait, jovial, de par la force de son argent et la contagion de sa sottise. Le résultat de son avènement avait été l'écrasement de toute intelligence, la négation de toute probité, la mort de tout art, et. en effet, les artistes avilis s'étaient agenouillés. et ils mangeaient. ardemment, de baisers les pieds fétides des hauts maquignons et des bas satrapes dont les aumônes les faisaient vivre!

C'était, en peinture, un déluge de niaiseries molles: en littérature, une intempérance de style plat et d'idées lâches, car il lui fallait de l'honnêteté au tripoteur d'affaires, de la vertu au flibustier qui pourchassait une dot pour son fils et refusait de payer celle de sa fille; de l'amour chaste au voltairien qui accusait le clergé de viols, et s'en allait renifler hypocritement, bêtement, sans dépravation réelle d'art, dans des chambres troubles, l'eau grasse des cuvettes et le poivre tiède des jupes sales!

C'était le grand bagne de l'Amérique transporté sur notre continent; c'était enfin, l'immense, la profonde, l'incommensurable goujaterie du financier et du parvenu, rayonnant, tel qu'un abject soleil, sur la ville idolâtre qui éjaculait, à plat ventre, d'impurs cantiques devant le tabernacle impie des banques!

Eh! croule donc, société! meurs donc, vieux monde! s'écria des Esseintes, indigné par l'ignominie du spectacle qu'il évoquait; ce cri rompit le cauchemar qui l'opprimait.

Ah! fit-il, dire que tout cela n'est pas un rêve! dire que je vais rentrer dans la turpide et servile cohue du siècle! Il appelait à l'aide pour se cicatriser, les consolantes maximes de Schopenhauer; il se répétait le douloureux axiome de Pascal : « L'âme ne voit rien qui ne l'afflige quand elle y pense », mais les mots résonnaient, dans son esprit, comme des sons privés de sens; son ennui les désagrégeait, leur ôtait toute signification, toute vertu sédative, toute vigueur effective et douce.

Il s'apercevait enfin que les raisonnements du pessimisme étaient impuissants à le soulager, que l'impossible croyance en une vie future serait seule apaisante.

Un accès de rage balayait, ainsi qu'un ouragan, ses essais de résignation, ses tentatives d'indifférence. Il ne pouvait se le dissimuler, il n'y avait rien, plus rien, tout était par terre; les bourgeois bâfraient de même qu'à Clamart sur leurs genoux, dans du papier, sous les ruines grandioses de l'Église qui étaient devenues un lieu de rendez-vous, un amas de décombres, souillées par d'inqualifiables quolibets et de scandaleuses gaudrioles. Est-ce que, pour montrer une bonne fois qu'il existait, le terrible Dieu de la Genèse et le pâle Décloué du Golgotha n'allaient point ranimer les cataclysmes éteints, rallumer les pluies de flammes qui consumèrent les cités jadis réprouvées et les villes mortes? Est-ce que cette fange allait continuer à couler et à couvrir de sa pestilence ce vieux monde où ne poussaient plus que des semailles d'iniquités et des moissons d'opprobres?

La porte s'ouvrit brusquement; dans le lointain, encadrés par le chambranle, des hommes coiffés d'un lampion, avec des joues rasées et une mouche sous la lèvre, parurent, maniant des caisses et charriant des meubles, puis la porte se referma sur le domestique qui emportait des paquets de livres.

Des Esseintes tomba, accablé, sur une chaise.
— Dans deux jours, je serai à Paris; allons, fit-il, tout est bien fini; comme un raz de marée, les vagues de la médiocrité humaine montent jusqu'au ciel et elles vont engloutir le refuge dont j'ouvre, malgré moi, les digues. Ah! le courage me fait défaut et le cœur me lève! — Seigneur, prenez pitié du chrétien qui doute, de l'incrédule qui voudrait croire, du forçat de la vie qui s'embarque seul, dans la nuit, sous un firmament que n'éclairent plus les consolants fanaux du vieil espoir!

DOSSIER

NOTE DE LUCIEN DESCAVES DANS L'ÉDITION DE 1929

Au mois de février 1881, un ami de J.-K. Huysmans, Robert Caze, l'auteur du *Martyre d'Annil* et de *Femmes à soldats*, annonçait dans le journal *L'Opinion*, auquel il collaborait [198], « une étude approfondie du pessimisme », dans un volume intitulé *A Rebours* et qui allait paraître sous peu.

Seul, avait été, d'abord, le titre du roman qui occupait Huysmans depuis trois ans. Il s'était remis au latin pour « piocher », non pas Virgile « l'un des plus sinistres raseurs que l'antiquité ait jamais produit », ni Ovide, Horace, Cicéron, Salluste, Tite-Live, Sénèque, Suétone, Tacite, Juvénal, Perse, Tibulle et Properce, Pline et Quintilien, Térence et Plaute; mais Lucain, Pétrone, Tertullien, et quelques autres de leur suite.

Huysmans ne plaignait pas ses peines. Il aimait les travaux d'approche, les notes, les préparations; l'attaque du livre lui donnait plus de tintouin.

A Rebours ne parut qu'au mois de mai, en même temps qu'une nouvelle revue dont l'existence a marqué dans l'histoire littéraire de cette époque : *La Revue Indépendante*, fondée par Félix Fénéon, et qui fut ouverte sur l'heure aux anciens tels que Goncourt, Zola, Léon Cladel, Letourneau, théoricien du socialisme, André Lefèvre, philosophe matérialiste, et aux serre-file de la génération montante : Huysmans, Céard, Paul Alexis, Émile Hennequin, Robert Caze, Verlaine, Jean Moréas, Gustave Geffroy, Camille Lemonnier, Haraucourt, Louis Desprez, etc.

Huysmans, outre un article : *La Genèse du Peintre*, dans le premier numéro, et, au deuxième, le compte rendu du Salon de 1884, publia dans les n°s 5 et 6, septembre et octobre, sa nouvelle : *Un Dilemme.*

Huysmans parlant d'*A Rebours*, dont il attendait les épreuves, à Francis Enne qui rapporte le propos, disait : « Ce sera le four le plus drôle de l'année, mais je m'en moque. Ça ne ressemblera à rien et j'aurai dit ce que j'avais à dire[199] ». C'est la paraphrase, en langage libre, de l'observation de Goncourt dans ses *Idées et Sensations :*

« Le *Je m'en fous* intellectuel de l'opinion de tout le monde, c'est la bravoure la plus rare que j'aie encore rencontrée, et ce n'est absolument qu'avec ce don qu'on peut faire des œuvres originales. »

Huysmans se trompait, touchant l'accueil réservé à son livre. Le chiffre des tirages, au fond, ne signifie rien. Ceux de Zola et de Goncourt avec *La Joie de vivre* et *Chérie*, laissaient loin derrière eux la vente modeste de Huysmans; c'est pourtant *A Rebours* qui fut, cette année-là, le plus controversé dans la presse et les milieux littéraires. Tenons-le, en tout cas, pour le seul auquel la pérennité soit acquise.

Jusqu'ici le nom de Huysmans romancier, est lié par un trait d'union conventionnel au nom du chef de l'école naturaliste : Émile Zola. Celui-ci a pris à la remorque l'homme le moins fait pour s'y mettre. Huysmans rompt ses amarres et gagne le large. Son déchargement de documents humains est pour ainsi dire terminé; il se morfond à quai et s'émancipe, sans savoir, d'ailleurs, exactement vers quoi il cingle.

« *A Rebours*, dira-t-il plus tard, fut le point de départ de mon œuvre catholique. Quand j'écrivais ce livre, je ne connaissais rien de l'Église. »

Il cherche, tâtonne, en quête de la boussole que sera peut-être la mise en demeure de Barbey d'Aurevilly. Un vent favorable se lève et le pousse en haute mer. Les chroniqueurs et les critiques croient devoir illustrer des portraits de l'auteur à trente-six ans, un aperçu de son livre.

Francis Enne crayonne ce croquis du « *charmeur singulier* » qu'est son ami.

« Qu'on se figure un grand sécot à la barbe blonde, aux traits pointus, aux yeux vifs et railleurs, avec un nez d'aigle, un front en poire et l'ensemble de toute la tête ayant une physionomie méphistophélique. »

Robert Caze – qui signe Lousteau à *L'Opinion*, esquisse d'autre part :

« Un régulier en apparence, un calme dans la vie privée, un monsieur auquel vous donneriez le bon Dieu sans confession. Mais regardez bien la tête *singulière* de l'homme, les cheveux poivre et sel, drus, en broussaille, les yeux clairs et malicieux, le nez busque, casse; la barbe blonde aux moustaches de chat. Gare! le félin griffe, démolit à coups d'ongle la bêtise humaine qu'il a observée de tres près. »

C'est de Gustave Geffroy ce médaillon encore[200] :

« Sa personne physique est en parfait rapport avec sa personnalité littéraire; il est grand, maigre, blond grisonnant; le visage est *singulier*, creusé, tiré; sur cette physionomie intelligente, toutes les emotions, toutes les sensations se peignent par des tiraillements, par des froncements; mais toutes ces contractions, ces horripilations, se fondent dans la jolie expression riante des yeux, et si Huysmans parle, on est alors conquis par la grâce à la fois goguenarde et mélancolique de sa conversation, par l'honnêtete dégoûtée qu'il montre sans affectation quand elle est comportée par le sujet en discussion. »

Singulier... Le mot se retrouve non seulement dans les trois ébauches, mais aussi dans le portrait en pied de Huysmans par lui-même, sous le nom de Cyprien (*En Ménage*) :

« Grand et blond, maigre et blême, il avait une barbe pâle, des doigts effiles et pointus, une main remuante, un œil gris aiguisé, les cheveux hérissés de poils blancs... Son dos un peu courbe et son epaule gauche légèrement déjetee, il paraissait maladif et pauvre. Sa façon d'arpenter les rues était pour le moins *singulière*. Il avançait par sursauts, pietinait sur place, s'elançait tout à coup ainsi qu'une grande sauterelle, filait à toute volée, tenant son parapluie sous le bras, comme un magister, se frottant sans raison les mains... »

Celui qui n'a pas vu Huysmans en marche ne peut pas savoir quel *instantané* c'est là.

Que l'on se rappelle enfin ce passage de l'autobiographie déguisee écrite par Huysmans pour *Les Hommes d'aujourd'hui*, au temps d'*A Rebours* précisement :

« Il me faisait l'effet d'un chat courtois, très poli, presque aimable, mais nerveux, prêt à sortir ses griffes au moindre mot. Sec, maigre, grisonnant, la figure agile, l'air embête. »

C'est l'impression qu'il produisit sur moi la première fois que je le vis chez lui, rue de Sèvres, en 1882. Sa poignée de main m'est inoubliable : il semblait n'accorder que quatre doigts superposés, le pouce rabattu dans le creux de la main. Tel il était à trente-cinq ans, tel il fut jusqu'à la fin : pas de retouches à l'image qu'il avait donnée de lui, une fois pour toutes, avant sa conversion.

Tout de suite les articles sur *A Rebours* se succèdent et le succès s'enflamme à des allumettes, à des tisons — et à un flambeau.

Voici la boîte d'allumettes :

Philippe Gille dans *Le Figaro*[201]; Guy de Maupassant et Théodore de Banville dans *Le Gil Blas*[202]; Paul Ginisty dans *Le Gil Blas* et *Le Passant*[203]; Paul Margueritte dans *La Libre Revue*[204]; Léo Trézenick dans *Lutèce*[205]; Charles Morice dans *La Revue Critique*[206] et *La Tribune républicaine de Saône-et-Loire;* Édouard Drumont dans *Le Livre*[207]; Edmond Deschaumes dans *La Chronique Parisienne*[208]; Émile Verhaeren dans *Le National Belge;* Hallays dans *Les Débats*[209]; Paul Alexis dans *Le Réveil*[210]; Émile Michelet dans *La Jeune France*[211]; Maurice Guillemot dans *Le Courrier du Soir*[212]; F. Jourdain dans *Le Phare de la Loire*[213]; Albert Pinard dans *Le Radical*[214]; J. Pradelle dans *Le Sémaphore*[215]; Jules Destrée dans *Le Journal de Charleroi* et la *Revue Artistique*, d'Anvers[216]; Joséphin Péladan dans *La Revue des Livres et des Estampes*[217]; Goudeau dans *L'Écho de Paris*[218]; Geffroy, dans *La Justice*, cette fois[219]; Francis Nautet, dans la *Société Nouvelle*, de Bruxelles[220].

Nous en passons. Nous passons les étaliers qui ont déjà pris l'habitude de servir à part à leur clientèle, non pas les morceaux de choix qui abondent dans *Les Sœurs Vatard*, *En Ménage* et *A vau-l'eau;* mais « la réjouissance », ou du moins ce qui pour eux en tient lieu.

Une fois encore, ils font peser dans la balance l'homme qui se nourrit de lavements, et ils se divertissent ensuite de la tortue à la carapace incrustée de pierreries; l'orgue à bouche les amuse aussi. Le glas que sonne le pessimisme du livre, ils ne l'entendent pas, tout occupés qu'ils sont à s'enquérir du modèle de Jean des Esseintes. Les plus avisés nomment le comte Robert de Montesquiou; mais c'est seulement en 1892, lorsque celui-ci publiera ses vers : *Les Hortensias bleus*, qu'il sera identifié avec Floressas, notamment par Bernard Lazare[221] et André Hallays[222]

Le comte de Montesquiou, ulcéré du rapprochement, trouvera alors un défenseur en la personne de son ami Anatole

France. En 1881, celui-ci, dans *Le Télégraphe*, a expédié *A Rebours* en moins de vingt lignes, au moyen d'une transition laborieuse qui lui permet de demander à des Esseintes ce qu'il pense... des *Émaux bressans*, de Gabriel Vicaire!

Mais en 1892, France, qui rédige *La Vie littéraire*, au *Temps*, vole au secours de Montesquiou. Que ne dit-on pas de lui? « Qu'il avait enchâssé des rubis et des emeraudes dans la carapace d'une tortue vivante... Et quand un romancier d'un talent coloré créa le type d'un Héliogabale parisien, on voulut retrouver dans le des Esseintes de M. J.-K. Huysmans, quelques traits empruntés aux imaginations du comte Robert de Montesquiou. On eut grand tort. M. de Montesquiou n'est pas un des Esseintes[223] ».

C'est dans *La Revue contemporaine* du 25 avril 1885, qu un autre pilier de critique, Jules Lemaître, au cours d'une étude sur Huysmans, parla de son dernier livre. Il voit dans Jean des Esseintes un type dans le genre de Werther et de René, un « ennuyé ». Ceux-ci avaient du vague a l'âme; des Esseintes « s'embête à crever », c'est toute la différence. Lemaître, à qui la place n'est pas mesurée, peut pénétrer dans l'intérieur du livre et le décrire, non sans parti pris. Professeur, il a sur la littérature latine d'autres vues que des Esseintes, et il en profite pour traiter ce dernier de nigaud... Que l'on s'amuse un quart d'heure des enfantillages séniles de Prudence, Sidoine, Marius Victor, Paulin de Pella, Orientius, etc.; passe encore; mais ce sont eux « les radoteurs et les crétins ».

Viennent la tortue, l'armoire à liqueurs, les tableaux de Gustave Moreau et les estampes de Redon, les orchidées imitant des fleurs fausses, le concert de parfums, après la symphonie des saveurs, l'Angleterre vue d'une taverne de la rue d'Amsterdam, le voyage de des Esseintes autour de sa bibliothèque, avec arrêts aux stations préférées, etc.

« Le malheur de ce livre, d'ailleurs divertissant, conclut Lemaître, c'est qu'il ressemble trop à une gageure et qu'on a peur d'être dupe en le prenant au sérieux. »

« Il y a du Pécuchet dans des Esseintes, ajoute le critique. Pécuchet et Bouvard, eux aussi, aiment l'artificiel : qu'on se rappelle leur jardin. »

Quant à la langue, enfin, mon Dieu, « elle se putréfie comme le reste, est pleine de néologismes inutiles, d'impropriétés et de ce que les pédants appellent des solécismes et des barbarismes. »

Lemaître, à l'appui, corrige quelques fautes, comme sur une copie d'élève : l'habitude.

Pas bête, il prévoit la riposte, d'ailleurs, et donne une bonne note quand même : « Le style de M. Huysmans n'en est pas moins savoureux. » Bien.

Le professeur, auquel on n'en demande pas tant, va jusqu'à cette tentative de suicide qui consiste à retourner contre soi-même l'arme dont on a menacé les autres.

« Un lettré, un mandarin, dit Lemaître, a beaucoup plus de peine qu'un ignorant à être original. Il lui semble, à lui, que tout a été dit ou du moins indiqué, et que cela suffit... Il a la mémoire trop pleine; les impressions ne lui arrivent plus qu'à travers une couche de souvenirs littéraires. »

N'est-ce pas là un mélancolique plaidoyer *pro domo sua*? Lemaître se ressaisit aussitôt : « Avouons que ces nouveaux venus ont fait de très médiocres humanités. Il y paraît à la façon dont ils parlent des classiques. »

Mais deux sûretés valent mieux qu'une, et Lemaître concède encore une fois « aux sauvages et aux primitifs », *qu'il leur arrive de voir, de sentir plus vivement que les mandarins.*

Huysmans accueillait cela d'un sourire en coin sous sa moustache, et il y pensait encore lorsqu'on le voyait se rendre à son bureau en se frottant les mains, non plus sans raison...

Au vrai, il ne fut sensible qu'à trois marques d'estime littéraire, de la part de Barbey d'Aurevilly, de Léon Bloy et d'Émile Hennequin, trois degrés des âges.

La page de Barbey d'Aurevilly est fulgurante, comme l'éclair d'un cerveau orageux. Elle parut dans *Le Constitutionnel* et fut reproduite le lendemain dans *Le Pays*[224].

Elle plane au-dessus des autres; elle étend comme des ailes sur le livre qu'elle parcourt à vol d'oiseau, et l'oiseau est un aigle au regard perçant, aux serres puissantes, qui ne lâchent plus ce qu'elles ont saisi.

Ah! celui-là n'use pas de ménagements ni de détours.

Il sait d'où vient Huysmans : du troupeau des « photographes sans âme et sans idées » qui s'en va « broutant, dans le roman, le serpolet des réalités les plus basses ».

Barbey exècre les naturalistes, le groupe d'écrivains dont Huysmans se sépare manifestement, et c'est assez pour qu'il l'aide, en lui tendant la main, à sortir du « pâturage de M. Zola ».

Non pas que cette défection ne surprenne Barbey d'Aurevilly. L'auteur des *Sœurs Vatard*, un désespéré, « une âme en peine qui raconte ses impuissances de vivre, même *à rebours!* » C'est à ne pas croire! Et il faut bien pourtant se rendre à l'évidence. Il faut surtout, pour s'intéresser à cette « mecanique détraquée », des Esseintes, pénétrer les causes de son détraquement.

Dès que Barbey d'Aurevilly a touché du doigt de l'esprit le défaut de la cuirasse, « l'âme malade d'infini dans une société qui ne croit plus qu'aux choses finies », le critique des philosophes et des écrivains religieux tient son fil conducteur et il dit de Huysmans, qui semble, cependant, leur être étranger : « En écrivant l'autobiographie de son héros, il ne fait pas que la confession particulière d'une personnalité dépravée et solitaire, mais, du même coup, il nous écrit la nosographie d'une société putréfiée de matérialisme, et cela uniquement donne a son livre une importance que n'ont pas les autres romans physiologiques de ce temps. »

La prescience de Barbey d'Aurevilly va se révéler mieux encore à la fin de son article. Il se rappelle avoir défié Baudelaire de faire un pas de plus dans la voie du blasphème.

« Après *Les Fleurs du Mal*, disait-il à l'auteur, il ne vous reste plus, logiquement, que la bouche d'un pistolet ou les pieds de la croix. Baudelaire choisit les pieds de la croix. Mais l'auteur d'*A Rebours* les choisira-t-il? »

A cette question que lui assenait le grand écrivain catholique, Huysmans répondit : « C'est fait. » Longtemps après, c'est vrai, en conclusion de la préface d'*A Rebours*, qu'il donna en 1903 aux Cent bibliophiles[225]. Elle fut publiée l'année suivante aux éditions belges *Durendal*, et placée en 1907, après la mort de Huysmans, en tête d'une nouvelle édition du livre dans la Bibliothèque Charpentier.

Si le jugement de Barbey d'Aurevilly ne détermina pas la conversion de Huysmans, on peut dire qu'il lui en ouvrit la perspective.

D'autres articles dont il ne fait pas mention dans cette préface, furent agréables à Huysmans, tels ceux de Léon Bloy[226] dont l'exemplaire d'*A Rebours* porte la dédicace suivante : *A M. Léon Bloy, cette haine du siècle*[227].

Huysmans tenait à ce leitmotiv; on le retrouve sous la plume fraternelle d'A. Meunier, dans *Les Hommes d'aujourd'hui* :

« Dans *A Rebours*, la rage paraît, le masque indolent se

crève, les invectives sur la vie flambent à chaque ligne; nous sommes loin de la philosophie tranquille et navrée des deux livres qui précèdent (*En Ménage* et *A vau-l'eau*). C'est de la démence et de la bave; je ne crois pas que la haine et le mépris d'un siècle aient jamais été plus furieusement exprimés que dans cet étrange roman si en dehors de toute la littérature contemporaine. »

Dans la revue hebdomadaire, *Le Pal*, qui n'eut que quatre numéros, sous ce titre « La Grande Vermine », l'auteur du *Désespéré* revenait en ces termes sur la conférence de Sarcey :

« N'ai-je pas entendu, il y a quelques mois, l'abominable Sarcey blaguer envieusement, pendant une heure, à la Salle des Capucines, le dernier livre de Huysmans, *A Rebours*, le plus viril effort littéraire qu'on ait accompli depuis dix ans peut-être?

« Et le venin était bavé d'une si obscure et si pleutre manière, même dans le sens du mépris qu'on voulait suggérer, qu'il éclatait aux yeux que ce pion sordide n'avait même pas lu le chef-d'œuvre qu'il tenait à déshonorer.

« Le public, néanmoins, chatouillé dans son abjection, s'en accommodait et trépignait d'allégresse à voir un noble artiste piétiné par le plus fangeux bison de son pâturage[228]. »

Mais l'un des disciples de Zola, Paul Alexis, avait relevé dans le premier article de Bloy, ce propos offensant pour le groupe : « Huysmans le naturaliste, l'auteur des *Sœurs Vatard*, le collaborateur de Zola et de sa répugnante clique dans *Les Soirées de Médan*... » et le brave Alexis[229], plaignant son vieux camarade d'une « déshonorante sympathie », se plaisait à espérer que Léon Bloy, un jour prochain, ferait à Huysmans « l'honneur de trouver qu'il est redevenu un impie et un obscène personnage ».

En quoi Alexis ne se trompait qu'à demi. Léon Bloy devait, en effet, venir à résipiscence relativement au « plus viril effort littéraire accompli depuis dix ans » et qui n'était plus que « fariboles sensuelles[230] ».

La rupture, à ce moment, était déjà consommée.

Huysmans avait su gré enfin à un jeune critique, Émile Hennequin, de l'étude que celui-ci lui avait consacrée dans *La Revue Hebdomadaire*[231].

Il n'en est pas, effectivement, de plus intelligente.

Huysmans nous parla longtemps d'Émile Hennequin comme d'une espérance fauchée. Le fait est qu'il avait, lui aussi, deviné l'importance du « surprenant » chapitre VII d'*A Rebours*, qui « racontant les intimes fluctuations d'âme d un catholique incrédule, dévotieux et inquiet, marque le cours de pensées de théologie ou de scepticisme, par une succession de précises images accomplissant le tour de force de seize pages de la plus subtile psychologie, écrites presque constamment en termes concrets ».

Chapitre capital incontestablement. Huysmans y rôde autour de l'Église. Il se rallie à la théorie de Lacordaire : le coup magique de la conversion ne se produit point dans un sursaut. L'explosion ne fait sauter qu'un terrain longuement, constamment miné. Le coup de foudre de la religion, admis par un certain nombre de théologiens, ne résiste pas à l'examen.

« Quand j'écrivis *A Rebours*, je ne connaissais rien de l'Église, répétait Huysmans à un informateur; c'est seulement depuis que je me suis converti   et cette conversion a des causes que j'ignore moi-même   elle est un fait, et c'est tout[232]. »

Des Esseintes se contente de constater simplement que son scepticisme commence à s'entamer et qu'il pourrait bien appeler la maladie à force de la craindre.

Mais il faut lire la Préface d'*A Rebours*, écrite vingt ans après, pour ne pas ignorer que, dès 1884, Huysmans cherchait « sans idées préconçues, sans intentions réservées d'avenir, sans.. plan déterminé », à s'évader du naturalisme comme d'un cul-de-sac où il suffoquait. « Je ne songeais pas, écrit-il, que, de Schopenhauer que j'admirais plus que de raison, à *L'Ecclésiaste* et au *Livre de Job*, il n'y avait qu'un pas. » Mais « le médicastre allemand » vous déclare que le pessimisme dont vous souffrez est incurable, tandis que l'autre vous en guérit.

Zola sentit tout de suite que le disciple sur lequel il comptait le plus le lâchait. Huysmans en eut l'impression à Médan, où il avait été invité à passer quelques jours. Zola lui reprocha d'avoir porté un coup terrible au naturalisme, et conseilla au déserteur de revenir à l'étude de mœurs.

« Je n'admets pas qu'on brûle ce que l'on a adoré », disait Zola.

Mais Huysmans ne brûlait rien, à la vérité : il aimait autre chose, voilà tout. Il engageait ses investigations dans une voie nouvelle dont sincèrement il n'apercevait pas l'issue. Il affermissait dans sa main le bâton du pèlerin, sans se douter qu'il était ce pèlerin à l'avant-veille de se mettre en route, après avoir expulsé, avec *En Rade* et *Là-Bas*, les ferments du naturalisme et de la magie noire.

L. D.

NOTE SUR LE PERSONNAGE DE DES ESSEINTES

Pour le public, des Esseintes, c'est Robert de Montesquiou, dont Huysmans aurait fait le portrait avant que Proust n'en fît la caricature épique dans M. de Charlus. « Clefs » et « sources » n'ont pas aujourd'hui bonne presse, auprès de la critique littéraire. Le sens commun n'est pas de cet avis. Et dans le cas de des Esseintes, la rumeur publique n'a pas tort. si Robert de Montesquiou[1] ne nous apprend pas grand-chose sur le personnage romanesque inventé par Huysmans, il est certain que le succès du roman a été dû en partie, dès l'origine, à l'effet de trompe-l'œil qui donne à des Esseintes une « ressemblance » avec le personnage de Montesquiou, et il n'est pas exclu que Huysmans ait prévu cet effet de surface, utile à son livre. Le germe premier de des Esseintes n'a pourtant rien à voir avec une quelconque personne vivante : dans la préface que Huysmans donna en 1903 à une réédition de luxe d'*A Rebours*, l'auteur lui-même s'en explique sans ambages :

Je me figurais, écrit-il, un monsieur Folantin, plus lettré, plus raffiné, plus riche et qui a découvert, dans l'artifice, un dérivatif au dégoût que lui inspirent les tracas de la vie et les mœurs américaines de son temps; je le profilais fuyant à tire-d'aile dans le rêve...

1. Voir Philippe Jullian, *Robert de Montesquiou*, Librairie Académique Perrin, 1965.

Huysmans n'avait aucune peine à trouver en lui-même la culture littéraire et la névrose spleenétique du nouveau Folantin. Mais il lui était moins facile d'imaginer les raffinements de la richesse, qui offriraient à son double et à sa sensibilité perfectionnée des « dérivatifs » inconnus de Folantin. Aussi n'avons-nous aucune raison de douter du récit que Robert de Montesquiou, dans les Mémoires que publia après sa mort Paul-Louis Couchoud (*Les Pas effacés*, 1923), nous fait de la manière dont Huysmans fut informé, sinon de son existence, du moins de détails sur celle-ci connus de ses seuls intimes :

J'ai dit que peu de personnes étaient admises à visiter ces locaux singuliers [l'appartement décoré par lui dans les combles de l'hôtel familial du quai d'Orsay] *desquels il me semblait que l'influence, efficace pour moi-même, au point que je leur attribuais une vertu thérapeutique, devait se déperdre et se disperser par la prodigalité de leur spectacle. J'y invitais néanmoins ceux qui me semblaient devoir le goûter, et c'est ainsi que j'en agis, un soir, pour Mallarmé, dont j'avais fait la connaissance assez longtemps auparavant, et que, ce jour-là* [1883] *j'avais invité à dîner audehors. Cet esprit curieux, cet homme aimable, cet artiste indubitable ne pouvait que ressentir, avec une très vive intensité, la représentation oculaire en présence de laquelle je le plaçai à l'improviste, et qui se trouvait jeter brusquement sur ma personnalité, qu'il appréciait, un nouveau jour plein de merveilles. Il sortit de chez moi dans un état d'exaltation froide, qui était de sa manière, mais qui ne s'élevait pas fréquemment jusqu'à cette température. Ce fut donc de très admirative, très sympathique et très sincère bonne foi, je n'en doute pas, qu'il fit de la chose, à Huysmans, un récit aussi indistinct et sommaire que le permettaient quelques instants passés, de nuit, dans la caverne d'Ali Baba, éclairée de vagues lampadaires. La preuve, c'est qu'à peu de temps de là, il me dit avoir conté la visite qu'il m'avait faite à l'auteur que je viens de nommer, qui se proposait de me représenter dans un de ses livres, comme un Fantasio moderne et supérieur... Que l'auteur ait fait usage d'une donnée, à lui fournie, involontairement, par le récit exalté du poète,... la chose ne fait pas de doute; certains détails, accrochés au passage, en font foi : la clochette d'église servant de sonnette d'entrée, plusieurs parties de décor ecclésiastique transposé, le traîneau placé sur une fourrure d'ours blanc, qui produit l'illusion de la neige, quelques autres notations transmises, bien spécialement cette tortue dorée, qui a fait une partie de la fortune du livre, magnifique et malheureux amphibie que je ne renie point, auquel j'ai consacré un vers de mes* Hortensias bleus, *mais dont l'invention ne me revient pas toute, car Judith Gautier en avait, elle aussi, emprunté, avant moi, le décor au Japon pittoresque, pour une de ces bêtes qu'elle traita de même, et nomma « Chrysargyre », à cause de l'argent qui se mêlait à l'or, sur cette carapace fastueuse... Tout le reste de l'œuvre est de pure (ou impure) imagination. Je n'ai jamais connu l'auteur, en dépit de mon goût, qui n'a pas varié, pour son grand talent et ses curieux ouvrages. Une fois, vers la même époque, je le rencontrai dans le jardin de Goncourt, où j'aurais pu, sans doute, même le connaître, et parmi les allées duquel je fus sur le point de lui parler de ses travaux, d'une façon renseignée qui, probablement, l'aurait trouvé sensible; mais à cette époque, j'étais fort réservé. Prit-il pour de la hauteur ce qui ne fut que de la discrétion; m'en garda-t-il un peu rancune, qui lui persuada de ne pas me ménager? Franchement je ne crois pas; il chargea le personnage que je lui avais paru représenter, et que je n'étais aucunement..., il a chargé, dis-je, ce fameux des Esseintes — tel était aussi l'avis de Lemaître — d'incarner son personnage à lui, et d'exprimer des choses qu'il pensait et sentait, mais qu'il aimait mieux faire formuler par d'autres; bien des écrivains ont agi de même, c'est une prérogative de leur art, et nul parmi les modèles, ne saurait y trouver à redire. Où commence l'abus, et convenons-en, le cas de conscience, c'est aux crimes et aux tares imputés à des personnages fictifs, dont on sait parfaitement qu'ils seront reconnus pour être des vivants, avec plus ou moins de bienveillance ou de justesse...*

On ne saurait plaider sa cause avec plus de mesure. Les Mémoires de Robert de Montesquiou — écrits certainement pour rétablir sur leur auteur une vérité que la légende de des Esseintes avait fini par vaincre — réfutent par avance l'image que Proust, rivalisant avec Huysmans, donnera du dandy dans la *Recherche.* Pour vérifier cette différence entre le « modèle » et le personnage littéraire, il n'est pas inopportun de citer le témoignage d'Edmond de Goncourt, ami à la fois de Huysmans et de Montesquiou, lesquels, on l'a vu, s'étaient croisés chez lui :

Visite à Montesquiou-Fezensac, écrit-il dans son *Journal* le 7 juillet 1890, *le des Esseintes d'*A Rebours.

Le vieux romancier va donc chez le célèbre dandy dans l'intention de vérifier l'identification que les lecteurs avertis d'*A Rebours* n'ont pas manqué de faire. Et dans cet appartement déjà légendaire, frappé par l'élégance plus que par l'extravagance de l'atmosphère, ébloui par la conversation du jeune aristocrate et de sa cousine la comtesse Greffulhe, qui se mettent en frais pour obtenir de lui un témoignage, il rend bien volontiers celui-ci :

*Montesquiou n'est pas du tout le des Esseintes d'*A Rebours*. S'il y a chez lui un coin de « toquage », il s'en sauve toujours par la distinction. Quant à la conversation, sauf un peu de maniérisme dans l'expression, elle est pleine d'observations délicates, d'aperçus originaux, de trouvailles, de jolies phrases, et que souvent il termine, il achève par des sourires de l'œil, par des gestes nerveux, du bout des doigts...*

Edmond de Goncourt, dont la maison d'Auteuil, qu'il décrivit dans *La Maison d'un artiste*, avait suggéré à Montesquiou sa « philosophie de l'ameublement », se range donc du parti du dandy, comme le feront Maurice Barrès et Anatole France. Dans des Esseintes, Huysmans a projeté son propre personnage, en le parant indirectement du prestige d'un « lion » riche et célèbre. Il n'y a pas de commune mesure entre l' « air du grand monde » qui émane du gentilhomme lettré, dont le goût sans défaut sait jusqu'où « aller trop loin », et l'introversion soliloquante de des Esseintes, qui a hérité de son auteur le cynisme diatribique, et l'humour expressionniste d'un écrivain plus accoutumé aux brasseries d'artistes qu'aux salons du faubourg Saint-Germain.

Montesquiou était socialement trop loin de Huysmans pour que celui-ci pût saisir autre chose de lui qu'un « portrait-robot » caricatural, utile néanmoins a la vraisemblance de des Esseintes. En revanche l'auteur d'*A Rebours* comptait parmi ses intimes un authentique aristocrate, réduit il est vrai a la condition d'homme de lettres besogneux, Villiers de l'Isle-Adam. Mallarmé, qui dédia à des Esseintes, sous le titre de *Prose*, une de ses plus indéchiffrables poésies, consacra a son ami Villiers, en 1889, une oraison funèbre où il fait son portrait en ces termes :

Ses aïeux étaient dans le rejet par un mouvement à sa tête habituel, en arrière, dans le passé, d'une vaste chevelure cendrée indécise, avec un air de « Qu'ils y restent, je saurai faire, quoique cela soit plus difficile maintenant », et nous ne doutions pas que son œil bleu pâle emprunté à des cieux autres que les vulgaires, ne se fixât sur l'exploit philosophique prochain, de nous irrêvé.

Est-il excessif, en complétant cette saisissante « impression » allusive par les photos qui nous restent de Villiers, de déceler une « correspondance » entre celui-ci et le portrait que Huysmans fait de des Esseintes,

un grêle jeune homme de trente ans, anémique et nerveux, aux joues caves, aux yeux d'un bleu froid d'acier, au nez éventé, et pourtant droit, aux mains sèches et fluettes et qui *par un singulier phénomène d'atavisme ressemblait à l'antique aïeul, au mignon, dont il avait la barbe en pointe d'un blond extraordinairement pâle...?*

Ici encore, comme dans le cas de Montesquiou, un curieux phénomène de « surimpression » semble se produire : à travers les traits empruntés à Villiers (âgé de quarante-quatre ans lors de la publication du livre) triomphent le visage et l'expression de Huysmans lui-même, surtout dans la formule lucidement cruelle qui termine ce portrait de des Esseintes « une expression ambiguë, tout à la fois lasse et habile », et qui convient aussi peu que possible au chimérique orgueil qui habitait Villiers.

Mais à se mirer dans le destin de Villiers, Huysmans en a retiré pour des Esseintes des traits qui cette fois ne sont plus des détails extérieurs, comme dans le cas de Montesquiou, mais qui tiennent à l'âme. D'abord, cette élection de solitude dont des Esseintes dès l'enfance ressent les atteintes, et dont Mallarmé, dans l'oraison funèbre citée, fait un des éléments de la fascination exercée sur ses « camarades » en littérature par Villiers :

la scintillation mentale qui désigne le buste à jamais du diamant d'un ordre solitaire, ne serait-ce qu'en raison du regard abdiqué par la conscience des autres.

Puis cet idéalisme esthétique qui fit de la vie besogneuse de Villiers, selon Mallarmé, *un défi à la médiocrité... pour l'éperdu combat que le querelleur mena contre toute infatuation moderne, qu'elle s'appelât industrie, progrès et même Science,*

et qui mérita à des Esseintes de recevoir du même Mallarmé cette fière devise :

Gloire du long désir, Idées...

Enfin ce sens « grave et acerbe » de l'humour noir, que des Esseintes admire dans les *Contes cruels* de Villiers, au chapitre XIV d'*A Rebours*, et qu'il partage avec lui, dans le même sentiment amer et dédaigneux d'un insurmontable malentendu entre le rêve de l'artiste et la platitude d'un monde dont Homais et Tribulat Bonhomet tiennent les rênes. Mais Mallarmé célèbre à juste titre en Villiers « l'authentique écrivain », possédé du « démon littéraire » : des Esseintes, dilettante de tous les arts, n'est pas même effleuré par le désir d'écrire.

Pour comprendre, au moins de biais, cette singulière carence, il faut passer du jeu des « clefs » à celui des « sources ». Pierre Cogny, sur les traces de Robert Baldick, a écrit un article intitulé « Des Esseintes, un Charles Demailly célibataire? » (*Bulletin de la Société J.-K. Huysmans*, 1955, n 30). *Charles Demailly* est un roman des Goncourt, publié d'abord en 1860, sous le titre de *L'Homme de lettres*. Comme des Esseintes, le héros des Goncourt, Charles Demailly, professe une religion exclusive : l'Art :

Il n'y a qu'une vérité, l'Art... L'Art pour moi c'est le seul absolu.

Disciple de Baudelaire comme des Esseintes, Demailly fait de l'Art la revanche de l'esprit sur une nature opaque et décevante :

Insensible ou à peu près aux choses de nature, plus touché d'un tableau que d'un paysage, et par l'homme que par Dieu.

C'est que Demailly, comme des Esseintes, est aussi un disciple de Schopenhauer, persuadé que la vie, ratage cosmique, est « une suite de misères, ou de chutes dans le pot-aufeu ». Il est éveillé à la connaissance du « mystère d'iniquité » qui préside à la vie cosmique et à la condition naturelle de l'homme; et cet éveil fait de lui, au moins en puissance, un autre homme, doué de pouvoirs perceptifs que la nature n'avait pas prévus, mais que la civilisation, à force de la vaincre, a permis d'apparaître chez quelques élus :

C'est un des phénomènes de l'état de civilisation d'intervertir la nature primitive de l'homme, de transporter dans le sensorium *moral et d'attribuer aux sens de l'âme les acuités et les finesses que l'état sauvage attribue à l'ouïe, à l'odorat, à tous les sens du corps.*

Le rêve de Demailly est de cristalliser par l'écriture cet univers second arraché par l'Art à la Nature. Mais la Nature se défend. Demailly s'est laissé prendre au piège du mariage, et sa femme, alliée aux journalistes, s'acharne, inconsciemment mais sûrement, a briser l'énergie de l'écrivain et à ruiner la possibilité de l'œuvre. Elle réussit d'autant mieux qu'elle se borne a élargir une faille intérieure de son fragile époux :

Je suis retombé, avoue celui-ci, dans l'ennui de toute la hauteur du plaisir... Après quelques ardeurs, une satiété immense, une indigestion morale, un vide, et comme une poche d'eau dans la cervelle.

Des Esseintes s'est affranchi comme Demailly de la bêtise populaire qui ignore la cruauté de la Nature et qui y consent. Mais l'expérience de son précurseur l'a prévenu contre les manœuvres de la femme, et celles des journalistes, ces demi-habiles qui servent la religion populaire. Il les fuit dans sa « thébaïde raffinée », son « désert confortable », rompant avec la femme, évitant l'écriture qui le relierait au public et l'exposerait aux flèches des journaux. Et cependant, en dépit de ces extraordinaires précautions, il échoue : au fond de sa thébaïde va le poursuivre obstinément ce mystérieux démon de la dispersion, de la dissémination intérieure qui avait eu raison de Charles Demailly sous les traits de sa sotte et coquette épouse. C'est que tous deux, Demailly et des Esseintes, ont pour « modèle » le Samuel Cramer de *La Fanfarlo* de Baudelaire, dont le poète des *Fleurs du Mal* écrivait :

Le soleil de la paresse qui resplendit sans cesse au-dedans de lui, lui vaporise et lui mange cette moitié de génie dont le ciel l'a doué... Créature maladive et fantastique, dont la poésie brille bien plus dans sa personne que dans ses œuvres, et qui, vers une heure du matin, entre l'éblouissement d'un feu de charbon de terre et le tic-tac d'une horloge, m'est toujours apparu comme le dieu de l'impuissance, — dieu moderne et hermaphrodite, — impuissance si colossale et si énorme qu'elle en est épique! Comment vous mettre au fait, et vous faire voir bien clair dans cette nature ténébreuse, bariolée de vifs éclairs, — paresseuse et entreprenante à la fois, — féconde en desseins difficiles et en risibles avortements, — esprit chez qui le paradoxe prenait souvent les proportions de la naïveté, et dont l'imagination était aussi vaste que la solitude et la paresse absolues? — Un des travers les plus naturels de Samuel était de se considérer comme l'égal de ceux qu'il avait su admirer; après une lecture passionnée d'un beau livre, sa conclusion involontaire était : voilà qui est assez beau pour être de moi! — et de là à penser : c'est donc de moi. — il n'y a que l'espace d'un tiret... Il était à la fois tous les artistes qu'il avait étudiés et tous les livres qu'il avait lus, et cependant, en dépit de cette faculté comédienne, il restait profondément original.

De tous les « modèles » que nous avons évoqués tour à tour, celui-ci est incontestablement le plus proche de des Esseintes. Or Samuel Cramer est par excellence un personnage autobiographique, un démon intérieur que le *Je* du poète exorcise en lui prêtant une existence autonome, à la troisième personne. Et c'est aussi le cas de des Esseintes : quels que soient les éléments empruntés à la « réalité » ou à la littérature qui le constituent, l'essence du personnage est une émanation du Moi de Huysmans, un aspect de celui-ci que le romancier conjure en lui prêtant une vie fictive et en l'expulsant vers le public. Ce n'est point par hasard si des Esseintes, comme Samuel Cramer, n'est pas un écrivain. Peut-être se donne-t-il comme alibi la stupidité de la critique journalistique qui a perdu Charles Demailly : en fait, si Huysmans lui-même, dans la plénitude de son *Je* de romancier, et si les « chevaliers » du Graal littéraire célébrés par Mallarmé atteignent la dimension héroïque, c'est qu'ils ne biaisent pas avec le devoir et le défi de l'écriture. C'est par la concentration sur celle-ci et de celle-ci, victorieuse de la dispersion perverse du langage journalistique, qu'ils se trouvent et s'affirment en dernière analyse vainqueurs. De tous les exercices spirituels qu'il essaie dans son couvent de Fontenay, des Esseintes n'en excepte qu'un seul, et c'est justement celui qui sauve son auteur, et qui le produit au grand jour de la Littérature. La « clef » ultime, et la « source » profonde de des Esseintes, c'est donc la méditation de Huysmans sur les conditions intérieures de son œuvre littéraire, c'est-à-dire de son salut d'homme et d'artiste. L'œuvre est conquête sur le démon de la paresse et sur la « faculté comédienne » dont parle Baudelaire : mais si puissant est ce *vortex* intérieur de dispersion et de scintillement stérile, que l'œuvre ne peut plus être, transaction avec le démon, que l'évocation de ce *vortex*, évocation conjuratoire, au seuil de l'impuissance et du silence. Des Esseintes est le grand Tentateur, parce qu'il a cédé à la tentation dont la création de des Esseintes a préservé Huysmans. C'est par là sans doute qu'il « ressemble » le plus à Robert de Montesquiou, dont le dilettantisme mondain est l'ombre portée d'une réussite littéraire qui s'obstina à le fuir.

Pour reprendre le langage de Mallarmé, des Esseintes, quoique très supérieur aux serviteurs de l'« infatuation humaine », ne sait qu'offrir une « coupe vide où souffre un monstre d'or ». Huysmans a su accomplir le rite suprême, « gloire ardente du métier » :

Le rite est pour les mains d'éteindre le flambeau
Contre le fer épais des portes du tombeau.

M. F.

CHRONOLOGIE

1848-1907

1848. *5 février :* naissance, 11 (actuellement 9), rue Suger à Paris, de Charles-Marie-Georges (en littérature Joris-Karl) Huysmans, fils d'Élizabeth-Malvina Badin et de Victor-Gottfried Huysmans, dessinateur-lithographe et peintre miniaturiste.
6 février : baptême à l'église Saint-Séverin.

1856. Mort de Victor-Gottfried, père du futur écrivain, au 38, rue Saint-Sulpice, où la famille avait déménagé peu de temps après la naissance de J.-K. Celui-ci entre à l'Institution Hortus, 94 (actuellement 104), rue du Bac. La mère entre dans un grand magasin comme employée. La famille déménage pour s'installer 11, rue de Sèvres, chez les parents de Malvina.

1857. Remariage de la mère avec un certain Jules Og, dont elle aura deux filles, Juliette et Blanche.

1858. Jules Og investit son capital dans l'atelier de brochage sis au rez-de-chaussée de l'appartement de la rue de Sèvres. La famille vit désormais sur ce revenu.

1862. Le jeune Georges Huysmans suit les cours du lycée Saint-Louis.

1865. Refusant de suivre plus longtemps les cours du lycee, il prépare son baccalauréat en recevant des leçons particulières.

1866. *7 mars :* il obtient la première partie de son baccalauréat.
1er avril : il est engagé comme employé de sixième classe

au ministère de l'Intérieur, après avoir fait valoir que son oncle, son grand-père et son arrière-grand-père maternels ont servi dans ce ministère.
Automne : il prend ses inscriptions à la Faculté de Droit et de Lettres.

1867. *8 août :* mort de son beau-père Jules Og.
Le même mois, il passe avec succès les examens de première année de droit.
Liaison avec une petite théâtreuse de Bobino.
Collaboration à la *Revue mensuelle.*

1870. *30 juillet :* rappelé au 6e bataillon de la Garde nationale de la Seine, où il avait été enrôlé en mars. Après une odyssée qui le mène de Châlons à Arras, puis à Rouen, il rentre à Paris. alors assiégé par l'armée prussienne.
10 novembre : affecté au ministère de la Guerre, qu'il suivra à Versailles pendant la Commune.

1871. Tout en restant employé à Versailles, Huysmans ramène pendant l'été ses meubles à Paris. Il s'installe 114, rue de Vaugirard, puis 73, rue du Cherche-Midi, où, chaque mercredi soir, il reçoit ses amis, entre autres Henry Céard, Albert Pinard et l'architecte Maurice du Seigneur. Il envisage d'écrire un roman sur le siège de Paris, sous le titre *La Faim.* Ce roman, repris plusieurs fois par la suite, ne fut jamais mené à bien.

1874. *10 octobre :* publication à compte d'auteur, chez Dentu, après refus de P.-J. Hetzel, du *Drageoir à épices,* Arsène Houssaye en publie des extraits en novembre dans la revue *L'Artiste.* Des critiques élogieuses paraissent dans *L'Illustration, L'Événement, Le National.*

1875. Réédition du *Drageoir à épices* à la Librairie Générale, *sous le titre définitif :* Le Drageoir aux épices. Huysmans collabore au *Musée des Deux Mondes* et à *La République des Lettres.*
Au cours de l'hiver, il achève un bref roman autobiographique sur son expérience militaire, *Sac au dos* (d'abord intitulé *Le Chant du départ*).

1876. *Mai :* mort de la mère de Huysmans, Mme Og. Responsable de ses deux demi-sœurs et des intérêts familiaux investis dans l'atelier de la rue de Sèvres, Huysmans obtient sa mutation du ministère de la Guerre à Versailles au ministère de l'Intérieur, rue des Saussaies, à Paris. Il déménage au 11, rue de Sèvres, où le cercle s'agrandit autour de Huysmans, avec Villiers de l'Isle-Adam, Francis Poictevin, Lucien Descaves.

Juillet : il achève le brouillon de *Marthe, histoire d'une fille*, fondée sur son expérience des années 1867-1870 avec l'actrice de Bobino.

11 août : redoutant la censure, Huysmans se rend en Belgique pour y faire éditer son roman.

12 septembre : achevé d'imprimer de *Marthe* chez Félix Callewaert à Bruxelles pour l'éditeur Jean Gay. L'édition du livre, en sa quasi-totalité, est saisie par la douane au passage de la frontière pour « pornographie ».

Octobre : Huysmans envoie un exemplaire de *Marthe* à Edmond de Goncourt. Accueil froid. Il entre en rapport avec Zola qui lui fait fête et l'invite à se joindre à ses disciples, Paul Alexis, Léon Hennique, Henry Céard et Guy de Maupassant.

1877. Huysmans publie, les 11, 18, 25 avril et le 1er mai une série d'articles intitulée *Émile Zola et l'Assommoir* dans la revue bruxelloise *L'Actualité*.

16 avril : les cinq « disciples » de Zola invitent le Maître, ainsi qu'Edmond de Goncourt et Gustave Flaubert, à un dîner chez Trapp. La publicité que ce dîner recueille dans la presse vaut au groupe une célébrité naissante.

Huysmans collabore à deux revues belges (*L'Actualité* de Camille Lemonnier et *L'Artiste* de Théodore Hannon), et à divers périodiques français.

Zola veille personnellement aux progrès du manuscrit des *Sœurs Vatard*, dont le cadre et les personnages sont inspirés de l'atelier de brochage de la rue de Sèvres.

19 août : *L'Artiste* commence à publier en feuilleton *Sac au dos*.

1879. *26 février :* *Les Sœurs Vatard* paraissent chez Charpentier avec une dédicace à Zola. Le livre se vend bien, mais Huysmans essuie la colère d'une partie de la presse, tandis que Zola, le 4 mars, prend sa défense et fait son éloge dans *Le Voltaire*. Flaubert et Goncourt sont plus réservés.

17 mai : publication dans *Le Voltaire*, sur la recommandation de Zola, d'une série d'articles consacrés aux divers aspects du Salon. Leur contenu violemment polémique fait scandale. Zola prend la défense de son disciple.

12 octobre : première édition en France de *Marthe* chez Léon Derveaux. Elle coïncide avec la publication de *Nana*, comme la première édition belge avait coïncidé avec celle de *La Fille Élisa* de Goncourt. Peu de succès.

1880. *17 avril :* publication des *Soirées de Médan* chez Charpentier, recueil de nouvelles où Zola figure parmi ses disciples, entre autres Huysmans avec *Sac au dos*.

11 mai : Huysmans, avec Zola et son groupe, Goncourt et Daudet, suivent le convoi funèbre de Flaubert à Rouen.

22 mai : publication des *Croquis Parisiens* chez Henri Vaton à Paris, imprimé par Félix Callewaert à Bruxelles, avec illustrations de Forain et de Raffaëlli.

6 juin-26 juin : Huysmans collabore au *Gaulois* d'Arthur Meyer. Sur la pression de ses supérieurs hiérarchiques, heurtés par le pro-jésuitisme du journal, il doit cesser sa collaboration. Il envisage de publier, en s'assurant la collaboration de Zola et de Goncourt, un journal qui se serait intitulé *La Comédie humaine*. Dès novembre 1880, Huysmans écrit à Zola : « L'affaire du journal est dans l'eau. »

1881. *Février :* publication d'*En Ménage*, fondé en partie sur l'expérience de collège et sur les expériences féminines de l'auteur, et dédié à Anna Meunier, une couturière qui était avec intermittences sa maîtresse depuis 1872.

15 juillet-22 septembre : Huysmans, souffrant de névralgies, s'installe à Fontenay-aux-Roses.

26 septembre-8 octobre : Huysmans séjourne au château de Lourps, en Seine-et-Marne, dont il fera le berceau de des Esseintes.

Décembre : il achève le manuscrit d'*A vau-l'eau*, et l'envoie à l'éditeur belge Kistemaeckers.

1882. *26 janvier :* publication d'*A vau-l'eau* à Bruxelles.

1883. *Mai :* publication de *L'Art moderne*.

1884. *Mai :* publication d'*A Rebours*. Réaction maussade de Zola, enthousiasme d'un grand nombre d'écrivains et d'artistes, entre autres les catholiques Bloy et Barbey.

Juillet : entrevue Zola-Huysmans à Médan : le « disciple » a cessé de l'être.
Séjour de Huysmans au château de Lourps.
Septembre-octobre : publication de la nouvelle *Un Dilemme* en feuilleton dans *La Revue Indépendante.*

1885. *Août :* séjour à Lourps en compagnie d'Anna Meunier. Il y fait venir Léon Bloy, à qui il paie le voyage.

1886. *Novembre : La Revue Indépendante* d'Édouard Dujardin publie en feuilleton *En Rade,* inspiré par les séjours à Lourps.

1888. *31 juillet :* Huysmans, sur l'invitation d'un riche admirateur hollandais, Arij Prins, entreprend un voyage en Allemagne. Il admire à Cassel la « Crucifixion » de Grünewald.

1889. *19 août :* mort de Villiers de l'Isle-Adam, ami de Huysmans depuis 1876. Huysmans et Mallarmé, qui avaient veillé sur ses derniers jours, sont ses exécuteurs testamentaires.
Huysmans entre en relation avec Remy de Gourmont et, par lui, avec sa maîtresse Berthe Courrière, aventurière et occultiste. Il s'était lié l'année précédente avec Henriette Maillard, amie du « Sâr » Péladan, de Léon Bloy, et occultiste elle-même.
Septembre : il se rend avec Francis Poictevin à Tiffauges, le château de Gilles de Rais, en Vendée.
Novembre : publication de *Certains,* recueil d'articles sur l'art et l'architecture, chez Stock.

1890. *7 février :* Huysmans rencontre chez Oswald Wirth Stanislas de Guaita, qui veut le prévenir contre l'ex-abbé Boullan, prêtre interdit, et chef de secte. Mais Huysmans, par Berthe Courrière, entre en relation avec Boullan. Par la même voie, il est informé des activités « sataniques » d'un chanoine belge, l'abbé Van Haeke.
Juillet : publication de *La Bièvre.*
Septembre : il reçoit la visite de Julie Thibault, une paysanne illuminée, disciple de Boullan.
Il fait un voyage à Lyon pour rencontrer le prêtre interdit.

1891. *15 février : L'Écho de Paris* commence à publier en feuilleton *Là-Bas.*

Avril publication en volume de *Là-Bas* Huysmans répond à l'enquête de J. Huret dans *L'Écho de Paris*
1er juin : Léon Bloy publie dans *La Plume* de violentes attaques contre le roman et son auteur, avec lequel il est brouillé depuis l'année précédente.
25 septembre première visite de Paul Valéry à Huysmans, qui reçoit également cette année-là Arthur Symons, Havelock Ellis, André Gide.
28 mai : Berthe Courrière met Huysmans en relation avec l'abbé Arthur Mugnier, qui devient son directeur de conscience. Mais il continue de recevoir des conseils de Boullan.
17 juillet : il se rend à Lyon, entreprend un pèlerinage à La Salette, et à la Grande Chartreuse, et au retour fait un séjour chez Boullan.

1892. *Juin :* Huysmans demande à l'abbé Mugnier de lui indiquer une maison religieuse pour y faire retraite.
12 juillet : Huysmans se rend à la trappe de Notre-Dame d'Igny.
25 juillet : il se rend à Lyon auprès de Boullan. A son retour, il demande à un vicaire de Saint-Sulpice, l'abbé Ferret, de devenir son directeur de conscience.

1893. *3 janvier :* mort de Boullan.
12 avril : Huysmans est contraint de conduire à l'hôpital Sainte-Anne Anna Meunier, malade depuis longtemps, et atteinte de paralysie générale.
5-10 août : second séjour de Huysmans à la trappe d'Igny.
3 septembre : il est fait chevalier de la Légion d'honneur, pour ses vingt-sept ans de bons et loyaux services de fonctionnaire.

1894. *Printemps :* Huysmans est présenté à Dom Jean-Antoine-Martial Besse, de l'abbaye bénédictine de Saint-Martin de Ligugé, chargé de faire renaître l'abbaye de Saint-Wandrille.
Juillet : Voyage de Huysmans à Saint-Wandrille.
Automne : Retraite à la trappe d'Igny. Dom Besse est remplacé à la tête de Saint-Wandrille par Dom Pothier.

1895. *12 février :* mort d'Anna Meunier à Sainte-Anne.
23 février : publication d'*En Route* chez Stock.

19 mars : l'abbé Mugnier, salle Sainte-Geneviève, prononce une conférence sur l'évolution religieuse de Huysmans, dont le succès corrige les doutes et critiques soulevés en milieu catholique par *En Route.*
Mars-avril : Huysmans recueille chez lui Julie Thibault, qui devient sa gouvernante.
Juillet : voyage en Bourgogne : Paray-le-Monial, Brou, puis séjour à l'abbaye de Fiancey, dont la supérieure, mère Célestine de la Croix (Antoinette Donavie), avait conquis l'admiration de Huysmans.

1896. *Septembre :* Huysmans fait un séjour à l'abbaye de Solesmes. Il y noue amitié avec l'abbé Dom Delatte et avec Cécile Bruyère, abbesse de Sainte-Cécile de Solesmes.

1897. *13 septembre :* mort de l'abbé Ferret, confesseur et ami de Huysmans.
Fin septembre : voyage en Belgique et Hollande; séjour à Schiedam sur les traces de la bienheureuse Lydwine.
27 octobre : des extraits de *La Cathédrale* paraissent dans *L'Écho de Paris.*

1898. *Février :* publication de *La Cathédrale*, dédiée à l'abbé Ferret. Intrigues et attaques du côté catholique contre Huysmans.
16 février : il prend sa retraite de fonctionnaire, avec le grade de chef de bureau honoraire.
Juillet : retraite à Solesmes, puis à Saint-Maur de Glanfeuil, puis à Ligugé. Huysmans fait édifier une maison près de ce dernier monastère.
Cette même année, Huysmans a publié une nouvelle édition de *La Bièvre* augmentée de *Saint-Séverin*, chez Stock.

1899. *Juin :* il s'installe dans sa maison de Ligugé, après s'être défait de Julie Thibault.

1900. *18 mars :* Huysmans entre dans le noviciat d'oblat de l'abbaye Saint-Martin de Ligugé.
6 avril : il préside à Paris la première réunion de l'Académie Goncourt, dont il est le doyen.

1901. *Janvier :* édition de luxe de *La Bièvre, les Gobelins, Saint-Séverin.*

21 mars : Huysmans fait profession solennelle d'oblature à Ligugé.
8 juin : publication de *Sainte Lydwine de Schiedam.*
Septembre : les moines de Ligugé, frappés par les lois Combes, quittent l'abbaye.
23 septembre : Huysmans quitte Ligugé et s'installe de nouveau à Paris, 20, rue Monsieur, dans l'annexe du couvent des bénédictines.
Novembre : publication de *De Tout.*

1902. *Août :* publication de l'*Esquisse biographique de Don Bosco.*
Octobre : Huysmans s'installe au 60, rue de Babylone.

1903. *Mars :* publication de *l'Oblat.*
Voyage à Lourdes.
Septembre : voyage en Alsace (où il va contempler à Colmar le retable d'Issenheim), en Allemagne et Belgique.

1904. *5 avril :* Huysmans s'installe au 31, rue Saint-Placide, son dernier domicile.

1906. *Octobre :* publication des *Foules de Lourdes.*
24 novembre : opéré d'un phlegmon au cou, Huysmans laisse apparaître les premiers symptômes du cancer qui l'emportera.

1907. *13 janvier :* il est élevé à la dignité d'officier de la Légion d'honneur par Aristide Briand.
23 avril : il reçoit l'extrême-onction.
11 mai : mort de J.-K. Huysmans.
15 mai : ses obsèques ont lieu a Notre-Dame-des-Champs. L'abbé Mugnier donne l'absoute.

1908. Publication posthume de *Trois Églises et trois primitifs,* par son exécuteur testamentaire, Lucien Descaves.

BIBLIOGRAPHIE SOMMAIRE

1. *Les éditions d'*A Rebours

1. *A Rebours,* Paris, Charpentier [Corbeil, typ. Crété], 1884, in-8 de 2 ff. (faux titre et titre), 294 pp., couv. jaune imp.

2. *A Rebours,* 220 gravures sur bois en couleurs d'Auguste Lepère, préface inédite de l'auteur, Paris, pour Les Cent Bibliophiles [imprimerie Lepère], 1903, gr. in-8 de XVIII-229 pp. et 220 fig., couv. imp., tirée à 130 ex. sur velin.

3. *A Rebours,* 13e mille, nouvelle édition et édition originale de la *préface de l'auteur* écrite vingt ans après la parution du roman, Paris, Charpentier, 1903, in-8, couv. imp.

4. *A Rebours,* Illustrations de Leroux gravées à l'eau-forte par Decisy et sur bois par Clément, Paris, Librairie des Amateurs, F. Ferroud [imprimerie Frazier-Soye], 1920, in-8, XII-218 pp., couv. imp.

5. *A Rebours,* portrait de l'auteur gravé sur bois par Alexandre Ouvré, préface de l'auteur et bibliographie complète des œuvres de J.-K. Huysmans, Paris, Crès, et Cie, 1922, pet. in-8 carré de XXIV-296 pp., 4 ff. n. ch. (table, achevé d'imp., annonce), couv. imp.

6. *A Rebours,* préface de l'auteur, Paris, Au Sans Pareil, 37 avenue Kléber, [Argenteuil, imprimerie Coulouma], 1924, in-8 de XIX-232 pp., couv. imp.

7. *A Rebours,* pointes sèches en couleurs de Coussens, Paris, Kra [Argenteuil, imprimerie Coulouma], 1927, in-4 de XIX-293 pp., fig., couv. imp.

8. *A Rebours,* dans *Œuvres complètes,* publiée par Lucien Descaves, t. VII, Paris, Crès, 1929, in-8 de XXVIII-363 pp., édition réimprimée par Slatkine, Genève, 1972.

9. *A Rebours,* illustrations en couleurs de Tcherkessoff, Paris, éditions de Nouvelle France, 1942, in-16 de XV-227 pp., couv. imp. rempliée.

10. *A Rebours,* Paris, Fasquelle, 1974, 21cm, 269 pp.

11. *A Rebours,* avec une préface d'Hubert Juin, Paris, U.G.E., coll. « 10/18 », 1975, in-12, 335 pp.

12. *A Rebours,* illustré par Jean Marzelle et présenté et annoté par Rose Fortassier, Paris, éd. de l'Imprimerie Nationale, coll. « Lettres françaises », 1981.

II. *Les études sur Huysmans et* A Rebours

AMADOU (Robert) : *Joris-Karl Huysmans* (Introduction à un numéro spécial des *Cahiers de la Tour Saint-Jacques* consacré à J.-K. Huysmans et contenant des articles par Robert Kanters, Henry Amer, Lise Deharme, Pierre Cogny, André Thérive, Robert Baldick, Roland Villeneuve, Jean Jacquinot, Marcel Thomas, Jean Vinchon, Louis Massignon, Pierre Lambert, Jean Lhermitte, M.-M. Davy et Philippe Bertault). Mai-juin 1959.

BALDICK (Robert) : « Huysmans et les Goncourt ». *French Studies,* avril 1952.

« Huysmans et Gabriel Mourey : correspondance inédite ». *B. S. J.-K. H.,* n° 26, 1953.

La Vie de J.-K. Huysmans, trad. Marcel Thomas, Paris, Deonël, 1958, 478 p.

BARBEY D'AUREVILLY (Jules) : « A Rebours ». *Le Constitutionnel,* 28 juillet 1884.

BELVAL (Maurice) : *Des ténèbres à la lumière : étapes de la pensée mystique de J.-K. Huysmans.* Paris, Maisonneuve et Larose, 1968.

Bibliothèque Nationale : *J.-K. Huysmans : Exposition pour commémorer le centenaire de sa naissance,* Imprimerie J. Dumoulin, 1948.

BLOY (Léon) : *Le Désespéré.* Paris, Soirat, 1886.
La Femme pauvre. Paris, Mercure de France, 1897.
Le Mendiant ingrat, journal de l'auteur, 1892-1895. Bruxelles, Deman, 1898.
Les Dernières Colonnes de l'Église. Paris, Mercure de France, 1903.
Sur la tombe de J.-K. Huysmans. Paris, Laquerrière, 1913.
BRETON (André) : *Anthologie de l'humour noir.* Paris, éd. du Sagittaire, 1950.
BROMBERT (Victor) : *La Prison romantique, essai sur l'imaginaire,* Paris, Corti, 1975.
BRUNNER (H.) et CONINCK (J.-L. de) : *En marge d'A Rebours de J.-K. Huysmans.* Paris, Dorbon, 1931.
CÉARD (Jean) : « Des Esseintes et la décadence latine, Huysmans lecteur de Dom Rivet, de Chateaubriand et d'Ozanam ». *Studi Francesi,* 65-66, mai-décembre, 1978, pp. 297-310.
COGNY (Pierre) : « Le Pessimisme physiologique de J.-K. Huysmans ». *B. S. J.-K. H.*, n° 21, 1949.
J.-K. Huysmans à la recherche de l'unité. Paris, Nizet, 1953.
Introduction à J.-K. Huysmans, *Lettres inédites à Émile Zola.* Genève, Droz, 1953.
« Des Esseintes, un Charles Demailly célibataire ? » *B. S. J.-K. H.*, n° 30, 1955.
Introduction à J.-K. Huysmans, *Lettres inédites à Edmond de Goncourt.* Paris, Nizet, 1956.
Avant-propos des *Mélanges Pierre Lambert consacrés à Huysmans.* (Une grande partie des articles concernent *A Rebours.*) Paris, Nizet, 1975.
CRESSOT (Marcel) : *La Phrase et le vocabulaire de J.-K. Huysmans.* Genève, Droz, 1938.
DEFFOUX (Léon) et ZAVIE (Émile) : *Le Groupe de Médan.* Paris, Payot, 1920.
DUBOIS (Jacques) : *Romanciers français de la sensation au XIXe siècle.* Bruxelles, Palais des Académies, 1963.
DUJARDIN (Édouard) : « Huysmans et *La Revue Indépendante* ». *Le Figaro,* 14 mai 1927.
FABRE (F. E.) : « Folantin type littéraire ». *B. S. J.-K. H.*, n° 32, 1956.

FOURET (F.) : « Les Domiciles de J.-K. Huysmans ». *Bulletin de la Société historique du VIe arrondissement de Paris,* n°s 1 et 2, 1er semestre 1912, pp. 37-42.

GONCOURT (Edmond et Jules de) : *Journal de la vie littéraire.* Éd. R. Ricatte. Paris, Fasquelle-Flammarion, 1956, 4 vol.

GOURMONT (Remy de) : *Promenades littéraires, 1re série.* Paris, Mercure de France, 1904.
Promenades littéraires, 2e série. Paris, Mercure de France, 1909.

HUNEKER (James) : *Egoists, a book of supermen : Stendhal, Baudelaire, Flaubert, A. France, Huysmans, Barrès, Nietzsche, Blake, Ibsen, Stirner, and E. Hello.* New York. Scribner, 1909.

HURET (Jules) : *Enquête sur l'évolution littéraire.* Paris, Charpentier, 1891.

ISSACHAROFF (Michael) : *J.-K. Huysmans devant la critique en France (1874-1960).* Paris, Klincksieck, 1970.

JACQUINOT (Jean) : « Deux amis : Odilon Redon et J.-K. Huysmans ». *B. S. J.-K. H.,* n° 33, 1957.
« Durtal et Paul Valéry », *Ibid.,* n° 35, 1958.

JOUVIN (Henri) : « Huysmans critique d'art ». *B. S. J.-K. H.,* n° 20, 1947.
« Les lettres de Huysmans, essai de bibliographie ». *Ibid.,* n°s 21, 23, 25, 1949, 1951, 1953.

LAMBERT (Pierre) : « Un précurseur de des Esseintes ou l'orgue à bouche au XVIIIe siècle ». *Mercure de France,* 15 décembre 1925.
« Des Esseintes maître sonneur ». *B. S. J.-K. H.,* n° 24, 1952.
Éd. de J.-K. Huysmans, *Lettres inédites à Émile Zola.* Genève, Droz, 1953.
Éd. de J.-K. Huysmans, *Lettres inédites à Edmond de Goncourt,* Paris, Nizet, 1956.

LAVER (James) : *The First Decadent, being the strange life of J.-K. Huysmans.* Londres, Faber and Faber, 1954.

LEFAI (Henry) : « Flaubert et Huysmans ». *B. S. J.-K. H.,* n° 23, 1951.

« Huysmans à Lourps ». *Ibid.*, n° 26, 1953.
« J.-K. Huysmans et Charles Baudelaire ». *Ibid.*, n° 27, 1954.

LEMAITRE (Jules) : *Les Contemporains*, 1re série. Paris, Lecène, 1886.

LETHÈVE (Jacques) : « L'amitié de Huysmans et de Jean Lorrain ». *Mercure de France* septembre 1957.

LIVI (François) : « *A Rebours* » *et l'esprit décadent.* Paris, Nizet, 1972.

LUSSY (Florence de) : « Valéry et Huysmans : de la ferveur au détachement ». *Actes du colloque Paul Valéry (Édimbourg 1976).* Paris, Nizet, 1977.

MAILHÉ (Germaine) : « La Thébaïde de Huysmans à Fontenay-aux-Roses en 1881 ». *B. S. J.-K. H.*, n° 50, 1965.

MEUNIER (A.) (pseudonyme de J.-K. Huysmans) : « J.-K. Huysmans ». *Les Hommes d'aujourd'hui*, n° 263, Paris, Vanier, 1885.

MONDOR (Henri) : *Vie de Mallarmé.* — Paris, Gallimard, 1941.
Mallarmé plus intime. Paris, Gallimard, 1944.
« Paul Valéry et *A Rebours* ». *Revue de Paris*, mars 1947.

MONTESQUIOU (Robert de) : *Les Pas effacés* (Mémoires publiés par P.-L. Couchoud). Paris, Émile-Paul, 1923, 3 vol.

POINSOT (Maffeo-Charles) et LANGÉ (Gabriel-Ursin) : *Les Logis de Huysmans.* Paris. La Maison française d'Art et d'Édition. 1919.

RANCŒUR (René) : *Correspondance de J.-K. Huysmans et de Mme Cécile Bruyère, abbesse de sainte-Cécile de Solesmes.* Paris, éd. du Cèdre, 1950.

RENARD (Jules) : *Journal.* Paris. Gallimard, Bibliothèque de la Pléiade, 1960.

RENÉVILLE (Rolland de) : « L'Élaboration d'*A Rebours* ». *Comoedia*, 4 septembre 1943.

SAGNES (Guy) : *L'Ennui dans la littérature française de Flaubert à Laforgue (1848-1884).* Paris. A. Colin. 1969.

SEGALEN (Victor) : *Les cliniciens ès lettres.* Bordeaux, Cadoret, 1902.

SEILLIÈRE (Ernest) : *J.-K. Huysmans*, Paris, Grasset, 1931.

SYMONS (Arthur) : « J.-K. Huysmans ». *Fortnightly Review.* mars 1892.

THÉRIVE (André) : *J.-K. Huysmans, son œuvre.* Paris, Éd. de la Nouvelle Revue Critique, 1924.
TRUDGIAN (Hélène) : *L'Esthétique de J.-K. Huysmans.* Paris, Conard, 1934.
VALÉRY (Paul) : *Durtal ou les points d'une conversion.* Paris, Sénac, 1927.
Huysmans. Paris. A la Jeune Parque, 1927.
Variété II. Paris, Gallimard, 1930.
Lettres à quelques-uns. Paris, Gallimard, 1952.
VANWELKENHUYZEN (Gustave) : Éd. de J.-K. Huysmans, *Lettres inédites à Camille Lemonnier.* Genève, Droz, 1957.
ZAYED (Fernande) : *Huysmans peintre de son époque.* Paris, Nizet, 1973.

N.B. Le sigle *B. S. J.-K. H.* désigne le *Bulletin de la Société Joris-Karl Huysmans,* publié par la Société J.-K. Huysmans, 22, rue Guynemer, 75006 Paris.

NOTES

PRÉFACE ÉCRITE VINGT ANS APRÈS LE ROMAN

Page 58.

1. Cette marquise est certainement à l'origine de celle dont parle Breton dans le passage célèbre du *Manifeste du surréalisme* (1924) : « Par besoin d'épuration, M. Paul Valéry proposait dernièrement de réunir en anthologie un aussi grand nombre que possible de débuts de roman, de l'insanité desquels il attendait beaucoup... Une telle idée fait honneur à Paul Valéry, qui, naguère, à propos des romans, m'assurait qu'en ce qui le concerne, il se refuserait toujours à écrire : “ *La marquise* sortit à cinq heures. ” » La critique du roman « traditionnel » à laquelle se livre Huysmans dans la préface de 1903 peut être considérée, avec le relais de Breton, comme une des sources du Nouveau Roman de Nathalie Sarraute et de Robbe-Grillet.

NOTICE

Page 79.

2. Le château de Lourps, au S.-O. de Longueville et au N.-O. de Jutigny, en Seine-et-Marne, à 6 km de Provins, était connu de Huysmans qui y passa quelques jours en 1881, puis y séjourna au cours des étés 1884 et 1885. Ancienne propriété des marquis

de Saint-Phalle, le château alors appartenait à l'ancien régisseur, un fleuriste nommé Simonot (voir R. Baldick, *La Vie de J.-K. Huysmans,* ouvr. cit., p. 120, à compléter par l'article cité *infra,* note 13). Au cours du séjour de l'été 1885, en compagnie d'Anna Meunier, des deux filles et de la sœur de celle-ci, Huysmans y reçut Léon Bloy. On trouve dans *En Rade,* publié en 1887, une description du château de Lourps qui en fait une sorte de Maison Usher : « Des boiseries entières tombaient en poudre ; des éclats de parquets gisaient par terre dans de la sciure de vieux bois semblable à de la cassonade ; des pans de cloisons... descendaient en sable fin... ; des fentes lézardaient les panneaux, craquelaient les frises, zigzaguaient du haut en bas des portes, traversaient la cheminée... Par endroits, le plafond crevé décelait ses barreaux pourris et ses lattes... Par instants, tout cela craquait. » Dans ce lieu maudit, et hanté, Jacques Marles est poursuivi de rêves inquiétants, et sa femme malade est assaillie de pressentiments de sa fin.

3. Jean-Louis de Nogaret, duc d'Épernon (1554-1642) fut avec Quélus, Maugiron et Joyeuse, un des « mignons » d'Henri III. Il joua un rôle dans le rapprochement de ce dernier avec son « cousin » Henri de Navarre. Quant au marquis d'O (1535-1594), il compta aussi parmi les favoris d'Henri III, dont il fut le surintendant des Finances. Il joua un rôle, après la mort de son maître, pour amener Henri IV à se convertir au catholicisme. L'un et l'autre, comme d'ailleurs les autres favoris d'Henri III, étaient loin d'avoir un « tempérament appauvri ». C'étaient des gentilshommes guerriers de forte constitution et de grand courage. Huysmans reprend ici un « lieu commun » romantique sur « Henri III et sa Cour », qui a ses sources lointaines dans la littérature polémique, protestante ou ligueuse, hostile à Henri III.

Page 80.

4. Le « lieu commun » de l'hérédité, cher au naturalisme, est ici mis au service du mythe de la « Décadence ».

5. Selon Littré, la chlorose est « une maladie qui affecte spécialement les jeunes femmes non réglées, caractérisée par la maigreur excessive, le teint jaunâtre ou verdâtre de la peau, la

flaccité des chairs, la blancheur de la conjonctive et divers autres accidents ».

Page 81.

6. Ce bref tableau de la vie familiale de des Esseintes enfant est fabriqué à partir des premiers chapitres des *Mémoires d'Outre-tombe.* D'autres réminiscences de Chateaubriand (qui prête ainsi sa vraisemblance au personnage de Huysmans) apparaissent dans la peinture des vacances d'été de des Esseintes au château, et surtout dans le ressort psychologique essentiel du jeune duc, « un immense ennui ».

7. Après « l'explication » du personnage par l'hérédité, celle par l'éducation. Huysmans reviendra plus loin sur « l'empreinte » laissée par les habiles jésuites sur leur difficile élève. Le choix des jésuites présentés sous un jour assez favorable comme éducateurs de des Esseintes, prenait une valeur de provocation en 1884 : à la fois vis-à-vis de Zola, anti-calotin s'il en fut, et vis-à-vis du gouvernement Jules Ferry, dont Huysmans était fonctionnaire, à l'Intérieur au surplus. En 1880, Huysmans avait collaboré au *Gaulois* d'Arthur Meyer, qui avait présenté l'expulsion des jésuites comme un crime et une faute. Ses supérieurs hiérarchiques lui avaient fait comprendre que cette collaboration à un organe hostile à la politique gouvernementale était incompatible avec sa qualité de fonctionnaire. Habitant depuis l'enfance dans le quartier Saint-Sulpice — rue de Sèvres — rue Monsieur — rue Oudinot, où la densité des établissements religieux était exceptionnellement forte, Huysmans semble avoir partagé l'hostilité populaire à l'expulsion des Congrégations.

8. Cette allergie de des Esseintes aux « sciences » le range d'emblée du côté des « artistes » entre les « bourgeois » adeptes du « progrès » et du positivisme scientifique, selon les vues de la génération littéraire 1880.

Page 83.

9. Cette pointe contre les « pions laïques » fait écho aux souvenirs scolaires que Huysmans avait prêtés, dans *En Ménage,* à André Jagaut et Cyprien Tibaille. « Dire qu'il s'est trouvé des gens pour prétendre qu'on regrettait plus tard le temps du

collège ! Ah ! non ! par exemple. Si malheureux que je puisse être, je préférerais crever que de recommencer cette vie de caserne, subir la tyrannie de poings plus gros que les miens, la rancune ignoble des pions » (*En Ménage,* éd. 10/18, p. 67). On sait que Huysmans, élève du lycée Saint-Louis entre 1862 et 1865, refusa de suivre plus longtemps les cours de cet établissement laïc en 1865. Les humiliations subies alors de la part de « camarades riches » trouvent leur revanche dans *A Rebours,* où il a idéalisé les méthodes d'éducation des jésuites, ennemis capitaux de l'Instruction publique laïque, et où il revêt imaginairement le personnage d'un jeune aristocrate, capable de snober *a posteriori* les jeunes bourgeois aisés du lycée Saint-Louis.

Page 84.

10. Ce tableau de la noblesse légitimiste est brossé à partir de réminiscences du *Cabinet des Antiques* de Balzac. Sa seule vraisemblance lui vient de cette œuvre littéraire célèbre.

Page 85.

11. La haine romantique de l' « artiste » pour la « bourgeoisie », dont l'idéologie officielle est alors la « libre pensée » laïque et scientiste, est l'un des ressorts profonds de l'évolution de Huysmans vers l'Église persécutée, et surtout vers la foi religieuse, contrepoids aux MM. Homais que la IIIe République, aux yeux de Huysmans, avait portés au pouvoir. Dans *En Ménage,* l'odieux Desableaux (peut-être un portrait de son beau-père Jules Og ?) est un conformiste dont les opinions sont asservies au pouvoir en place : « Il croyait à l'honnêteté des hommes politiques, à la valeur des hommes de guerre, à l'indépendance des magistrats, aux complots des jésuites, et aux crimes des démagogues. Ayant lu par hasard les élogieuses platitudes débitées par les doctrinaires sur l'Amérique, il exaltait les mœurs de cet odieux pays, souhaitait que le nôtre lui ressemblât, prônait les idées utilitaires, les bienfaits de l'instruction, le progrès, les courtes libertés des républiques. » Pour Huysmans, qui n'a jamais cessé de pester contre « l'américanisation » de la France, celle-ci est favorisée par l'idéologie officielle de la IIIe République.

Page 86.

12. Cette « citation » de Nicole est en fait une citation de Sainte-Beuve (*Port-Royal*, éd. Pléiade, t. II, p. 869) qui écrit : « Nicole éprouvait de fréquentes lassitudes. Il était de santé délicate, d'une complexion un peu tendre, mais d'une âme tendre surtout, timide, et *partout douloureuse* (en italique dans le texte), comme il l'a dit de certaines âmes, et inclinant à la modération, au silence. » Ce détail, qui atteste que Huysmans a lu *Port-Royal*, panégyrique des Solitaires et apologie du christianisme augustinien, devrait inciter à étudier l'influence de ce livre sur l'évolution religieuse de l'auteur de *L'Oblat*.

Page 88.

13. En juillet 1881, Huysmans avait lui-même fait, sur ordonnance médicale, un séjour à Fontenay-aux-Roses. Voir, outre R. Baldick, Germaine Mailhé, « La Thébaïde de Huysmans à Fontenay-aux-Roses en 1881 », dans *Bulletin de la Société J.-K. Huysmans*, n° 50, 1965, p. 388-396. Il écrivait de Fontenay, le 14 août 1881, à Théodore Hannon : « C'est une Capoue merdeuse que je savoure de tous les nerfs de mon long pif. Ça a son charme, ça — et des pièces de notre grand Baudelaire que je me répète, ça suffit à mon bonheur » (art. cit., p. 390). Huysmans à Fontenay travaillait à la rédaction d'*A Rebours*. La maison qu'il habitait, 3, rue des Écoles, aujourd'hui démolie, était un reste des communs du château que Fagon, médecin de Louis XIV, avait fait édifier à Fontenay, peut-être sur les conseils de Mme de Maintenon, qui y avait vécu pendant huit ans avec Scarron.

CHAPITRE I

Page 92.

14. Ce grillon est une métamorphose burlesque du « chant de la grive » des *Mémoires d'Outre-tombe*, dont on sait qu'il est la source des théories sur la mémoire affective de Proust dans la *Recherche*. Cette métamorphose burlesque est également sadi-

que : loin d'être libératrices, les réminiscences du passé irritent ici la conscience du monde comme irrémédiable prison et chambre de tortures et font naître des poussées de fureur vengeresse et charnelle. Cet aspect des choses n'est pas absent de la *Recherche :* Mlle Vinteuil et son amie donnent une intensité supplémentaire à leurs amours saphiques en les exposant au regard d'un portrait du père, Vinteuil : « salir par des turpitudes les souvenirs de famille ».

Page 93.

15. Tout ce passage et le suivant sont librement adaptés des confidences faites à Huysmans par Mallarmé sur la demeure parisienne de Montesquiou, et de la légende qui accompagnait l'excentricité vestimentaire du dandy. (Voir notre « Note sur le personnage de des Esseintes ».)

Page 94.

16. Ce « repas de deuil » a pour « modèle » le souper « funèbre » que le fameux Grimod de La Reynière, âgé de vingt-cinq ans, avait donné à Paris en 1783, et qui avait eu un grand retentissement. Grimm, dans la *Correspondance* (t. XIII, p. 25) et Bachaumont dans ses *Mémoires secrets* (t. XXII, p. 76) en font le récit. Grimod fit de ce souper une opération publicitaire au moment où il publiait ses *Réflexions philosophiques sur le plaisir par un célibataire.* Voir J.-P. Aron, *Le Mangeur du XIXe siècle,* Paris, éd. R. Laffont, 1974, p. 13-14. (Renseignements aimablement communiqués par M. Jean-Claude Bonnet, qui prépare une thèse sur la gastronomie littéraire au XVIIIe siècle.) On peut voir dans ce repas, où l'imagination de Huysmans ajoute beaucoup à ses sources, une revanche sur les humiliations gastronomiques subies par M. Folantin dans *A vau-l'eau,* et par Huysmans lui-même et ses amis dans les gargotes du Quartier latin. Cette fête gastronomique est d'ailleurs la première et la dernière dans *A Rebours.* Des Esseintes, retiré à Fontenay, n'est pas seulement chaste ; il suit une diète médicale qui rend d'autant plus intenses les rares plaisirs gustatifs dispensés par l' « orgue à bouche ».

17. Ce « repas de deuil » inaugure donc une nouvelle période dans la vie de des Esseintes, où il lui faudra s'accommoder du

renoncement aux plaisirs de la chair et de la table, plaisirs « grossiers » qu'il lui faudra sublimer par une « vaporisation » des sensations.

Page 95.

18. Tout ce passage a son point de départ dans le chapitre *De la couleur* du *Salon de 1846* de Baudelaire. Mais la variation de Huysmans est d'une originalité indéniable, et atteste à la fois sa culture picturale, nourrie aux conversations des peintres « indépendants » de son temps, et sa fascination pour les sensations colorées, qui aboutira aux recherches sur le symbolisme des couleurs dans *La Cathédrale.*

Page 96.

19. Ce goût d'inverser l'ordre habituel de la veille et du sommeil, inversion à laquelle des Esseintes va donner une régularité et un rythme quasi conventuels, ne peut manquer d'être rapproché du style de vie choisi par Proust à partir de 1909.

20. Santonine ou *santonica herba,* sorte d'absinthe de Santones, en Saintonge.

Page 97.

21. Il y aurait toute une étude à faire sur les sources de cette méditation de des Esseintes sur les couleurs. On y reconnaît en partie l'influence d'E. Chevreul, dont les théories ont été déterminantes pour l'élaboration de l' « impressionnisme scientifique » de Seurat (voir J. Rewald, *Histoire de l'Impressionnisme.* Paris. A. Michel, 1955, p. 301-302). Les principaux travaux de Chevreul (*Des couleurs et de leurs applications... à l'aide des cercles chromatiques,* Paris, Baillière, 1864 ; *Complément d'études sur la vision des couleurs.* Paris, Firmin-Didot, 1879) répartissaient les couleurs, sur le « cercle chromatique », en bleu (bleu violet, violet, violet rouge), rouge (rouge orangé, orangé, orangé jaune), jaune (jaune vert) et vert (vert bleu, s'articulant au bleu qui commençait le cercle). Huysmans, qui suit en gros cette classification, avec une nette préférence pour le rouge et l'orangé, l'adapte à une théorie de la perception par les tempéraments. La décoration de la demeure de des Esseintes,

négligeant le jaune et le vert, joue sur l'exaltation réciproque des deux complémentaires, le bleu et l'orangé.

Page 98.

22. Réminiscence de *La Peau de chagrin* de Balzac, où Raphaël de Valentin s'efforce de faire dilater par de « puissantes presses » le morceau de cuir magique auquel son sort est lié. Les grandes surfaces de cuir dont se pourvoit des Esseintes sont peut-être une garantie magique contre le sort de Raphaël, auquel pourtant il n'échappera pas.

Page 100.

23. Cet hommage solennel aux *Fleurs du Mal,* traitées par des Esseintes en « Saintes Écritures », à la place d'honneur de la « Chambre double » de Fontenay, marque bien que Baudelaire, dans *A Rebours,* est l'antidote de Zola, et l'apôtre de l'Église romantique orthodoxe dressé contre la secte « naturaliste ».

CHAPITRE II

Page 101.

24. Ce ménage de frère et sœur convers du couvent littéraire de des Esseintes est le modèle d'Auguste et Céleste Albaret, qui jouèrent le même rôle dans l'existence claustrale de Proust rédigeant la *Recherche.* Proust n'alla pas cependant jusqu'à costumer Céleste en béguine.

Page 103.

25. Cet agencement a inspiré à Jules Verne les luxueuses et complexes installations du *Nautilus,* où le capitaine Nemo, solitaire esthète et sadique, s'est retiré du monde.

Page 104.

26. Première « composition de lieu avec application des sens » de des Esseintes, Barnabooth « fin de siècle » : le voyage au long cours sans quitter sa chambre, par accumulation de sensations choisies et de lectures appropriées.

Page 106.

27. Première définition de la « composition de lieu », version des Esseintes. Voir dans Maurice Barrès, *L'Homme libre*, Paris, 1889, une autre définition, par un autre « humaniste bilio-nerveux », du même type d'exercice : « Si nous savions varier avec minutie les circonstances où nous plaçons nos facultés, nous verrions aussitôt nos désirs (qui ne sont que les besoins de nos facultés) changer au point que notre âme en paraîtra transformée. Et pour nous créer ces milieux, il ne s'agit pas d'user de raisonnements mais d'une méthode mécanique, nous nous envelopperons d'images appropriées, et d'un effet puissant, nous les interposerons entre notre âme et le monde extérieur si néfaste. Bientôt, sûrs de notre procédé, nous pousserons avec clairvoyance nos émotions d'excès en excès... » Barrès cite parmi les sources de cette méthode l'idéologue Cabanis au même titre que « l'hygiène » de saint Ignace.

Page 107.

28. Est-il superflu de faire remarquer l'ironie noire qui préside à l'énoncé de cet exercice ? La répétition « indéniable, impérieuse, sûre » — sérieuse si on la lit comme « discours indirect libre » du personnage des Esseintes en proie à ses donquichottesques illusions — se renverse en négation ricanante si on l'écoute prononcée par le pessimiste Huysmans.

29. Nouvelle définition de la « composition de lieu ».

Page 108.

30. Cet éloge de l'artifice est une variation sur « l'éloge du maquillage », chapitre XI de l'étude de Baudelaire sur Constantin Guys, dans les *Curiosités esthétiques.* Pour Baudelaire, la coupable négation du péché originel par la philosophie du XVIIIe siècle fut à la source de l'apologie de la nature comme « type de tout bien et de tout beau possibles ». En fait, selon lui, la nature « pousse l'homme à tuer son semblable, à le manger, à le séquestrer, à le torturer ; car, sitôt que nous sortons de l'ordre des nécessités et des besoins pour entrer dans celui du luxe et des plaisirs, nous voyons que la nature ne peut conseiller que le crime ». Des Esseintes — mais non Huysmans — néglige ce

point de vue moral et religieux. Mais il embrasse sans réserves ses conséquences esthétiques. « Le sauvage et le baby, écrit Baudelaire, témoignent, par leur aspiration naïve vers le brillant, vers les plumages bariolés, les étoffes chatoyantes, vers la majesté superlative des formes artificielles, de leur dégoût pour le réel, et prouvent ainsi, à leur insu, l'immatérialité de leur âme. » Cette apologie de l'artifice va de pair avec celle de l'ingéniosité humaine : « Tout ce qui est beau et noble est le résultat de la raison et du calcul. » Le maquillage n'a pas pour fonction d' « embellir la nature », mais de créer artificieusement une autre beauté, différente et victorieuse de la nature.

31. C'est, pour une part, le thème de *L'Ève future* de Villers de l'Isle-Adam, dont la recherche récente (voir J.-H. Bornecque, *Villiers de l'Isle-Adam,* Paris, Nizet, 1974, p. 214-218) a montré qu'il avait été partiellement publié en feuilleton dès 1880-1881 dans *Le Gaulois,* puis dans *L'Étoile française.* La publication complète en volume n'interviendra qu'après celle d'*A Rebours,* en 1886.

32. Les « Crampton » étaient des locomotives à tender séparé pour trains rapides. Elles étaient construites par la maison Coil, entre 1848 et 1859. Ce type avait été mis au point par l'ingénieur anglais Thomas Russell Crampton. Les premières ont été livrées par Tulk et Ley au chemin de fer Namur-Liège. Outre les Chemins de fer du Nord, les Chemins de fer de l'Est et du P.L.M. ont aussi utilisé ce type de locomotives.

Page 109.

33. Les « Engerth » étaient des locomotives à tender pour trains de marchandises. Ce type a été imaginé par l'ingénieur autrichien Wilhelm d'Engerth pour un concours ouvert à l'été de 1851 et qui devait décider du choix à adopter en matière de traction pour la ligne de montagne de Semmering en Autriche. Ce genre de locomotives comportait, outre les essieux moteurs accouplés, deux essieux sous le tender, lesquels encadraient le tender et supportaient une partie du poids de la chaudière (« reins trapus »). Celles du réseau du Nord que décrit Huysmans présentaient la disposition d'essieux 042 T. D'autres essieux (sans engrenage) existaient aussi bien sur les lignes du

Nord que du Midi et du P.L.M. (Renseignements communiqués par M. Gérard Verrefeu, rédacteur en chef de *La Vie du rail.*) Sur Huysmans romancier et les chemins de fer, voir Marc Baroli : *Le Train dans la littérature française,* Paris, éditions N. M. — La vie du rail, 3e éd. revue 1969.

34. On a ici un excellent exemple de la technique associative par laquelle Huysmans organise le va-et-vient entre l'actualité immédiate de son héros et ses « méditations », ses « souvenirs », ses « rêves ».

Page 110.

35. Voir note 30.

Page 111.

36. Réminiscence de Thomas de Quincey. Voir la traduction de Musset, parue en 1828 sous le titre *L'Anglais mangeur d'opium* (cf. plus bas note 123) : « Jusqu'alors, la face humaine s'était mêlée à mes songes, mais non d'une manière absolue, sans aucun pouvoir spécial de m'effrayer. Mais alors, ce que j'appellerai la tyrannie de la face humaine vint à se découvrir... La mer était comme pavée d'innombrables figures, tournées vers le ciel, pleurant, désolées, furieuses » (*Œuvres complètes en prose* de Musset, nouvelle édition Maurice Allem, Bibliothèque de la Pléiade, Paris, Gallimard, 1960, p. 56-57).

CHAPITRE III

Page 113.

37. Ce pluriel désigne outre la Sorbonne de Désiré Nisard, l'Université de Leipzig à laquelle appartenait A. Ebert. Voir Remy de Gourmont, *Promenades littéraires,* 3e série, Paris, Mercure de France, 1909. « Souvenirs sur Huysmans », pages 7-8 : « Toute la partie d'*A Rebours* sur la poésie latine de la décadence est condensée du vaste travail d'Ebert, qui ne cite presque jamais aucun texte. C'est sur les analyses de ce lourd et

docte professeur que des Esseintes piqua ses ingénieuses épithètes. »

38. Le mot de « décadence », dont Huysmans contribua beaucoup à faire la fortune, a été mis d'abord en circulation, et défini avec précision, par Désiré Nisard, dans son ouvrage *Études de mœurs et de critique sur les poètes latins de la décadence,* Paris, Hachette, 1834. Huysmans reprend le terme employé péjorativement par Nisard en lui donnant un contenu positif, et il adopte la définition de Nisard en tournant à l'éloge tous les traits que celui-ci destinait à la vitupération de la décadence. C'est au tome II, dans le chapitre consacré à Lucain (p. 241 et suiv. de l'éd. 1867) que la pensée de Nisard sur la décadence se déploie avec le plus de vigueur. Il insiste sur le fait que la « description » devient dans l'art décadent, non plus un ornement, mais le tout de la rhétorique. Il ajoute que l'art décadent est un art érudit, accablé sous le poids des chefs-d'œuvre antérieurs et condamné à chercher le peu d'originalité qui est encore possible dans « l'histoire » et « la nature extérieure ». Et non sans pénétration, il ajoute (p. 286, éd. cit.) : « Notre littérature est aussi arrivée, ou si l'on aime mieux, est tombée à sa période descriptive. Jamais on n'a tant décrit que depuis soixante ans (c'est-à-dire depuis 1775)... On a fait des poèmes sur le café, sur les échecs, sur la lumière ; les grands ouvrages ont été des poèmes sur les jardins. On ne s'occupait plus guère alors de l'humanité selon le monde ancien, ni de l'individu selon le Christianisme, mais seulement de quelques-uns des sens de l'homme animal, de l'individu sensitif, puis à l'état de la statue de Condillac, quand on lui attache le nez pour lui donner la sensation de l'odeur. Les héros, les poèmes, étaient tantôt le nez, tantôt l'œil, tantôt le palais... » Il est indéniable que cette analyse critique va droit au cœur du problème d'*A Rebours,* dont les sources du côté du XVIIIe (Cabanis, Condillac, Restif, La Reynière) restent à étudier. Et ce qu'ajoute Nisard n'est pas moins pertinent à notre propos : « Il y a une certaine conséquence à dire qu'une époque littéraire dont la description est la principale gloire doit être une époque d'érudition... Si le poète n'a pas vu ce qu'il décrit, il faut tout au moins qu'il l'ait lu... En outre, la description de détails, ou la connaissance de détails, c'est l'érudition... Ce que j'entends ici

par érudition, ce n'est pas l'érudition qui amasse des faits sur une époque, afin de les comparer et de les juger. L'érudition des poètes de la décadence n'a pas de but critique. C'est tout simplement un besoin de chercher dans les souvenirs du passé des détails que l'inspiration ne fournit pas. Elle tâche de mettre un certain enthousiasme poétique dans ses recherches savantes, pour faire illusion sur le manque d'inspiration poétique qui l'a forcée d'y recourir... » Vue d'un point de vue hostile, c'est assez bien la méthode de Huysmans et de des Esseintes dans *A Rebours.* On ne saurait douter que Huysmans a beaucoup médité ces pages, consacrées à Lucain, non pour en épouser les vindictes, mais au contraire pour prendre conscience de lui-même et de sa « différence ».

Page 114.

39. Comparer à l'éloge de Virgile et d'Horace dans la préface de Nisard à ses « *Études...* » citées : « Je tiens la poésie de Lucrèce, de Virgile et d'Horace, non point pour la seule, mais pour la meilleure, la plus philosophique, celle qui réfléchit le plus de côtés de notre nature, celle qui contient le plus d'enseignements pour la conduite de la vie, la seule enfin qui puisse former des hommes de bon sens. Toutefois, si je faisais de la critique dans un temps sain, où il y eût moins d'individualités et plus de gens de goût, moins d'indépendance littéraire et plus de bon sens, je serais disposé à céder sur mes doctrines exclusives. Mais comme ce temps-ci est mauvais... celui des écrivains autocrates et autonomes, etc. » « Individualité », « indépendance littéraire », « autonomie », c'est en leur nom, et contre les « hommes de bon sens et de bon goût » que Huysmans, lecteur de Nisard « à rebours », trouvera son temps « mauvais ».

Page 117.

40. Pétrone, c'est donc le romancier naturaliste tel que Huysmans le rêve, décrivant la réalité la moins conventionnelle, dans le style le moins conventionnel, et tel que Zola ne l'est pas.

Page 119.

41. A partir de ce paragraphe, Huysmans, comme l'a affirmé Gourmont (voir note 37), s'appuie essentiellement sur l'ouvrage

d'Adolphe Ebert, *Histoire générale de la littérature du Moyen Âge en Occident*, tome I, *Histoire de la littérature latine chrétienne depuis les origines jusqu'à Charlemagne*, traduite de l'allemand par le Dr Joseph Aymeric et le Dr James Condamin, Paris, E. Leroux, 1883. Il s'aide également de J.-J. Ampère, *Histoire littéraire de la France avant le XIIe siècle*, Paris, Hachette, 1839. Dans un article publié à la suite de notre première édition (voir bibliographie), Jean Céard a montré que Huysmans avait recouru à d'autres sources : l'*Histoire littéraire de la France*, de Dom Rivet de la Grange, tome I (1735) à VI (1742), les *Études historiques* de Chateaubriand (1831) et *La Civilisation au Ve siècle* de Frédéric Ozanam (1855). La dédaigneuse appréciation sur Minucius Felix prend le contre-pied du jugement d'Ebert (p. 40) : « Le style de Minucius Felix soutient la comparaison avec les meilleurs auteurs de l'âge d'argent de la littérature latine. Comme il se distingue avantageusement de celui d'un Fronton, d'un Aulu-Gelle, d'un Apulée ! » La formule « émulsion de Cicéron » résume, en l'inversant au péjoratif, une phrase d'Ebert : « Cette composition de l'Octavius... est imitée du *De Natura Deorum* de Cicéron » (p. 37).

Page 120.

42. Tertullien est plus heureux que Minucius Felix. Ebert le range en effet (p. 41) parmi les écrivains dont « la culture antiromaine, sémitique et orientale ne fait aucun cas de la beauté et du fini de la forme ». De quoi le rendre intéressant pour des Esseintes. De fait la description faite par Ebert du style de Tertullien, peu favorable à celui-ci, devient chez Huysmans, par un habile procédé de montage, un éloge : « ... la richesse des antithèses et... l'abondance *des pointes et des jeux de mots* » (p. 45) ; « ... dans des mots isolés, des phrases hachées et des constructions *concises reposant sur des participes*, il s'abandonne trop souvent, hélas, aux dépens de la clarté, à la violence de sa nature passionnée » (p. 46) ; « De plus, Tertullien puisa à *la langue des Pères de l'Église grecque et à celle de la science*, j'entends de la science *juridique* » (p. 47).

43. Sautant l'interminable résumé par Ebert des autres œuvres de Tertullien, Huysmans s'arrête, page 64, à celui du *De cultu*

feminarum, qui amuse la misogynie de des Esseintes et évoque, *a contrario,* la théorie baudelairienne du maquillage.

44. Voir Ebert, page 64 : « Dans le premier livre, il avertit les femmes de s'abstenir des toilettes *précieuses,* des vêtements bigarrés, et de la *parure* variée de cette époque... Le deuxième livre leur défend particulièrement d'employer les *cosmétiques,* à l'aide desquels une mode insensée tâchait alors de *corriger la nature.* » Nous avons souligné les mots et expressions refondus par Huysmans en une phrase conclue ironiquement et baudelairiennement par : « et de l'embellir. »

Page 121.

45. Voir Ebert, pages 66, 68 et 69.

46. Cette formule résume les longues remarques d'Ebert sur le style de Cyprien (p. 67-74), Arnobe (p. 74-83) et Lactance (p. 83-98). Le « faisandage » (mot qui chez Huysmans est loin d'être péjoratif), c'est l'imitation qui triture, recompose, voire pervertit le texte imité. C'est un peu ce que le romancier fait subir au texte d'Ebert. Ce n'est pas l'imitation servile, voisine du plagiat, reprochée par Ebert à Cyprien (p. 68) qui gênerait Huysmans, mais l'orientation classicisante de cette imitation de Tertullien : plus de « jeux de mots », « un discours clair, courant et ample », une « meilleure ordonnance du sujet », une « disposition plus claire » (p. 69). D'où les épithètes « incomplet et alenti » corrigeant « faisandage ».

47. Cette référence à « Pois-Chiche » est rédhibitoire dans l'esprit d'un anticicéronien tel que Huysmans. Ebert, en bon universitaire cicéronien, apprécie Cyprien et Arnobe (« pompe du discours », p. 83) dans la mesure où ils se conforment à la norme cicéronienne.

48. Voir Ebert, page 82, sur Arnobe : « Dans sa langue, Arnobe est complètement païen, c'est un nouveau témoignage que son genre de christianisme n'avait pas su opérer en lui un changement intérieur. »

Page 122.

49. La phrase qui commence par « Le *Carmen apologeticum...* » ne se soutient que si le « et » qui suit « écrit en 259 »

est remplacé par « est ». Mais alors Huysmans aurait confondu deux œuvres de Commodien, bien distinguées par Ebert (p. 100-101). Il vaudrait mieux supposer, après « l'an III », deux points, qui annonceraient l'énumération sans verbe des deux œuvres de Commodien. La description des acrostiches résume, une fois de plus, en reprenant quelques-unes de ses formules, celle d'Ebert (p. 103-104), dont Huysmans suit par ailleurs l'ordre des chapitres.

50. Ces formules « traduisent » celles d'Ebert sur la langue de Commodien, « d'une raideur de fer », « d'un prosaïsme plein de vulgarité », « sombre » (p. 104). Le « sentant le fauve » de Huysmans « traduit » et condense ce passage d'Ebert : « On sent l'influence de la conservation des Romains et avec cela aussi quelque chose de populaire » (p. 105). Voir aussi, page 104 : « l'usage spécial auquel plusieurs autres mots se trouvent *détournés*. »

51. Pour Ausone, sur lequel Ebert ne donne que des indications éparses, Huysmans a pu avoir recours à J.-J. Ampère (ouvrage cité) où il pouvait trouver des analyses qui, comme celles de Nisard, assimilent décadence latine et romantisme pour mieux les accabler : « On ne sera pas surpris, écrit J.-J. Ampère, que l'ouvrage le plus remarquable d'Ausone appartienne au genre descriptif. Le triomphe de la poésie descriptive est un signe de mort pour les littératures. Quand on n'a plus rien à exprimer, on demande aux objets extérieurs ce qu'on ne trouve pas dans son âme... » (p. 264). Et comme Nisard à propos de Lucain, Ampère fait une application à la littérature contemporaine, mais aussi à celle du XVIe siècle, que Gautier avait réhabilitée dans ses *Grotesques* : « Les temps de décadence, écrit-il, veulent continuer ces conquêtes de la poésie sur ce qu'il y a de plus fugitif et de plus insaisissable dans la nature. Ils redoublent toujours d'effort et de recherche. Ils font ressortir le bizarre, et jouent pour ainsi dire avec lui. Cette prédilection pour les effets indécis et compliqués, étranges et quasi fantastiques, se retrouve dans les vers suivants, etc. Au XVIe siècle, on s'est livré à des puérilités tout à fait pareilles. Ainsi à l'aurore de la littérature moderne, on imitait les bizarreries au sein desquelles la littérature antique s'était perdue » (p. 266). On ne saurait

surestimer l'effet indirect de « prise de conscience de soi » que ces analyses universitaires ont exercé sur la génération de Baudelaire, et à travers ses recherches pour *A Rebours*, sur Huysmans.

52. Sur Rutilius, voir encore J.-J. Ampère, ouvrage cité, tome II, page 92 : « Un hymne de Rutilius à la gloire de Rome » ; page 96 : « ses épigrammes contre les Juifs », « ses plaisanteries qui ont les moines pour objet » ; page 87, sur l'*Itinerarium* : « L'auteur se plaît surtout à ces effets descriptifs que j'ai signalés dans le poème d'Ausone sur la Moselle, à ces accidents fugitifs, indécis, presque insaisissables, et que s'efforce à rendre la poésie industrieuse des âges vieillis ; soit qu'il peigne l'ombre des pins flottante à la marge des flots :

Pineaque extremis fluctual umbra fretis...

soit qu'il montre au loin les cimes des montagnes encore vues et agrandies dans la brume matinale :

Incipit obscuros ostendere Corsica montes
Nubi ferumque caput concolor umbra levat »

(ouvr. cit. p. 266). Pour un admirateur des Goncourt et des impressionnistes, ces pages révélaient des précurseurs, comme le prouve la fin du paragraphe consacré par Huysmans à Rutilius.

Page 123.

53. On revient ici à Ebert, qui écrit, page 319 « C'est dans l'école d'Ausone que saint Paulin se forma comme poète. »

54. Voir Ebert, page 127 : Juvencus « un prêtre espagnol », qui « traite en quatre livres la matière des Évangiles ». Il précise que chacun de ses livres comporte environ huit cents hexamètres.

55. Voir Ebert, pages 136-138, qui analyse le *Carmen de fratribus septem Macchabaeis...*, « attribué généralement à Victorin ».

56. Voir Jean Céard, article cité, page 301, qui fait le point sur les sources possibles de ce passage, en dehors d'Ebert qui, page 338, analyse le poème en l'attribuant à Endelechius, « appelé aussi, à ce qu'il paraît, Sanctus Severus ».

57. Voir Ebert, page 150. Le même titre d' « Athanase de l'Occident » était déjà cité par Ampère (t. I, p. 2).

58. Voir Ebert, page 159 : « Cicéron chrétien », « avant tout un orateur » : deux titres à la détestation de Huysmans.

59. Voir Ebert, page 140 : « Ces épigrammes où il ne manque pas de se donner comme l'auteur... ces inscriptions tumulaires (dont une partie) est encore conservée dans la pierre. »

60. Sur Vigilantius de Comminges, voir les sources citées par Céard, article cité p. 302, chez Dom Rivet (t. II, p. 57-63) et chez Ampère (t. II, p. 1 et 2).

Page 124.

61. Prudence : voir Ebert, page 302 : « Nous avons là, dans la littérature médiévale, le premier exemple d'une poésie purement allégorique. »

62. Voir Ebert, page 456, qui note le « grand talent » de Sidoine dans « les descriptions », « la peinture des détails », « traitée avec tant de succès par les romanciers français de notre époque ». Autre point de convergence entre latinité tardive et « modernité ». Ebert marque encore sa prédilection pour « l'antithèse et le jeu de mots », sa « préciosité » (p. 457).

63. Ebert, page 452, parlait de « fanfaronnades », et notait son recours à la mythologie païenne. Page 454, il lui reprochait de pratiquer une poésie « marquée au coin de la rhétorique », fermée au « jet spontané du sentiment ». Ce qui explique le « faible » de Huysmans.

64. Merobaudes : voir Ebert, page 446, et compléments dans Céard, article cité, page 302.

65. Sédulius : voir Ebert, pages 397-398, à compléter par Céard, *ibid.*

66. Marius Victor : voir Ebert, pages 392-397, et Ampère, tome II, page 163. Céard (article cité, p. 320) fait remarquer que l'analyse de Dom Rivet (II, 247) mettait Huysmans sur la voie d'un autre contempteur des artifices féminins, et entre autres du fard.

67. Paulin de Pella : voir Ebert, pages 432-437, qui parle d'une « biographie pleine d'adversités et de résignation chrétienne », tandis que Dom Rivet (II, 363-368) trouve dans

l'*Eucharisticon* « une piété aussi humble que tendre » (Céard, *ibid.*). D'où le « grelottant » de Huysmans.

68. Orientius : voir Ebert, pages 437-441 : « évêque d'Auch », auteur d'un *Commentarius* dont Huysmans dut apprécier le thème, résumé ainsi par Ebert : « N'est-ce pas la femme qui est la cause première de tout le mal ? C'est par elle que l'homme a perdu le paradis et mérité la mort. Que de peuples ont été précipités dans le malheur par le visage d'une femme ! »

Page 126.

69. Dracontius : voir Ebert, pages 408-418. Sur ce tableau des invasions barbares, voir les sources relevées par Céard, article cité, page 303.

70. Claudius Mamert : voir Ebert, pages 503-506, et Ampère, tome II, page 263.

71. Avitus de Vienne : voir Ebert, pages 419-428, et Ampère, tome II, page 192.

72. Voir Ebert, pages 461-469, et Ampère, tome II, page 209. A compléter par Dom Rivet, III, pages 96-111, cité par Céard, page 304.

73. Eugippe : voir Ebert, pages 482-484. Sur saint Séverin, Huysmans a pu aussi, comme l'indique Céard (*ibid.*), se reporter à Ozanam, *La Civilisation chrétienne chez les Francs* (1849, p. 38-43).

Page 127.

74. Voir Ebert, page 592 : « Aurélien, évêque d'Arles, mort en 555. »

75. Sur Ferreolus, voir les remarques de Jean Céard, article cité, page 304. Huysmans le devrait à Dom Rivet, tome III, pages 324-328. Cet évêque d'Uzès, qui vivait au ve siècle, s'il n'a pas pratiqué le « faisandage », a recouru à la « compilation », autre méthode d'invention propre à séduire Huysmans.

76. Sur Fortunat, voir Ebert, pages 552-578, et Ampère, tome II, pages 333-351. Faut-il voir dans l'expression « la vieille charogne de la langue latine » une traduction de l'indication donnée par Ebert (p. 570) : « ... le *Pange lingua...* est composé dans le mètre des chants des soldats romains... C'est évidemment

à dessein que Fortunat a choisi ce mètre ; son hymne (le *Vexilla regis*)… » ?

77. Boèce : voir Ebert, pages 517-529.

78. Grégoire de Tours : voir Ebert, pages 604-617, et J.-J. Ampère, tome II, pages 295-311.

79. Jornandès : voir Ebert, pages 591-608, qui écrit « Jordanès ». Huysmans maintient la graphie classique, depuis Corneille jusqu'à Chateaubriand, Ampère et Ozanam.

80. Frédégaire : voir Ebert, pages 640-651.

81. Paulus Wernefried, diacre d'Aquilée, secrétaire de Didier, dernier roi des Lombards, prisonnier de Charlemagne, s'enfuit et finit ses jours au Mont Cassin. Voir, d'après Moreri, sur cet auteur d'une *Histoire des Lombards*, L.-Ellies Du Pin, *Nouvelle Bibliothèque des auteurs ecclésiastiques* (2e éd., Paris, Pralard, 1686-1691 et 1693-1715), tome V : *Des auteurs du VIIe et du VIIIe siècle.*

82. Voir Ebert, page 653 : « C'est un antiphonaire (du monastère de Bangor, en Irlande) qui fut écrit au VIIe siècle… On y trouve un hymne alphabétique en l'honneur de saint Comgill… précepteur de saint Colomban ; son rythme correspond au rythme ambrosien, à strophes monorimes dont le nombre de vers varie comme dans les tirades du vieux français. »

83. Jonas : voir Ebert, page 649, à compléter par Dom Rivet, III, pages 603-608 (Céard, article cité, p. 306). C'est à Ebert, page 645, que Huysmans emprunte l'idée que « la littérature se confinait… dans les biographies de saints » ; Ebert lui-même renvoie sur ce point à Ampère (*Histoire littéraire de la France depuis Charlemagne,* I, 1).

84. Bède le Vénérable : voir Ebert, pages 666-691 : « Un autre supplément (à l'Histoire ecclésiastique de Bède)…, c'est le livre qui a pour titre *De vita et miraculis S. Cuthberti, episcopi Lindisfarnensis.* Cet écrit en prose qu'il entreprit à la prière d'Edfrid, successeur de Cuthbert, et à celle des moines de Lindisfarn, avait été… précédé d'un poème… *De miraculis S. Cuthberti.* » Le « moine anonyme » est sans doute celui de Lindisfarn qui fournit à Bède « sa principale source » (Ebert, p. 675).

85. Sur ce « Defensorius », en fait Defensor, voir Dom Rivet,

III, pages 654-655. C'était un moine (d'où « synodite ») de Ligugé. Il est l'auteur d'un *Liber scintillarum* (Migne, tome 88, col. 595-718) et non d'une *Vie de sainte Rusticula.* Celle-ci est mentionnée par Dom Rivet (III, p. 553-554) et attribuée à « Florent, prêtre de l'Église des Trois-Châteaux ». Quant à la « modeste et la naïve Baudonivia », elle est elle aussi tirée de Dom Rivet, III, pages 553-554 (voir Céard, article cité, p. 306).

Page 128.

86. Voir Ebert, pages 655-666. Saint Aldhelme (ou Adhelme selon Moreri que semble ici suivre Huysmans), né vers le milieu du VIIe siècle, mort au VIIIe, est le fondateur de la culture monastique anglo-saxonne, dont Alcuin sera un ambassadeur en France. Il est entre autres l'auteur d'un recueil d'énigmes (Ebert, t. I, p. 661) dédié à son élève Acircius (peut-être Alfred de Northumberland) : « Quant au fond et à la forme, les Énigmes d'Aldhelme se rattachent à celles de Symphosius », sur lequel Ebert donne d'ailleurs peu d'indications. Sur Tatwine (archevêque de Cantorbéry mort en 734) et Eusèbe (dont Ebert dit qu'il est « complètement inconnu »), voir *ibid.*, page 687 : successeurs d'Aldhelme dans le genre des énigmes, ces deux ecclésiastiques anglais marquent « la préférence nationale » pour la poésie énigmatique.

87. Sur Alcuin, voir Dom Rivet, IV, pages 295 et suivantes (Céard, article cité, p. 307).

88. Sur Eginhard, voir Dom Rivet, IV, pages 550 et suivantes (Céard, *ibid.*)

89. Voir J.-J. Ampère, ouvrage cité, pages 161-162, qui renvoie aux « admirables études historiques » de Chateaubriand, parues en 1831, et qui brossent une vaste fresque de la fin de l'Empire romain, et des origines de la monarchie française, donnant ainsi le branle aux orientations historiographiques du catholicisme libéral d'Ampère et d'Ozanam. L'intérêt pour la latinité tardive, dont Huysmans bénéficie, date en fait de Chateaubriand et de ses héritiers spirituels directs.

90. Fréculfe : évêque de Lisieux, est étudié par Dom Rivet, VI, pages 77 et suivantes, et mentionné par Ampère, ouvrage cité, pages 143 (Céard, *ibid.*).

91. Réginon : étudié par Dom Rivet, VI, pages 148-154 (Céard, *ibid.*).

92. Sur Abbo, notices dans Dom Rivet, VI, pages 189-194 (Céard *ibid.*), et Ampère tome III, pages 328-338. Moine de Saint-Germain, Abbo a écrit au Xe siècle un *De bellis parisiacae urbis,* sur le siège de Paris par les Normands.

93. Sur Walafrid Strabo, voir Dom Rivet, V, pages 59 et suivantes et pages 71-72 (Céard, *ibid.*). Sur l'*Hortulus,* voir surtout J.-J. Ampère, tome III, page 218 qui écrit : « L'abbé Lebœuf s'extasie surtout sur l'éloge de la citrouille ; j'ai lu cette description, et je n'ai pas partagé l'enthousiasme de l'abbé Lebœuf. » Il n'en faut pas plus à des Esseintes pour entrer » en liesse ».

94. Ermold le Noir : voir Dom Rivet, IV, pages 520 et suivantes (Céard, *ibid.*), et J.-J. Ampère, tome III, pages 221-224, qui parle de « poésie sans caractère » et cite des extraits de la traduction du *De Gesti Ludovici Cesaris* par Fauriel. L'expression « latin de fer » est sans doute reprise de celle utilisée par Ebert pour caractériser le style de Commodien : « raideur de fer » (voir ci-dessus, note 50).

95. Macer Floridus : imitateur de l'*Hortulus* de Walafrid Strabo. Céard, article cité, page 308, a d'excellents arguments pour penser que Huysmans a lu l'œuvre de Macer Floridus, que des Esseintes commente avec une précision inusitée.

Page 129.

96. Wernsdorff : il s'agit probablement de Johann Christian Wernsdorf, auteur d'un recueil des *Poetae latini minores* (1780-1798).

97. Meursius : il s'agit de l'érudit hollandais Johannes Meursius, auteur d'une *Roma luxurians sive de luxu Romanorum, liber singularis.* La Haye, 1631, où le savant humaniste fait l'inventaire, chapitre après chapitre, étayés de citations antiques, des raffinements du luxe dans l'Empire romain : onguents, bijoux, décoration intérieure, fastes de la table, exotisme culinaire, etc. Les récits de Suétone sur la *Domus aurea* de Néron et de Lampride sur Héliogabale y sont abondamment cités. C'est également dans l'œuvre de Meursius que Huysmans a eu son

attention attirée par *De laudibus virginitatis* d'Aldhelme, que lit avec prédilection des Esseintes : dans un recueil intitulé *Manlisa* et qui fait suite à la *Roma luxurians*, Meursius rétablit le texte de cet ouvrage médiéval.

98. Forberg (Friedrich-Karl), auteur du *Manuel d'érotologie classique (De figuris veneris)*, Paris, Lisieux, 1882, 2 vol. in-8°.

99. Moechialogie : de *moïcheïa*, mot grec signifiant adultère, et de *logos*, discours ; c'est le titre d'un ouvrage du R. P. Debreyne (1786-1867) traitant des aspects moraux des questions sexuelles.

100. Diaconales : en 1718, au tome III de sa *Theologia moralis*. Alphonse de Liguori, traitant des questions délicates relatives au sixième commandement, demande que ces pages ne puissent être lues que par les *ad excipiendas confessiones jam proximi*, c'est-à-dire par des clercs au moins ordonnés diacres. De là naquit la tradition de réserver aux seuls diacres l'étude du chapitre spécial des *Théologies morales* consacré à l'empêchement canonique d'impuissance, au devoir conjugal, et au baptême de l'enfant dans le sein de sa mère. Ce supplément à part (comme par exemple dans la *Théologie morale* du R. P. Debreyne) était appelé en jargon ecclésiastique « diaconales ».

CHAPITRE IV

Page 131.

101. Sur cette tortue, voir le texte de R. de Montesquiou cité dans notre « Note sur le personnage de des Esseintes », page 377. Huysmans a ajouté à la peinture d'or un décor de pierreries qui force la note jusqu'à l'outrance caricaturale.

Page 133.

102. Montesquiou confirme que l'idée première de cette tortue-bijou vivant fut inspirée à Judith Gautier par le « décor du Japon pittoresque ». La mode des japonaiseries avait été lancée par les Goncourt.

103. Les principes qui guident ce « choix » sont moins la rareté et le prix des pierres que leur plus ou moins grand degré de vulgarisation parmi les « commerçants », « la petite bourgeoisie », les « bouchères », et les associations qu'elles peuvent suggérer avec la vulgarité de la vie moderne (« omnibus », « trop civilisées et trop connues »). Enfin le principe d'artifice, qui met sur le même plan les « pierres réelles et factices ». Ces considérations sont fort étrangères au goût de Montesquiou (voir *Les Pas effacés*, éd. Couchoud, 1923, p. 107 et suiv.).

Page 136.

104. Il est possible que Huysmans ait consulté J.-G. Houssaye, *Monographie du thé*, Paris, 1843, qui cite et étudie toutes les variétés de thé connues au XIXe siècle : plutôt que de choisir telle ou telle d'entre elles, il a préféré inventer des noms sonores, selon le procédé « Jérimadeth » de Hugo, assortis d'une allusion à « d'exceptionnelles caravanes » ! Voir, pour une mise au point moderne sur les différentes espèces de thé, le n° spécial (71) de la *Revue Ciba* paru en 1949.

Page 138.

105. Sur les « sources » de cet « orgue à bouche », « primitif » des modernes cocktails, voir Pierre Lambert, « Un précurseur de des Esseintes ou l'orgue à bouche au XVIIIe siècle », *Mercure de France*, 15 décembre 1925.

Page 140.

106. « Les romances d'Estelle » font allusion sans doute à la pastorale de Florian, *Estelle et Némorin*, qui accompagna les premières amours de Berlioz (voir les *Mémoires* de ce dernier, éd. Garnier-Flammarion, t. I, p. 48).

CHAPITRE V

Page 145.

107. Voir la note 36.

Page 146.

108. Gustave Moreau (1826-1898) : les deux tableaux que décrit Huysmans avaient été exposés au Salon de 1876, puis à l'Exposition universelle de 1878. La *Salomé* se trouve actuellement dans la collection Huntington-Hartford, à New York. L'aquarelle intitulée *L'Apparition,* propriété du Cabinet des Dessins du Louvre, a été exposée au Musée d'Art moderne du Centre Beaubourg lors de son inauguration.

Page 150.

109. Les deux tableaux de Moreau ont dû susciter en Huysmans de profonds échos, car en 1887, dans *En Rade* il présentera comme un « rêve » de Jacques Marles la description d'un tableau imaginaire (à la manière des deux Philostrate) de style Moreau : « Et ce palais qui montait dans les nuages avec ses empilements de terrasses, ses esplanades, ses lacs enclavés dans des rives d'airain, ses tours à collerettes de créneaux en fer, ses dômes papelonnés d'écailles, ses gerbes d'obélisques... s'éventra sans bruit, puis s'évapora, et une gigantesque salle apparut pavée de porphyre, supportée par de vastes piliers aux chapiteaux fleuronnés de coloquintes de bronze et de lys d'or. Derrière ces piliers, s'étendaient des galeries latérales, aux dalles de basalte bleu et de marbre, aux solivages de bois d'épine et de cèdre, aux plafonds caissonnés, dorés comme des châsses ; puis, dans la nef même, au bout du palais arrondi tel que les chevets à verrières des basiliques, d'autres colonnes s'élançaient en tournoyant jusqu'aux invisibles architraves d'un dôme, perdu, comme exhalé, dans l'immesurable fuite des espaces... Partout grimpaient des pampres découpés dans d'uniques pierres... Cette inconcevable végétation s'éclairait d'elle-même ; de tous côtés, des obsidianes et des pierres spéculaires incrustées dans les pilastres, réfractaient, en les dispersant, les lueurs des pierreries qui, réverbérées en même temps par les dalles de porphyre, semaient le pavé d'une ondée d'étoiles. Soudain la fournaise du vignoble, comme furieusement attisée, gronda ; le palais s'illumina de la base au faîte, et, soulevé sur une sorte de lit, le Roi parut, immobile dans sa robe de pourpre, droit sous ses pectoraux

d'or martelé... Il regardait à ses pieds, perdu dans un rêve, absorbé par un litige d'âme, las peut-être de l'inutilité de la toute-puissance et des inaccessibles aspirations qu'elle fait naître ; dans son œil pluvieux, couvert tel qu'un ciel bas, l'on sentait la disette de toute joie, l'abolition de toute douleur, l'épuisement même de la haine qui soutient et de la férocité dont le régal continué s'émousse. Lentement enfin, il leva la tête et vit... une jeune fille debout, inclinée, haletante et muette... Reflété par le porphyre des dalles, son corps lui apparaissait tout nu ; elle se voyait, telle qu'elle était, sans étamine, sans voile, sous le regard d'un homme ; le respect épeuré qui, tout à l'heure, la faisait frémir devant le muet examen d'un Roi la détaillant, la scrutant avec une savourante lenteur, pouvant s'il la congédiait d'un geste, insulter à cette beauté que son orgueil de femme jugeait indéfectible et consommée, presque divine, se changeait en la pudeur éperdue, en l'angoisse révoltée d'une vierge livrée aux mutilantes caresses du maître qu'elle ignore. La transe d'une irréparable étreinte, rudoyant sa peau anoblie par les baumes, broyant sa chair intacte, descellant, violant, le ciboire fermé de ses flancs, et, surgissant plus haut que la vanité du triomphe, le dégoût d'un ignoble holocauste, sans attache d'un lendemain peut-être, sans balbuties d'un personnel amour leurrant par d'ardentes simagrées d'âme la douleur corporelle d'une plaie, l'anéantirent ; — et la posture qu'elle gardait écartant ses membres, elle aperçut devant elle, dans la glace du pavé noir, les couronnes d'or de ses seins, l'étoile d'or de son ventre et sous sa croupe géminée, ouverte, un autre point d'or. L'œil du Roi vrilla cette nudité d'enfant et lentement il étendit vers elle la tulipe en diamant de son sceptre dont elle vint, défaillante, baiser le bout. »

Page 155.

110. Jan Luyken : graveur hollandais (1649-1712), illustrateur d'ouvrages consacrés au martyrologe de la Réforme et à ses précédents : *Théâtre des martyrs depuis la mort de J.-C. jusqu'à présent, représenté en taille douce par J. Luyken.* Leyde, Van der Aa, s. d. (1685) et *Historiae celebriores Veteris Testamenti iconibus representatae, ad excitandas nonas meditationes, selectis*

epigrammatibus exornatae, in lucem datae a Christophoro Weigelio. Nuremberg, C. Weigel, s. d. (1695), 2 parties en un volume in-fol. De ces images destinées à soutenir la piété calviniste, des Esseintes tire des méditations à caractère sadique.

Page 157.

111. Rodolphe Bresdin (1822-1885) : voir Dirk van Gelder, *Bresdin : dessins et gravures.* Paris, Chêne, 1976. Voir aussi Étienne Cluzel, « J.-K. Huysmans et ses artistes préférés : Rodolphe Bresdin », dans *Bulletin de la Société J.-K. Huysmans,* n° 44, 1962, pages 426-436 (repris en volume, Paris, Divan, 1962). Robert de Montesquiou est l'auteur de deux brochures sur Bresdin : *Rodolphe Bresdin,* Paris, L'Art Décoratif, 1912, in-4°, 16 pages, et *L'Inextricable Graveur, Rodolphe Bresdin,* Paris, H. Flouy, 1913, in-4°, 48 pages.

Page 158.

112. Odilon Redon : voir Roseline Bacou, *Odilon Redon,* Genève, Cailler, 1956, 2 vol. in-16°, ainsi que *Lettres publiées par sa famille (1878-1916),* Paris-Bruxelles, Van Oerst, 1923. Sur ses rapports avec Huysmans, voir Jean Jacquinot, « Deux amis : Odilon Redon et J.-K. Huysmans », *B. S. J.-K. H.,* n° 33, 1957.

Page 160.

113. Cette place faite à Théotocopuli (El Greco) prépare la célébration qu'écrira Barrès sous le titre *Gréco ou le secret de Tolède* (1911). Rapprocher la formule sur « la préoccupation de ne plus ressembler au Titien » de celles de Valéry dans son « Souvenir de J.-K. Huysmans », (*Variété,* éd. Pléiade, p. 755) : « Mais comment n'avoir pas recours à la recherche, aux figures continuelles, aux écarts voulus de la syntaxe, aux vocabulaires techniques, aux artifices de ponctuation quand l'on vient se joindre bien tard à un système littéraire déjà mûr et enrichi ; et quand il s'agit de décrire encore, après un siècle de descriptions, après Gautier, après Flaubert, après les Goncourt ? A peine d'insipidité, la surcharge, les transpositions, les accouplements monstrueux s'imposent. Même si l'œuvre paraît barbare, choque

les gens de goût, ahurit les simples, irrite les raisonnables et porte en soi des promesses de mort,... toutefois elle est œuvre volontaire... » En rapprochant cette analyse de la « manière » de Huysmans de celle que donnaient, au début du siècle, un Nisard et un Ampère des poètes « maniéristes » de la latinité tardive, et de celle que, retournant les critiques en éloges, des Esseintes fait de la basse latinité, on saisit le cheminement de la conscience critique d'une « modernité » lasse des chefs-d'œuvre, et s'acceptant comme « décadence ».

Page 161.

114. Ici encore, des Esseintes s'affirme l'héritier des Goncourt, qui ont tant fait pour réhabiliter le style Louis XV. Rapprocher ce passage de la lettre écrite par Huysmans à Edmond de Goncourt après avoir lu *La Faustin :* « Ce livre a une acuité de son qui vous fait vibrer tous les nerfs... Il y a dans ce roman un art d'évocation unique, des doubles lignes, c'est-à-dire, sous la ligne écrite et imprimée, une autre qui sourd, à sa flamme d'art, comme ces phrases tracées à l'encre sympathique qui apparaissent au toucher du feu... Le côté charnel de *La Faustin* est d'ailleurs d'un nervosisme qui n'a d'égal, en acuité, en musique, que certaines des adorables et troublantes mélodies de Schubert. Ce n'est plus le rut bestial et grossier, mais un rut de corps affiné par des excitations de cervelle, c'est un rut comme il me semble qu'il doit y en avoir eu au XVIIIe siècle, dans une époque corrompue raffinée et noble. Ce côté nerveux, élégant, dépravé, cet éréthisme savant que les Latins de la décadence ont eu aussi et qui a été décrit par Pétrone dans son verbe si curieusement travaillé, existe de notre temps et je le sentais personnellement sans pouvoir l'exprimer, trouvant justement qu'aucun des romanciers modernes ne l'avait encore mis au jour » (lettre du 19 janvier 1882, dans *Lettres inédites à Edmond de Goncourt,* éd. P. Lambert, Nizet, 1956, p. 70-71). Voir aussi plus loin, p. 309-310.

115. Rapprocher la description de la « chambre en cellule monastique » de celle que fait Montesquiou, dans ses Mémoires : « Une toile d'un ton de pierre en garnissait les murs, auxquels s'attachaient bien vraiment (c'est à dessein que je souligne ces

deux mots) une chaire d'église très jolie, à panse légèrement renflée, en chêne sculpté de l'époque Louis XV, trois ou quatre stalles de chanoines, dont les sièges se relevaient, un fragment de balustrade ajourée, et une cloche au tintement religieux. Sculptées, elles, en plein bois, certainement par un très grand artiste, six têtes d'angelots, formant trois petits groupes peints en blanc et rehaussés d'or, déployaient des ailes de poussins et chantaient les louanges du Seigneur, de leurs bouches enfantines, aussi éloquemment que celles des petits musiciens de Donatello... » (*Les Pas effacés*, t. II, p. 119.)

Page 162.

116. Eucologe : de *euchê*, prière et *logos*, recueil, livre de prières contenant l'office des dimanches et fêtes.

117. Miséricorde : sorte d'appui sculpté en dessous des sièges de stalles de chœur pour soulager, le siège rabattu, la station debout des chanoines durant l'office.

Page 163.

118. C'est ce que croira avoir réalisé Huysmans dans la maison qu'il fit construire en 1898 près du monastère bénédictin de Ligugé, et qu'il dut quitter en 1901, après le départ des moines sous le coup des lois Combes. (Voir R. Baldick, *La Vie de J.-K. Huysmans*, p. 326.)

CHAPITRE VI

Page 172.

119. Avitus de Vienne : voir, outre la note 71, Ebert, tome I, pages 419-428, et, sur le *De Laude castitatis*, page 427. Le titre exact est *De consolatoria laude castitatis ad Fuscinam sororem* et Ebert commente ainsi : « Il lui peint les misères, les souffrances et les dangers de la vie conjugale sous les couleurs qui blessent aussi bien la morale que l'esthétique... L'auteur ne considère le mariage que du point de vue du concubinat. » Tout pour plaire aux marottes de Huysmans.

CHAPITRE VII

Page 176.

120. Cette peinture élogieuse de l'enseignement ecclésiastique, par opposition à l'enseignement d'État dont Huysmans, comme le montrent ses souvenirs utilisés dans *En Ménage*, avait gardé une impression désastreuse, fait sans doute écho aux *Souvenirs d'enfance et de jeunesse* de Renan, parus en 1883, un an avant la publication d'*A Rebours*. Voir dans l'éd. Garnier-Flammarion, 1973, p. 127 : « L'éducation cléricale a une supériorité sur l'éducation universitaire, c'est sa liberté en tout ce qui ne touche pas à la religion » ; page 130 : « Là est une des supériorités que présentent les établissements ecclésiastiques sur ceux de l'État ; le régime y est très libéral, car personne n'a le droit d'y être... L'établissement de l'État a quelque chose de militaire, de froid, de dur, et avec cela une cause de grande faiblesse, puisque l'élève a un droit obtenu au concours dont on ne peut le priver. » Et encore, page 149, sur le régime au séminaire de Saint-Sulpice : « On suppose que le régime de la maison agit par lui-même. Les directeurs mènent exactement la vie des élèves et s'occupent d'eux aussi peu que possible. Si l'on veut travailler, on y est admirablement placé pour cela. Si l'on n'a point l'amour du travail, on peut ne rien faire... »

Page 177.

121. Comparer avec la nostalgie religieuse de Claude, le héros de *La Confession de Claude*, de Zola (1865) : « La nuit était claire, je voyais jusqu'à Dieu. Marie, raide maintenant, dormait avec pesanteur ; le drap avait de longs plis secs et durs. Je songeais au néant, je pensais que nous aurions grand besoin d'une croyance, nous qui vivons dans l'espérance de demain et qui ne savons ce que sera demain. Si j'avais eu, au ciel, ou ailleurs, un Dieu ami dont j'aie senti la main protectrice, je ne me serais peut-être pas laissé aller au vertige d'une passion mauvaise. J'aurais toujours eu des consolations au milieu de mes larmes ; j'aurais usé mon trop d'amour dans la prière, au lieu de

ne pouvoir le donner et de le sentir m'étouffer. Je m'étais abandonné parce que je ne croyais qu'en moi et que j'avais perdu toute ma force... Seulement, lorsque la fièvre me prend, lorsque je frissonne de faiblesse, je deviens enfant, je voudrais être sous le coup d'une fatalité divine, m'effacer, laisser Dieu agir en moi et pour moi. » Le Dieu de Zola est la somme des lâchetés et des régressions vers l'enfance du psychisme humain. La foi qui hante des Esseintes est du moins liée à « d'irritants problèmes ».

Page 181.

122. Ici des Esseintes s'identifie au saint Antoine de Flaubert.

Page 182.

123. L'œuvre de Thomas de Quincey, traduite par Alfred de Musset en 1828, puis adaptée par Baudelaire, a exercé une profonde influence sur Huysmans. Sur cet épisode, voir *Les Paradis artificiels* de Baudelaire (éd. Claude Pichois, Folio n° 964, Paris, Gallimard, 1972, p. 193-194) et *L'Anglais mangeur d'opium* de Musset (*Œuvres complètes en prose,* nouvelle édition Maurice Allem, Bibliothèque de la Pléiade, Paris, Gallimard, 1960) : « Je regardais comme le mot le plus redoutable et le plus solennel, comme une espèce de représentation de toute la dignité romaine, ce mot si souvent rencontré dans Tite-Live : *consul romanus...* Tout à coup, on frappait des mains, j'entendais prononcer le formidable mot : *consul romanus,* et venaient immédiatement Paulus ou Marius, entourés par une compagnie de centurions, avec la tunique écarlate, et suivis des *alalagmos* des légions romaines » (p. 55).

Page 184.

124. Voir dans les *Lettres inédites à Émile Zola,* édition P. Lambert, p. 99, la lettre datée de mars 1884 : « Songez, écrit Huysmans, que c'est la théorie de la résignation, la même théorie absolument que celle de *L'Imitation de Jésus-Christ,* moins la panacée future, remplacée par l'esprit de patience, par le parti pris de tout accepter sans se plaindre, par l'attente bienfaisante

de la mort, considérée, ainsi que dans la religion, comme une délivrance et non comme une peur. Je sais bien que vous ne croyez pas au pessimisme... » La philosophie de Schopenhauer avait été diffusée en France par un article de P. Challemel-Lacour, « Un bouddhiste contemporain en Allemagne, Arthur Schopenhauer » (*Revue des Deux Mondes,* 15 mars 1870, p. 296-332) et par un ouvrage de Théodule Ribot, *La Philosophie de Schopenhauer,* Paris, Baillière, 1874, qui était un exposé très complet supérieur à Foucher de Careil : *Hegel et Schopenhauer.* Paris, 1862. En 1880, parut un choix de textes du philosophe, *Pensées, maximes et fragments,* trad. J. Bourdeau, Paris, G. Baillière, cité par Huysmans dans sa lettre à Zola. Dans la même lettre, Huysmans rapproche, comme dans ce paragraphe d'*A Rebours,* le pessimisme de Schopenhauer et la tristesse chrétienne de Thomas à Kempis, l'auteur de l'*Imitation de Notre-Seigneur.*

Page 185.

125. Le « Pessimisme » avait été mis à la mode par l'ouvrage d'Edme Caro, *Le pessimisme au XIXe siècle : Léopardi, Schopenhauer, Hartmann,* Paris, Hachette, 1878 ; Caro faisait d'abord une histoire du « pessimisme », de l'Ecclésiaste à la théorie « mélancolique » du génie chez Aristote, en passant par Pétrone et les « Romains de la Décadence » peints par Thomas Couture. Montrant que ce « courant pessimiste » était très puissant au sein de la pensée chrétienne (Pascal, Joseph de Maistre), Caro résume la philosophie moderne et allemande du pessimisme en trois axiomes : 1) une théorie psychologique de la volonté : tout est volonté dans la Nature et dans l'homme, donc tout souffre ; l'essence de la volonté est effort, tout effort est douleur ; 2) la conception d'une puissance rusée qui enveloppe tout être vivant, spécialement l'homme, d'illusions contraires à son bonheur, et dont l'agent le plus redoutable est la femme ; 3) le bilan de la vie qui se liquide par un déficit énorme de plaisir et par une véritable banqueroute de la Nature. Mais le bon Caro concluait : « C'est le travail qui sauve et sauvera l'humanité de ces tentations passagères et dissipera ces mauvais rêves. S'il y avait par impossible un peuple atteint de cette contagion, la nécessité de vivre, que ne suppriment pas ces vaines théories, le relèverait

bientôt de cet affaissement. Ces états-là sont un dilettantisme d'oisifs ou une crise trop violente pour être longue » (p. 293).

Page 186.

126. Dans une lettre à Zola du 25 mai 1884, postérieure à la publication d'*A Rebours,* Huysmans se justifie diplomatiquement auprès de Zola d'un livre aussi rebelle aux vues du Maître et en particulier lui déclare : « J'ai pas à pas suivi les livres de Bouchut et d'Axenfeld sur la névrose... » En fait, s'il est vrai que Huysmans a consulté ces deux ouvrages (voir la note de P. Lambert à la lettre citée, dans les *Lettres inédites à Émile Zola,* p. 107), il a surtout prêté à des Esseintes des symptômes qui lui étaient propres, et qui l'avaient d'ailleurs contraint à se retirer à Fontenay-aux-Roses, sur ordonnance médicale, en 1881. En 1884, il écrivait à son ami le sculpteur Bartolomé : « La vue d'une blanchisseuse qui tordait du linge au-dessus d'un baquet m'a fait presque défaillir hier, rue Saint-Guillaume. Rien qu'à penser à ce linge, j'en ai les dents qui me claquent. Je me suis cependant remis au travail depuis deux mois, après tant de temps perdu. Je fais le livre de la névrose. Je suis bien placé pour cela. » Lettre inédite, collection privée.

Page 187.

127. Tout ce passage est lui aussi à teneur fortement autobiographique. Dans une lettre à Zola du 16 avril 1882, Huysmans écrivait (éd. cit. p. 85) : « J'étais affecté d'une toux méthodique, commençant à 3 heures du matin précises, et continuant mécaniquement jusqu'à 7 heures... Sur ce, valériane, assa-fœtida, tous les antispasmodiques... En dernier lieu on a eu recours à des douches glaciales, avec de l'eau à 0° centigrade... Donc je passe mon temps dans les bains à exhiber mon grelottant squelette aux yeux d'un pompier qui m'écrase la colonne vertébrale sous des colonnes d'eau gelée. »

CHAPITRE VIII

Page 189.

128. Le goût des plantes rares se développe à Paris au cours du Second Empire. Voir Guy Sagnes, *L'Ennui dans la littérature française de Flaubert à Laforgue,* Paris, A. Colin, 1969, pages 328-329. Lancée par les romans des Goncourt (*Renée Mauperin,* 1864), de Flaubert (*L'Éducation sentimentale,* 1869), de Zola (*La Curée,* 1871), cette mode avait pris dès 1869 une dimension populaire. Les Goncourt écrivaient dans leur *Journal* en 1862 : « Tout ce qui vient d'Orient, des plantes surtout, a l'air de sortir de la main artistique de l'homme, tandis qu'en Europe toute la nature semble manufacturée. » Le salon-serre de la princesse Mathilde à Saint-Gratien est inauguré en 1867. En 1869, les Goncourt écrivent dans leur *Journal* : « Nous nous sommes sentis là (chez les pépiniériste de Bourg-la-Reine qu'ils vont visiter) mordus d'un nouveau goût de raretés et d'objets d'art dans les objets de nature... » En 1887, Edmond de Goncourt, tirant les ultimes conséquences d'une mode qu'il avait lancée avec son frère, décrira la rose emblématique du Décadentisme : « Tout se tient. C'est fini des belles grosses roses bourgeoises, bien portantes... Aujourd'hui l'horticulture cherche la rose alanguie, aux feuilles floches et tombantes. Dans ce genre est exposée une merveille : la rose appelée Madame Cornelissen, une rose à l'enroulement lâche, au tuyautage desserré, au contournement mourant, une rose où il y a dans le dessin comme l'évanouissement d'une syncope, une rose névrosée, la rose décadente des vieux siècles... »

Page 194.

129. Cette « exultation » de des Esseintes a elle aussi un fondement autobiographique. Dans ses lettres à Théodore Hannon (citées par Germaine Mailhé, art. cit., p. 389), Huysmans raconte ses expériences d'horticulteur à Fontenay-aux-Roses, en 1881 : « ... Je suis actuellement à Fontenay dans une vieille

maison provinciale, ornée d'un bois pseudo-vierge et possesseur d'un jardin que j'ai fait planter de fleurs presqu'artificielles. Aucune n'a l'air d'être vraie. C'est... la stupeur de mes voisins qui contemplent mes orties de Chine, mes œillets d'Inde en papier et en velours et mes ignias (*sic :* pour zinnias) délicatement perforés dans de la tôle. Inutile de vous dire que j'ai rejeté toutes les roses chères à Banville, tous les géraniums... »

130. Ces « monstres » ont peut-être été choisis par Huysmans dans les serres du Jardin des Plantes, ou dans les catalogues des maisons spécialisées. Plusieurs des espèces citées par des Esseintes figurent, avec illustration à l'appui, dans *L'Album de clichés électrotypes Vilmorin-Andrieux,* Paris, Quai de la Mégisserie, 1885 (Bibliothèque Nationale), dont Huysmans a pu se procurer facilement une édition antérieure.

Page 197.

131. Les fleurs-monstres deviennent pour des Esseintes des hiéroglyphes dont sa méditation, se prolongeant en rêve initiatique, déchiffre le message métaphysique : la cruauté satanique et sadique d'un Dieu aveugle et indifférent à l'homme.

Page 202.

132. Voir dans *En Rade,* chapitre V, le rêve « sélénite » de Jacques Marles : « C'était au-delà de toutes limites, dans une fuite indéfinie de l'œil, un immense désert de plâtre sec, un Sahara de lait de chaux figé, dans le centre duquel se dressait un mont circulaire, gigantesque, aux flancs raboteux, troués comme des éponges, micacés de points étincelants comme des points de sucre, à la crête de neige dure, évidée en forme de coupe... »

CHAPITRE IX

Page 209.

133. Siraudin était un confiseur célèbre, dont la Faustin, héroïne d'Edmond de Goncourt, est également cliente (voir *La Faustin,* Paris, Charpentier, 1882, p. 7).

Page 217.

134. Cet épisode fut à l'origine de l'enthousiasme de Jean Lorrain pour des Esseintes et pour Huysmans. Pour l'étude de l'amitié entre les deux écrivains, voir J. Lethève, *B.S.J.-K.H.*, n° 21, 1949, et « L'amitié de Huysmans et de Jean Lorrain », dans *Mercure de France*, septembre 1957. Lorrain se fit pendant plusieurs années le guide de Huysmans dans l'*underground* parisien, il l'imita dans *M. de Phocas*, mais la conversion de l'aîné l'amena à rompre progressivement avec le cadet trop voyant. Voir aussi Philippe Jullian, *Jean Lorrain ou le Satyricon 1900.* Paris, Fayard, 1974.

Page 218.

135. Voir Busenbaun (le P. Hermann). *Medulla theologiae moralis facili ac perpetua methodo resolvens casus conscientiae ex variis probatisque authoribus concinnata*, Paris, Huré, 1657. Ce fut le manuel classique de théologie morale catholique jusqu'à la fin du XVIIIe siècle : quatorze rééditions.

CHAPITRE X

Page 224.

136. Huysmans a surtout consulté l'ouvrage de S. Piesse, chimiste parfumeur à Londres, *Des odeurs, des parfums, et des cosmétiques*, deuxième édition française, avec le concours de MM. Chardin, Hadancourt, et Henri Massignon, Paris, J.-B. Baillière, et fils, 1877. Il s'est procuré également le catalogue *Produits spéciaux recommandés de Violet, parfumeur breveté, fournisseur de toutes les Cours étrangères* (publié vers 1874) (Bibliothèque Nationale, Fol Wz 243). Comme le « langage des fleurs », l' « idiome des parfums » a atteint lui aussi, aux yeux de Huysmans, sa phase « décadente ».

Page 227.

137. Cassie : voir Piesse, ouvrage cité, pages 104-107.
138. Iris : voir *ibid.*, pages 126-127.

139. Ambre : voir *ibid.*, pages 212-216.

140. Musc-tonkin, voir *ibid.*, page 244.

141. Patchouli : voir *ibid.*, page 165 : « Son odeur est la plus puissante de toutes celles qu'on extrait des substances appartenant au règne végétal », et page 166 : « Quoique peu de parfums aient autant de vogue cependant, quand on le sent à l'état pur, il est loin d'être agréable, à cause d'une certaine odeur de moisi et d'humidité analogue à celle du lycopodium. »

Page 228.

142. Claude Godard d'Aucour : *Thémidore.* La Haye, 1745, 2 volumes. Il s'agirait d'un roman à clefs dont le héros serait l'abbé Dubois.

143. Spika-nard ou nard indien, voir Piesse, ouvrage cité, page 188 : « Cette plante odoriférante appartient à l'ordre des valérianes et quoique l'odeur en paraisse généralement désagréable aux narines européennes, elle semble si délicieuse aux Orientaux que les parfums les plus estimés d'Asie se composent de valériane et de spika-nard. »

Page 229.

144. Voir Piesse, pages 132-134 : « La lavande est cultivée à une grande échelle par M. Perks à Mitcham dans le comté de Surrey. On a longtemps cru (en Angleterre) qu'elle ne pouvait venir parfaitement que dans le voisinage de Mitcham... »

145. Pois de senteur : voir Piesse, page 169.

146. Bouquet, voir Piesse, page 283 : « Mélange des essences simples dans l'alcool qui, convenablement associées, produisent une odeur caractéristique et agréable, dont l'effet sur l'odorat est analogue à celui que produit sur l'oreille la musique c'est-à-dire un mélange de sons harmonieux. »

147. Tubéreuse : voir Piesse, pages 198-201 : « La tubéreuse est en quelque sorte un bouquet à elle seule, elle rappelle ces senteurs délicieuses qu'on respire vers le soir dans un parterre émaillé de fleurs. » Cette expression, modifiée par Huysmans en « extrait de pré fleuri » désigne pour des Esseintes les « bouquets » en général.

148. Ayapana : page 303, Piesse donne la formule du bouquet ayapana.

149. Opopanax : voir Piesse, page 162 : « Gomme résine tirée d'une ombellifère ; son odeur rappelle celle de la myrrhe, mais plus suave. »

150. Chypre : page 285, Piesse donne la formule de l'eau de Chypre.

151. Seringa : voir Piesse, page 187 : « Odeur forte analogue à celle de la fleur d'oranger. »

Page 230.

152. Styrax : voir Piesse, page 192 : « L'odeur du styrax est, comme disait feu le professeur Johnston, le trait d'union entre celles qui déplaisent et celles qui plaisent. Le styrax joint l'arôme de la jonquille à l'odeur agréable de l'huile de houille, odeur devenue familière depuis que les essences extraites des goudrons de cette substance servent à dissoudre la guttapercha. »

153. Voir Piesse, page 290 : « " Le bon foin n'a pas son pareil ", dit Shakespeare. Et en réalité l'odeur du foin est une des plus agréables qu'on puisse imaginer, il est donc naturel que le parfum en soit recherché. »

154. Hediosmia de la Jamaïque : voir Piesse, page 121.

Page 232.

155. Voir pour ces onguents, le catalogue Violet cité et le *Catalogue des Parfumeries superfines et savons de toilette de la Fabrique Dissey et Piver, brevetés d'importation, d'invention et de perfectionnement.* A la Reine des Fleurs, rue Saint-Martin n° 111 et 112, à Paris (B. N. 8° V 403).

CHAPITRE XI

Page 242.

156. La source de ce thème de la pluie est certainement chez Thomas de Quincey, qui écrit : « Il n'y a pas sur la terre un plus triste spectacle qu'un dimanche pluvieux à Londres » (traduction Musset citée, page 27).

CHAPITRE XII

Page 265.

157. Madame Swetchine : Sophie Symonoff, épouse du général Swetchine, convertie au catholicisme sous l'influence de Joseph de Maistre, fut une des égéries du catholicisme libéral et légitimiste à Paris sous la monarchie de Juillet. Le comte de Falloux, qui la tenait pour une sainte, a écrit sur elle un ouvrage en deux volumes, *Madame Swetchine, sa vie et ses œuvres,* Paris, Didier, 1860. Sur son amitié privilégiée avec Lacordaire, voir Ridel (abbé J.) : *Une amitié féminine de Lacordaire, ses relations avec Mme Swetchine,* Dijon, Bernigaud et Privat, 1956.

158. Madame Augustus Craven : née Pauline de La Ferronays (1808-1891), fille du comte de La Ferronays, ami de Chateaubriand, et sous la Restauration tour à tour ambassadeur à Pétersbourg et à Rome, et ministre des Affaires étrangères. Elle publia en 1868 *Le Récit d'une sœur,* « montage » de *Mémoires* et de *Correspondances* tirés des archives familiales, et où se dessine surtout l'émouvante figure d'Alexandrine de La Ferronays, qui résume à la fois le romantisme et la piété charitable de la haute aristocratie catholique, légitimiste et libérale. Le succès de cet ouvrage fut immense et durable. Barbey d'Aurevilly l'admirait. Mme Craven publia aussi des romans, dont *Fleurange* (1871) et *Éliane* (1882).

Page 266.

159. Eugénie de Guérin (1805-1848). Très attachée à son frère Maurice, ami de Barbey d'Aurevilly, elle veilla de toute sa tendresse et de sa piété sur la brève carrière littéraire de son frère. Son *Journal* n'est que la suite des *Lettres* adressées à Maurice, mort en 1839. En 1855, Barbey et Trebutien publièrent les *Reliquiae* d'Eugénie, qui la révélèrent, en même temps que son frère, au public. En 1862. Trebutien publia à la fois le *Journal de Maurice* et le *Journal* et les *Lettres* d'Eugénie.

Page 268.

160. Cette liste rassemble pour la plupart les figures marquantes du catholicisme libéral du XIXe siècle : Félix Dupanloup (1802-1878) appelé « éducateur sans égal » par Renan, évêque d'Orléans en 1849, élu à l'Académie française en 1854, fut un remarquable prédicateur. Ami de Falloux, il s'associa à Lacordaire et Montalembert dans leur campagne en faveur de l'enseignement libre ; Landriot (J.-B.), 1816-1874, évêque de La Rochelle et Saintes en 1856, de Reims en 1867, fut lui aussi un prédicateur apprécié : ses *Œuvres* en 7 volumes parurent en 1864-1874 ; Labouillerie (François-Alexandre), 1810-1882, évêque de Carcassonne en 1855, coadjuteur du cardinal-archevêque de Bordeaux en 1872, légitimiste par tradition familiale et ultramontain modéré ; Gaume (Jean-Joseph), 1802-1879, vicaire général de Nevers, auteur en 1852 du *Ver rongeur des sociétés modernes ou le paganisme dans l'éducation* qui déclencha un nouvel épisode de la lutte entre catholiques libéraux et ultramontains ; Dom Guéranger, 1805-1875, restaurateur de l'abbaye bénédictine de Solesmes, et initiateur de la renaissance liturgique ; le P. Marie-Théodore Ratisbonne (1802-1884), cofondateur avec son frère le P. Marie-Aleph de la Congrégation de Notre-Dame de Sion : israélite converti, le P. Ratisbonne est l'auteur d'une *Histoire de saint Bernard et de son siècle* (1840) et d'un ouvrage sur *La Question juive* ; Freppel (Charles-Émile), 1827-1891, professeur d'éloquence sacrée à la Sorbonne (1855-1869), adversaire de la *Vie de Jésus* de Renan (1863), nommé évêque d'Angers, en 1869, élu député de Brest en 1880, il combattit ardemment la politique de Jules Ferry ; Perraud (Adolphe-Louis), 1818-1906, évêque d'Autun en 1874, membre de l'Académie française en 1882, cardinal en 1893 ; ce fut un prédicateur célèbre, rangé parmi les « libéraux », mais adversaire redouté de la politique de M. Combes ; Ravignan (Gustave-François), 1795-1858, jésuite, successeur de Lacordaire à Notre-Dame : ses *Conférences* furent publiées avec un grand succès en 1860 ; directeur de conscience hors pair (en particulier de l'héroïne du *Récit d'une sœur,* Alexandrine et La Ferronays), il fut aux côtés de Mgr Dupanloup, de Montalembert et de Berryer dans les luttes du catholicisme libéral ; Gratry (Auguste-Joseph), 1805-1872,

professeur de théologie morale à la Sorbonne en 1863, élu à l'Académie en 1867, ce fut également un « libéral » ; Olivaint (Pierre), 1816-1871, jésuite, recteur du collège de Vaugirard, de 1857 à 1865, dont il fit l'école privée la plus cotée de Paris, puis supérieur de la Résidence de Paris des jésuites, rue de Sèvres : il fut massacré pendant la Commune ; Didon (Henri-Martin), 1840-1900, prédicateur réputé, ce dominicain fut exilé pour ses opinions trop libérales en Corse, avec interdiction de prêcher et confesser en 1880 ; Chocarne (Bernard), 1826-1895, dominicain, ami et confident de Lacordaire à qui il consacra un ouvrage : *Le P. Lacordaire, sa vie intime et religieuse* (1866). Je n'ai pas trouvé trace du carme Dosithée.

161. Lacordaire (1802-1861), ami de Lamennais et collaborateur de *L'Avenir,* organe du catholicisme libéral le plus avancé. Après la condamnation de Lamennais, il se désolidarisa de son ami, mais continua le combat d'abord dans ses fameuses Conférences de Carême à Notre-Dame (1836) puis par son effort pour reconstituer en France l'ordre des Frères Prêcheurs de saint Dominique. Même à l'intérieur de l'ordre, il eut à combattre contre Jandel, soutenu par Rome, sur les questions de discipline. Voir Jean Ridel, *Lacordaire directeur d'âmes,* Rennes, 1955. Sur son intime amitié avec Mme Swetchine, voir plus haut la note 157. Sur sa communion de vues avec Ozanam, voir Guichaire (le P.), *Lacordaire et Ozanam,* Paris, Alsatia, 1939.

Page 269.

162. Sur cet oratorien, voir le livre de son ami l'abbé Gratry, *Henri Perreyve,* Paris, 1880. Disciple et successeur de Lacordaire aux Conférences de Notre-Dame, l'abbé Perreyve, libéral, était également lié à Ozanam.

Page 270.

163. Falloux (Frédéric Alfred Pierre, comte de), 1811-1886. Légitimiste au sens étroit sous la Restauration, il s'orienta vers le catholicisme libéral sous l'influence de Mme Swetchine, chez qui il se lia avec Lacordaire et Montalembert, et vers les œuvres charitables sous l'influence d'Albert de Mun. Avocat ardent de la liberté de l'enseignement, il devint ministre de l'Instruction

publique du 20 décembre 1848 au 30 octobre 1849, et put faire passer la loi connue sous son nom, jugée insuffisante par Veuillot et les ultramontains. Hostile à l'Empire, il se fit, de sa retraite en Anjou, le champion du catholicisme libéral dans l'organe de celui-ci, *Le Correspondant.*

Page 271.

164. Louis Veuillot, 1813-1883, collaborateur puis rédacteur en chef de *L'Univers,* fondé en 1833 par l'abbé Migne, et devenu, sous l'impulsion de Veuillot, le principal organe du catholicisme français, de tendance farouchement ultramontaine. Après 1850, la lutte fit rage entre la tendance représentée par *L'Univers,* et la tendance libérale de Mgr Dupanloup et de Montalembert. Il est frappant d'observer le peu de sympathie marqué par Huysmans pour le catholicisme libéral, dont le style aristocratique le heurte et dont la spiritualité lui échappe. Le plébéien Veuillot suscite davantage sa sympathie.

165. Montalembert (Charles Forbes René de), 1810-1870. De sa mère et de son grand-père anglais, Montalembert tenait une profonde admiration pour le système libéral britannique. Par ses contacts avec Joseph von Goerres et l'école de Munich, il était tourné vers l'histoire de l'Église médiévale (*Histoire de sainte Élizabeth de Hongrie,* 1856; *Les Moines et l'Occident,* 1860-1877). Collaborateur de *L'Avenir* en 1830, il ne suivit pas Lamennais dans le refus de la condamnation romaine. A l'aise dans le régime orléaniste, il vit après 1848 son influence décroître au profit de Veuillot. Il collabora sous l'Empire au *Correspondant* avec le comte de Falloux. Voir André Trannoy, *Le Romantisme politique de Montalembert avant 1843,* Paris, Bloud et Gay, 1942.

166. Cochin (Augustin), 1823-1872. Publiciste et administrateur français, membre de l'Académie des sciences morales et politiques (1864), il s'occupa particulièrement des questions qui touchent au paupérisme. On a de lui, entre autres : *Les Ouvriers européens* (1856), *Le Progrès des sciences et de l'industrie au point de vue chrétien* (1863), *La Révolution sociale en France, résumé critique de l'ouvrage de Le Play* (1865). Ses deux fils, Denys et

Henry, perpétuèrent la tradition catholique libérale de leur père dans la vie politique et intellectuelle.

167. Broglie (Albert de), 1821-1901. Collaborateur du *Correspondant* sous l'Empire, avec Montalembert et Falloux. Il est l'auteur d'un remarquable *L'Église et l'Empire romain au IVe siècle*, Paris, 1856, qui faisait écho aux leçons d'Ozanam en Sorbonne sur la civilisation chrétienne au Ve siècle. Après 1871, il dirigea l'opposition monarchique contre Thiers. Il ne cessa de collaborer activement aux œuvres charitables d'Albert de Mun.

Page 272.

168. Ozanam (Frédéric), 1813-1853. Lié étroitement aux chefs du catholicisme libéral, Chateaubriand et Ballanche, Ampère, Montalembert et Lacordaire, il fonda en 1835 la Société Saint-Vincent-de-Paul. Sa science à la fois juridique, historique et littéraire fait de lui l'héritier de la grande tradition historiographique gallicane. Spécialiste hors pair de Dante, il est aussi l'auteur de *La Civilisation chrétienne chez les Francs*, Paris, 1849, et d'une brochure qui, s'il l'a connue, devait singulièrement irriter Huysmans : *Des progrès dans les siècles de décadence*. Paris, Deniol, 1852. « Dans l'histoire des Lettres, écrivait Ozanam, je cherche surtout la civilisation dont elles sont la fleur, et dans l'histoire de la civilisation, je vois surtout le progrès par le christianisme. Sans doute, en un temps où les meilleurs esprits n'aperçoivent que décadence, on est mal venu à professer la doctrine du progrès. » Mais Ozanam distingue une doctrine du progrès d'origine sensualiste, réhabilitant les passions, promettant au peuple le Paradis et ne lui préparant qu'un Enfer, et une doctrine du progrès d'inspiration chrétienne, qui mise sur la seule victoire de l'esprit sur la chair. Même après sa conversion. Huysmans ne croira pas en un progrès, chrétien ou non, et il n'aura d'autre philosophie de l'histoire qu'un passéisme tourné vers le Moyen Age.

Page 273.

169. Alfred Nettement, 1805-1869, légitimiste de stricte observance, a publié un essai sur *Le Roman contemporain, ses*

vicissitudes, ses divers aspects, son influence, Paris, Lecoffre. 1864.

Page 274.

170. Victor de Laprade, 1812-1883, prolifique et fade épigone de Lamartine, a publié une *Histoire du sentiment de la nature* (1883).

171. Delacroix est ici le peintre cher à Baudelaire, bien qu'il y ait aussi un Delacroix (Frédéric Titeux) qui sous la monarchie de Juillet inonda le public catholique d'ouvrages apologétiques intitulés *Bienfaits de la religion, Merveilles de la Nature, Système de la Nature ou Dieu révélé par ses œuvres.*

172. Paul Delaroche, 1797-1856, membre de l'Institut en 1832, est le peintre auteur de grandes machineries historiques en style académique qui fut l'heureux rival de Delacroix sous la monarchie de Juillet. Il est surtout connu pour *Les Enfants d'Édouard* (1831) et *L'Assassinat du duc de Guise* (1835).

173. Jean Reboul, dit « le Boulanger de Nîmes », 1796-1864, auteur de recueils poétiques qui eurent leur moment de succès (*Poésies,* 1836) et de tragédies édifiantes.

174. Poujoulat (J. J. François), 1808-1880, rédacteur à *La Quotidienne,* journal officiel du légitimisme orthodoxe, et abondant publiciste. Il publia entre autres, avec Michaud, une collection de *Mémoires* historiques.

175. Genoude (Antoine Eugène), 1792-1849, auteur intarissable d'ouvrages apologétiques.

176. Nicolas (Amédée), spécialiste de la littérature sur La Salette.

177. Carné (Louis Marcien, comte de), 1804-1876, homme d'État sous la monarchie de Juillet, élu à l'Académie française en 1863, fervent catholique.

178. Pontmartin (Armand de), 1811-1890, romancier légitimiste, auteur en 1862 des *Jeudis de Madame Charbonneau,* pamphlet littéraire qui étrillait les célébrités contemporaines.

179. Paul Féval, 1817-1887, l'auteur du *Bossu* (1858).

180. Aubineau (Léon), auteur de nombreuses hagiographies et d'un ouvrage sur Paray-le-Monial (1873).

181. Lasserre de Monzie (Paul), 1828-1900, auteur d'un *Notre-Dame de Lourdes* qui eut un grand succès.

Page 275.

182. Hello (Ernest), 1828-1885. Converti en 1846 à l'écoute des Conférences de Lacordaire, lié à l'abbé Gratry, il se fit l'adversaire de Renan et de sa *Vie de Jésus.* En 1859, il publia une revue hebdomadaire intitulée *Le Croisé,* dont les chroniques furent recueillies dans *L'Homme* (1872). Son ouvrage sur Angèle de Foligno parut en 1868, et celui sur Ruysbroek, auquel Huysmans emprunte l'épigraphe d'*A Rebours,* en 1869. Huysmans ne parle pas de sa contribution à la philosophie de l'art, qui eut pourtant sur lui, et sur la génération symboliste, la plus profonde influence : *Art chrétien et art païen* (1850) : *Les Plateaux et la balance* (1880) et *Le Style* (1861).

Page 279.

183. Barbey d'Aurevilly (Jules) 1808-1889, admirateur de Brummel en sa jeunesse, rédacteur en chef de *La Revue du Monde catholique* à partir de 1847, critique littéraire et romancier, tendit hardiment un pont entre la littérature « du dehors » et la citadelle catholique. Des Esseintes fait justement le départ entre ses premières œuvres romanesques (*Une vieille maîtresse* (1851). *Le Chevalier des Touches* (1864) et *Un prêtre marié* (1865), *Les Diaboliques* (1874) où Barbey se rapproche de Baudelaire.

Page 282.

184. Voir *Le Sadisme de Baudelaire* de Georges Blin, Paris, Corti, 1948, où des Esseintes est cité pages 155-156.

185. La première édition de ce traité de démonologie, œuvre de Jacob Sprenger et de Henri Institoris, date de 1488. Il ne cessera d'être réédité jusqu'à la seconde moitié du XVIIe siècle. Voir Robert Mandrou, *Magistrats et sorciers en France au XVIIe siècle, une analyse de psychologie historique.* Paris, Plon, 1968.

Page 285.

186. Ce jugement sur la littérature catholique du XIXe siècle, à l'emporte-pièce, mêle indistinctement dans sa condamnation un

Ozanam et un Genoude, un Montalembert et un Pontmartin. Il est souverainement injuste, bien qu'il soit devenu, ou presque, parole d'Évangile. Le fait qu'il ait rendu possibles le roman catholique et le théâtre catholique du XXe siècle, avec l'aide il est vrai des éructations contemporaines de Léon Bloy, ne suffit pas à excuser sa partialité grossière, sur laquelle Huysmans, dans sa préface de 1903, ne reviendra pas.

CHAPITRE XIII

Page 291.

187. Nicander, auteur grec d'un traité de *Theriaca et Alexipharmaka* traduit en 1567 par Jacques Grévin sous le titre de *Livre des venins.*

188. Il s'agit moins ici d'Albert le Grand que du manuel de médecine populaire connu sous le titre de « Grand Albert », et qui a bénéficié jusqu'à nos jours d'éditions innombrables. Citons le titre d'une édition du XVIIIe siècle : *Les Admirables Secrets du Grand Albert, contenant plusieurs traits sur les conceptions des femmes, et les vertus d'herbes, de pierres précieuses, et des animaux,* Cologne, 1703.

189. Pica : terme de médecine, « perversion du goût attiré par des mets répugnants ».

Page 294.

190. Portalis (Auguste), 1801-1855, homme d'État sous la monarchie de Juillet. Le malthusianisme de Huysmans — teinté d'humour noir à la Swift — envoie ici aux gémonies, en le rapprochant d'Homais, un adversaire politique de ces catholiques qui ont été si durement étrillés au chapitre précédent.

Page 298.

191. Riddeck, mot d'allure flamande, probablement forgé par Huysmans dans le sens d'estaminet, de bar à marins.

CHAPITRE XIV

Page 331.

192. Osmazôme : selon Littré, terme de chimie, matière extraite qu'on retire de la chair musculaire et du sang et que Trévard croyait de nature particulière (de *osmê*, odeur, et *zômos*, bouillon). Cette notion de « condensé » d' « extrait », de « suc », de « sublimé », d' « huile », de « succulence réduite à une goutte » est essentielle à la rhétorique de Huysmans. Elle suppose une littérature « au second degré », qui extrait l'arôme de la littérature « au premier degré », supposée « morte » ou pourrissante charogne.

Page 332.

193. Saint Boniface : moine anglo-saxon (680-755), fondateur du monastère de Fulda, auteur d'énigmes acrostiches. Pour saint Adhelme, voir la note 86 : cet Adhelme (en fait Aldhelme) est le même abbé anglais déjà cité par Huysmans, à la fin du chapitre sur la littérature latine, comme auteur d'un recueil d'énigmes. Il est aussi l'auteur (voir Ebert, t. I, p. 655 et suiv.) d'un *De laudibus virginatis sive de virginitate sanctorum,* en prose, dédié à l'abbesse Hildelitha et aux moniales de son couvent, et d'un *De laude virginum,* de 2 905 hexamètres.

CHAPITRE XV

Page 337.

194. Il y a quelque mauvaise foi, pour le moins, de la part de Huysmans qui a exécuté Dom Guéranger, page 268, parmi la foule des imbéciles, à se présenter comme le découvreur incompris du chant grégorien dont le même Dom Guéranger, et ses moines de Solesmes, avaient provoqué la renaissance en France. Voir Combe (Dom Pierre), *Histoire de la restauration du chant grégorien,* Abbaye de Solesmes, 1969. Par ailleurs, on est stupéfait que la musique soit le seul art pour Huysmans où tout

« faisandage » — y compris celui de Haendel et de Bach ! — soit condamné. C'est aussi le seul art où le catholicisme du XIXe siècle, par ailleurs dénoncé comme arriéré en esthétique, soit accusé d'esthétisme.

Page 339.

195. C'est là un souvenir de Thomas de Quincey qui vient à propos pour fournir un alibi à l'ignorance musicale de des Esseintes. Voir *L'Anglais mangeur d'opium,* trad. Musset citée note 123, où après avoir vanté des plaisirs des salles d'opéra et de concerts, Quincey écrit : « Ce ne sont pas là des places dignes d'un mangeur d'opium, lorsqu'il est parvenu au plus haut degré de l'exaltation. La solitude lui plaît alors, et la foule l'oppresse... Il cherche le silence, aliment des profondes rêveries, et des méditations délicieuses » (p. 33-34).

CHAPITRE XVI

Page 356.

196. *De la falsification des substances sacramentelles par le R. P. Fr. Pie Marie Rouard de Card.* Paris, Poussielgue-Rusand, 1856.

Page 357.

197. Paragraphe « extrait » des pages 22-23 du traité de Rouard de Card : « Dans les siècles de la foi, les fidèles tenaient à honneur de préparer le pain qui devait servir à l'autel. C'était l'une des grandes préoccupations de sainte Radegonde, reine de France : on dit dans sa *Vie* qu'elle y employait tout un carême, d'après les conseils de saint Germain » : « Rien de plus remarquable que le respect avec lequel on traitait selon les coutumes de l'abbaye de Cluny tout ce qui avait rapport au sacrifice de l'autel, etc. »

M. F.

NOTE DE LUCIEN DESCAVES

Page 365.

198. 10 février 1884.

Page 366.

199. *Le Réveil,* 28 mai 1884.

Page 367.

200. *Nation,* feuilleton du 26 mai 1884.

Page 368.

201. 4 juin 1884.
202. 10 et 20 juin.
203. 21 et 25 mai.
204. 1er juin.
205. *Idem.*
206. 15 juin.
207. 10 juin.
208. 7 juin.
209. 22 juin.
210. 22 juin.
211. 25 juin.
212. *Idem.*
213. 16 juin.
214. 11 juillet.
215. 5 juillet.
216. 1er juillet et 1er décembre.
217. 1er octobre.
218. 10 juin.
219. 11 et 19 janvier 1886.
220. 20 janvier 1885.
221. *Événement,* 17 novembre 1892.
222. *Débats,* 13 avril 1893.

Page 369.

223. *Le Temps,* 13 novembre 1892. Non recueilli dans les 4 vol. de *La Vie littéraire.* Le nom de Huysmans n'y est cité

qu'une fois, à propos de J.-A. Rosny et de son roman ***Le Termite,*** dont le héros, Noël Servaise, naturaliste de profession, est « un émule imaginaire de M. Huysmans, avec lequel il n'est pas sans ressemblance par la probité morose de l'esprit, ainsi que par un sens artiste étroit mais sincère ». T. III, p. 78.

Page 370.

224. 28 et 29 juillet 1884.

Page 371.

225. Édition non mise dans le commerce, illustrée de 220 gravures sur bois en couleurs, par Auguste Lepère.

226. *Le Chat noir,* 14 juin : *Les Représailles du Sphinx* et, 1er novembre 1884, *L'Oracle des Mufles.* Cet oracle est Sarcey, après sa conférence sur *A Rebours,* à la salle des Capucines, le 16 octobre. *Les Représailles du Sphinx* ont été réimprimées dans la plaquette « Sur la tombe de Huysmans » (1913).

227. *Le Groupe de Médan,* par Deffoux et Zavie.

Page 372.

228. *Le Pal,* 4 mars 1885.

229. *Le Réveil,* 22 juin 1884.

230. *Mercure de France,* juin 1893.

231. Juillet 1884.

Page 373.

232. *Gil Blas,* 2 mai 1904. Article reproduit dans *Le Groupe de Medan.* de MM. Léon Deffoux et Émile Zavie.

L. D.

DOSSIER

Impression Bussière à Saint-Amand (Cher),
le 23 avril 1987.
Dépôt légal : avril 1987.
1er dépôt légal dans la collection : novembre 1977.
Numéro d'imprimeur : 1042.
ISBN 2-07-036898-X./Imprimé en France.

40809